CHONGWENGUAN

读古人书　友天下士

百余年前，崇文书局于武昌正觉寺开馆刻书，成晚清四大书局之一。所刻经籍，镌工精雅，数量众多，流布甚广，影响巨大。为赓续前贤，昌明国学，弘扬文化，本社现致力于传统典籍的出版。既专事文献整理，效力学术，亦重文化普及，面向大众。或经学，或史论，或诸子，或诗词，各成系列，统一标识，名之为"崇文馆"。

崇文馆

吉林省教育厅科学研究项目资助
项目编号 JJKH20231106SK

中国古典诗词校注评丛书

晏几道词全集 【汇校汇注汇评】

梁丰　校注

长江出版传媒｜崇文书局

中国古典诗词校注评丛书
编撰委员会

前　言

　　晏几道,字叔原,号小山,抚州临川(今江西抚州)人,晏殊第七子。《东南晏氏重修宗谱》记载其生卒年为:宋宝元戊寅(1038)四月二十三日辰时生,宋大观庚寅(1110)九月殁,寿七十三岁。他的仕宦履历,《宋史》无载,根据零星资料推知他历任太常寺太祝、颍昌府许田镇监、乾宁军通判、开封府判官等。他才华横溢,性情孤傲,以词闻名,与晏殊并称“二晏”,而造诣胜过晏殊。他将一生心血凝聚于词之创作,叙写身世,坦露胸怀,工于言情,词风清丽婉雅,有《小山词》存世。夏敬观《〈小山词〉跋》曰:“叔原以贵人暮子,落拓一生,华屋山邱,身亲经历,哀丝豪竹,寓其微痛纤悲,宜其造诣又过于父。”诚为精当。

　　晏几道中年家道中落,其词创作根据生活环境的变化,可分为前后两期。前期词作多富贵风流生活的纪实性描写,后期则以嗟叹身世落差、追怀往事旧情、表达羁旅愁思之类的作品为主。晏几道是含着金汤匙出生的,时晏殊四十七岁,位高权重。作为家中年纪较小的儿子,又天资聪慧,他得到了父亲格外的宠爱,自小过着富贵公子的生活。晏殊于宋至和二年(1055)辞世,晏几道锦衣玉食的生活并未因此结束,他的诸位兄长已先后步入仕途,嘉祐、治平年间(1056—1067)的朝政亦由晏殊门生韩琦、欧阳修、富弼等把持,他依然有足够的时间、精力、财力冶游玩乐、纵横诗酒。如“金鞭美少年,去跃青骢马。牵系玉楼人,绣被春寒夜”(《生查子》)、“白纻春衫杨柳鞭,碧蹄骄马杏花鞯。落英飞絮冶游天。南陌暖风

1

吹舞榭，东城凉月照歌筵。赏心多是酒中仙"（《浣溪沙》）等，皆是其早年富贵风流生活的写照。这段时期的词作富贵绮丽，具有富贵气象。熙宁、元丰年间（1068—1085），欧阳修、富弼等逐渐退出政治舞台，加之朝政变故，"变法派"有意驱逐前朝反对变法的旧党人士，晏几道失去了政治依靠。他又受"郑侠案"牵连被送进牢狱，后得以释放，家底一度亏空。为谋求生计，他奔波仕宦，尝尽世态炎凉、人情冷暖。经历家境衰败、故友离散，他的词作寄寓了现实不得志的愁怀苦绪，如"细看秦筝，正似人情短"（《蝶恋花》）、"旧香残粉似当初，人情恨不如"《阮郎归》、"天涯岂是无归意，争奈归期未可期"（《鹧鸪天》）、"知音敲尽朱颜改"（《采桑子》）等。然而，晏几道"磊隗权奇"（黄庭坚《小山词序》）、"纵弛不羁"（陈振孙《直斋书录解题》），并非悲观消极之人，世事沧桑反而使他愈加通达清醒，在其晚年，元祐年间（1086—1094），《小山词》集结之时，其自序曰："考其篇中所记悲欢合离之事，如幻如电，如昨梦前尘，但能掩卷怃然，感光阴之易迁，叹境缘之无实也。"可见他已然了悟，世事无常终将归于平淡，繁华落寞皆如梦幻泡影，人生何喜何悲，经历过就足够，所以他词作中的伤感悲怀并不是那么浓烈，郑骞在《成府谈词》中称其"伤感中见豪迈，凄凉中有温暖"，诚然如此。

晏几道词颇具特色的内容即是写"梦"，或称之为幻想。弗洛伊德称："幸福的人从来不去幻想，幻想是从那些愿望未得到满足的人心中生出来的。"（《诗人与白日梦》）一类梦境是为了补偿现实的不满足，尤其是男欢女爱之梦。晏几道与歌伎交往频繁，男女之间难免会互生情愫，然而友人家妓不可亵渎，宋代亦有法制禁止官员夜宿青楼，情爱冲动受到压抑，而这种平日不敢做不敢想的事在梦中便可无所顾忌。比如"疑是朝云。来作高唐梦里人"（《采桑子》）表现了欲与歌女珍珍交欢的心理；又如"梦魂惯得无拘检，又踏杨花过谢桥"（《鹧鸪天》）展露了渴望与歌女玉箫幽会的心理，连刻板的道学家程颐都赞叹,"笑曰'鬼语也'。意亦赏之"(《邵氏闻见后录》)。这类梦境是一种浪漫的幻想。另一类梦境是由回忆所引发的。在晏几道中晚年,家道中落,辗转四处为官以谋生计,更无钱财冶游,曾经唾手可得的荣华富贵变得遥不可及,自觉不自觉陷入回忆,弗洛伊德又曰:"某些给作家印象深刻的真实经验激起了自己早期经验的回忆(一般是童年时代的经历),随之便唤起了他的某种愿望,这种愿望又只能通过创造一种作品才得以实现。"(《诗人与白日梦》)例如"凭阑秋思,闲记旧相逢。几处歌云梦雨,可怜便、流水西东"(《满庭芳》)、"画屏天畔,梦回依约,十洲云水"(《留春令》)等都是因往事旧情激起的梦,由于今不如昔,此类梦境大多带有伤感的情调。记忆、现状、愿望三者,通常是相伴存在的,"首先,我们心中的幻想活动可能同某些现在联系着,由目前发生的某些有力量唤起某种强烈欲望的事件引发;紧接着,这种幻想又会溜回到记忆中的某种早期经验(一般是幼儿时代发生的、使这种愿望得以实现的经验);最后,它又会为自己制造出某种有可能在未来发生的事件,这种事件依然代表着该愿望的实现。这就是所谓的白日梦或幻想,它既包含着目前直接引发它的事件,又包含着某些过去的记忆"(《诗人与白日梦》)。因此,过去、现在和未来时常被串联在一起,这种串联使得晏几道词呈现出时空交错的艺术魅力。

虽然说晏几道词是个体生命经历的概况,但相对于同时代词人贺铸、苏轼、黄庭坚等,词之题材与所涉及的生活面是比较狭隘的,这不能不说是一种缺憾。然而,《小山词》在艺术技法方面相当成熟。黄庭坚曰:"寓以诗人之句法,清壮顿挫,能动摇人心。"(《小山词序》)"寓以诗人之句法"是晏几道擅长的艺术技法。他喜欢使用句式整齐的词调,如《浣溪沙》二十一首,《鹧鸪天》十九首,《玉楼春》十三首,《生查子》十三首等。这些词调的形式类似五、七言诗,是名副其实的"五七字语"(《小山词序》)。它们对仗工整,韵律流畅优美,读之如诗般朗朗上口。他善于化用前人诗句入词,不露斧凿,浑然天成,且能够翻新出奇,如"落花人独立,微雨燕双飞"(《临江仙》)、"无处说相思,背面秋千下"(《生查子》)、"户外绿杨春系马,床前红烛夜呼卢"(《浣溪沙》)等或一字不落地袭用前人诗句,或更替数字引用,皆为世人盛称者,世人识得佳句,却忘却诸句之本源,可见晏几道的酝酿精工。他也善于援引事典,诚如先著、程洪《词洁》所言"用事亦未常不轻"。例如"谁似龙山秋兴浓。吹帽落西风"(《武陵春》)运用"孟嘉落帽"之典故;"绿绮琴中心事,齐纨扇上时光""夜夜魂消梦峡,年年泪尽啼湘"(《河满子》)连用司马相如绿绮琴、班婕妤题诗团扇、楚王与巫山神女高唐梦交、舜妃洒泪湘竹四个典故,使词的内容更加丰腴,情感更加细腻。他还擅长炼字炼句,注重意新语新,晁无咎称其"不蹈袭人语",例如其名句"舞低杨柳楼心月,歌尽桃花扇影风"(《鹧鸪天》),尽展女子歌舞的曼妙,尽现宴会的热闹。又如"一夜满枝新绿、替残红"(《虞美人》),"替"字绝妙,红花绿叶的一夜更替,表示的是季节变换的迅速,读者仿若亲临其境、亲见其景。刘熙载《艺概》云:"叔原贵异。"晏几道在艺术创造方面求新求异,使得其《小山词》在北宋诸家中,占据独特的位置。"寓以诗人之句法"推动了词体的"诗化"进程,使词体由"狎邪"之"小道",进一步迈向"大雅"之堂。

晏几道不仅用心填词,而且有心传词,其歌词传播意识非常强烈。他手写自制小词拜谒少师韩维,不畏惧府帅之威严,只为展示自身才华。他在高平公范纯仁的协助下,将一己词作精心整理校订,编集成册,最大程度地杜绝讹传讹误,命名《补亡》,并自作序表现其词学观念、创作内容、创作背景、编撰过程、结集时间、自我感悟与评判等。他还邀请挚友黄庭坚为该词集作序。杜牧《答庄充书》曰:"自古序其文者,皆后世宗师其人而为之。"黄庭坚是当时文坛宿将之一,其序文自然可以提升词集知名度。他的努力没有被辜负,《小山词》名扬当世,当朝皇帝、宰相,曾请晏几道于朝廷作词,文坛领袖苏轼亦因其词名意欲访之,传播效果基本达到预期。

历代学者通过不同方式接受晏几道词,包括批评接受、传播接受与创作接受。批评接受指对晏几道词进行评点,比如探讨创作成因、研究词旨内涵、鉴赏艺术手法、分析风格特征、解释音乐体式、评述词品与人品、体认其词史地位,等等。晏几道的自序与黄庭坚的《小山词序》是伴随整部《小山词》的问世而流传的,是最重要的、也是最集中的晏几道词批评文献,对世人解读晏几道词具有引导性作用。总体来说,后世对晏几道词的批评基本没有超出两篇序文的藩篱,大部分是序文的细化与拓展。笔者尽可能广泛地搜罗与晏几道及其词相关的批评文字,并辑录于书后,以供研究之需。传播接受主要指选本形式的晏几道词传播,不同选家依据不同的选词宗旨将晏几道词编入词选、词谱中。在宋代,有三部词选选录了小山词:何士信《增修笺注妙选群英草堂诗余》四首、黄昇《唐宋诸贤绝妙词选》十二首、赵闻礼《阳春白雪》四首。至明代,选录小山词的词谱有周瑛《词学筌蹄》、张綖《诗余图谱》、徐师曾《文体明辨·诗余》、程明善《啸余谱·诗余谱》,词选有顾从敬《类编草堂诗余》、程敏政《天机余锦》、杨慎《词林万选》与《百琲明珠》、陈耀文《花草粹编》、卓人月与徐士俊《古今词统》、茅暎《词的》、陆云龙《词菁》、潘游龙《精选古今诗余醉》。至清代,选录晏几道词的选本有朱彝尊《词综》、先著与程洪《词洁》、沈辰垣等《历代诗余》、沈时栋《古今词选》、夏秉衡《历朝名人词选》、黄苏《蓼园词选》、张惠言《词选》、周济《词辨》与《宋四家词选》、陈廷焯《云韶集》与《词则》、梁令娴《艺蘅馆词选》、冯煦《宋六十一家词选》、赖以邠《填词图谱》与《填词图谱续集》、吴绮《选声集》、万树《词律》、郭巩《诗余谱式》、王奕清等《钦定词谱》、徐本立《词律拾遗》、秦巘《词系》、叶申芗《天籁轩词谱》、谢元淮《碎金词谱》。其中有些选家对所选词作了评点，如卓人月与徐士俊《古今词统》、潘游龙《精选古今诗余醉》、黄苏《蓼园词选》、陈廷焯《云韶集》与《词则》等，这又与批评接受关联。创作接受指对晏几道词的仿拟、和作、化用等，比如北宋晁端礼仿拟晏几道词，作《鹧鸪天》十首，尽现升平气象；秦观、周邦彦等人的小令直接源头是晏几道；此外，还出现了"群起和小山词"的罕见现象，《景定建康志》记载当时的书版有"《和晏叔原小山乐府》二百四十六版"；南宋周紫芝自言："予少时酷喜小晏词，故其所作，时有似其体制者。"明代魏偊和韵晏几道《点绛唇》、沈谦和其《六幺令》、王屋和其《两同心》；清人贺裳、王庭等仿拟其《生查子》，邹祗谟、董元凯等和韵其《思远人》，纳兰性德、王时翔等对晏几道词的创作接受更加全面。他人创作诗文多有化用晏几道词句的，散曲、杂剧、话本、小说等亦有袭用或化用晏几道词者，民间有把其词中对句作为门对者，可见从文人雅士到市井百姓，晏几道词都备受欢迎。而进入通俗文学中的晏几道词句，也随着通俗文学广泛的时空流传而扩大了其流播领域。

关于晏几道词的流传版本，据相关学者的统计，在宋代至少已有七个版本，明清时版本更多。现存的《小山词》主要有四个版本系统：其一，明吴讷《唐宋名贤百家词》本。其二，明毛晋汲古阁《宋六十名家词》本，《四库全书》本从此出，李明娜《小山词校笺注》以此本为底本校笺，于1981年由台湾文津出版社出版。其三，清晏端书咸丰二年(1852)家刻本，从《历代诗余》录出一百九十首小山词，又从《四库全书》补出六十八首，后由近人刘毓盘校勘，王焕猷笺注，于1947年由商务印书馆出版，名《小山词笺》。其四，朱祖谋(朱孝臧)《彊村丛书》本，该本以赵氏星凤阁藏明钞本为底本，以毛晋《宋六十名家词》、黄昇《唐宋诸贤绝妙词选》、陈耀文《花草粹编》、沈辰垣等《历代诗余》等多种辅助本参校，当为最善本。唐圭璋《全宋词》以《彊村丛书》本为底本点校，又增补了四首。朱德才《增订注释晏殊晏几道词》（文化艺术出版社 1999 年版）、王双启《晏几道词新释辑评》（中国书店 2007 年版）、张草纫《二晏词笺注》（上海古籍出版社 2008 年版）皆以《全宋词》所收录《小山词》二百六十首为底本，参校他本进行考订、校勘、笺注。

　　本书以朱祖谋《彊村丛书》本《小山词》为底本，参校各种《小山词》版本以及选本，并吸收前贤时修的研究成果，做了更为详细的校勘和笺注，并汇辑前人评论，以便于学者阅读与研究。笔者编撰此书期间，承蒙业师薛泉教授的用心指导、鼓励与帮助，不胜感激。虽然笔者悉心校注核对，但因才疏学浅，疏漏之处在所难免，请各位读者不吝批评指正。

梁　丰①

二〇二三年三月十九日

于吉林大学寓所

---

　　①梁丰：1992 年生，女，福建福州人，文学博士。吉林大学文学院助理研究员，吉林大学中国语言文学博士后流动站在站博士后。主要研究方向为唐宋文学、词学研究。在晏几道研究领域用力颇深，主持省教育厅科研项目两项，以课题组成员身份参与各级各类项目多项。发表《明代选家视域中的小山词》《论晏几道的歌词自我传播》《欧阳修的文学传播意识》《〈彊村丛书〉本〈小山词〉得与失》等多篇相关论文。

凡　例

一、本书以朱祖谋《彊村丛书》本《小山词》为底本，篇目次序皆依据此书编排。

二、词后设题解、注释、汇评三个条目。

三、题解主要介绍作品创作背景、题旨。若有晏几道词作舛入他人集子被误为他人作品，参考前人相关版本予以说明。

四、本书用以校勘的参校本有吴讷《百家词》本《小山词》、毛晋《宋六十名家词》本《小山词》、《四库全书》本《小山词》、黄昇《唐宋诸贤绝妙词选》、《草堂诗余》、赵闻礼《阳春白雪》、陈耀文《花草粹编》、沈辰垣等《历代诗余》、万树《词律》、朱彝尊《词综》、王焕猷《小山词笺》等，版本信息见附录"参考文献"。亦有吸收前人成果。本书使用字体为中文简体字，凡是异体字，统一采用规范简体字，校勘记中不再注出。

五、注释主要包含难理解的字句、典故、名物等。先注音，次释义，后引文。重复出现的字词，仅首次出现处予以详细注释。书证中经典或作者存疑的著作，不注作者及其所属朝代。

六、汇评以收录清代之前词家的评语为主，兼及近代词学家有代表性的评论文字。

七、附录分为六部分。其一，存疑词；其二，误署词。他人之词误入为晏几道词；其三，晏几道诗，据《全宋诗》辑录，以及黄庭坚唱和诗、晁端礼仿拟词；其四，晏几道词总评辑录；其五，晏几道事迹及交游文献资料；其六，主要参考文献。

目　录

4

5

小山词序

黄庭坚

　　晏叔原，临淄公之暮子也。磊隗权奇，疏于顾忌，文章翰墨，自立规摹，常欲轩轾人，而不受世之轻重。诸公虽称爱之，而又以小谨望之，遂陆沉于下位。平生潜心六艺，玩思百家，持论甚高，未尝以沽世。余尝怪而问焉，曰："我槃跚勃窣，犹获罪于诸公，愤而吐之，是唾人面也。"乃独嬉弄于乐府之余，而寓以诗人之句法，清壮顿挫，能动摇人心。士大夫传之，以为有临淄之风耳，罕能味其言也。余尝论："叔原，固人英也，其痴亦自绝人。"爱叔原者，皆慍而问其目，曰："仕宦连蹇，而不能一傍贵人之门，是一痴也；论文自有体，不肯一作新进士语，此又一痴也；费资千百万，家人寒饥，而面有孺子之色，此又一痴也；人百负之而不恨，己信人，终不疑其欺己，此又一痴也。"乃共以为然。虽若此，至其乐府，可谓狎邪之大雅，豪士之鼓吹。其合者《高唐》《洛神》之流，其下者岂减《桃叶》《团扇》哉。余少时，间作乐府，以使酒玩世。道人法秀独罪余以笔墨劝淫，于我法中当下犁舌之狱，特未见叔原之作耶！虽然，彼富贵得意，室有倩盼慧女，而主人好文，必当市致千金，家求善本，曰："独不得与叔原同时耶。"若乃妙年美士，近知酒色之虞；苦节臞儒，晚悟裙裾之乐，鼓之舞之；使宴安鸩毒而不悔，是则叔原之罪也哉。山谷道人序。

小山词序

　　《补亡》一编，补乐府之亡也。叔原往者浮沉酒中，病世之歌词不足以析酲解愠，试续南部诸贤绪余，作五七字语，期以自娱。不独叙其所怀，兼写一时杯酒间闻见、所同游者意中事。尝思感物之情，古今不易。窃以谓篇中之意，昔人所不遗，第于今无传尔。故今所制，通以《补亡》名之。始时沈十二廉叔、陈十君龙家有莲、鸿、蘋、云，品清讴娱客。每得一解，即以草授诸儿，吾三人持酒听之，为一笑乐而。已而君龙疾废卧家，廉叔下世，昔之狂篇醉句，遂与两家歌儿酒使俱流转于人间。自尔邮传滋多，积有窜易。七月己巳，为高平公缀缉成编。追惟往昔过从饮酒之人，或垄木已长，或病不偶，考其篇中所记悲欢合离之事，如幻如电，如昨梦前尘，但能掩卷怃然，感光阴之易迁，叹境缘之无实也。

临江仙

斗草阶前初见①,穿针楼上曾逢②。罗裙香露玉钗风③。
靓妆眉沁绿④,羞脸粉生红⑤。　　流水便随春远,行云终与
谁同⑥。酒醒长恨锦屏空⑦。相寻梦里路,飞雨落花中。

【题解】

该词为怀人之作。逢过节时,女子盛装出游,词人偶然遇见她,心生爱
慕。后来该女子远嫁离开,杳无音信,但词人依旧难以忘怀,甚至在梦中
追寻。

【注释】

①斗草:一种游戏。端午日,以草相赛为戏,又称"斗百草"。南朝梁宗
懔《荆楚岁时记》:"五月五日,四民并蹋百草,又有斗百草之戏。"唐白居易
《观儿戏》:"弄尘复斗草,尽日乐嬉嬉。"宋晏殊《破阵子·春景》:"疑怪昨宵
春梦好,元是今朝斗草赢,笑从双脸生。"

②穿针:旧时习俗。七夕日,女子穿七孔针向织女星"乞巧"。晋葛洪
《西京杂记》:"汉彩女常以七月七日穿七孔针于开襟楼,俱以习之。"南朝梁
庾肩吾《奉使江州舟中七夕》:"莫言相送浦,不及穿针楼。"宋柳永《二郎
神》:"运巧思、穿针楼上女,抬粉面、云鬟相亚。"

③香露:花草上的露水。唐温庭筠《芙蓉》:"浓艳香露里,美人清镜
中。"玉钗风:女子走路时,头上的玉钗似被风吹动。唐温庭筠《咏春幡》:
"玉钗风不定,香步独徘徊。"

④靓(jìng)妆:浓妆艳抹。晋左思《蜀都赋》:"都人士女,祛服靓妆。"眉
沁绿:眉间透出螺黛的青黑色。

⑤羞脸:《百家词》本、《宋六十名家词》本、《四库全书》本、《古今词选》、
《历代诗余》、《小山词笺》,作"羞艳"。

⑥"流水"二句:意谓女子已经离去,如今不知道和谁在一起。

3

⑦锦屏:屏风的美称。唐李益《长干行》:"鸳鸯绿浦上,翡翠锦屏中。"

【汇评】

终不似写闺中语,柔媚撩人。(明茅暎《词的》卷三)

又

身外闲愁空满,眼中欢事常稀①。明年应赋送君诗。细从今夜数,相会几多时。　　浅酒欲邀谁劝,深情惟有君知。东溪春近好同归②。柳垂江上影,梅谢雪中枝③。

【题解】

此词又见宋晁补之《琴趣外篇》卷四。《唐宋诸贤绝妙词选》卷五题为"别意",作晁补之词。此词乃酒席间赠友之作。词人感叹离多会少,友人明年将要离开此地,两人相会的时日已经不多了。"浅酒"与"深情"相对,表现彼此情谊深厚。词人希望有朝一日,两人偕同归隐,共赏春景。

【注释】

①"身外"二句:意谓世间充满愁怨,所见的乐事很少。

②东溪:指隐居之地。唐李白《题东溪公幽居》:"杜陵贤人清且廉,东溪卜筑岁将淹。"唐于鹄《山中寄樊仆射》:"却忆东溪日,同年事鲁儒。"

③"梅谢"句:雪中的梅花飘落。唐李商隐《莫愁》:"雪中梅下与谁期,梅雪相兼一万枝。"唐温庭筠《西江贻钓叟骞骞生》:"昨日欢娱竟何在,一枝梅谢楚江头。"

【汇评】

浅处皆深。(清陈廷焯《词则·大雅集》卷二)

"明年应赋送君诗。细从今夜数,相会几多时。"浅处皆深。(清陈廷焯《白雨斋词话》卷一)

又

淡水三年欢意①,危弦几夜离情②。晓霜红叶舞归程③。客情今古道,秋梦短长亭④。　　渌酒尊前清泪⑤,《阳关叠》里离声⑥。少陵诗思旧才名⑦。云鸿相约处⑧,烟雾九重城⑨。

【题解】

此词作于词人在颍昌许田镇任职三年期满回京时,约在元丰八年(1085),表达了对颍昌友人的惜别之情、对仕宦奔波的慨叹以及对京城旧友的思念之情。

【注释】

①淡水:形容不以利益为基础的交情。《庄子·山木》:"君子之交淡若水,小人之交甘若醴。"唐白居易《张十八员外以新诗二十五首见寄》:"阳春曲调高难和,淡水交情老始知。"

②危弦:高弦,急弦。晋张协《七命》:"抚促柱则酸鼻,挥危弦则涕流。"唐张祜《乌夜啼》:"忽忽南飞返,危弦共怨凄。"

③晓霜红叶:指清晨的霜和红色的枫叶。南朝宋谢灵运《晚出西射堂诗》:"晓霜枫叶丹,夕曛岚气阴。"

④"客情"二句:古往今来,行人都在驿道上奔波,在驿亭中歇息做着相思梦。短长亭:短亭和长亭的并称。古时大道旁边筑有驿亭,五里设短亭,十里设长亭。为行人休息或送行钱别之所。唐王昌龄《少年行》:"西陵侠少年,送客短长亭。"唐白居易《白孔六帖》:"十里一长亭,五里一短亭。"秋梦:指相思怀人之梦。唐李白《赠别舍人弟台卿之江南》:"去国客行远,还山秋梦长。"唐杜牧《秋梦》:"寒空动高吹,月色满清砧。残梦夜魂断,美人边思深。孤鸿秋出塞,一叶暗辞林。又寄征衣去,迢迢天外心。"

⑤渌酒:《百家词》本、《宋六十名家词》本、《历代诗余》、《小山词笺》,作"绿酒"。美酒。唐张籍《和韦开州盛山十二首·流杯渠》:"渌酒白螺杯,随

5

流去复回。"

⑥《阳关叠》：曲名《阳关三叠》。唐王维《送元二使安西》："渭城朝雨浥轻尘，客舍青青柳色新。劝君更尽一杯酒，西出阳关无故人。"谱上曲子演唱成了普遍应用的送别歌辞。宋郭茂倩编辑《乐府诗集》将该诗收入"近代辞曲"之部，题作《渭城曲》，亦称《阳关曲》。根据这支歌曲的演唱情况，又有了"阳关三叠"之名，指演唱时重叠其词句，延长其歌声，以尽抒离别之情。所谓"三叠"，当指叠唱原诗的二、三、四这三句，而第一句不叠。宋苏轼《东坡志林》："余在密州，有文勋长官以事至密，自云得古本《阳关》，其声婉转凄断，不类向之所闻，每句再唱，而第一句不叠，乃知唐本'三叠'盖如此。及在黄州，偶得乐天《对酒》诗云：'相逢且莫推辞醉，听唱阳关第四声'注云：'第四声，劝君更尽一杯酒是也。'以此验之，若一句再叠，则此句为第五声，今为第四声，则第一句不叠。审矣。"离声：别离的声音。宋欧阳修《别滁》："我亦且如常日醉，莫教弦管作离声。"

⑦"少陵"句：叔原以杜甫自况。回顾一生，享名久矣却终无所用，隐含牢骚与不平。少陵：指唐代大诗人杜甫。杜陵自号"少陵野老"，世称"杜少陵"。唐杜甫《哀江头》："少陵野老吞声哭，春日潜行曲江曲。"唐韩愈《石鼓歌》："少陵无人谪仙死，才薄将奈石鼓何！"

⑧云鸿：友人沈廉叔、陈君龙家中"云"与"鸿"两位歌伎的名字。

⑨九重城：原指天上城阙，后用以称皇城。这里指北宋京城开封。唐白居易《长恨歌》："九重城阙烟尘生，千乘万骑西南行。"

【汇评】

"晓霜红叶舞归程。客情今古道，秋梦短长亭。"又"少陵诗思旧才名。云鸿相约处，烟雾九重城。"亦复情词兼胜。（清陈廷焯《白雨斋词话》卷一）

又

浅浅余寒春半，雪消蕙草初长①。烟迷柳岸旧池塘②。风吹梅蕊闹③,雨细杏花香。　　月堕枝头欢意④,从前虚梦高唐⑤。觉来何处放思量⑥。如今不是梦,真个到伊行⑦。

【题解】

该词叙述了词人与旧时女伴重逢的情景。上片描绘仲春之景。下片先写分别后魂牵梦绕的思念,后写再次相遇时的惊喜。可与《鹧鸪天》(彩袖殷勤捧玉钟)相参阅。

【注释】

①蕙草:香草。南朝齐谢朓《琴》:"春风摇蕙草,秋月满华池。"

②烟迷柳岸:烟雾笼罩垂柳堤岸。五代宋初徐铉《王三十七自京垂访作此送之》:"烟生柳岸将垂缕,雪压梅园半是花。"

③"风吹"句:梅花在春风吹拂中争相开放。南朝梁萧纲《从顿暂还城》:"日照蒲心暖,风吹梅蕊香。"宋宋祁《玉楼春·春景》:"绿杨烟外晓寒轻,红杏枝头春意闹。"梅蕊闹:《宋六十名家词》本、《四库全书》本、《历代诗余》、《小山词笺》,作"梅蕊闭"。

④堕:《四库全书》本,"堕"作"坠"。

⑤虚梦高唐:战国宋玉《高唐赋》:"昔者,楚襄王与宋玉游于云梦之台……王曰:'何谓朝云?'玉曰:'昔者,先王尝游高唐,怠而昼寝,梦见一妇人,曰:姜巫山之女也。为高唐之客。闻君游高唐,愿荐枕席。'王因幸之。去而辞曰:'妾在巫山之阳,高丘之阻。旦为朝云,暮为行雨。朝朝暮暮,阳台之下……'"赋中所言,盖假设其事,且托之梦中,故曰"虚梦高唐"。此处表示与情人欢爱之梦。

⑥放:放置,放下。

⑦真个:真的,的确。伊行:她那边。

【汇评】

"放"字生而炼熟。(夏敬观《映庵词评》)

又

长爱碧阑干影,芙蓉秋水开时①。脸红凝露学娇啼②。霞觞熏冷艳③,云髻袅纤枝④。　　烟雨依前时候,霜丛如旧芳菲⑤。与谁同醉采香归。去年花下客,今似蝶分飞。

【题解】

这是一首描写荷花的小令。上片以拟人化的手法摹写荷花的娇艳之姿。下片感叹景色依旧,人事已非,抒发对旧时共同赏花之人的怀念。

【注释】

①芙蓉:荷花的别名。战国屈原《离骚》:"制芰荷以为衣兮,集芙蓉以为裳。"秋水:秋天的江湖水。唐王勃《滕王阁序》:"落霞与孤鹜齐飞,秋水共长天一色。"宋王安石《散发一扁舟》:"秋水泻明河,迢迢藕花底。"

②凝露:指凝结的露珠。南朝梁萧综《悲落叶》:"夕蕊杂凝露,朝花翻乱日。"娇啼:女子脸上的泪痕。唐白居易《罗子》:"顾念娇啼面,思量老病身。"

③霞觞:盛满美酒的酒杯。唐曹唐《送刘尊师祗诏阙庭》:"霞觞共饮身虽在,风驭难陪迹未闲。"冷艳:耐寒而美丽,多形容秋冬之花。宋文同《十月梅花》:"冷艳浮冰沼,清香落玉杯。"

④"云髻"句:在荷茎上摇曳的荷花如美人的发髻。云髻:高耸如云状的发髻,古代女子的一种发式。三国魏曹植《洛神赋》:"云髻峨峨,修眉联娟。"唐白居易《简简吟》:"玲珑云髻生花样,飘飘风袖蔷薇香。"

⑤霜丛:经霜过后的草木。宋韩琦《壬子重九》:"烟渚去来鸿自适,霜丛飞绕蝶何知。"

又

旖旎仙花解语①,轻盈春柳能眠②。玉楼深处绮窗前。梦
回芳草夜③,歌罢落梅天④。 沉水浓熏绣被⑤,流霞浅酌金
船⑥。绿娇红小正堪怜⑦。莫如云易散⑧,须似月频圆。

【题解】

仙花和春柳,这里指词人结识的两个歌女,一个名杏,一个名柳。这首
词描摹歌女的容颜体态,描写她们的日常生活与情思,是一首典型的艳词。
词人喜好"狎妓",又对歌女充满怜爱,他期待能与歌女频繁相见。

【注释】

①旖旎(yǐ nǐ):本义为旌旗随风飘扬的样子,引申为柔美婀娜的样子。
形容景物或女子。此处形容歌女的美貌。唐白居易《筝》:"云髻飘萧绿,花
颜旖旎红。"仙花解语:指善解人意的女子。解语,出自五代王仁裕《开元天
宝遗事》卷三:"明皇秋八月,太液池有千叶白莲数枝盛开,帝与贵戚宴赏
焉。左右皆叹羡久之。帝指贵妃示于左右曰:'争如我解语花?'"

②春柳能眠:指柳树的柔枝在风中倒伏。此处指代歌女的体态腰肢。
《三辅旧事》:"汉武帝苑中有柳状如人形,号曰人柳,一日三眠三起。"

③"梦回"句:南朝梁钟嵘《诗品》引《谢氏家录》云:"康乐每对惠连,辄
得佳语。后在永嘉西堂,思诗竟日不就,寤寐间忽见惠连,即成'池塘生春
草'。故尝云:'此语有神助,非吾语也。'"故以"芳草"与"梦"连用。

④落梅天:古乐府有《梅花落》的曲子。宋李昉等《太平御览·果部》:
"五月有落梅风,江淮以为信风。"唐李白《与史郎中钦听黄鹤楼上吹笛》:
"黄鹤楼中吹玉笛,江城五月落梅花。"

⑤沉水:沉香的异名。唐李贺《贵公子夜阑曲》:"袅袅沉水烟,乌啼夜
阑景。"明李时珍《本草纲目》:"沉香,释名沉水香、蜜香。木之心节置水则
沉,故名沉水,亦曰水沉。"

⑥流霞：传说中神仙的饮料，此处指美酒。汉王充《论衡·道虚》：“有仙人数人，将我上天……口饥欲食，仙人辄饮我以流霞一杯。每饮一杯，数月不饥。”金船：一种金制的酒器。宋叶廷珪《海录碎事》：“金船，酒器中大者。”北周庾信《北园新斋成应赵王教》：“玉节调笙管，金船代酒卮。”唐末五代韦庄《绛州过夏留献郑尚书》：“朝朝沉醉引金船，不觉西风满树蝉。”

⑦绿娇红小：这里形容歌女娇媚小巧。

⑧云易散：比喻人离散。汉王粲《赠蔡子笃诗》：“风流云散，一别如雨。”

又

梦后楼台高锁，酒醒帘幕低垂①。去年春恨却来时。落花人独立，微雨燕双飞②。　　记得小蘋初见③，两重心字罗衣④。琵琶弦上说相思。当时明月在，曾照彩云归⑤。

【题解】

这是词人暮年怀念小蘋之作。上片点明春恨由来非一朝。下片追忆与小蘋初见的情形，表达相思之情，此即春恨的根源。此词既体现了小山词深婉沉着的典型艺术风格，又体现了贯穿小山词始终的繁华落寞之感。

【注释】

①“梦后”二句：此二句为互文。意谓酒醒梦回，只见四周楼台闭门深锁，帘幕低垂。高锁：深锁、闭锁。即长时间地关闭。宋释重显《送僧》：“岩泉高锁黄金宅，衲卷秋云古标格。”

②“落花”二句：“燕双飞”与“人独立”形成对比，反衬出人的孤寂。语源于五代翁宏《春残》：“又是春残也，如何出翠帷？落花人独立，微雨燕双飞。寓目魂将断，经年梦亦非。那堪向愁夕，萧飒暮蝉辉。”

③小蘋：《小山词笺》作“小鞶”。小蘋，歌女的名字，即《小山词序》中所举“莲、鸿、蘋、云”中的“蘋”。

④两重：两件，此处为双关语，两个"心"字，又有"心心相印"之意。心字罗衣：一说罗衣的领口像篆书的"心"字形，一说绣有"心"字图案的罗衣，一说曾用"心"字形的香熏过的罗衣。三种解释都可通。宋欧阳修《好女儿令》："一身绣出，两同心字，浅浅金黄。"

⑤彩云归：《阳春白雪》作"彩莺啼"。彩云：这里借指小蘋。唐李白《宫中行乐词》："只愁歌舞散，化作彩云飞。"唐白居易《简简吟》："大都好物不坚牢，彩云易散琉璃脆。"

【汇评】

诚斋评为诗隐蓄发露之异：太史公曰：《国风》好色而不淫，《小雅》怨诽而不乱。《左氏传》曰：春秋之称，微而显，志而晦，婉而成章，尽而不污。此《诗》与《春秋》纪事之妙也。近世词人，闲情之靡，如伯有所赋，赵武所不得闻者，有过之无不及焉。是得为好色而不淫乎！惟晏叔原云："落花人独立，微雨燕双飞。"可谓好色而不淫矣。唐人《长门怨》云："珊瑚枕上千行泪，不是思君是恨君。"是得为怨诽而不乱乎！惟刘长卿云："月来深殿早，春到后宫迟。"可谓怨诽而不乱矣。近世陈克《咏李伯时画宁王进史图》云："汗简不知天上事，至尊新纳寿王妃。"是得为微、为晦、为婉、为不污秽乎！惟李义山云："侍燕归来更漏永，薛王沉醉寿王醒。"可谓微婉显晦，尽而不污矣。（宋魏庆之《诗人玉屑》卷二）

见所谓"半落半开花有恨，一晴一雨春无力"已令人眼动，及读到"别缆解时风度紧，离舫尽处花飞急"，然后知晏叔原之"落花人独立，微雨燕双飞"不待长擅美矣。"云破月来花弄影"，何足以劳欧公之拳拳乎！（宋陈亮《复杜仲高》）

词家多用心字香，蒋捷词云："银字筝调，心字香烧。"张于湖词："心字夜香清。"晏小山词："记得年时初见，两重心字罗衣。"范石湖《骖鸾录》云："番禺人作心字香，用素馨茉莉半开者，着净器中。以沉香薄劈，层层相间，蜜（当作密）封之。日一易，不待花蔫，花过香成。"所谓心字香者，以香末萦篆成"心"字也。"心字罗衣"，则谓心字香熏之尔。或谓女人衣曲领如"心"字，又与此别。（明杨慎《词品》卷二）

晚唐丽句。（明卓人月、徐士俊《古今词统》卷九）

"落花人独立，微雨燕双飞。"晏叔原《临江仙》中隽语也。按二句乃五代翁宏《宫词》，见《雅言系述》。宏字大举，桂岭人，不仕能诗。（清王初桐《小嫏嬛词话》卷一）

小山词如"去年春恨却来时。落花人独立，微雨燕双飞"，又"当时明月在，曾照彩云归"，既闲婉，又沉着，当时更无敌手。（清陈廷焯《白雨斋词话》卷一）

闲情之作，虽属词中下乘，然亦不易工……然则何为而可？曰：根柢于《风》《骚》，涵泳于温、韦，以之作正声也可，以之作艳体亦无不可。古人词如……晏小山之"落花人独立，微雨燕双飞"……似此则婉转缠绵，情深一往，丽而有则，耐人玩味。（清陈廷焯《白雨斋词话》卷五）

"落花人独立，微雨燕双飞"十字，工丽芊绵。又，"当时明月在，曾照彩云归。"结笔依依不尽。（清陈廷焯《云韶集》卷二）

"落花"十字，自是天生好言语。"当时明月在，曾照彩云归"，回首可怜。（清陈廷焯《词则·大雅集》卷二）

"落花人独立，微雨燕双飞"，名句，千古不能有二。下片，所谓柔厚在此。（清谭献《复堂词话》）

此词当是追忆蘋、云而作。又按《小山词》尚有《玉楼春》两阕，一云"小蘋若解愁春暮"，一云"小莲未解论心素"，其人之娟姿艳态，一座皆倾，可想见矣。（清张宗橚《词林纪事》卷六）

词中对句，贵整炼工巧，流动脱化，而不类于诗赋。史梅溪之"做冷欺花，将烟困柳"非赋句也。晏叔原之"落花人独立，微雨燕双飞"，晏元献之"无可奈何花落去，似曾相识燕归来"，非诗句也。然不工诗赋，亦不能为绝妙好词。（清沈祥龙《论词随笔》）

康南海谓起二句，纯是华严境界。（梁启超《饮冰室评词》乙卷）

晏小山《临江仙》"落花人独立，微雨燕双飞"一阕，为脍炙人口之作。惟后阕"记得小蘋初见，两重心字罗衣"，小蘋字嫌落实。亦如咏草不宜说出草，咏梨花不宜说出梨花。《骖鸾录》云："番禺人作心字香，用素馨茉莉半开者着净器，薄劈沉香，层层相间封，日一易，不待花萎，花过香成。蒋捷词：'银字笙调，心字香烧。'晏小山词：'记得年时初见，两重心字罗衣。'"则

必据有旧本，"年时"字较"小蘋"字胜矣。（张伯驹《丛碧词话》）

吐属华贵，脱口而出。（夏敬观《映庵词评》）

前二句追昔抚今，第三句融合言之，旧情未了，又惹新愁，"落花"二句正春色恼人，紫燕犹解"双飞"，而愁人翻成"独立"。论风韵如微风过箫，论词采如红蕖照水。下阕回忆相逢，"两重心字"，欲诉无从，只能借凤尾檀槽，托相思于万一。结句谓彩云一散，谁复相怜，惟明月多情，曾照我相送五铢仙佩，此恨绵绵，只堪独喻耳。（俞陛云《唐五代两宋词选释》）

此小山词传诵之作，极深婉沉着之妙。寻绎词意，当系别后追忆。"小蘋"，歌姬之名。《小山词序》有莲、鸿、蘋、云，皆人名。《木兰花》曰："小蘋若解愁春暮"是也。宋初小词每用歌姬名，东山、淮海以后，语惟求典，不复用矣。首二句"梦后""酒醒"，是久别思量时候；"楼台高锁""帘幕低垂"，是窥其室闻其无人之象。"春恨"之所由"来"，已不胜凄咽。然人已久别，"恨"事当属"去年"，而无端又来心上。"去年"句承上起下，确是神来之笔。"落花"二句，雅绝，韵绝，厚绝，深绝。"落花""微雨"是"春"；"人独立""燕双飞"，两两形容，不必言"恨"，而"恨"已不可解。此谭献所以称为"千古名句，不能有二"也。过变追溯"初见"，"罗衣"述当时服饰。然今已不见，故"相思"之情只得就"琵琶弦上"说之，以琵琶惯弹别曲也。或"初见"时听弹琵琶，有"相思"之曲，为今所记得者，意亦彻上彻下也。然又不肯明说如何"相思"，但指令之"明月"，犹是"当时"之"明月"，"曾照彩云归去"者而确认之，以虚笔收住，仍传"记得"之神。梦窗"黄蜂频扑秋千索"二句，用意略同。而着一"归"字，又缴回"梦后""酒醒"之意，欲言不言，耐人寻味。情语艳语，必如此乃深厚闲雅。盖尽情倾吐，古乐府固有之，而词不应尔。学令曲当知此诀。（陈匪石《宋词举》卷下）

此首感旧怀人，精美绝伦。一起即写楼台高锁，帘幕低垂，其凄寂无人可知。而梦后酒醒，骤见此境，尤难为怀。盖昔日之歌舞豪华，一何欢乐，今则人去楼空，音尘断绝矣。即此两句，已似一篇《芜城赋》。"去年"一句，疏通上文，引起下文。"落花"两句，原为唐末翁宏之诗，妙在拈置此处，衬副得宜，且不明说春恨，而自以境界会意。落花，微雨，境极美；人独立，燕双飞，情极苦。此上片文字颇致密，换头乃易之以疏淡。"记得"两句，忆去年人之服饰。"琵琶"一句，言苦忆无已，乃一寓之弦上。"当时"两句，则因见今时之月，想到当时之月，曾照人归楼台，回应篇首，感喟无限。而出语之俊逸，更无敌手。（唐圭璋《唐宋词简释》）

刘融斋尝谓贺方回《青玉案》词"一川烟草，满城风絮，梅子黄时雨"三句固好，然尤好在上一句"试问闲愁都几许"，能唤起也。又如小山之"落花人独立，微雨燕双飞"，原是唐人翁宏诗，然亦好在上一句"去年春恨却来时"，能点明也。是知景自生情，情亦寓于景，内心外物，是二是一。严沧浪专言兴趣，王阮亭专言神韵，王氏专言境界，各执一说，未能会通。王氏自以境界为主，而严、王二氏又何尝不各以其兴趣、神韵为主，入主出奴，孰能定其是非？要之，专言兴趣、神韵，易流于空虚；专言境界，易流于质实。合之则醇美，离之则不免偏颇。（唐圭璋《评〈人间词话〉》）

《人间词话》记曰："'绿杨楼外出秋千'，晁补之谓：只一'出'字，便后人所不能道。余谓此本于正中《上行杯》词'柳外秋千出画墙'，但欧语尤工耳。"按"秋千出柳外"，源于王维诗《寒食城东即事》："蹴踘屡过飞鸟上，秋千竞出垂杨里。少年分日作遨游，不用清明兼上巳。"晁补之忘了王维诗，以为只一"出"字自是后人道不到处，不知前人早已道过了。王国维也不记得王维诗。纷纷余子，更无有探本求源者。此条可与谭献论小山"落花"一联为"千古无人道"语作为一对。（吴世昌《词林新话》卷三）

小山词之最著者，如此词之"落花"二句及《鹧鸪天》之"舞低杨柳楼心月，歌尽桃花扇底风"，又"今宵剩把银釭照，犹恐相逢是梦中"，又"梦魂惯得无拘检，又踏杨花过谢桥"，《浣溪沙》之"户外绿杨春系马，床头红烛夜呼庐"，皆为世人盛称者。余谓艳词自以小山为最，以曲折深婉，浅处皆深也。（吴梅《词学通论》）

又

东野亡来无丽句，于君去后少交亲。追思往事好沾巾。白头王建在，犹见咏诗人[①]。 　　学道深山空自老，留名千载不干身。酒筵歌席莫辞频。争如南陌上,占取一年春②。

【题解】

这首词《啸余谱》卷二误作晏殊词。此词为词人暮年之作,作于友人沈廉叔、陈君龙过世后。词虽化用张籍、刘禹锡诗句,然句句皆为晏几道身世自况。

【注释】

①"东野"五句:意谓友人相继谢世,只有自己还健在,追忆与友人相处的往事,令人伤心。此五句本出于唐张籍《赠王建》:"于君去后交游少,东野亡来箧笥贫。赖有白头王建在,眼前犹见咏诗人。"东野:指唐代诗人孟郊,字东野。于君:指唐代诗人于鹄。叔原以孟郊、于鹄指代朋友沈廉叔、陈君龙。追思:《历代诗余》《小山词笺》,作"近思"。王建:唐代诗人,字仲初,王建常用"白头"二字入诗,如其诗《醉后忆山中故人》:"暗想山中伴,如今尽白头。"《荆门行》:"壮年留滞尚思家,况复白头在天涯。"此处叔原以王建自喻。

②"学道"五句:意谓深山学道无为到老,青史留名与自己无关,不如在杯酒歌筵中及时行乐。化自唐刘禹锡《戏赠崔千牛》:"学道深山许老人,留名万代不关身。劝君多买长安酒,南陌东城占取春。""酒筵"句:语源于宋晏殊《浣溪沙》:"一向年光有限身,等闲离别易销魂。酒筵歌席莫辞频。"南陌:此处指京城歌舞繁华、娼妓聚集之地。唐卢照邻《长安古意》:"北堂夜夜人如月,南陌朝朝骑似云。"

蝶恋花

卷絮风头寒欲尽①。坠粉飘红②,日日香成阵。新酒又添残酒困③。今春不减前春恨。　　蝶去莺飞无处问④。隔水高楼,望断双鱼信⑤。恼乱层波横一寸⑥。斜阳只与黄昏近⑦。

【题解】

此词于《乐府雅词》卷中、《唐宋诸贤绝妙词选》卷六、《类选笺释草堂诗余》卷二、《花草粹编》卷十三、《古今词统》卷九均录为赵令畤词。词写相思别怨。面对飞絮落花的残春，闺人心生离恨，她登上高楼远望，期盼情人寄来书信慰藉相思，直到黄昏仍未离开。全词由景及人，又由人及景，情与景浑融一体。

【注释】

①卷絮：翻卷的柳絮。唐皎然《山雪》："狂风卷絮回，惊猿攀玉折。"

②"坠粉"句：飘落的白色、红色花瓣。唐末五代韦庄《叹落花》："飘红堕白堪惆怅，少别秾华又隔年。"

③残酒：犹残醉，醉意。唐白居易《醉后却寄元九》："行到城门残酒醒，万重离恨一时来。"

④蝶去莺飞：比喻情人的离去。

⑤双鱼信：喻书信。汉乐府《饮马长城窟行》："客从远方来，遗我双鲤鱼。呼儿烹鲤鱼，中有尺素书。"

⑥恼乱层波横一寸：《宋六十名家词》本，作"恼乱层波潢一寸"；《四库全书》本，作"恼乱秋波横一寸"；《历代诗余》《小山词笺》，作"恼乱横波秋一寸"。层波：比喻女子的眼波。宋柳永《西施》："万娇千媚，的的在层波。"横一寸：指女子眉黛颦蹙。

⑦"斜阳"句：唐李商隐《登乐游原》："夕阳无限好，只是近黄昏。"

【汇评】

笔之有花，肠之是锦，乃有此词。（明邓志谟《丰韵情书》卷五）

"一寸"句似宋丰之"眼波流不断，满眶秋。"（明卓人月、徐士俊《古今词统》卷九）

《小山词》作"坠粉飘红，日日香成阵"，亦妙。（明潘游龙《精选古今诗余醉》卷四）

恨春日又恨黄昏，黄昏滋味更觉难尝耳。斜阳在目，各有其境，不必相同。一云"却照深深院"，一云"只送平波远"，一云"只与黄昏近"，句句沁人，毛孔皆透。又，《小山集》作"坠粉飘红，日日香成阵"，亦妙。（明沈际飞《草堂诗余正集》卷二）

此词妙在写情语，语不在多，而情更无穷。（明李攀龙《草堂诗余隽》）

前段因春之恨,后段人事之恨。又:好连环句。(新酒又添残酒困,今春不减前春恨。)(明李廷机等《重刻类编草堂诗余评林》)

宛转幽怨。(清陈廷焯《词则·闲情集》卷一)

又

初撚霜纨生怅望①。隔叶莺声②,似学秦娥唱③。午睡醒来慵一饷④。双纹翠簟铺寒浪⑤。　　雨罢蘋风吹碧涨⑥。脉脉荷花,泪脸红相向⑦。斜贴绿云新月上。弯环正是愁眉样⑧。

【题解】

这首词展现了一位女子的闲愁。上片运用白描与衬托的手法,刻画出闺中女子物质丰富,而精神慵懒的生活情状。下片词境由室内转向室外,用比拟的手法,借带雨荷花、弯弯新月比喻女子愁容,把其愁怨推向高潮。全词室内与室外景物相生,室内外景象又与女子情态相呼应,极富韵味。

【注释】

①撚(niǎn):执。霜纨:借指洁白精致的细绢制品。此处指团扇。唐刘禹锡《送韦秀才道冲赴制举》:"秋扇一离手,流尘蔽霜纨。"怅望:失意、惆怅地远望。唐元稹《酬乐天三月三日见寄》:"独倚破帘闲怅望,可怜虚度好春朝。"

②"隔叶"句:唐杜甫《蜀相》:"映阶碧草自春色,隔叶黄鹂空好音。"

③秦娥:古代歌女。晋陆机《拟今日良宴会诗》:"齐僮《梁甫吟》,秦娥《张女弹》。"李周翰注:"齐僮、秦娥,皆古善歌者。"

④一饷:《历代诗余》《小山词笺》,作"一晌"。片刻,指时间短暂。唐白居易《对酒》:"无如饮此销愁物,一饷愁消直万金。"

⑤双纹翠簟(diàn):指有成双花纹图案的青色竹席。簟,供坐卧铺垫用的苇席或竹席。晋张敞《东宫旧事》:"太子纳妃有赤花双文簟。"唐王缙

17

《送孙秀才》:"玉枕双纹簟,金盘五色瓜。"寒浪:凉意。唐温庭筠《荷叶杯》:"小娘红粉对寒浪,惆怅,正思惟。"

⑥蘋风:微风。战国宋玉《风赋》:"夫风生于地,起于青蘋之末。"唐李隆基《同玉真公主过大哥山池》:"桂月先秋冷,蘋风向晚清。"碧涨:碧水涨起。宋欧阳修《渔家傲》:"一派潺湲流碧涨,新亭四面山相向。"

⑦"脉脉"二句:将女子挂着泪珠的红脸比作带雨露的红莲。脉脉:犹默默。唐李商隐《向晚》:"花情羞脉脉,柳意怅微微。"

⑧"斜贴"二句:用新月贴着碧云的景状比喻女子鬓发边的愁眉。南朝陈陈叔宝《有所思》:"落花同泪脸,初月似愁眉。"绿云:比喻女子乌黑光亮的秀发。唐白居易《和春深二十首》其七:"宋家宫样髻,一片绿云斜。"唐杜牧《阿房宫赋》:"绿云扰扰,梳晓鬟也。"弯环:弯曲如环。唐李贺《河南府试十二月乐词·十月》:"金风剪衣着体寒,长眉对月斗弯环。"

又

庭院碧苔红叶遍①。金菊开时②,已近重阳宴③。日日露荷凋绿扇④。粉塘烟水澄如练⑤。　　试倚凉风醒酒面⑥。雁字来时⑦,恰向层楼见⑧。几点护霜云影转⑨。谁家芦管吹秋怨⑩。

【题解】

该词描绘了一幅色彩斑斓的秋景图,由眼前之景引发出"秋怨"。《唐宋诸贤绝妙词选》《草堂诗余》题作"深秋"。上片"碧苔""红叶""金菊""绿扇""粉塘"展示出明媚绚丽的秋色。而一个"凋"字,却流露出美景中的一丝萧索。下片笔锋突转,以"凉风""雁字""护霜云""芦管"这些凄清的意象传达出了词人的悲秋情怀。

【注释】

①碧苔:碧绿色的苔草。宋晏殊《破阵子》:"池上碧苔三四点,叶底黄

鹧一两声,日长飞絮轻。"

②金菊:《草堂诗余》《唐宋诸贤绝妙词选》,作"黄菊"。

③重阳宴:《唐宋诸贤绝妙词选》、《宋六十名家词》本、《历代诗余》、《词综》、《四库全书》本、《小山词笺》,作"登高宴"。指九月九日重阳节的宴会。

④露荷:指沾了露水的荷花。唐王建《秋日送杜虔州》:"晚渚露荷败,早衙风桂凉。"绿扇:绿色荷叶展开如扇,故曰绿扇。唐韩偓《暴雨》:"丛蓼亚赪茸,擎荷翻绿扇。"

⑤粉塘:池塘的美称。宋宋祁《立春前二日获雪》:"粉塘连北渚,缟顷接西畴。"澄如练:《草堂诗余》《唐宋诸贤绝妙词选》,作"明如练"。指池水澄澈如白练。练,练过的布。帛,一般指白绢。南朝齐谢朓《晚登三山还望京邑》:"余霞散成绮,澄江净如练。"

⑥"试倚"句:凉风吹面,醉酒醒来。宋欧阳修《采桑子》:"莲芰香清,水面风来酒面醒。"

⑦雁字:群雁飞行时常排成"一"字或"人"字形,故名。宋柳永《甘草子》:"雁字一行来,还有边庭信。"

⑧恰向:《唐宋诸贤绝妙词选》作"却向"。

⑨护霜云:秋冬季天空出现的一种阴云。宋费衮《梁溪漫志》:"吴中以八月露下而雨谓之淋露,九月霜降而云谓之护霜。"唐杜牧《闻角》:"城角为秋悲更远,护霜云破海天遥。"

⑩芦管:即芦笳。古代的一种管乐器。以芦叶为管,管口有哨簧,管面有音孔,下端范铜为喇叭嘴状。吹时用指启闭音孔,以调音节。唐李益《夜上受降城闻笛》:"不知何处吹芦管,一夜征人尽望乡。"吹秋怨:《草堂诗余》《唐宋诸贤绝妙词选》,作"吟秋怨"。

【汇评】

上有目遇之而成色的景象,下有耳得之而为声的风情。又,黄菊近重阳之时,一闻芦管声,秋怨种种生矣。又,写出水天一色,顿觉秋光侵眸,至胡笳入听,又令人声声欲断,悲喜随情转,于秋何尤。(明李攀龙《新刻李于麟先生批评注释草堂诗余隽》)

言秋景物,目寓之而成色,耳得之而为声,可喜可悲,在人情何如耳。

（明李攀龙《新刻题评名贤词话草堂诗余》）

通章并见深秋物色，至"试倚凉风醒酒面"，倒又见襟怀洒落，而得秋光、秋景、秋色、秋声之旨趣，今人不及于此。（明李廷机等《重刻类编草堂诗余评林》）

"日日"二句，景异。（明陆云龙《词菁》卷一）

末句收得陡绝。（明潘游龙《精选古今诗余醉》卷七）

七句深至，未说到秋怨。今人作文，闲上布题，而以题外一句收之，势乃陡绝，政此法也。（明沈际飞《草堂诗余正集》卷二）

韩无咎《水调歌头》（今日我重九）：晏词"几点护霜云影转"，为南涧蓝本。（明沈际飞《草堂诗余正集》卷三）

按前面平平叙来。至末二句，引入深处。几有"北风其凉"之思矣。云而曰护霜，写得凛栗，此芦管之所以愁怨也。（清黄苏《蓼园词评》）

出语必雅。北宋艳词，自以小山为冠，耆卿、少游皆不及也。（清陈廷焯《词则·闲情集》卷一）

上阕写景亦有情致，是小山本色。好句，兼欧、苏、秦、柳之长。（清陈廷焯《云韶集》卷二十四）

又

喜鹊桥成催凤驾①。天为欢迟②，乞与初凉夜③。乞巧双蛾加意画④。玉钩斜傍西南挂⑤。　　分钿擘钗凉叶下⑥。香袖凭肩，谁记当时话。路隔银河犹可借。世间离恨何年罢⑦。

【题解】

此词于《岁时广记》卷二十六中误引作苏轼词。全词以时间为序展开想象，描绘牛郎织女从鹊桥相会到依依话别的情景，其间穿插了七夕乞巧的民俗风情。然而牛郎织女尚可年年相会，而世人别离后就难再会了，可见世间离恨的深重。

①喜鹊桥：又名乌鹊桥。相传每年农历七月初七，由喜鹊首尾相接在银河上搭成鹊桥，让织女渡河与牛郎相会。《淮南子》："乌鹊填河成桥而渡织女。"唐刘商《送女子》："青娥宛宛聚为裳，乌鹊桥成别恨长。"凤驾：仙人的车乘。南朝梁何逊《七夕诗》："仙车驻七襄，凤驾出天潢。"

②欢迟：《词综》作"欢时"。

③乞与：给予。唐元稹《书乐天纸》："金銮殿里书残纸，乞与荆州元判司。"

④乞巧：旧时风俗。妇女在农历七月七日夜向织女星乞求智巧，称为"乞巧"。南朝梁宗懔《荆楚岁时记》："七月七日为牵牛、织女聚会之夜。"又："是夕，人家妇女结彩缕，穿七孔针，或以金银鍮石为针，陈几筵酒脯瓜果于庭中以乞巧。有蟢子网于瓜上则以为符应。"双蛾：指女子的双眉。宋柳永《西施》："取次梳妆，自有天然态，爱浅画双蛾。"加意画：《历代诗余》作"如意画"。

⑤"玉钩"句：一弯新月挂在西南边的夜空。玉钩：喻弯月。南朝宋鲍照《玩月城西门廨中》："蛾眉蔽珠栊，玉钩隔琐窗。"

⑥分钿（diàn）擘（bò）钗：指夫妻或情侣在分别时把钿盒与金钗一分为二，各执一半，以表诚信。唐白居易《长恨歌》："钗留一股合一扇，钗擘黄金合分钿。"凉叶：秋叶。

⑦"路隔"二句：牛郎织女相隔银河，可以凭借鹊桥相会。世人分别后难以再见，离恨不知到何时才能停止。即世人离恨远胜过牛郎织女。此二句与秦观《鹊桥仙》："金风玉露一相逢，便胜却人间无数。"有异曲同工之妙。

【汇评】

思深意苦。（清陈廷焯《词则·闲情集》卷一）

情致楚楚。沉痛如此，何其怨也？（清陈廷焯《云韶集》卷二）

"借"字生而炼熟。（夏敬观《映庵词评》）

又

碧草池塘春又晚。小叶风娇,尚学娥妆浅①。双燕来时还念远②。珠帘绣户杨花满③。　　绿柱频移弦易断④。细看秦筝⑤,正似人情短。一曲啼乌心绪乱⑥。红颜暗与流年换⑦。

【题解】

词写闺怨。上片描绘绿肥红瘦的晚春景象,又逢双燕归来,飞絮满天,由景及人,引出闺中女子的伤春怀人之情。下片通过弹琴时的一系列动作与心理描写,展示女子寓于琴中的愁怨。

【注释】

①"小叶"二句:语出唐李贺《三月过行宫》:"渠水红繁拥御墙,风娇小叶学娥妆。"小叶风娇:指风中娇柔的嫩叶。娥妆:《百家词》本,作"蛾妆"。指女子的妆饰。

②双燕来时:宋晏殊《破阵子》:"燕子来时新社,梨花落后清明。"

③珠帘绣户:指女子居室的串珠帘幕。绣户,雕绘华美的门户。多指妇女居室。南朝梁江淹《丽色赋》:"于是雕台绣户,当衢横术。"唐韩翃《汉宫曲二首》其二:"家在长陵小市中,珠帘绣户对春风。"杨花:即柳絮。北周庾信《春赋》:"新年鸟声千种啭,二月杨花满路飞。"

④绿柱:这里指筝柱。移动筝柱可以调节音调高低。

⑤秦筝:古秦地(今陕西一带)的一种弦乐器。似瑟,相传为秦蒙恬所造,故称"秦筝"。三国魏曹植《箜篌引》:"秦筝何慷慨,齐瑟和且柔。"南朝宋谢灵运《燕歌行》:"调弦促柱多哀声,遥夜明月鉴帷屏。"

⑥一曲啼乌:唐教坊曲名有《乌夜啼》。《乐书》:"唐教坊谢大善歌,常唱《乌夜啼》,明皇亲御,箜篌和之。"后世所见《乌夜啼》内容多与男女爱情有关。

⑦流年:指如水般流逝的光阴、年华。唐杜甫《雨》:"悠悠边月破,郁郁流年度。"换:改变。唐李白《对酒行》:"天地无凋换,容颜有迁改。"

又

碾玉钗头双凤小①。倒晕工夫,画得宫眉巧②。嫩曲罗裙胜碧草③。鸳鸯绣字春衫好。　　三月露桃芳意早④。细看花枝,人面争多少⑤。《水调》声长歌未了⑥。掌中杯尽东池晓⑦。

【题解】

这首词是歌女日常生活的真实写照。词人用白描手法,从头饰、眉妆、衣着等方面描写歌女的打扮,并以"三月露桃"比喻歌女的美貌。她们的主要任务就是通宵达旦地陪酒侍宴。

【注释】

①碾玉:打磨雕琢玉器。此处引申为玉制的物品。宋张先《谢池春慢》:"斗色鲜衣薄,碾玉双蝉小。"钗头双凤:双凤形状的头钗。明陶宗仪《说郛》:"钗子,盖古笄之遗象也。至秦穆公以象牙为之……始皇又以金银作凤头,以玳瑁为脚,号曰'凤钗'。"唐王建《失钗怨》:"嫁时女伴与作妆,头戴此钗如凤凰。"

②"倒晕"二句:运用倒晕画眉的方式巧画宫眉。倒晕:古代女子的一种画眉样式。唐宇文士及《妆台记》:"妇人画眉,有倒晕妆。"宫眉:宫中流行的眉式。唐李商隐《蝶》:"寿阳公主嫁时妆,八字宫眉捧额黄。"

③嫩曲罗裙胜碧草:《宋六十名家词》本、《四库全书》本,作"嫩曲□□群胜□",缺字。嫩曲:浅黄色。唐元稹《离思》:"红罗着压逐时新,杏子花纱嫩曲尘。"

④露桃:语本古乐府《鸡鸣》:"桃生露井上,李树生桃旁。"故后因用"露桃"称桃树、桃花。唐顾况《瑶草春》:"露桃秾李自成蹊,流水终天不向西。"

23

芳意:《宋六十名家词》本、《四库全书》本,作"春意"。

⑤"细看"二句:将歌女之面容比作桃花。唐崔护《题都城南庄》:"去年今日此门中,人面桃花相映红。"争:相差。唐杜荀鹤《自遣》:"百年身后一丘土,贫富高低争几多。"

⑥《水调》:古代曲调名。唐杜牧《扬州》:"谁家唱《水调》,明月满扬州。"自注:"炀帝凿汴渠成,自造《水调》。"晏几道《浣溪沙》(小杏春声学浪仙)曰:"今年《水调》得人怜。"两首词可参阅。

⑦掌中杯:这里指酒杯。唐杜甫《小至》:"云物不殊乡国异,教儿且覆掌中杯。"东池:一说为凝碧池。《明一统志》卷二十六《开封府上》:"凝碧池,在府城东南平台侧,唐为牧泽,宋真宗时凿为池。"一说泛指富贵人家的池塘。唐吕温《道州郡斋卧疾寄东馆诸贤》:"东池送客醉年华,闻道风流胜习家。"宋韩维《绍隆池上对月》:"野月来何处,东池柳影深。"

【汇评】

"晕"字熟而炼生。(夏敬观《映庵词评》)

又

醉别西楼醒不记①。春梦秋云②,聚散真容易。斜月半窗还少睡,画屏闲展吴山翠③。　　衣上酒痕诗里字④。点点行行,总是凄凉意。红烛自怜无好计。夜寒空替人垂泪⑤。

【题解】

该词追忆西楼欢会。《唐宋诸贤绝妙词选》题作"别恨"。词上片感叹聚散容易如春梦秋云,词人因回忆而彻夜未眠。词下片抚今追昔,触动旧物而愈发惆怅,并将一己之情推及眼前之物,蜡烛成为拟人化的物体,寄托人之情感。全词语淡情深。

【注释】

①"醉别"句:饮酒至醉后分别,醒来记不得当时情景。宋欧阳修《太白

戏圣俞》："宫娃扶来白已醉,醉里诗成醒不记。"西楼:这里指欢宴场所。晏几道词中多次出现。

②"春梦"句:比喻事物短暂而无常。唐白居易《花非花》："来如春梦几多时,来似秋云无觅处。"

③画屏:有画饰的屏风。南朝梁江淹《空青赋》："亦有曲帐画屏,素女彩扇。"吴山:泛指江南吴地的山。

④"衣上"句:衣襟上沾着酒痕,诗里写着深情的文字。语出唐白居易《故衫》："袖中吴郡新诗本,襟上杭州旧酒痕。"

⑤"红烛"二句:意谓红烛燃烧淌下液态蜡,似乎在寒夜替人流泪。此二句借红烛抒发人的伤感无奈。语出唐杜牧《赠别二首》其二:"蜡烛有心还惜别,替人垂泪到天明。"夜寒:《唐宋诸贤绝妙词选》作"夜阑"。

【汇评】

一字一泪,一字一珠。(清陈廷焯《词则·大雅集》卷二)

清绝、丽绝,亦复冷绝。一字一泪,一字一珠,千古有情人一齐泪下。(清陈廷焯《云韶集》卷二)

如小山父子及德麟辈,用事亦未常不轻,但有厚薄浓淡之分。后人一再过,不复留余味。而古人隽永不已。(清先著、程洪《词洁》卷二)

"红烛自怜无好计。夜寒空替人垂泪。"杜牧之诗:"蜡烛有心还惜别,替人垂泪到天明。"(清许昂霄《晴雪雅词偶评》卷二)

熟意炼生。(夏敬观《映庵词评》)

即为小令,亦不可不亮。试读韦词云"春水碧于天。画船听雨眠",李后主词云"归时休放烛花红,待踏马蹄清夜月",小山词云"斜月半窗还少睡,画屏闲展吴山翠",白石词云"淮南皓月冷千山,冥冥归去无人管",意境何等杳渺,而音响何等嘹亮,所谓名隽高华者,不其然乎。又:句中虚字,传神极妙。如李后主词"往事只堪哀",一"只"字即见万念俱灰,有不堪回首之痛。晏小山词"聚散真容易",一"真"字亦见人生无常,懊恨之切。(唐圭璋《梦桐词话》卷一)

又

欲减罗衣寒未去。不卷珠帘^①，人在深深处。残杏枝头花几许。啼红正恨清明雨^②。　　尽日沉香烟一缕^③。宿酒醒迟^④，恼破春情绪^⑤。远信还因归燕误。小屏风上西江路^⑥。

【题解】

此词于《乐府雅词》卷中、《增修笺注妙选草堂诗余》后集卷上、《唐宋诸贤绝妙词选》卷六、《类选笺释草堂诗余》卷二、《古今词统》卷九、《历代诗余》卷三十九、《词综》卷七皆作赵令畤词。此词塑造了一位思妇的形象。上片描写思妇所居处的环境，并点明清明时节，为下片抒情作铺垫。下片写思妇的生活情状，因游子未归而怨，然焚香、饮酒不解愁恨，又将愁恨归咎燕子误信，可见怨至深。

【注释】

①卷珠帘：唐李白《怨情》："美人卷珠帘，深坐颦蛾眉。"

②啼红：指沾雨的杏花瓣。宋晏殊《蝶恋花》："红杏开时，一霎清明雨。"

③沉香：见《临江仙》(旖旎仙花解语)"沉水"注释。

④宿酒：犹宿醉，谓隔夜尚未全醒的余醉。唐白居易《早春即事》："眼重朝眠足，头轻宿酒醒。"

⑤"恼破"句：因春恨而烦恼。恼破：烦恼至极。唐薛能《题于公花园》："若使明年花可待，应须恼破事花心。"

⑥"远信"二句：闺中思妇因未收到夫君的来信，而面对屏风所描绘的西江路思绪万千。五代王仁裕《开元天宝遗事》："长安豪民郭行先有女子绍兰适巨商任宗，为贾于湘中，数年不归，复音书不达。绍兰目睹堂中有双燕戏于梁间。兰长吁而语于燕曰：'我闻燕子自海东来，往复必径由于湘中，我婿离家不归数岁，蔑有音耗，生死存亡弗可知也，欲凭尔附书，投于我

婿。'……兰遂吟诗一首云:'我婿去重湖,临窗泣血书。殷勤凭燕翼,寄与薄情夫。'兰遂小书其字系于足上,燕遂飞鸣而去。任宗时在荆州,忽见一燕飞鸣于头上。宗讶视之,燕遂泊于肩上。见有一小封书系在足上,宗解而视之,乃妻所寄之诗。宗感而泣下,燕复飞鸣而去。宗次年归。"唐李白《捣衣篇》:"忽逢江上春归雁,衔得云中尺素书。"叔原反用此典故。

【汇评】

殆欲走入杨国忠家屏上。(明卓人月、徐士俊《古今词统》卷九)

此词亦见赵德麟《聊复集》,今从《宋六十一家词选》属小山作。(清陈廷焯《词则·大雅集》卷二)

"恨"字、"迟"字妙极,熟字炼之使生,尤不易。(夏敬观《映庵词评》)

又

千叶早梅夸百媚①。笑面凌寒②,内样妆先试③。月脸冰肌香细腻④。风流新称东君意⑤。　　一稔年光春有味⑥。江北江南,更有谁相比。横玉声中吹满地⑦,好枝长恨无人寄⑧。

【题解】

此词《梅苑》卷八误作晏殊词。此词咏早梅。上片借美人的装束、容颜、肌肤来比拟梅花的颜色、姿态、香味,突出早梅"媚""凌寒""风流"等特点。下片赞叹梅花无与伦比的美丽,却又惋惜梅花终会凋零,并由花及人,抒发故友流散、无人寄梅的遗恨。

【注释】

①"千叶"句:繁茂枝叶中的梅花姿态娇媚。千叶:形容枝叶之多。唐孟郊《秋夕贫居述怀》:"高枝低枝风,千叶万叶声。"夸:炫耀。百媚:形容极其妩媚。唐白居易《长恨歌》:"回眸一笑百媚生,六宫粉黛无颜色。"

②"笑面"句:指梅花冒着严寒绽放。宋王安石《梅》:"墙角数枝梅,凌寒独自开。"

③内样妆:宫中流行的妆样,即梅花妆。宋李昉等《太平御览·时序部》:"宋武帝女寿阳公主,人日卧于含章殿檐下,梅花落公主额上,成五出花,拂之不去。皇后留之,看得几时。经三日洗之乃落。宫女奇其异,竞效之,今梅花妆是也。"

④"月脸"句:意谓梅花如女子光洁的脸面与白净且散发着香气的肌肤。冰肌:指女子的肌肤如冰一般洁白细腻。后蜀孟昶《避暑摩诃池上作》:"冰肌玉骨清无汗,水殿风来暗香暖。"香细腻:指散发香气的细腻肌肤。唐末五代韦庄《伤灼灼》:"桃脸曼长横绿水,玉肌香腻透红纱。"

⑤东君:司春之神。唐末五代韦庄《和李秀才郊墅早春吟兴十韵》:"暖律变寒光,东君景渐长。"

⑥一稔:《彊村丛书》原本作"一捻",从《百家词》本、《宋六十名家词》本、《四库全书》本、《历代诗余》、《小山词笺》改。农作物的一次成熟,引申为一年。晋挚虞《思游赋》:"羡一稔而三春分,尚含英以容豫。"

⑦"横玉"句:玉笛声吹,梅花飘落。横玉:指玉笛。笛曲有《梅花落》。唐李白《与史郎中钦听黄鹤楼上吹笛》:"黄鹤楼中吹玉笛,江城五月落梅花。"

⑧"好枝"句:梅花枝好,却无人可赠予。南朝宋盛弘之《荆州记》:"陆凯与范晔相善。自江南寄梅花一枝,诣长安与晔,并赠诗曰:'折梅逢驿使,寄与陇头人。江南无所有,聊赠一枝春。'"叔原反用此典,表达孤寂之感。

【汇评】

"笑面凌寒"意生字新,"内样"字生不觉碍眼者,炼熟之功也。(夏敬观《映庵词评》)

又

金剪刀头芳意动①。彩蕊开时②,不怕朝寒重。晴雪半消花鬓鬘③。晓妆呵尽香酥冻④。　　十二楼中双翠凤⑤。缥缈歌声⑥,记得《江南弄》⑦。醉舞春风谁可共。秦云已有鸳屏梦⑧。

【题解】

这首词是词人怀念旧时歌女之作。上片由初春之景起兴,描写女子晨起梳妆的姿态。下片追忆当年听歌、观舞、饮酒的欢乐时光,而今歌女可能已经另有所欢了。

【注释】

①金剪刀:借喻春风。唐贺知章《咏柳》:"不知细叶谁裁出,二月春风似剪刀。"芳意:春意。

②彩蕊:彩花。

③鬖鬙:犹朦胧,模糊不清的样子。鬙,同松。宋苏轼《送曾仲锡通判如京师》:"断蓬飞叶卷黄沙,只有千林鬖松花。"

④"晓妆"句:指女子晨起梳妆时,呵气使冻僵的手指温暖。香酥:本酪属,煎牛羊乳为之。晋常璩《华阳国志》:"有桄榔木,可以作面,以牛酥酪食之。"后喻物之洁泽松腻者。此处指细腻的手指。

⑤十二楼:本指神仙居所。此处指宫阙楼阁。《汉书·郊祀志下》:"方士有言黄帝时为五城十二楼,以候神人于执期,名曰迎年。"又应劭注:"昆仑玄圃,五城十二楼,仙人之所常居。"唐顾况《露青竹杖歌》:"十二楼中奏管弦,楼中美人夺神仙。"翠凤:女子的头饰,亦可代指女子。南唐冯延巳《菩萨蛮》:"宝钗横翠凤,千里香屏梦。"

⑥缥缈:《百家词》本、《宋六十名家词》本、《四库全书》本、《历代诗余》,作"缈缈";《小山词笺》作"渺渺"。形容声音清越悠扬。唐白居易《送姚杭州赴任因思旧游二首》其一:"笙歌缥缈虚空里,风月依稀梦想间。"

⑦《江南弄》:乐府《清商曲》名。宋郭茂倩《乐府诗集》引《古今乐录》:"梁天监十一年冬,武帝改西曲,制《江南上云乐》十四曲,《江南弄》七曲。一曰《江南弄》,二曰《龙笛曲》,三曰《采莲曲》,四曰《凤笛曲》,五曰《采菱曲》,六曰《游女曲》,七曰《朝云曲》。又沈约作四曲,一曰《赵瑟曲》,二曰《秦筝曲》,三曰《阳春曲》,四曰《朝云曲》,亦谓之《江南弄》云。"

⑧秦云:秦地之云。此处喻女子。宋柳永《浪淘沙慢》:"知何时、却拥秦云态。愿低帏昵枕,轻轻细说与。"鸳屏:绘有鸳鸯图案的屏风。

"金剪刀头"用"二月春风似剪刀",接以"芳意动",意新。(夏敬观《映庵词评》)

又

笑艳秋莲生绿浦①。红脸青腰②,旧识凌波女③。照影弄妆娇欲语④。西风岂是繁华主⑤。　　可恨良辰天不与。才过斜阳,又是黄昏雨⑥。朝落暮开空自许。竟无人解知心苦⑦。

【题解】

词咏秋莲。有些学者认为"莲"为双关意,亦指歌伎"小莲",可备一说。笔者以为此词乃托物言情。上片用拟人手法描写莲花的娇姿媚态。下片极言秋莲开放时间短暂,还要经历风雨摧残,人们只见秋莲美丽不知莲心之苦。词人借秋莲遭遇感叹平生际遇,不逢良时,不遇知己。比之年纪稍晚的贺铸化用此词为《芳心苦》(杨柳回塘)。

【注释】

①笑艳:形容荷花盛开时如女子娇艳的笑容。绿浦:绿色的水滨。南朝梁沈约《钓竿》:"桂舟既容与,绿浦复回纡。"

②红脸:红润的脸,指红色的荷花。唐李绅《回望馆娃故宫》:"因问馆娃何所恨,破吴红脸尚开莲。"青腰:指青绿色的荷梗。唐黄滔《木芙蓉三首》其二:"却假青腰女剪成,绿罗囊绽彩霞呈。"

③凌波女:此处以洛神借指荷花。三国魏曹植《洛神赋》:"凌波微步,罗袜生尘。"

④"照影"句:意谓荷花倒映在水面上,似女子对镜梳妆,又似女子娇羞欲语。唐李白《渌水曲》:"荷花娇欲语,愁杀荡舟人。"明彭大翼《山堂肆考·羽集》卷七《花品·荷花》"照影"条目下录晏几道该词。

⑤繁华主:繁华世界的主宰。宋范成大《陆务观作春愁曲悲甚作诗反之》:"东风本是繁华主,天地元无著愁处。"

⑥"才过"二句:见《蝶恋花》(卷絮风头寒欲尽)"斜阳只与黄昏近"注释。又是:《宋六十名家词》本、《四库全书》本、《历代诗余》、《小山词笺》,作"又值"。

⑦"朝落"二句:莲花朝落暮开空自称许,却无人知道莲子心是苦的。朝落暮开:形容秋莲开放的时间极短。自许:自夸,自我称许。唐李商隐《赋得桃李无言》:"赤白徒自许,幽芳谁与论。"心苦:指莲子心味苦,同时比喻人内心的痛苦。

又

碧落秋风吹玉树①。翠节红旌②,晚过银河路。休笑星机停弄杼③。凤帏已在云深处④。　　楼上金针穿绣缕⑤。谁管天边,隔岁分飞苦。试等夜阑寻别绪。泪痕千点罗衣露⑥。

【题解】

这是一首咏七夕的词。上片想象织女七夕赴约的情景,辞藻华丽。下片描写牛郎织女洒泪分别,其间穿插着人间的七夕乞巧活动。词人以牛郎织女的短暂相会与长久分离比喻人世间的离合,并对此感伤不已。

【注释】

①碧落:犹言碧空,天空。唐白居易《长恨歌》:"上穷碧落下黄泉,两处茫茫皆不见。"玉树:神话中的仙树,亦为树的美称。唐李白《怀仙歌》:"仙人浩歌望我来,应攀玉树长相待。"唐杜牧《秋感》:"金风万里思何尽,玉树一窗秋影寒。"

②"翠节"句:饰以翠羽的符节与红色的旗子。形容仪仗之华丽。红旌:《百家词》本,作"红妆"。

③"休笑"句:莫笑织女因赴约而停机不织布。星机:指织女的织机。

唐李商隐《寓怀》:"星机抛密绪,月杼散灵氛。"杼:织机的梭子。南朝宋谢惠连《七月七日夜咏牛女》:"弄杼不成藻,耸辔鸳前踪。"

④凤帏:《百家词》本、《宋六十名家词》本、《四库全书》本,作"凤帷"。绣有凤凰图案的帷帐。宋柳永《阳台路》:"追念少年时,正恁凤帏,倚香偎暖。"

⑤"楼上"句:指人间女子在楼上用金针、绣线向织女乞巧。见《临江仙》(斗草阶前初见)"穿针"注释。

⑥"试等"二句:等到夜色将尽,牛郎织女因离别悲伤而洒下的泪滴,都化成了雨珠,落在了乞巧少女们的罗衣上。夜阑:夜尽天明。汉蔡琰《胡笳十八拍》:"山高地阔兮,见汝无期;更深夜阑兮,梦汝来斯。"泪痕:《花草粹编》作"浪痕"。

【汇评】

七夕词,意新语新。(夏敬观《映庵词评》)

又

碧玉高楼临水住①。红杏开时②,花底曾相遇。一曲《阳春》春已暮③。晓莺声断朝云去④。　　远水来从楼下路⑤。过尽流波,未得鱼中素⑥。月细风尖垂柳渡。梦魂长在分襟处⑦。

【题解】

此词抒发词人怀恋一位歌女之情。整首词以时间为序展开叙述。从"红杏开时"的仲春相遇到暮春时分离,两人相识的时间很短暂。分别之后,互相不通音讯,唯有在梦魂中追忆她。

【注释】

①碧玉:南朝刘宋时,汝南王有妾名碧玉,备受宠爱,为作《碧玉歌三首》其二:"碧玉小家女,不敢攀贵德。感郎千金意,惭无倾城色。"借指年轻

貌美的婢妾或小家女。此处指歌女。

②"红杏"句:红杏约在清明前后绽放。宋晏殊《蝶恋花》:"红杏开时,一霎清明雨。"

③《阳春》:古代乐曲名。是一种比较高雅难学的曲子。《文选》卷四十五《宋玉对楚王问》:"客有歌于郢中者,其始曰《下里》《巴人》,国中属而和者数千人……其为《阳春》《白雪》,国中属而和者,不过数十人。"后用以泛指高雅的曲调。南朝宋谢希逸《琴论》:"刘涓子善鼓琴,制《阳春》《白雪》曲。"春已暮:《百家词》本,作"春色暮"。

④晓莺:黄鹂。唐温庭筠《定西番》:"细雨晓莺春晚,人似玉,柳如眉,正相思。"唐末五代韦庄《荷叶杯》:"惆怅晓莺残月,相别,从此隔音尘。"朝云:代指女子。用巫山神女之典。见《临江仙》(浅浅余寒春半)"虚梦高唐"注释。

⑤楼下路:《词综》作"楼下度"。

⑥鱼中素:指书信。见《蝶恋花》(卷絮风头寒欲尽)"双鱼信"注释。

⑦分襟:分袂,指离别。唐刘禹锡《赠同年陈长史员外》:"一自分襟多岁月,相逢满眼是凄凉。"

【汇评】

鬼语分明爱赏多,小山小令擅清歌。世间不少分襟处,月细风尖唤奈何。(清厉鹗《论词绝句十二首》)

清词丽句必为邻。字字凄婉,仙耶? 鬼耶?(清陈廷焯《云韶集》卷二)

凄婉欲绝,仙耶? 鬼耶?(清陈廷焯《词则·闲情集》卷一)

又

梦入江南烟水路①。行尽江南,不与离人遇。睡里消魂无说处。觉来惆怅消魂误②。　　欲尽此情书尺素③。浮雁沉鱼④,终了无凭据。却倚缓弦歌别绪⑤。断肠移破秦筝柱⑥。

【题解】

词为怀人之作。《唐宋诸贤绝妙词选》题作"别恨"。主人公忧思成梦，欲与离人在梦中相遇，然而寻梦无果，欲以书信寄远，却无信使差遣，欲用琴声消愁，反而更添惆怅。章法层层深入，情感波澜起伏，词风沉郁顿挫。

【注释】

①烟水：烟雾迷离的水面。唐孟浩然《送袁十岭南寻弟》："苍梧白云远，烟水洞庭深。"

②消魂：《唐宋诸贤绝妙词选》、《花草粹编》、《四库全书》本、《历代诗余》、《小山词笺》，作"佳期"。

③尺素：小幅的丝织物，如绢、帛等。古人用此写信。古乐府《饮马长城窟行》："呼儿烹鲤鱼，中有尺素书。"

④"浮雁"句：古诗词常以鱼、雁作为传书的使者。这里指没有收到书信。唐戴叔伦《相思曲》："鱼沉雁杳天涯路，始信人间别离苦。"

⑤缓弦歌别绪：《百家词》本、《宋六十名家词》本、《四库全书》本、《历代诗余》、《小山词笺》，"缓弦"作"鲲弦"；《宋六十名家词》本、《四库全书》本，"歌别绪"作"无别绪"。缓弦：与急弦相对，指宽松的、没有绷紧的琴弦，声音缓慢低沉。宋韩维《和谢主簿游西湖》："兴长不忍回孤棹，歌懒才能逐缓弦。"

⑥移破：移遍，频繁移动。秦筝：见《蝶恋花》（碧草池塘春又晚）注释。

【汇评】

"断肠移破秦筝柱"，滋味。（明沈际飞《草堂诗余续集》卷下）

人必说梦中相会，何等陈腐。（明卓人月、徐士俊《古今词统》卷九）

又

黄菊开时伤聚散。曾记花前，共说深深愿。重见金英人未见①。相思一夜天涯远②。　　罗带同心闲结遍③。带易成双④,人恨成双晚。欲写彩笺书别怨⑤。泪痕早已先书满。

【题解】

此词上片以菊花起兴,将人与花对比,物是人非,引出离愁。下片将孤独的人和成双的带对比,人更显孤独,欲把别怨写在纸上以排遣,然而泣不成声,难以下笔。

【注释】

①金英:指黄菊花。宋王禹偁《池边菊》:"未到重阳归阙去,金英寂寞为谁开。"

②"相思"句:整夜在相思中度过,然而情人却远在天涯。

③罗带:《花草粹编》、《宋六十名家词》本、《四库全书》本、《历代诗余》、《小山词笺》,作"罗袖"。同心:指同心结,用锦带编成连环回文样式的结子,象征坚贞的爱情。南朝梁武帝《有所思》:"腰中双绮带,梦为同心结。"

④"带易"句:指罗带成双。唐张祜《送走马使》:"新样花文配蜀罗,同心双带蹙金蛾。"唐李群玉《赠琵琶妓》:"一双裙带同心结,早寄黄鹂孤雁儿。"

⑤彩笺:《百家词》本,作"粉笺"。借指诗笺或书信。宋晏殊《蝶恋花》:"欲寄彩笺兼尺素,山长水阔知何处?"

【汇评】

熟意炼新。(夏敬观《映庵词评》)

叔原小令最工,直逼《花间》。集中《蝶恋花》词凡十五首,此三首(作者案:"醉别西楼醒不记""欲减罗衣寒未去""黄菊开时伤聚散")尤胜。叔原喜沉浮酒中,与客酣饮,每得一解,即以草授歌姬莲、鸿、蘋、云,品清讴娱客,持杯听之,相为笑乐。歌阑人散,辄惆怅成吟。词中所云"衣上酒痕""宿酒醒迟"等句,皆纪实也。(俞陛云《唐五代两宋词选释》)

鹧鸪天

　　彩袖殷勤捧玉钟①。当年拚却醉颜红②。舞低杨柳楼心月，歌尽桃花扇影风③。　　从别后，忆相逢。几回魂梦与君同④。今宵剩把银釭照，犹恐相逢是梦中⑤。

【题解】

　　《唐宋诸贤绝妙词选》题为"佳会"，《草堂诗余》题为"饮酒"。词上片追叙当年宴会歌舞的场景；下片表现离别后的相思，以及再度重逢的惊喜之情，末二句与前《临江仙》末二句"如今不是梦，真个到伊行"有异曲同工之妙。

【注释】

　　①彩袖：这里代指穿彩服的歌女。宋韩维《寄秦川马从事》："分题红叶蛮笺腻，对举流霞彩袖香。"玉钟：玉制的酒杯。亦用作酒杯的美称。宋欧阳修《奉寄襄阳张学士兄》："况有玉钟应不负，夜槽春酒响如泉。"

　　②当年：《唐宋诸贤绝妙词选》《草堂诗余》，作"当筵"。拚却：甘愿，不顾惜一切。唐韦同则《仲月赏花》："把酒且须拚却醉，风流何必待歌筵。"宋柳永《木兰花慢》："拚却明朝永日，画堂一枕春醒。"

　　③"舞低"二句：翩翩起舞直到楼头之月西落，婉转歌唱直到歌扇之风消歇。此二句极言歌舞之曼妙，时间之长久。低：使动用法，此处指月亮低沉。杨柳：《百家词》本、《宋六十名家词》本、《四库全书》本、《历代诗余》、《小山词笺》，作"杨叶"。扇影风：《草堂诗余》、《唐宋诸贤绝妙词选》、《百家词》本，作"扇底风"。扇：指歌舞时用作道具的扇子。

　　④魂梦：《百家词》本，作"梦里"。

　　⑤"今宵"二句：今晚尽把烛灯照耀，只担心这次重逢是在梦中。唐杜甫《羌村三首》其一："夜阑更秉烛，相对如梦寐。"唐司空曙《云阳馆与韩绅宿别》："乍见翻疑梦，相悲各问年。"剩把：尽把。银釭：银白色的灯盏、烛

台。宋张先《偷声木兰花》："帘波不动银釭小，今夜夜长争得晓。"

【汇评】

晏叔原不蹈袭人语，而风调闲雅，自是一家。如"舞低杨柳楼心月，歌尽桃花扇底风"，自可知此人不生在三家村中也。（宋赵令畤《侯鲭录》卷七引晁无咎言）

存中云：山谷称晏叔原："舞低杨柳楼心月，歌尽桃花扇底风。"定非穷儿家语。（宋魏庆之《诗人玉屑》卷十引《王直方诗话》。注：宋阮阅《诗话总龟》前集卷九也有此论，其中"存中"作"崔中"。）

《雪浪斋日记》谓："晏叔原工于小词，'舞低杨柳楼心月，歌尽桃花扇影风'，不愧六朝宫掖体。无咎评乐章，乃以为元献词，误也。元献词谓之《珠玉集》，叔原词谓之《乐府补亡集》，此两句在《补亡集》中，全篇云：'彩袖殷勤捧玉钟，当年拚却醉颜红。舞低杨柳楼心月，歌尽桃花扇影风。　　从别后，忆相逢，几回魂梦与君同。今宵剩把银釭照，犹恐相逢是梦中。'词情婉丽。"（宋胡仔《苕溪渔隐丛话·后集》卷三十三）

晏叔原"今宵剩把银釭照，犹恐相逢是梦中"，盖出于老杜"夜阑更秉烛，相对如梦寐"，戴叔伦"还作江南梦，翻疑梦里逢"，司空曙"乍见翻疑梦，相悲各问年"之意。（宋王楙《野客丛书》卷二十）

陈梦弼和石湖《鹧鸪天》云："指剥春葱去采蘋。衣丝秋藕不沾尘。眼波明处偏宜笑，眉黛愁来也解颦。　　巫峡路，忆行云。几番曾梦曲江春。相逢细把银釭照，犹恐今宵梦似真。"歌拍用晏叔原"今宵剩把银釭照，犹恐相逢是梦中"句。"恐梦似真"，翻新入妙，不特不嫌沿袭，几于青胜于蓝。（况周颐《蕙风词话》卷二）

杜少陵诗云："夜阑更秉烛，相对如梦寐。"晏小山之词乃云："今宵剩把银缸照，犹恐相逢是梦中。"谈者但称晏词之美，不知其出于杜诗也。（宋俞琰《书斋夜话》卷四）

晏叔原，号小山，有《乐府》行于世，山谷为序。如"舞低杨柳楼心月，歌罢桃花扇底风"等句，流丽为世所称。（明凌迪知《万姓统谱》卷一百二）

美秀，不愧六朝宫掖体。又：惊喜俨然。（明沈际飞《草堂诗余正集》卷一）

"舞低"二句,工而艳,不让六朝。"今宵"二句,唐诗:"乍见翻疑梦,相悲各问年。"即此意。(明杨慎批点本《草堂诗余》卷二)

晏叔原,公佋也。词云:"舞低杨柳楼心月,歌罢桃花扇底风。"盖得公所传也。此二句,勾栏中多用作门对。(明瞿佑《归田诗话》卷上)

"舞低杨柳楼心月,歌罢桃花扇底风",富贵气象,形容尽矣。(明郎瑛《七修类稿》卷三十四)

上言歌舞以尽酒怀,下是相逢犹恐非真。又,"舞低""歌尽""相逢""梦中",何等迫真。又,独抒心得,不袭人口吻,赵氏品叔原,于此词窥见矣。(明李攀龙《新刻李于麟先生批评注释草堂诗余隽》)

雪浪斋言:晏叔原此词"舞低杨柳楼心月,歌尽桃花扇底风"等语,不愧六朝官殿体。(明李攀龙《新刻题评名贤词话草堂诗余》)

晁氏谓叔原不袭人语,自成一家,议论最当。(明董其昌《新锓订正评注便读草堂诗余》卷三)

《紫花儿序》:"早是他主人情重",指"翠袖殷勤"一句,言令我一奉酒于生,便当做许大人情也。本晏叔原词句,东阁用公孙弘事,内典言饮食之侈。曰"炮凤烹龙,雕蚶镂蛤",李白诗:"烹龙炮凤玉脂泣。"白:月阑,月晕也,语新。(明王骥德《新校注古本西厢记》卷二)

谢叠山云:杜子美《乱后见妻子》诗云:"夜阑更秉烛,相对如梦寐。"辞情绝妙,无以加之。晏词窃其意云云:"今宵剩把银缸照,犹恐相逢是梦中。"周词反其意云:"夜永有时,分明枕上,觑着孜孜地。烛暗时酒醒,元来又是梦里。"皆不如后山祖杜工部之意,着一转语:"了知不是梦,忽忽心未稳。"意味悠长,可与杜工部争衡也。(明王昌会《诗话类编》卷二十二)

后叠末语,惊喜俨然。(明潘游龙《精选古今诗余醉》卷三)

"夜阑更秉烛,相对如梦寐",叔原则云"今宵剩把银钉照,犹恐相逢是梦中",此诗与词之分疆也。(清刘体仁《七颂堂词绎》)

衍词有三种,贺方回衍"秋尽江南叶未凋",陈子高衍"李夫人病已经秋",全用旧诗而为添声也。《花非花》,张子野衍之为《御街行》。《水鼓子》,范希文衍之为《渔家傲》。此以短句而衍为长言也。至温飞卿诗云:"合欢桃核真堪恨,里许原来别有人。"山谷衍为词云:"似合欢桃核,真堪人恨,心儿里、有两个人人。"古诗云:"夜阑更秉烛,相对如梦寐。"叔原衍为词云:"今宵剩把银缸照,犹恐相逢是梦中。"以此见为诗之余也。(清沈雄《柳塘词话》卷二)

宋人词句之最藉藉者,莫如"红杏枝头春意闹""云破月来花弄影""舞低杨柳楼心月"……余谓皆语奇而格不高,不如晏同叔"双燕欲归时节,银屏昨夜微寒"……格调之高,直逼唐季,宋人中所不可多得。(清王初桐《小娜嬛词话》卷一)

"从别后,忆相逢。几回魂梦与君同。今宵剩把银钉照,犹恐相逢是梦中",曲折深婉。自有艳词,更不得不让伊独步。视永叔之"笑问双鸳鸯字怎生书""倚阑无绪更兜鞋"等句,雅俗判然矣。(清陈廷焯《白雨斋词话》卷一)

陶九成云:"近世所谓大曲,苏小小《蝶恋花》、苏东坡《念奴娇》、晏叔原《鹧鸪天》、柳耆卿《雨零铃》、辛稼轩《摸鱼子》、吴彦高《春草碧》、蔡伯坚《石州慢》、张子野《天仙子》、朱淑真《生查子》、邓千江《望海潮》。"按:其中惟稼轩《摸鱼子》一篇为古今杰作,叔原《鹧鸪天》,为艳体中极致,余亦泛泛,不知当时何以并重如此。"(清陈廷焯《白雨斋词话》卷三)

闲情之作,虽属词中下乘,然亦不易工……然则何为而可?曰:根柢于《风》《骚》,涵泳于温、韦,以之作正声也可,以之作艳体亦无不可……古人词如……晏小山之……又"从别后,忆相逢。几回魂梦与君同。今宵剩把银钉照,犹恐相逢是梦中"……似此则婉转缠绵,情深一往,丽而有则,耐人玩味。(清陈廷焯《白雨斋词话》卷五)

仙乎丽矣。后半阕一片深情,低回往复,真不厌百回读也。言情之作,至斯已极。(清陈廷焯《词则·闲情集》卷一)

清丽绝世,仙乎仙乎。真有此情。(清陈廷焯《云韶集》卷二)

"舞低"二句,比白香山"笙歌归院落,灯火下楼台"更觉浓至。惟愈浓情愈深,今昔之感,更觉凄然。(清黄苏《蓼园词评》)

《雪浪斋日记》谓叔原"杨柳""桃花"等句,"不愧六朝宫掖体"。赵德麟《侯鲭录》云:"晃无咎言晏叔原不蹈袭人语,而风调闲雅,自是一家。如'舞低杨柳楼心月,歌尽桃花扇底风',自可知此人不生在三家村中也。"结句点

化唐人"乍见翻疑梦"诗意,入《小山词》中,更觉风神摇曳。(俞陛云《唐五代两宋词选释》)

此殆为别后重逢之作,又惊又喜之情至末句始露出,前半则将今昔之事融合为一。第一句,今昔所同,然词意当属现在。第二句"当年"二字,则现时之"颜"虽亦必由"醉"而"红",而自疑尚未至此,故以追溯口吻出之,已将末二句之神髓吸取矣。"舞低"两句,既工致,又韶秀,且饶雍容华贵之气,晁补之谓"知此人不住三家村",沈际飞谓"美秀不减六朝宫掖体",与乃父之诗"梨花院落溶溶月,柳絮池塘淡淡风"同一名贵语。而由上句"当年"贯下,似拚醉之故在此,语虽实而境则虚。过变以下,仍避实就虚,欲说"相逢"之乐,先说"别后"之苦。"从别后,忆相逢"六字,颇见回环之妙笔。"几回魂梦与君同"承上起下,措语已妙绝无伦。"今宵"一转,更非非想:前也梦且疑真,今也真转疑梦。"剩把""犹恐"四字,略作曲折,一若非灯可证,竟与前梦无异者。笔特夭矫,语特含蓄,其聪明处固非笨人所能梦见,其细腻处亦非粗人所能领会,其蕴藉处更非凡夫所能跂望。陈廷焯曰:"曲折深婉,自有艳词,更不得不让伊独步。"此正陈振孙所谓"高处远过《花间》"者也。至造语炼字之工,则全从唐、五代得来,而此等七字句,又决与《香奁诗》不同,其界限在神味,读者宜细审之。(陈匪石《宋词举》卷下)

此首为别后相逢之词。上片,追溯当年之乐。"彩袖"一句,可见当年之浓情蜜意。拚醉一句,可见当年之豪情。换头,"从别后"三句,言别后相忆之深,常萦魂梦。"今宵"两句,始归到今日相逢。老杜云:"夜阑更秉烛,相对如梦寐。"小晏用之,然有"剩把"与"犹恐"四字呼应,则惊喜俨然,变质直为宛转空灵矣。上言梦似真,今言真似梦,文心曲折微妙。(唐圭璋《梦桐词话》卷三)

又

一醉醒来春又残。野棠梨雨泪阑干①。玉笙声里鸾空怨②,罗幕香中燕未还③。　　终易散,且长闲。莫教离恨损朱颜。谁堪共展鸳鸯锦④,同过西楼此夜寒。

【题解】

词写闺怨。上片描绘残春之景,融情于景,借物喻人,"野棠梨雨"比喻女子泪流满面,"鸾"比喻孤独的闺人,"燕"比喻未归的情人。下片议论抒情,虽然明白聚散容易的道理,但仍渴望与情人相偎取暖,共度寒夜。

【注释】

①"野棠"句:以梨花沾带的雨露比喻女子泪流的面容。阑干:纵横交错的样子。唐白居易《长恨歌》:"玉容寂寞泪阑干,梨花一枝春带雨。"唐温庭筠《菩萨蛮》:"人远泪阑干,燕飞春又残。"

②玉笙:玉饰的笙笛。亦用为笙的美称。宋苏轼《望海楼晚景五绝》其四:"楼下谁家烧夜香,玉笙哀怨弄初凉。"鸾空:《宋六十名家词》本、《四库全书》本、《历代诗余》、《小山词笺》,作"莺空"。鸾:传说中凤凰一类的鸟。这里指孤鸾,喻离人。唐李白《凤凰曲》:"青鸾不独去,更有携手人。"

③罗幕:丝罗帐幕。宋晏殊《蝶恋花》:"罗幕轻寒,燕子双飞去。"

④谁堪:谁能。鸳鸯锦:绣有鸳鸯图案的被子。唐温庭筠《菩萨蛮》:"水精帘里颇黎枕,暖香惹梦鸳鸯锦。"

又

梅蕊新妆桂叶眉①。小莲风韵出瑶池②。云随《绿水》歌声转,雪绕红绡舞袖垂③。　　伤别易,恨欢迟。惜无红锦为裁诗④。行人莫便消魂去⑤,汉渚星桥尚有期⑥。

【题解】

这是词人临别前赠予小莲之作。词上片赞美小莲的风姿神韵、歌舞曼妙;下片抒发别离之意,尽管别易会难,但是如牛郎织女,与小莲亦后会有期。

【注释】

①梅蕊新妆:指梅花妆。见《蝶恋花》(千叶早梅夸百媚)"内样妆"注释。桂叶眉:指女子似桂叶细长的眉毛。唐江采萍《谢赐珍珠》:"桂叶双眉久不描,残妆和泪污红绡。"

②瑶池:古代神话传说中昆仑山上的仙池,西王母所居地。《史记·大宛列传》:"昆仑其高二千五百余里,日月所相避隐为光明也。其上有醴泉、瑶池。"

③"云随"二句:婉转的歌声使白云都随之旋转,白色舞袖和红纱舞带旋转飘动似雪花飞舞。极言小莲歌舞的美妙。《绿水》:古曲名,又名《渌水》。《淮南子·俶真训》:"足蹀《阳阿》之舞,而手会《绿水》之趋。"红绡:生丝制成的红色薄纱。唐白居易《琵琶行》:"五陵年少争缠头,一曲红绡不知数。"

④裁诗:作诗。唐杜甫《江亭》:"故林归未得,排闷强裁诗。"

⑤行人:将要远行之人。叔原自喻。

⑥"汉渚"句:意谓银河之滨,鹊桥之上,牛郎织女仍有相会的日期,叔原与小莲也能再会。汉渚:指银河。南朝齐谢朓《七夕赋》:"怅汉渚之夕涨,忻河广之既梁。"星桥:指神话中的鹊桥。唐李商隐《七夕》:"鸾扇斜分凤幄开,星桥横过鹊飞回。"

又

守得莲开结伴游①。约开萍叶上兰舟②。来时浦口云随棹,采罢江边月满楼③。　　花不语,水空流。年年拚得为花愁④。明朝万一西风动⑤,争奈朱颜不耐秋⑥。

【题解】

这是一首采莲词。上片勾勒出一幅女子采莲图,笔调轻快。下片写女子心理,她们爱花惜花,生怕莲花被西风摧残。自古以花喻女子,为花担忧,也是为女子的命运担忧。

【注释】

①守得:待得,等到。唐白居易《感苏州旧舫》:"守得苏州船舫烂,此身争合不衰残。"

②约开:撩开,掠开。唐韩愈《独钓四首》其三:"露排四岸草,风约半池萍。"兰舟:即木兰舟。兰木做的船。亦用为小舟的美称。南朝梁任昉《述异记》:"木兰川在浔阳江中,多木兰树。昔吴王阖闾植木兰于此,用构宫殿也。七里洲中,有鲁班刻木兰为舟,舟至今在洲中。诗家所云木兰舟出于此。"唐许浑《重游练湖怀旧》:"西风渺渺月连天,同醉兰舟未十年。"

③"来时"二句:早晨来到水边采莲,白云随着船桨,直到月满楼的夜晚才回去。浦口:河流入江之口。唐王昌龄《采莲曲》:"来时浦口花迎入,采罢江头月送归。"

④拚得:《宋六十名家词》本、《历代诗余》、《小山词笺》,作"判得"。

⑤西风动:《百家词》本、《宋六十名家词》本、《历代诗余》、《小山词笺》,作"西风劲"。

⑥争奈:《宋六十名家词》本、《四库全书》本、《小山词笺》,作"争尚";《历代诗余》作"争上"。怎奈,奈何。不耐秋:《宋六十名家词》本、《历代诗余》、《四库全书》本、《小山词笺》,作"不奈秋"。不能忍受秋天的摧残。唐李白《古风》:"华鬓不耐秋,飒然成衰蓬。"

又

斗鸭池南夜不归①。酒阑纨扇有新诗②。云随碧玉歌声转,雪绕红琼舞袖回③。 今感旧,欲沾衣。可怜人似水东西④。回头满眼凄凉事⑤,秋月春风岂得知⑥。

【题解】

该词追忆往昔欢会。当时欢歌乐舞,斗酒赋诗,而今人去楼空,昔日的快乐反衬出今日的凄凉,令词人伤感不已。

【注释】

①斗鸭:古时候一种游戏,使鸭子相斗。晋葛洪《西京杂记》:"鲁恭王好斗鸡鸭及鹅雁。"唐韩翃《送客还江东》:"池畔花深斗鸭栏,桥边雨洗藏鸦柳。"

②酒阑:酒宴将尽。唐姚合《惜别》:"酒阑歌罢更迟留,携手思量凭翠楼。"纨扇:细绢制成的团扇。南朝梁何逊《摇扇联句》:"纨扇已新制,荡妇复新妆。"新诗:《宋六十名家词》本、《四库全书》本,作"新漓"。

③"云随"二句:这两句是赞美歌舞的曼妙,类似于前文"云随《绿水》歌声转,雪绕红绡舞袖垂"。有可能这两首《鹧鸪天》记录的是同一场宴席。红琼:《百家词》本、《宋六十名家词》本、《四库全书》本、《小山词笺》,作"红绡"。

④水东西:水东西分流。喻人与人分离。汉卓文君《白头吟》:"今日斗酒会,明旦沟水头。蹀躞御沟上,沟水东西流。"

⑤满眼凄凉事:意谓所见所感的都是凄凉之事。宋欧阳修《玉楼春》:"夜来风雨转离披,满眼凄凉愁不尽。"

⑥"秋月"句:秋月春风都不知道我的离愁,指愁怨之深。唐白居易《琵琶行》:"今年欢笑复明年,秋月春风等闲度。"

又

当日佳期鹊误传①。至今犹作断肠仙②。桥成汉渚星波外③,人在鸾歌凤舞前④。　　欢尽夜,别经年⑤。别多欢少奈何天。情知此会无长计,咫尺凉蟾亦未圆⑥。

【题解】

这是一首七夕词。《历代诗余》《小山词笺》题为"七夕"。牛郎织女一相会即面临着别离,"别多欢少"却无计可施。此词虽写天上事,实喻人间事,即词人对于会少离多的无奈叹恨。

【注释】

①鹊误传:即喜鹊传错了佳期。民间"七夕"故事的一种版本为:织女自归牛郎,两情缠绻,致女废织,男荒耕。天帝怒,责令织女归河东,使不得与牛郎相见,后悔,令鹊传信,许二人七日得会一次。惟鹊误传为一年之七夕,使二人尝尽相思苦。织女后知鹊误传,恨极,而秃鹊。鹊知己失言,故于七夕,群集河汉,架梁以渡织女。

②断肠仙:指牛郎、织女。二人分隔两地,不能时时相见。

③汉渚:见《鹧鸪天》(梅蕊新妆桂叶眉)注释。

④鸾歌凤舞:比喻美妙的歌舞。《山海经·大荒南经》:"爰有歌舞之鸟,鸾鸟自歌,凤鸟自舞。"南朝宋鲍照《代淮南王》:"紫房彩女弄明珰,鸾歌凤舞断君肠。"

⑤别经年:指分别一年。唐白居易《琵琶行》:"悠悠生死别经年,魂魄不曾来入梦。"

⑥咫尺:《宋六十名家词》本,作"只尺"。凉蟾:指秋月。唐李商隐《燕台四首·秋》:"月浪冲天天宇湿,凉蟾落尽疏星入。"

又

题破香笺小砑红①。诗成多寄旧相逢②。西楼酒面垂垂雪,南苑春衫细细风③。　　花不尽,柳无穷。别来欢事少人同。凭谁问取归云信④,今在巫山第几峰。

【题解】

此词是词人回忆昔日歌伎之作。旧时词人与歌伎诗酒作乐,可是花柳无穷而欢事有限,离别在所难免。分别后歌伎下落不明,词人思念不已,期盼得到她的消息。

【注释】

①题破:即题遍,写尽。宋穆修《题李士言秀才别贮帕》:"题破白云深

有意,要传消息到巫山。"香笺小砑(yà)红:碾石磨光过的红色的带着香气的笺纸。唐韩偓《信笔》:"绣叠昏金色,罗揉损砑光。"

②诗成多寄:《宋六十名家词》本、《四库全书》本、《历代诗余》、《小山词笺》,作"诗多远寄"。

③"西楼"二句:意谓西楼女子饮酒后的红润脸色渐渐地恢复了雪白,南苑舞女起舞时所穿着的轻薄衣衫飘动,仿佛有微风吹拂。宋晏殊《寄远》:"梨花院落溶溶月,柳絮池塘淡淡风。"西楼、南苑:这里指词中歌伎所居之地。酒面:《小山词笺》作"宿酒"。由于饮酒而泛红的颜面。唐白居易《赠晦叔忆梦得》:"酒面浮花应是喜,歌眉敛黛不关愁。"垂垂:渐渐之意。唐杜甫《和裴迪登蜀州东亭送客逢早梅相忆见寄》:"江边一树垂垂发,朝夕催人自白头。"春衫:《历代诗余》《小山词笺》,作"春山"。

④问取:询问。取,助词,无义。唐皎然《问遥山禅老》:"明朝欲向翘头山,问取禅公此义还。"归云:比喻离去的歌女。用巫山神女之典。见《临江仙》(浅浅余寒春半)"虚梦高唐"注释。

【汇评】

唐张子容作《巫山》诗云:"巫岭岧峣天际重,佳期凤昔愿相从。朝云暮雨连天暗,神女知来第几峰。"近时晏叔原作乐府云:"凭君问取归云信,今在巫山第几峰。"最为人所称,恐出于子容。(宋阮阅《诗话总龟》卷八)

又

清颍尊前酒满衣[①]。十年风月旧相知[②]。凭谁细话当时事,肠断山长水远诗。　　金凤阙,玉龙墀。看君来换锦袍时[③]。姮娥已有殷勤约,留著蟾宫第一枝[④]。

【题解】

此词是词人席中赠友之作,作于任职颍昌许田镇时。从词中可知这位朋友将要进京赴试。上片写两人在饯行酒宴中叙旧话别,温情脉脉,又含有别离的伤感。下片表达对朋友的祝福与期待,愿其蟾宫折桂,前程锦绣。

【注释】

①清颍:《宋六十名家词》本、《四库全书》本,作"清颍"。指颍河。在安徽省西北部和河南省东部。宋刘敞《得彦文书将游吴中》:"清颍流东南,浮云向吴会。"

②风月:可指文人吟风弄月的雅事,也可指舞榭歌台等风月场所。《南史·徐勉传》:"尝与门人夜集,客有虞暠求詹事五官。勉正色曰:'今夕止可谈风月,不宜及公事。'"

③"金凤"三句:意谓友人中举后,朝拜皇帝,受封官职。金凤阙(què)、玉龙墀(chí):这里均代指帝王宫阙。《汉书·东方朔传》:"今陛下以城中为小,图起建章,左凤阙,右神明,号称千门万户。"《水经注》引《关中记》:"建章宫圆阙临北道,有金凤在阙上,高丈余,故号凤阙也。"南朝宋颜延之《宋文皇帝元皇后哀策文》:"洒零玉墀,雨泗丹掖。"换锦袍:指考中功名而受封官职。锦袍,这里指官吏的服饰。唐李白《忆旧游寄谯郡元参军》:"手持锦袍覆我身,我醉横眠枕其股。"

④"姮娥"二句:嫦娥仙子已经有约在先,留着第一枝桂花由君折取。即祝愿友人应考高中状元。姮(héng)娥:即嫦娥。蟾宫:即月宫,因传说月中有蟾蜍。古时以"蟾宫折桂"表示科举及第。《晋书·郤诜传》:"武帝于东堂会送,问诜曰:'卿自以为如何?'诜对曰:'臣举贤良对策,为天下第一,犹桂林之一枝,昆山之片玉。'"

又

　　醉拍春衫惜旧香①。天将离恨恼疏狂②。年年陌上生秋草,日日楼中到夕阳。　　云渺渺,水茫茫。征人归路许多长。相思本是无凭语,莫向花笺费泪行③。

【题解】

此词表现闺怨。闺人睹物思人。词人从广阔的时空维度,表现闺人绵长无尽的思念。"秋草"为一年衰晚之象,"夕阳"是一日垂暮之景,"年年"
"日日"表示频繁的思念。"渺渺""茫茫"喻相隔甚远,亦喻相思无尽。末尾
故作决绝语,以反语方式,抒其相思之深。

【注释】

①惜旧香:爱惜旧香,舍不得旧香。即怀念旧情。宋韩维《北园坐上探
题得新杏》:"点缀怜余萼,飘零惜旧香。"

②疏狂:放荡不羁的样子。唐白居易《代书诗寄微之》:"疏狂属年少,
闲散为官卑。"

③"相思"二句:不必把无凭证的相思语写入信笺,而为之浪费眼泪。
此二句实为反语,自我劝慰,却更见其相思之苦。

【汇评】

"费"字本于学书纸费,学医人费。(明卓人月、徐士俊《古今词统》卷
七)

"拍"字生而炼熟。"恼"字新。(夏敬观《映庵词评》)

又

小令尊前见玉箫①。银灯一曲太妖娆②。歌中醉倒谁能
恨,唱罢归来酒未消。 春悄悄,夜迢迢。碧云天共楚宫
遥③。梦魂惯得无拘检,又踏杨花过谢桥④。

【题解】

此词为怀念歌女而作。上片描写词人与歌女初见情形,赞美歌女的色
艺,表达对歌女的痴迷。下片表达思念之情,日有所思,夜有所梦,希望与
歌女在梦中无拘束地相会。

【注释】

①"小令"句:意谓歌女在酒宴中唱小令歌曲。小令:词体名。唐时文
人于酒宴间即席填词,当作酒令,后逐称词之较短者为小令。明徐釚《词苑

丛谈》:"唐人长短句皆小令耳。"唐白居易《就花枝》:"醉翻衫袖抛小令,笑
掷骰盘呼大采。"玉箫:人名。代指一位歌女。后多借指姬妾。传说唐韦皋
未仕时,寓江夏姜使君门馆,与侍婢玉箫有情,约为夫妇。韦归省,愆期不
至,玉箫绝食而卒。事见唐范摅《云溪友议》卷三。

②银灯:指令曲《剔银灯》。

③碧云天:辽阔的碧空。宋范仲淹《苏幕遮》:"碧云天,黄叶地。秋色
连波,波上寒烟翠。"楚宫:楚国的宫殿。此处喻指该歌女住所遥远。楚宫
遥:《宋六十名家词》本、《四库全书》本、《历代诗余》、《小山词笺》,作"楚宫
腰"。

④"梦魂"二句:在梦中无拘无束,踏着满路杨花,到谢桥与歌女相会。
拘检:拘束。唐韦应物《南园陪王卿游瞩》:"形迹虽拘检,世事澹无心。"谢
桥:谢秋娘家附近的一座桥。谢秋娘是唐代名妓,后以"谢娘"泛指歌伎。
此处指歌女居所。

【汇评】

程叔微云:伊川闻诵晏叔原"梦魂惯得无拘检,又踏杨花过谢桥"长短
句,笑曰:"鬼语也。"意亦赏之。(宋邵博《邵氏闻见后录》卷十九)

然长短句,当使雪儿、啭春莺辈可歌,方是本色。范蜀公晚喜柳词,以
为善形容太平;伊川见小晏"梦魂惯得无拘检,又踏杨花过谢桥"之句,笑
曰:"鬼语也。"噫,此老先生亦怜才耶?余谓君当参取柳、晏诸人以和其声,
不但词进,而君亦自此宦达矣。(宋刘克庄《翁应星乐府》序)

前辈谓伊川尝见秦少游词"天还知道,和天也瘦"之句,乃曰:"高高在
上,岂可以此渎上帝。"又见晏叔原词:"梦魂惯得无拘检,又踏杨花过谢
桥。"乃曰:"此鬼语也。"盖少游乃本李长吉"天若有情天亦老"之意,过于蝶
渎,少游竟死于贬所。叔原寿亦不永。虽曰有数,亦口舌劝淫之过。(宋陈
鹄《西塘集耆旧续闻》卷八)

末句见赏于伊川,所谓"我见犹怜"也。(明卓人月、徐士俊《古今词统》
卷七)

"又踏杨花过谢桥",即伊川亦为叹赏。近于"我见犹怜"矣。(清沈谦
《填词杂说》)

家去矜列名于西泠十子,填词称最。大意以《薄幸》一篇,语真挚,情幽折以胜人。宋歇浦特以书规之。及贻我《东江别业》有云:"野桥南去不逢人,蒙蒙一片杨花雪。"此即小山"梦魂惯得无拘锁(检),又逐(踏)杨花过野(谢)桥"也。谁谓其仅仅言情者乎。(清沈雄《柳塘词话》卷一)

鬼语分明爱赏多,小山小令擅清歌。世间不少分襟处,月细风尖唤奈何。(清厉鹗《樊榭山房词话》)

凤喈作诗,务为高格,于词不屑留意,所撰《谢桥词》一卷,盖取晏叔原"梦魂惯得无拘管,又逐东风过谢桥"之意也。自序云:"余年一十七始作诗,即兼作长短句,小技固无足贵,兴到偶一倚声而已。然数年以来,身世之际悲感无端,亦借以发之。"(清王昶《西崦山人词话》卷三)

朱彝尊《玉楼春》(柔条曾记春前种):婉至。"梦魂惯得无拘检,又踏杨花过谢桥",小山名作也。彼以梦为醒,此以醒作梦,同一婉妙。(清陈廷焯《云韶集》卷十五)

温庭筠《菩萨蛮》(雨晴夜合玲珑日):"绣帘"四语婉雅。叔原"梦魂惯得无拘检,又踏杨花过谢桥",聪明语,然近于轻薄矣。(清陈廷焯《词则·大雅集》卷一)

小晏神仙中人,重以名父之贻,贤师友相与沆瀣,其独造处岂凡夫肉眼所能见及。"梦魂惯得无拘检,又逐杨花过谢桥",以是为至,乌足与论小山词耶?(况周颐《蕙风词话》卷二)

伤心梦呓,昔人以为鬼语,余不谓然。(夏敬观《映庵词评》)

此调共十九首。《草堂诗余》录"舞低杨柳楼心月"一首,以其最擅名也。此二首(作者案:"醉拍春衫惜旧香""小令尊前见玉箫"二首)之结句,情韵均胜,次首"谢桥"二句尤见新颖。(俞陛云《唐五代两宋词选释》)

又

楚女腰肢越女腮①。粉圆双蕊髻中开②。朱弦曲怨愁春尽③,渌酒杯寒记夜来④。　　新掷果⑤,旧分钗⑥。冶游音信隔章台⑦。花间锦字空频寄⑧，月底金鞍竟未回⑨。

【题解】

这是一首描写歌女生活的词作。上片从体态、容颜以及配饰方面来表现歌女的美貌及承欢侍宴的生活，借琴与酒表现歌女的愁春之情。下片侧重描写歌女内心的悲苦，冶游之人频频更换，旧去新来，却没有人愿意真心待她。

【注释】

①楚女腰肢：泛指女子纤细的腰身。《韩非子》："楚灵王好细腰，而国中多饿人。"越女腮：指女子红润的面颊。南朝梁萧统《蒗宾五月》："莲花泛水，艳如越女之腮。"

②"粉圆"句：意谓发髻上插着两朵白花。

③朱弦：用熟丝制作的琴弦。《礼记·乐记》："《清庙》之瑟，朱弦而疏越。"后泛指琴瑟类弦乐器。唐顾况《宜城放琴客歌》："新妍笼裙云母光，朱弦绿水喧洞房。"

④渌酒：《历代诗余》《小山词笺》，作"绿酒"。美酒。见《临江仙》(淡水三年欢意)注释。

⑤掷果：谓女子对美男子表示爱慕。《晋书·潘岳传》："岳美姿仪……少时常挟弹，出洛阳道，妇人遇之者，皆连手萦绕，投之以果。遂满车而归。"宋杨亿《无题》："应知韩掾偷香夜，犹记潘郎掷果年。"

⑥分钗：指分别。南朝梁陆罩《闺怨》："自怜断带日，偏恨分钗时。"

⑦冶游：原指男女外出游玩，后多指涉足声色场所。古乐府《子夜四时歌》："冶游步春露，艳觅同心郎。"章台：章台街，为汉代长安街名，街上多妓馆。后泛指青楼歌馆聚集之地。《汉书·张敞传》："敞无威仪，时罢朝会，过走马章台街，使御史驱，自以便面拊马。"宋欧阳修《蝶恋花》："玉勒雕鞍游冶处，楼高不见章台路。"

⑧锦字：锦字书，泛指书信。《晋书·列女传》："窦滔妻苏氏，始平人也。名蕙，字若兰，善属文。滔，苻坚时为秦州刺史，被徙流沙。苏氏思之，织锦为回文旋图诗以赠滔。"唐李白《久别离》："况有锦字书，开缄使人嗟。"宋柳永《曲玉管》："杳杳神京，盈盈仙子，别来锦字终难偶。"

⑨金鞍：以金饰的马鞍，亦代指马。北周庾信《和宇文内史春日游山》："游客值春辉，金鞍上翠微。"唐李商隐《河内诗二首》其二："低楼小径城南道，犹自金鞍对芳草。"

又

十里楼台倚翠微①。百花深处杜鹃啼。殷勤自与行人语，不似流莺取次飞②。　　惊梦觉，弄晴时③。声声只道不如归④。天涯岂是无归意，争奈归期未可期⑤。

【题解】

这首词主要抒写游子羁旅情怀，可能作于任职颍昌许田镇时。全词以乐景衬哀情。在生机勃勃的春景中，游子却因闻杜鹃啼鸣而生归思，但归期未卜，万般无奈。

【注释】

①"十里"句：十里楼台掩映在青翠的山腰深处。翠微：指青翠掩映的山腰幽深处。唐李白《赠秋浦柳少府》："摇笔望白云，开帘当翠微。"宋司马光《和范景仁谢寄西游行记》："八水三川路渺茫，翠微深处白云乡。"

②流莺：指啼声婉转的黄莺。唐权德舆《杂言和常州李员外副使春日戏题十首》其一："无奈花深处，流莺三数声。"取次：随意，任意。唐白居易《醉后赠人》："香球趁拍回环匼，花盏抛巡取次飞。"

③弄晴：指禽鸟在初晴时啼鸣戏耍。唐末五代韦庄《谒金门》："柳外飞来双羽玉，弄晴相对浴。"

④"声声"句：杜鹃声声鸣叫似人言"不如归去"。宋范仲淹《越上闻子规》："春山无限好，犹道不如归。"

⑤"争奈"句：无奈不知道归期。唐李商隐《夜雨寄北》："君问归期未有期，巴山夜雨涨秋池。"

又

陌上蒙蒙残絮飞①。杜鹃花里杜鹃啼②。年年底事不归去③,怨月愁烟长为谁④。　　梅雨细⑤,晓风微。倚楼人听欲沾衣。故园三度群花谢,曼倩天涯犹未归⑥。

【题解】

这首词主要抒发归乡之情,可能与前一首词作于同一时期。然而此词描绘的春景不如前一首那么热闹,而是描绘了梅雨时节的残春之景。以哀景衬哀情,离家三载,花谢花开几个春秋,而人依旧客居他乡,不能归家。

【注释】

①蒙蒙:纷杂的样子。唐刘禹锡《柳絮》:"飘扬南陌起东邻,漠漠蒙蒙暗度春。"宋晏殊《踏莎行》:"春风不解禁杨花,蒙蒙乱扑行人面。"

②杜鹃花:又名映山红、山石榴。常绿或落叶灌木,一般春季开花。相传,古有杜鹃鸟,日夜哀鸣而咯血,染红遍山花朵,因而得名。唐白居易《送春归》:"今年杜鹃花落子规啼,送春何处西江西。"唐末五代韦庄《江上逢故人》:"今日逢君越溪上,杜鹃花发鹧鸪啼。"

③底事:何事。唐白居易《放言五首》其一:"朝真暮伪何人辨,古往今来底事无。"

④怨月愁烟:见烟月而生愁怨。唐皇甫冉《庐山歌送至弘法师兼呈薛江州》:"猿啾啾兮怨月,江渺渺兮多烟。"宋欧阳修《减字木兰花》:"怨月愁花无限意。"

⑤梅雨:农历四五月间,出现在我国江南地区的连续性降雨,因为是梅子成熟季节,故称"梅雨""黄时雨"。唐吴融《寄殿院高侍御》:"黄梅雨细幂长洲,柳密花疏水慢流。"

⑥曼倩:汉朝东方朔,字曼倩。此处为叔原自喻。唐温庭筠《题河中紫

53

极宫》:"曼倩不归花落尽,满丛烟露月当楼。"

【汇评】

笔意亦俊爽,亦婉约。(清陈廷焯《词则·闲情集》卷一)

又

晓日迎长岁岁同①。太平箫鼓间歌钟②。云高未有前村雪,梅小初开昨夜风③。   罗幕翠,锦筵红④。钗头罗胜写宜冬⑤。从今屈指春期近,莫使金尊对月空⑥。

【题解】

这首词是崇宁年间词人应宰相蔡京之请而作的冬至词。声情欢快,展示出热闹的节日场景,有各种赛会、佩戴罗胜等民俗活动。宴会上歌舞升平,有多种乐器伴奏,人们不负今朝,及时行乐。

【注释】

①"晓日"句:意谓年年冬至日以后,夜渐短,昼渐长。《礼记·月令》:"立冬之日,天子亲率三公九卿大夫以迎冬于北郊。"可见冬至迎冬之习俗自古有之。这首词主要描写迎冬之事。五代宋初徐铉《冬至日奉和御制》:"吹律政知宽,迎长物倍安。"

②箫鼓:箫与鼓,泛指乐奏。唐王维《凉州郊外游望》:"婆娑依里社,箫鼓赛田神。"间:夹杂。歌钟:即编钟,古代铜制打击乐器。《左传·襄公十一年》:"歌钟二肆。"孔颖达疏:"言歌钟者,歌必先金奏,故钟以歌名之。"

③"云高"二句:意谓云高天晴没有下雪,冬风吹来,梅花刚刚开放。唐末五代齐己《早梅》:"前村深雪里,昨夜一枝开。"

④"罗幕"二句:宋张先《更漏子》:"锦筵红,罗幕翠。侍宴美人姝丽。"罗幕:见《鹧鸪天》(一醉醒来春又残)注释。锦筵:这里指饰有彩纹的坐席。南朝宋鲍照《代陈思王哀洛篇》:"坐视青苔满,卧对锦筵空。"

⑤罗胜:古代女子节日佩戴的一种饰品,由罗绸做成。唐王建《长安早

54

春》:"暖催衣上缝罗胜,晴报窗中点彩球。"

⑥"莫使"句:唐李白《将进酒》:"人生得意须尽欢,莫使金樽空对月。"

【汇评】

叔原年未至乞身,退居京城赐第。不践诸贵之门。蔡京重九、冬至日,遣客求长短句,欣然两为作《鹧鸪天》:"九日悲秋不到心,凤城歌管有新音。风凋碧柳愁眉淡,露染黄花笑靥深。初过雁,已闻砧,绮罗丛里胜登临。须教月户纤纤玉,细捧霞觞艳艳金。""晓日迎长岁岁同,太平箫鼓间歌钟。云高未有前村雪,梅小初开昨夜风。罗幕翠,锦筵红,钗头罗胜写宜冬。从今屈指春期近,莫使金尊对月空。"竟无一语及蔡者。(宋王灼《碧鸡漫志》卷二)

又

小玉楼中月上时①。夜来惟许月华知②。重帘有意藏私语,双烛无端恼暗期③。　　伤别易,恨欢迟。归来何处验相思。沈郎春雪愁消臂,谢女香膏懒画眉④。

【题解】

词写男女私情。上片细致地描绘了男女月夜缠绵缱绻的幽会情景。下片表现了分别之后男女双方忍受着的相思之苦。因为相思,男子憔悴,女子无心梳妆,可见双方情意之深。

【注释】

①小玉:女子名。

②月华:月光,月色。唐张若虚《春江花月夜》:"此时相望不相闻,愿逐月华流照君。"

③"重帘"二句:意谓重重帘幕阻隔,私语隐秘,双烛过于明亮,烦扰偷会。暗期:幽会,偷会。唐温庭筠《太子西池》:"莫信张公子,窗间断暗期。"

④"沈郎"二句:男子洁白的肌臂因愁而消瘦,女子也懒得用芳香的脂膏画眉梳妆。说明男女双方都饱受相思之苦。沈郎:指沈约,南朝梁文学

家。亦借指腰肢瘦损之义。此处代指男主人公。《南史·沈约传》:"与徐勉素善,遂以书陈情于勉,言己老病:'百日数旬,革带常应移孔,以手握臂,率计月小半分。'欲谢事,求归老之秩。"愁消臂:《百家词》本、《宋六十名家词》本、《四库全书》本、《历代诗余》、《小山词笺》,作"愁销臂"。谢女:指谢道韫,谢安的侄女,东晋著名才女;亦有一说为唐朝名妓"谢好好"。亦泛指女郎或才女。此处代指女主人公。唐李贺《牡丹种曲》:"檀郎谢女眠何处,楼台月明燕夜语。"

【汇评】

"验"字新。(夏敬观《映庵词评》)

又

　　手捻香笺忆小莲①。欲将遗恨倩谁传②。归来独卧逍遥夜③,梦里相逢酩酊天④。　　花易落,月难圆。只应花月似欢缘⑤。秦筝算有心情在,试写离声入旧弦⑥。

【题解】

　　此词抒写了词人对小莲的思念之情。词人从友人家听歌归来,想念着小莲,却不能把遗恨寄达。独眠之夜与小莲梦里相逢,酩酊大醉。欢缘易逝,词人即将离开,与小莲很难相会了,秦筝奏出离别的悲歌。

【注释】

①忆:《百家词》本、《宋六十名家词》本,作"意"。

②倩:请。

③逍遥夜:安闲的夜晚。宋刘敞《夜月》:"逍遥夜未央,更益情性真。"

④酩酊(mǐng dǐng)天:即酩酊之时。酩酊,烂醉如泥,大醉的样子。唐李白《襄阳曲四首》其二:"山公醉酒时,酩酊高阳下。"

⑤"只应"句:意谓欢缘如花月般美好而短暂。欢缘:欢爱的缘分。

⑥"秦筝"二句:秦筝或许知道离人的心情,弦中发出离别之声。秦筝:

见《蝶恋花》(碧草池塘春又晚)注释。算有：《百家词》本、《宋六十名家词》本、《四库全书》本、《历代诗余》、《小山词笺》，作"若有"。写：抒发，倾吐。旧弦：指旧时拨动过的琴弦，亦比喻旧人。

又

九日悲秋不到心①。凤城歌管有新音②。风凋碧柳愁眉淡③，露染黄花笑靥深④。　　初见雁，已闻砧⑤。绮罗丛里胜登临⑥。须教月户纤纤玉，细捧霞觞滟滟金⑦。

【题解】

这首词是崇宁年间应权相蔡京之请而作的重阳词。此词一反往常的悲秋之情，而以为不应该悲秋，并借花柳表达人心的欢畅。在这热闹的重阳宴会中，有歌舞，有管乐，还有美妓劝酒，何悲之有。

【注释】

①九日：指农历九月初九重阳节。

②凤城：京都的美称。唐王维《早朝》："柳暗百花明，春深五凤城。"新音：即新声，指新制的乐曲。宋柳永《夏云峰》："坐久觉、疏弦脆管，时换新音。"宋欧阳修《暮春有感》："啼鸟亦屡变，新音巧调簧。"

③"风凋"句：意谓秋天的柳叶似女子淡淡的愁眉。

④"露染"句：意谓带露的菊花似女子明媚的笑容。笑靥(yè)：笑容，笑颜。

⑤砧：捣衣的石板。这里指捣衣声。古时衣服常用纨素类织物缝制，质地较硬，须先在砧石上舂捣，才能缝制。秋天要缝制棉衣，有很多捣衣者，故常用砧声表示秋天已到。唐李白《子夜吴歌·秋歌》："长安一片月，万户捣衣声。秋风吹不尽，总是玉关情。"唐许浑《晚泊七里滩》："江村平见寺，山郭远闻砧。"

⑥绮罗丛里：这里指美女云集的宴会地。绮罗，指华贵的丝制品或丝

绸衣物。也指穿着绮罗的人,多为贵妇、美女的代称。宋柳永《女冠子》:"绮罗丛里,有人人、那回饮散,略曾谐鸳侣。"

⑦"须教"二句:意谓楼中的美妓在重阳宴会上捧杯劝酒。须教:《百家词》本、《宋六十名家词》本、《四库全书》本,作"须交"。月户:月下的门户。唐白居易《郡中夜听李山人弹三乐》:"风琴秋拂匣,月户夜开关。"纤纤玉:指女子纤细的手。滟滟金:形容美酒的色泽。唐罗邺《题笙》:"最宜轻动纤纤玉,醉送当观滟滟金。"

【汇评】

叔原年未至乞身,退居京城赐第。不践诸贵之门。蔡京重九、冬至日,遣客求长短句,欣欣两为作《鹧鸪天》:"九日悲秋不到心,凤城歌管有新音。风凋碧柳愁眉淡,露染黄花笑靥深。初过雁,已闻砧,绮罗丛里胜登临。须教月户纤纤玉,细捧霞觞艳艳金。""晓日迎长岁岁同,太平箫鼓间歌钟。云高未有前村雪,梅小初开昨夜风。罗幕翠,锦筵红,钗头罗胜写宜冬。从今屈指春期近,莫使金尊对月空。"竟无一语及蔡者。(宋王灼《碧鸡漫志》卷二)

重九词,新意。(夏敬观《映庵词评》)

又

碧藕花开水殿凉①。万年枝外转红阳②。升平歌管随天仗③,祥瑞封章满御床④。　金掌露⑤,玉炉香⑥。岁华方共圣恩长。皇州又奏圜扉静⑦,十样宫眉捧寿觞⑧。

【题解】

这是一首应制词。《唐宋诸贤绝妙词选》此词调下有注曰:"庆历中,开封府与棘寺,同日奏狱空。仁宗于宫中宴集,宣叔原作此,大称上意。"此词以华丽的辞藻歌颂升平之世。

【注释】

①碧藕:指碧莲,绿荷。唐施肩吾《赠女道士郑玉华二首》其一:"玄发

58

新簪碧藕花,欲添肌雪饵红砂。"唐吴融《游华州飞泉亭》:"走马街南百亩池,碧莲花影倒参差。"水殿:临水的殿堂。唐李白《口号吴王美人半醉》:"风动荷花水殿香,姑苏台上宴吴王。"

②万年枝:木名,即冬青树。南朝齐谢朓《直中书省》:"风动万年枝,日华承露掌。"宋吴曾《能改斋漫录》:"晏元献诗:'万年枝上凝烟动,百子池边瑞日长。'……万年枝,江左谓之冬青。"枝外:《唐宋诸贤绝妙词选》作"枝上"。

③天仗:即天子的仪仗。唐岑参《寄左省杜拾遗》:"晓随天仗入,暮惹御香归。"

④祥瑞封章:指报告国内出现祥瑞事情的奏章。封章,即封事,古时有关机密事的奏章皆"皂囊封板,以防宣泄"。唐白居易《和梦游春诗一百韵》:"密勿奏封章,清明操宪牍。"御床:指皇帝用的坐卧之具。唐杜甫《忆昔二首》:"犬戎直来坐御床,百官跣足随天王。"

⑤金掌露:铜制的仙人手掌,为汉武帝作承露盘擎盘之用。《三辅黄图》:"武帝造祭仙人处,上有承露盘,有铜仙人舒掌捧铜盘玉杯,以承云表之露,以露和玉屑服之,以求仙道。""铜仙人之掌"即称金掌。唐张九龄《和许给事中直夜简诸公》:"树摇金掌露,庭徙玉楼阴。"

⑥玉炉:即玉制的香炉。熏炉的美称。唐温庭筠《更漏子》:"玉炉香,红蜡泪。"

⑦皇州:《宋六十名家词》本、《四库全书》本,作"皇洲"。指帝都,京城。唐岑参《和贾舍人早朝大明宫》:"鸡鸣紫陌曙光寒,莺啭皇州春色阑。"圜扉静:指狱中无犯人,意谓国内太平安定。圜扉,狱门。此处借指监狱。宋韦骧《上太守陈少卿十韵》:"明府精区处,圜扉绝滞淹。"

⑧十样宫眉:十种宫中画眉式样。明杨慎《丹铅续录》:"唐明皇令画工画《十眉图》,一曰鸳鸯眉,又名八字眉;二曰小山眉,又名远山眉;三曰五岳眉;四曰三峰眉;五曰垂珠眉;六曰月棱眉,又名却月眉;七曰分稍眉;八曰涵烟眉;九曰拂云眉,又名横烟眉;十曰倒晕眉。"此处代指诸位宫女。寿觞:指祝寿的酒杯。唐司空图《杨柳枝寿杯词》:"年年织作升平字,高映南山献寿觞。"宋王禹偁《乾明节观群臣上寿觞诗》:"甲观正储祥,群臣献寿

觞。捧登金殿稳,深照赭袍光。"

【汇评】

《古今词话》:庆历中,开封府与棘寺同日狱空。仁宗宫中宴集,宣晏几道作《鹧鸪天》以歌之,得旨受赏。大意先赋升平之盛,又见祥瑞之征,而末句略近之,极为得体。所传"朝来又奏圜扉静,十样宫眉捧寿觞"句是也。亦以志一时之治化云。(况周颐《历代词人考略》卷十二)

《词苑丛谈》:庆历中,开封府与棘寺同日奏狱空,仁宗于宫中宴集,晏小山叔原作《鹧鸪天》词"碧藕花开水殿凉"云云,大称上意。直翁词可与并传。盖华贵之笔,宜于和声鸣盛也。(况周颐《历代词人考略》卷二十六)

宫词典雅旖丽,至复不易。康伯可应制,已蹈皮相堆砌之失,渐涉伤格。小山"祥瑞封章满御床"记狱空,允为得体当行之作。(赵尊岳《填词丛话》卷五)

又

绿橘梢头几点春。似留香蕊送行人。明朝紫凤朝天路①,十二重城五碧云②。　　歌渐咽,酒初醺③。尽将红泪湿湘裙④。赣江西畔从今日,明月清风忆使君⑤。

【题解】

此词作于离筵。离筵开展在春末夏初的赣江西畔。词人借花枝留香送行,表达对友人的难舍之意,并借紫凤、五碧云等吉祥事物,表达对友人锦绣前途的期许和祝愿。"明月清风忆使君"既表达了词人对友人离去的思念,亦赞颂了使君在任期间的高风亮节。

【注释】

①"明朝"句:意谓明朝友人就要踏上归京的道路,到京城朝拜天子。紫凤:传说中的神鸟。此处比喻有德行的友人。唐白居易《和杨尚书罢相后夏日游永安水亭兼招本曹杨侍郎同行》:"遥爱翩翩双紫凤,入同官署出

同游。"朝天:朝见君王。唐薛逢《送司徒相公赴阙》:"龙媒旧识朝天路,鸡树长虚入梦枝。"

②十二重城:古分天下为九州,虞舜时分为十二州。此处指帝王宫阙。宋晏殊《元日词》:"池冰初解雪初消,十二重城晓日高。"五碧云:五彩祥云。

③初醺:初醉,微醉。宋贺铸《更漏子》:"数阕清歌,两行红粉,厌厌别酒初醺。"

④红泪:晋王嘉《拾遗记》:"魏文帝所爱美人,姓薛名灵芸,常山人也……灵芸闻别父母,歔欷累日,泪下沾衣。至升车就路之时,以玉唾壶承泪,壶则红色。既发常山,及至京师,壶中泪凝如血。"后因以"红泪"称美人泪。唐白居易《离别难词》:"不觉别时红泪尽,归来无泪可沾巾。"湘裙:湘地丝织品制成的裙子。唐李商隐《燕台四首·夏》:"安得薄雾起湘裙,手接云軿呼太君。"

⑤"赣江"二句:今日在赣江之滨分别,我伴着明月清风思念使君。赣江:江名。江西省最大河流。东源贡水出武夷山,西源章水出大庾岭,在赣州汇合后称赣江。使君:对州郡长官的尊称。唐张籍《苏州江岸留别乐天》:"莫忘使君吟咏处,女坟湖北武丘西。"

生查子

金鞭美少年①,去跃青骢马②。牵系玉楼人③,绣被春寒夜④。　　消息未归来,寒食梨花谢⑤。无处说相思,背面秋千下⑥。

【题解】

这首词在《古今别肠词选》卷一作晏殊词。《草堂诗余》题作"春恨",《唐宋诸贤绝妙词选》题作"闺思"。这是一首典型的闺怨词。少年骑马离去,杳无消息,闺中女子思念少年,情词婉转。

【注释】

①金鞭:《草堂诗余》、《唐宋诸贤绝妙词选》、《花草粹编》、《百家词》本、

《宋六十名家词》本、《历代诗余》、《词综》、《四库全书》本、《小山词笺》,作"金鞍"。

②青骢(cōng)马:马毛青白相杂的骏马。唐杜甫《寄赠王十将军承俊》:"缠结青骢马,出入锦城中。"

③牵系:《词综》作"萦系"。

④绣被:《草堂诗余》《花草粹编》,作"翠被"。

⑤寒食:古代节日,在清明前一日或二日。南朝梁宗懔《荆楚岁时记》:"去冬节一百五日,即有疾风甚雨,谓之寒食。禁火三日,造饧大麦粥。"唐李隆基《初入秦川路逢寒食》:"可怜寒食与清明,光辉并在长安道。"唐白居易《陵园妾》:"眼看菊蕊重阳泪,手把梨花寒食心。"

⑥"背面"句:语出唐李商隐《无题》:"十五泣春风,背面秋千下。"背面:《草堂诗余》作"背立"。

【汇评】

晏叔原小词:"无处说相思,背面秋千下。"吕东莱极喜诵此词,以为有思致。然此语本李义山诗,云:"十五泣春风,背面秋千下。"(宋曾季狸《艇斋诗话》)

虽少年语,尽有佳思俊逸,颇类太白。唐人有诗云:"侍女倚妆奁,故故惊人睡。那知本未眠,背面偷垂泪。懒卸凤头钗,羞入鸳鸯被。时复见残灯,和烟坠金穗。"与此词格相同,意致亦佳,未知孰胜也。(明张綖《草堂诗余别录》)

"查",古槎字,即张骞乘槎事。"牵系"二句,可怜人度可怜宵。"榭",似宜作"谢",言消息未来,梨花谢尚未至也。(明杨慎批点《草堂诗余》卷一)

上言春夜最是恼人,下言相思无从自解。又,玉楼春寒夜,相思千秋下,刺心疏眉之词。又,春寒夜雨秋千下,自是闺中景,自是闺中情,种种可掬。(明李攀龙《新刻李于麟先生批评注释草堂诗余隽》)

春寒夜雨秋千下,自是闺中之恨。(明李攀龙《新刻题评名贤词话草堂诗余》)

春寒夜与秋千下,正是有恨之情。(明李廷机等《重刻类编草堂诗余评林》)

味在言外。(明沈际飞《草堂诗余正集》卷一)

(大樽)尝向予道:律诗如"春城月出人皆醉"及"罗绮晴娇绿水洲"之句,诗余如"无处说相思,背面秋千下"一词,生平竭力摹拟,竟不能到。(明末清初宋徵璧《抱真堂诗话》引陈子龙言)

"去跃"二字,从妇人目中看出,深情挚语。末联"无处"二字,意致凄然,妙在含蓄。(清黄苏《蓼园词评》)

邹祗谟《生查子》(影傍青鸾怯):阮亭云:摹几道逼真。(清邹祗谟、王士禛《倚声初集》卷二)

《图谱》注《生查子》名改作《美少年》,可笑。夫"美少年"三字,因晏小山此调首句"金鞍美少年",故也。彼牛张孙魏四公乃五代时人,百余年之前,岂即预知宋朝晏氏有此一句,而取以自名其调乎。(清万树《词律》卷三)

芊丽。又,亦有相思,只是无处说得,究不知何者关我情、触我相思也。要知真有此情。(清陈廷焯《云韶集》卷二)

俊爽已极。(夏敬观《映庵词评》)

此为闺人怨别之词,以"牵系"二字领起下阕四句。"绣被"句有"锦衾独旦"之意。"秋千"句殆用"十五泣春风,背面秋千下"诗意,言背人饮泣也。(俞陛云《唐五代两宋词选释》)

又

轻匀两脸花,淡扫双眉柳①。会写锦笺时,学弄朱弦后②。
今春玉钏宽,昨夜罗裙皱③。无计奈情何,且醉金杯酒。

【题解】

这是一首表现歌女生活的词作。上片述写歌女姣好的容貌与不凡的才华。下片展示歌女的情思,她为情所羁,因思念情人而身体消瘦,辗转难眠,只好借酒消愁。

①"轻匀"二句:轻匀如花的面容,淡画似柳叶的细眉。

②"会写"二句:歌女学会了写信,又学会了弹琴。指少女的才华不凡。锦笺:《宋六十名家词》本、《四库全书》本、《小山词笺》,作"彩笺"。彩色笺纸,亦指书信。朱弦:见《鹧鸪天》(楚女腰肢越女腮)注释。

③"今春"二句:意谓歌女情窦初开,因相思消瘦,因相思难眠。玉钏宽:表示手臂消瘦,以致玉镯宽松。玉钏:《小山词笺》作"玉带"。罗裙皱:表示彻夜未眠,以致罗裙压皱。

又

关山魂梦长,鱼雁音尘少①。两鬓可怜青②,只为相思老。

归梦碧纱窗③,说与人人道④。真个别离难,不似相逢好。

【题解】

此词《唐宋诸贤绝妙词选》卷五、《花草粹编》卷一、《历代诗余》卷四、《词综》卷七,均作王观词;《宋六十名家词》中,此词既见于《小山词》,又见于杜世安《寿域词》。此词表现游子的离愁别绪。因路途遥远、音信难通,词人倍受离恨煎熬,青丝成白发。思念至极而产生梦幻,借梦境与伊人相逢,倾诉相思之苦。

【注释】

①"关山"二句:遥隔关山,相思梦长,鱼雁稀少,音信不通。关山:关隘山岭,泛指遥远的地方。《木兰诗》:"万里赴戎机,关山度若飞。"鱼雁:《汉书·苏武传》:"教使者谓单于,言天子射上林中,得雁,足有系帛书。"后因以"鱼雁"代称书信。音尘:音讯,消息,踪迹。唐白居易《忆微之》:"三年隔阔音尘断,两地飘零气味同。"

②可怜:可惜。唐卢纶《早春归鳌屋别业却寄耿拾遗沣李校书端》:"可怜芳岁青山里,惟有松枝好寄君。"

③归梦：《宋六十名家词》本、《四库全书》本、《小山词笺》，作"归傍"。

④人人：是对关系亲昵的人的爱称。宋欧阳修《蝶恋花》："翠被双盘金缕凤。忆得前春，有个人人共。"

又

坠雨已辞云，流水难归浦①。遗恨几时休，心抵秋莲苦②。
忍泪不能歌③，试托哀弦语④。弦语愿相逢，知有相逢否。

【题解】

此词表现了弃妇之怨。薄情郎负心，弃妇心苦，忍泪难歌，借琴弦寄语，倾诉相思，期望相逢，尽管希望渺茫。

【注释】

①"坠雨"二句：雨点落下离开云朵，流水不能倒流回浦口。浦：指河流入海处。晋张协《杂诗》："流波恋旧浦，行云思故山。"此二句以习以为常的自然现象做比喻，喻女子被薄情郎所抛弃。

②"心抵"句：意谓弃妇的心中比莲心更苦。抵：比得上。唐杜甫《春望》："烽火连三月，家书抵万金。"秋莲苦：莲到秋季结果即莲子，其中之子芽称为莲心，其味极苦。

③忍泪：《百家词》本，作"忍忍"。

④"试托"句：通过弹琴抒发心中的哀苦。哀弦：指悲凉的弦乐音。唐白居易《和梦游春诗一百韵》："暗镜对孤鸾，哀弦留寡鹄。"宋张先《惜双双·溪桥寄意》："断梦归云经日去，无计使哀弦寄语。"

【汇评】

齐梁新体诗之佳者不能过之。（夏敬观《映庵词评》）

集中此调凡十一首，以"金鞍"一首为最。此为第四首，怀人而托诸哀弦，语曲而心苦，有乐府遗意。（俞陛云《唐五代两宋词选释》）

又

一分残酒霞^①，两点愁蛾晕^②。罗幕夜犹寒，玉枕春先困。
心情剪彩慵，时节烧灯近^③。见少别离多，还有人堪恨。

【题解】

《唐宋诸贤绝妙词选》题作"别思"。词写闺怨。上片描绘女子寒夜饮酒后的娇态，脸颊泛红，两眉愁锁，身心倦乏。下片描写女子百无聊赖的生活情状。会少离多，面对即将来临的元宵佳节，她愈发愁怅，无心剪彩。

【注释】

①残酒霞：指酒后脸上泛红似红霞。

②愁蛾：古代女子画眉如蚕蛾，因称女子发愁时皱起的双眉为愁蛾。宋柳永《雨中花慢》："坠髻慵梳，愁蛾懒画，心绪是事阑珊。"晕：光影或色彩四周模糊部分。此处指女子眉色暗淡。

③"心情"二句：意谓元宵节临近，却因心情愁闷而懒得剪彩。剪彩：剪裁花纸或彩绸，裁成虫鱼花草之类的装饰品。南朝梁宗懔《荆楚岁时记》："正月七日为人日，以七种菜为羹；剪彩为人，或镂金箔为人，以贴屏风，亦戴之头鬓。"唐李商隐《人日即事》："镂金作胜传荆俗，剪彩为人起晋风。"烧灯：指元宵节。宋蒋捷《绛都春》："归时记约烧灯夜。早拆尽、秋千红架。"

又

轻轻制舞衣，小小裁歌扇。三月柳浓时，又向津亭见^①。
垂泪送行人，湿破红妆面。玉指袖中弹，一曲《清商怨》^②。

【题解】

这首词于《词林万选》卷四作牛希济词。这是一首春日送别词。津亭设宴饯别,歌伎们在离筵上歌舞佐酒,含泪送别行人,所弹奏的《清商怨》,亦烘托出浓郁的悲情氛围。

【注释】

①津亭:古代渡口旁的亭子,供行人休憩宴饮。此处指设宴送别的地点。唐王勃《江亭夜月送别》:"津亭秋月夜,谁见泣离群。"

②《清商怨》:古乐府有《清商曲辞》,音多哀怨。后用为词牌名或曲牌名。唐杨巨源《雪中听筝》:"玉柱泠泠对寒雪,清商怨徵声何切。"

又

红尘陌上游①,碧柳堤边住。才趁彩云来,又逐飞花去。深深美酒家,曲曲幽香路②。风月有情时,总是相思处③。

【题解】

《唐宋诸贤绝妙词选》题作"闺思"。这首词反映了词人早年富贵风流的生活。全词气氛轻松,笔调活泼,旋律优美,颇具浪漫色彩。

【注释】

①红尘陌上:比喻热闹繁华的冶游之地。唐孟浩然《同储十二洛阳道中作》:"酒酣白日暮,走马入红尘。"

②"深深"二句:酒香从曲折的小路飘来,深巷中藏着酒肆歌坊。深深:深远的样子。幽香:淡淡的清香,飘飘悠悠的香气。此处指酒香。

③"风月"二句:意谓男欢女爱总会惹起相思。风月:指男女之间情爱之事。唐末五代韦庄《古离别》:"一生风月供惆怅,到处烟花恨别离。"相思:《唐宋诸贤绝妙词选》《花草粹编》《百家词》本、《宋六十名家词》本、《历代诗余》《四库全书》本、《小山词笺》,作"相逢"。

又

长恨涉江遥^①，移近溪头住。闲荡木兰舟^②，误入双鸳浦^③。　　无端轻薄云，暗作廉纤雨^④。翠袖不胜寒^⑤，欲向荷花语。

【题解】

此词描写采莲女的遭遇与心情。她划船在溪边采莲，偶然进入双鸳浦。她在归途中遇雨，衣裳单薄而倍感孤寒，心中幽怨难遣，只能向荷花倾诉。

【注释】

①涉江：渡水。《古诗十九首》其六："涉江采芙蓉，兰泽多芳草。"

②木兰舟：见《鹧鸪天》（守得莲开结伴游）"兰舟"注释。

③误入：《宋六十名家词》本、《四库全书》本、《历代诗余》、《小山词笺》，作"卧入"。双鸳浦：这里指鸳鸯游过的水塘。宋柳永《甘草子》："雨过月华生，冷彻鸳鸯浦。"

④"无端"二句：意谓轻薄之云无缘无故地洒落细雨。亦含有薄情郎与女子交欢后离开的怨恨。廉纤雨：指细雨。唐韩愈《晚雨》："廉纤晚雨不能晴，池岸草间蚯蚓鸣。"

⑤"翠袖"句：意谓女子衣袖薄，禁不起寒凉。语出唐杜甫《佳人》："天寒翠袖薄，日暮倚修竹。"翠袖：青绿色衣袖。泛指女子的装束。亦指女子。

【汇评】

晏几道小山词似古乐府。余绝爱其《生查子》云："长恨涉江遥，移近溪头住。闲荡木兰舟，卧入双鸳浦。无端轻薄云，暗作廉纤雨，翠袖不胜寒，欲向荷花语。"公自序云："《补亡》一篇，补乐府之亡也。"可以当之。（清李调元《雨村词话》卷一）

张弘范《临江仙》（千古武陵溪上路）:《古今词话》云：末二句（"紫箫明月底，翠袖暮天寒"），不减晏小山。（徐珂《历代词选集评》）

是六朝人采莲赋作法。（夏敬观《映庵词评》）

起句用"涉江采芙蓉"诗,以呼应"荷花"结句,盖咏采莲女之作。上段写绮怀之幽香,下段写丽情之宛转,殊有《竹枝词》意味。（俞陛云《唐五代两宋词选释》)

又

远山眉黛长①,细柳腰肢袅。妆罢立春风,一笑千金少②。归去凤城时,说与青楼道③。遍看颍川花④,不似师师好⑤。

【题解】

这首词是词人任职颍昌许田镇所作赠妓词,描写了一位名叫"师师"的歌伎。上片展示这位歌伎姣好的容貌,纤细的腰身,以及迷人的笑靥。下片用直白又有点夸张的语言盛赞"师师"色艺出众。认为在颍川歌伎中,师师独占花魁。

【注释】

①"远山"句:歌伎的眉黛似远山细长。古代女子用黛画眉,故称眉为"眉黛"或"黛眉"。远山眉:形容女子秀丽之眉。典出晋葛洪《西京杂记》:"文君姣好,眉色如望远山,脸际常若芙蓉。"唐温庭筠《菩萨蛮》:"绣帘垂麗䍐,眉黛远山绿。"

②"一笑"句:意谓美人一笑难得。汉崔骃《七依》:"回顾百万,一笑千金。"南朝梁王僧孺《咏宠姬》:"再顾连城易,一笑千金买。"

③"归去"二句:意谓回到汴京的时候,要向青楼诸位歌伎夸赞师师的出众才貌。凤城:指京城,即汴京。青楼:妓院,代指青楼女子。唐李白《在水军宴韦司马楼船观妓》:"对舞青楼妓,双鬟白玉童。"

④遍看:《百家词》本、《宋六十名家词》本,作"偏看"。颍川:《小山词笺》作"颍州"。郡名,以颍水得名,治所在今阳翟(今河南禹州)。花:喻女子。

⑤师师:歌伎名。古代歌伎名"师师"的很多,此处并非宋徽宗时的名妓李师师。夏敬观批点《小山词》云:"此非徽宗时之师师。"

【汇评】

序与书亦不相符。又其中时有评注,俱极疏陋。如晏几道《生查子》云:"看遍颍州花,不似师师好。"注曰:"此李师师也。"虽与颍州不合,然几道死靖康之难,得见李师师,犹可言也。又秦观《一丛花》题下注曰"师师,子野、小山、淮海词中皆见,岂即李师师乎?"(清永瑢等《四库全书总目·词林万选》)

又

落梅庭榭香①,芳草池塘绿②。春恨最关情,日过阑干曲③。　　几时花里闲,看得花枝足。醉后莫思家,借取师师宿④。

【题解】

这首词是词人任职颍昌许田镇所作,与上一首词作于同一时期。落梅飘香、芳草萋绿之时,春恨油然而生。为消解春恨,词人寻访歌伎"师师",与之同醉同宿。

【注释】

①庭榭:《宋六十名家词》本、《四库全书》本、《小山词笺》,作"亭榭"。

②芳草池塘:南朝宋谢灵运《登池上楼》:"池塘生春草,园柳变鸣禽。"为千古名句,故后人常引以为典。

③"日过"句:日影转过阑干曲折处,指傍晚时分。唐耿沣《晚春青门林亭燕集》:"林静莺啼远,春深日过迟。"另一种说法认为该句意谓每天行径到阑干曲折处(看花)。日过:《百家词》本、《宋六十名家词》本、《四库全书》本、《小山词笺》,作"月过"。

④师师:见前词注。

又

狂花顷刻香[①],晚蝶缠绵意[②]。天与短因缘[③],聚散常容易。　传唱入离声[④],恼乱双蛾翠[⑤]。游子不堪闻,正是衷肠事。

【题解】

这是一首别离之词。上片以“顷刻香”的花朵比喻欢乐的短暂。以蝶与花缠绵,比喻恋情美好。但是因缘短暂,聚散容易。下片写女子因离恨而烦恼,愁眉不展地将离歌传唱数遍,道尽双方心事,游子不忍卒听。

【注释】

①狂花:怒放但花期短暂的花朵。北周庾信《小园赋》:“落叶半床,狂花满屋。”

②“晚蝶”句:意谓晚蝶萦绕花间,恋恋不舍。宋宋庠《夏日北溪亭上》:“争花晚蝶萦丛住,避弋惊禽截浦飞。”缠绵:固结不解;萦绕。表示情深意厚。唐张籍《节妇吟》:“感君缠绵意,系在红罗襦。”

③短因缘:指情好的时间不长。宋李昉等《太平广记》卷三百四十九《韦鲍生妓》:“韦戏鲍曰:‘能以人换,任选殊尤。’鲍欲马之意颇切,密遣四弦,更衣盛妆,顷之乃至。命捧酒劝韦生,歌一曲以送之云:‘白露湿庭砌,皓月临前轩。此时颇留恨,含思独无言。’又歌《送鲍生酒》云:‘风飐荷珠难暂圆,多生信有短因缘。西楼今夜三更月,还照离人泣断弦。’韦乃召御者,牵紫叱拨以酬之。”

④传唱:传布唱歌。唐张祜《孟才人叹》:“偶因歌态咏娇嚬,传唱宫中十二春。”离声:别离的声音。见《临江仙》(淡水三年欢意)注释。

⑤双蛾翠:指女子青绿色的双眉。宋晏殊《点绛唇》:“断肠声里,敛尽双蛾翠。”

又

官身几日闲,世事何时足①。君貌不长红,我鬓无重绿②。榴花满盏香③,《金缕》多情曲④。且尽眼中欢,莫叹时光促。

【题解】

此词为词人自慰之辞。他感叹为官忙碌,世事繁多,岁月易逝,容颜易老。应该痛饮美酒,尽兴听歌,珍惜当下,及时行乐。

【注释】

①"官身"二句:做官忙碌,鲜有闲暇之日。世事繁多,什么时候才能做完?官身:指有官职在身,亦指身任公职的人。宋韦骧《追咏西园海棠》:"两春行役不及见,今日偶幸官身闲。"足:完全。此处指把事情做完。

②"君貌"二句:意谓你的红颜易老,我的双鬓不再乌黑。表示年少的时光有限,一去不返。绿鬓:乌黑发亮的鬓发。形容年轻美貌。南朝梁吴均《和萧洗马子显古意诗六首》其三:"绿鬓愁中改,红颜啼里灭。"唐乔知之《从军行》:"况复落红颜,蝉声催绿鬓。"

③榴花:雅称美酒。《南史·夷陌传上·扶南国》:"又有酒树似安石榴,采其花汁,停瓮中,数日成酒。"南朝梁萧绎《刘生》:"榴花聊夜饮,竹叶解朝醒。"唐李峤《甘露殿侍宴应制》:"御筵陈桂醑,天酒酌榴花。"满盏:《小山词笺》作"满院"。

④《金缕》:乐府曲词。唐杜秋娘《金缕衣》:"劝君莫惜金缕衣,劝君须惜少年时。有花堪折直须折,莫待无花空折枝。"

又

春从何处归,试向溪边问。岸柳弄娇黄①,陇麦回青润②。

多情美少年,屈指芳菲近③。谁寄岭头梅,来报江南信④。

这首词表现了词人盼春与伤春之情。上片以访春足迹展开,描绘了一幅生机盎然的初春图景。下片抒写伤春之情,虽然大好春光将至,但是多情的词人仍然伤感,因为无人寄梅以报知江南音信。全词情景相生,自然浑融。

【注释】

①娇黄:嫩黄色。宋欧阳修《渔家傲》:"露裛娇黄风摆翠。人间晚秀非无意。"

②陇麦:田畦里的麦子。青润:色青而润泽,犹言绿油油。唐虞世南《发营逢雨应诏》:"陇麦沾逾翠,山花湿更然。"

③芳菲:芳香的花草。此处借指美好的春天。唐高适《同陈留崔司户早春宴蓬池》:"隔岸春云邀翰墨,傍檐垂柳报芳菲。"宋张先《千秋岁》:"数声鶗鴂,又报芳菲歇。"

④"谁寄"二句:谁能寄给我庾岭之梅,来告知江南的消息。用折梅寄远之典。见《蝶恋花》(千叶早梅夸百媚)"好枝长恨无人寄"注释。岭头梅:大庾岭的梅花。唐白居易《白孔六帖》:"大庾岭上梅,南枝落,北枝开。"大庾岭位于江西与广东交界处。来报:《历代诗余》《小山词笺》,作"未报"。

南乡子

渌水带青潮①。水上朱阑小渡桥②。桥上女儿双笑靥③,妖娆④。倚著阑干弄柳条。　　月夜落花朝⑤。减字偷声按玉箫⑥。柳外行人回首处,迢迢。若比银河路更遥⑦。

【题解】

词写歌伎。那位歌伎倚阑弄柳,笑容妖媚,姿态妖娆,花朝月夜,她吹奏玉箫,曲声婉转,引得远处行人闻歌回首。词人以夸张手法,以银河喻行人与歌伎距离之遥,憾恨不能与之邀约。

【注释】

①渌水:《阳春白雪》《唐宋诸贤绝妙词选》,作"绿水"。清澈的水。唐李白《长相思》:"上有青冥之长天,下有渌水之波澜。"青潮:《阳春白雪》《唐宋诸贤绝妙词选》《历代诗余》《小山词笺》,作"春潮"。

②朱阑:《阳春白雪》《唐宋诸贤绝妙词选》,作"朱栏";《百家词》本,作"朱桥"。

③女儿:《小山词笺》作"人儿"。

④妖娆:《唐宋诸贤绝妙词选》作"夭饶"。

⑤落花朝:《唐宋诸贤绝妙词选》《百家词》本,作"与花朝"。落花时节。唐白居易《喜杨六侍御同宿》:"岸帻静言明月夜,匡床闲卧落花朝。"

⑥减字:唐宋曲子词中的术语。从词调原调减去一些字数,成为另一种词调。如《减字木兰花》由《木兰花》减字而成。偷声:唐宋曲子词中的术语。在减字的词调中,为了配合音乐,把原调的声韵也偷换,如《偷声木兰花》。

⑦若比:《宋六十名家词》本,作"若此"。

【汇评】

今日西湖有花朝而无月夕,有红粉而无佳人,愧前盛矣。(明沈际飞《草堂诗余续集》卷下)

又

小蕊受春风①。日日宫花花树中②。恰向柳绵撩乱处③,相逢。笑靥旁边心字浓④。　　归路草茸茸⑤。家在秦楼更近东⑥。醒去醉来无限事,谁同。说著西池满面红⑦。

【题解】

词写女伴小蕊。词人与她在宫苑中相逢,她美丽且爱笑,两人结伴回家，相互诉说心事，直到西池被落日铺红。

【注释】

①受春风：《百家词》本、《宋六十名家词》本、《历代诗余》、《四库全书》本、《小山词笺》，作"爱春风"。

②宫花：皇宫庭苑中的花木。唐李白《宫中行乐》："宫花争笑日，迟草暗生春。"

③柳绵：即柳絮。唐李商隐《临发崇让宅紫薇》："桃绶含情依露井，柳绵相忆隔章台。"

④旁边：《百家词》本、《宋六十名家词》本、《四库全书》本，作"傍边"。心字：《历代诗余》《小山词笺》，作"心事"。心字香。见《临江仙》（梦后楼台高锁）"心字罗衣"注释。

⑤茸（róng）茸：花草茂盛的样子。唐卢仝《喜逢郑三游山》："相逢之处花茸茸，石壁攒峰千万重。"

⑥秦楼：秦穆公为女儿弄玉所建之楼，亦名凤楼。相传秦穆公女弄玉与其夫萧史吹箫引凤的凤楼。事见汉刘向《列仙传》。后遂为歌舞场所或妓馆的别名。唐李商隐《无题二首》其二："岂知一夜秦楼客，偷看吴王苑内花。"

⑦西池：古池名，宋人指金明池。宋敏求《春明退朝录》："太宗于西郊凿金明池，中有台榭，以阅水戏。"宋晏殊《玉堂春》："欲傍西池看，触处杨花满袖风。"

又

花落未须悲①。红蕊明年又满枝②。惟有花间人别后，无期。水阔山长雁字迟③。　　今日最相思。记得攀条话别离④。共说春来春去事，多时。一点愁心入翠眉。

【题解】

词写离愁别绪。上片写离别，从广阔的时空角度，把花与人相对照，花落能再开，人别难再会，感慨物是人非，会少离多。下片写相思，回忆话别之际，难舍难分，两人叙话很久，女子愁眉不展。

【注释】

①未须悲：《花草粹编》作"未消悲"。

②红蕊：红色花苞。唐孟浩然《题梧州陈司马山斋》："青林暗换叶，红蕊亦开花。"亦暗指前词中的歌伎"小蕊"。

③雁字迟：鸿雁来迟，雁书迟，形容远人的书信未到。五代李珣《望远行》："玉郎一去负佳期，水云迢递雁书迟。"

④攀条：攀引或攀折柳枝送别，古人有折柳送别的习俗。《古诗十九首》其九："攀条折其荣，将以遗所思。"《三辅黄图》："霸桥在长安东，跨水作桥，汉人送客至此桥，折柳赠别。"

又

何处别时难。玉指偷将粉泪弹。记得来时楼上烛，初残。待得清霜满画阑①。　　不惯独眠寒。自解罗衣衬枕檀②。百媚也应愁不睡③，更阑④。恼乱心情半被闲⑤。

【题解】

词写闺怨。开篇点明"别时难"，为全词奠定下别怨的基调。因为离愁，女子流泪无眠。下片直击人物心理，习惯了共眠，故难忍独眠的孤寒，勉强解衣欲睡，终因惆怅，彻夜未眠。

【注释】

①清霜：白霜，形容月光。南朝齐谢朓《将游湘水寻句溪》："兴以暮秋月，清霜落素枝。"唐李白《静夜思》："床前明月光，疑是地上霜。"唐末五代齐己《贺孙支使郎中迁居》："应逢明月清霜夜，闲领笙歌宴会来。"

②枕檀：即枕头。古人把檀香放入枕内，所以又叫"枕檀"。南朝陈徐陵《中妇织流黄》："带衫行障口，觅钏枕檀边。"

③百媚:见《蝶恋花》(千叶早梅夸百媚)注释。

④更阑:五更已尽,即将天明。唐方干《元日》:"晨鸡两遍报更阑,刁斗无声晓漏干。"

⑤半被闲:半边被子空着,表示独眠。

【汇评】

"阑"字重韵异解,宋人词前后阕不避重。(夏敬观《映庵词评》)

又

画鸭懒熏香①。绣茵犹展旧鸳鸯②。不似同衾愁易晓,空床。细剔银灯怨漏长③。　　几夜月波凉④。梦魂随月到兰房⑤。残睡觉来人又远,难忘。更是无情也断肠⑥。

【题解】

词写离愁。上片描写女子独处的生活情状,空虚寂寞,辗转难眠。下片以月夜之景起兴,写女子梦见所思之人来到她的闺房,梦醒时人已远去,她因相思而肠断。

【注释】

①画鸭:有图案的鸭形香炉。唐李商隐《促漏》:"舞鸾镜匣收残黛,睡鸭香炉换夕熏。"

②"绣茵"句:旧时绣上鸳鸯图案的被子仍铺展着。绣茵:绣着花纹的被褥。宋梅尧臣《冯子都诗》:"牵以五采丝,藉以刺绣茵。"

③剔银灯:挑灯。谓挑起灯芯,剔除余烬,使灯更亮。漏:漏壶的简称,古代滴水计时的仪器。铜制有孔,滴水或漏沙,有刻度标志以计时间。

④月波:指月光。月光似水,故称。唐白居易《夜游西武丘寺八韵》:"路入青松影,门临白月波。"宋韩琦《题忘机堂》:"前槛月波清涨夜,后檐风竹冷吟秋。"

⑤兰房:犹香闺。旧时妇女所居之室。唐王绩《咏妓》:"妖姬饰靓妆,窈窕出兰房。"

⑥更是:《四库全书》本、《小山词笺》,作"便是"。

又

眼约也应虚①。昨夜归来凤枕孤②。且据如今情分里,相于③。只恐多时不似初。　　深意托双鱼④。小剪蛮笺细字书⑤。更把此情重问得,何如。共结因缘久远无。

【题解】

这首词表现了女子因对方爽约而产生对爱情的猜忌与怀疑。因为对方爽约,怀疑爱情不似当初,故寄书询问对方是否还爱着自己。

【注释】

①眼约:眉目传情,用目光相约,目成之约。宋吕胜己《蝶恋花》:"眼约心期常未足。"

②凤枕:装饰华丽的枕头,或指绣枕。宋欧阳修《摸鱼儿》:"凝远目。恨人去寂寂,凤枕孤难宿。"

③相于:《百家词》本、《宋六十名家词》本、《四库全书》本、《小山词笺》,作"相期"。相互亲近。唐杜甫《赠李八秘书别三十韵》:"此行非不济,良友昔相于。"

④双鱼:见《蝶恋花》(卷絮风头寒欲尽)"双鱼信"注释。

⑤蛮笺:唐时高丽纸的别称。亦指蜀地所产名贵的彩色笺纸。明陶宗仪《说郛》卷二十四《负暄杂录·蛮纸》载:"唐中国未备,多取于外夷,故唐人诗中多用蛮笺字,亦有为也。高丽岁贡蛮纸,书卷多用为衬。"宋韩浦《寄弟泊蜀笺诗》:"十样蛮笺出益州,寄来新自浣溪头。"南唐冯延巳《更漏子》:"金剪刀,青丝发。香墨蛮笺亲札。"

反复诘问,惟恐历久寒盟,写情入深细处。人谓小山之词,"字字娉娉
袅袅,如揽嫱、施之袂",此等句足以当之。(俞陛云《唐五代两宋词选释》)

又

新月又如眉①。长笛谁教月下吹②。楼倚暮云初见雁③,
南飞。漫道行人雁后归④。　　意欲梦佳期。梦里关山路不
知⑤。却待短书来破恨⑥,应迟。还是凉生玉枕时⑦。

【题解】

此词写闺怨。闺人倚楼远眺,不见行人归来,欲梦中与行人相会,而梦
寻失败,她等待书信慰藉相思,而终未见书信。全词笼罩在凄清的氛围里,
词意曲折往复。

【注释】

①"新月"句:新月如女子的细眉。唐末五代齐己《湘妃庙》:"黄昏一岸
阴风起,新月如眉生阔水。"

②"长笛"句:谁在月下吹奏长笛。语出唐杜牧《题元处士高亭》:"何人
教我吹长笛,与倚春风弄月明。"

③"楼倚"句:整日倚楼至暮色已深,不见远人,却见到大雁从云中飞
过。唐赵嘏《长安秋望》:"残星几点雁横塞,长笛一声人倚楼。"

④"漫道"句:空说行人归家日期在秋雁南飞后,却没有归来。隋薛道
衡《人日思归》:"人归落雁后,思发在花前。"漫道:《花草粹编》、《百家词》
本、《宋六十名家词》本、《历代诗余》、《四库全书》本、《小山词笺》,作"谩
道"。

⑤"梦里"句:梦中寻觅行人,只因遥隔关山而难以到达。南朝梁沈约
《别范安成诗》:"梦中不识路,何以慰相思。"关山:关隘山川。见《生查子》
(关山魂梦长)注释。

79

⑥短书:指书牍,书信。南朝梁江淹《杂体诗三十首·李都尉陵〈从军〉》:"袖中有短书,愿寄双飞燕。"

⑦凉生玉枕:秋天玉枕生凉。宋王珪《宫词》:"瑶台夜滴金茎露,水殿凉生玉枕风。"宋欧阳修《渔家傲》:"八月微凉生枕簟。金盘露洗秋光淡。"

【汇评】

小词之妙,如汉、魏五言诗,其风骨兴象,迥乎不同。苟徒求之色泽字句间,斯末矣。然入崇、宣以后,虽情事较新,而体气已薄,亦风气为之,要不可以强也。(清先著、程洪《词洁》卷二)

清平乐

留人不住。醉解兰舟去①。一棹碧涛春水路②。过尽晓莺啼处。 渡头杨柳青青。枝枝叶叶离情③。此后锦书休寄④,画楼云雨无凭⑤。

【题解】

这是一首送别词。行人去意已决,送者无法挽留,双方醉酒道别。送者在渡口目送行人归去,离情难遣。情到深处,作"锦书休寄""云雨无凭"之决绝之语,正话反说,然不舍之情更见。

【注释】

①兰舟:见《鹧鸪天》(守得莲开结伴游)注释。

②"一棹"句:船顺着碧波春水一路行驶。棹(zhào):借指船。

③"渡头"二句:送别的渡口,青青柳树的枝枝叶叶都含有离情。此二句借柳树寄托人的离愁。唐张籍《忆远》:"唯爱门前双柳树,枝枝叶叶不相离。"

④锦书:锦字书。指书信。见《鹧鸪天》(楚女腰肢越女腮)"锦字"注释。宋晏殊《凤衔杯》:"彩笺长,锦书细。"

⑤云雨:指男女欢会。用巫山神女的典故。见《临江仙》(浅浅余寒春

半)"虚梦高唐"注释。

【汇评】

结句殊怨,然不忍割。(清周济《宋四家词选目录序论》)

凄艳芊绵,读者伤神。(清陈廷焯《云韶集》卷二)

怨语,然自是凄绝。(清陈廷焯《词则·别调集》卷一)

李易安"寻寻觅觅"之《声声慢》,凡九叠字。其叠也,乃努力出之,有意作惊人之笔。若晏小山之"渡头杨柳青青,枝枝叶叶离情",何尝不是接连叠六字,但读来殊不费力,不似"寻寻觅觅"之沉重。盖小山乃以平淡出之,绝不经意,恐彼且不自觉其叠,更何费力之与有。至于易安居士之《声声慢》只应重读,无取细吟。(梁启勋《曼殊室随笔》)

又

千花百草①。送得春归了。拾蕊人稀红渐少②。叶底杏青梅小。　　小琼闲抱琵琶③。雪香微透轻纱④。正好一枝娇艳⑤,当筵独占韶华⑥。

【题解】

词上片写"春归"时节春花寥落之景象。词下片展现歌伎小琼之才华与美貌,将其比作一枝独秀的春花,与上片暮春的凄寂景色形成对比。同时,也暗示春光易逝,红颜易老,对小琼的命运寄予同情。

【注释】

①"千花"句:指各种花草。南唐冯延巳《鹊踏枝》:"百草千花寒食路,香车系在谁家树。"

②拾蕊:《花草粹编》、《历代诗余》、《四库全书》本、《小山词笺》,作"拾翠"。古代的游春赏春活动,拾取落花或摘取花朵以为饰品。南朝梁江淹《杂体诗三十首·谢法曹惠连〈赠别〉》:"摘芳爱气馥,拾蕊怜色滋。"

③闲抱:《花草粹编》作"闲把"。

④雪香:指女子雪白的肌肤散发出的香味。宋欧阳修《玉楼春》:"雪香浓透紫檀槽,胡语急随红玉腕。"

⑤一枝娇艳:指女子如一枝娇艳的花。唐李白《清平调》:"一枝红艳露凝香,云雨巫山枉断肠。"

⑥当筵:《百家词》本、《宋六十名家词》本、《四库全书》本、《历代诗余》、《小山词笺》,作"当年"。韶华:美好的时光,亦指春光。唐李隆基《春晚宴两相及礼官丽正殿学士探得风字》:"岂可使春色虚捐,韶华并歇。"宋欧阳修《定风波》:"过尽韶华不可添。小楼红日下层檐。"

又

烟轻雨小。紫陌香尘少①。谢客池塘生绿草②。一夜红梅先老③。　　旋题罗带新诗。重寻杨柳佳期④。强半春寒去后⑤,几番花信来时⑥。

【题解】

这是一首春日怀人词。仲春时节,烟轻雨小、绿草丛生、红梅凋落,触景生情,回忆故人。为慰藉相思,词人旋题新诗,重寻佳期,此番思念延绵至春寒去后。

【注释】

①紫陌:指京城郊外的道路。南朝陈徐陵《长干寺众食碑》:"其外铁市铜街,青楼紫陌。"唐刘禹锡《元和十年自郎州召至京师戏赠看花诸君子》:"紫陌红尘拂面来,无人不道看花回。"宋晏殊《迎春乐》:"长安紫陌春归早。弹垂杨、染芳草。"香尘:芳香的尘土,尘土的美称。唐末五代韦庄《清平乐》:"去路香尘莫扫,扫即郎去归迟。"

②"谢客"句:南朝宋诗人谢灵运小名为"客儿",故称"谢客"。谢灵运有名句"池塘生春草",故而后人亦把池塘称作"谢客池塘"或"谢池"。

③一夜:《百家词》本,作"一枝"。

④"旋题"二句:意谓当即在罗带上题写新诗,重新追寻约会的佳期。旋:即刻,立即。

⑤强半:过半,一大半。唐张籍《寄故人》:"故人只在蓝田县,强半年来未得书。"

⑥花信:即花信风,自小寒起到谷雨,有二十四番信风,是应花期而来的风。唐陆龟蒙残句云:"几点社翁雨,一番花信风。"宋陈元靓《岁时广记》:"江南自初春至初夏,五日一番风候,谓之花信风。梅花风最先,楝花风最后。凡二十四番,以为寒绝也。后唐人诗云:'楝花开后风光好,梅子黄时雨意浓。'徐师川诗云:'一百五日寒食雨,二十四番花信风。'又,古诗云:'早禾秧雨初晴后,苦楝花风吹日长。'"二十四番花信风如下:小寒,一候梅花,二候山茶,三候水仙;大寒,一候瑞香,二候兰花,三候山矾;立春,一候迎春,二候樱桃,三候望春;雨水,一候菜花,二候杏花,三候李花;惊蛰,一候桃花,二候棣棠,三候蔷薇;春分,一候海棠,二候梨花,三候木兰;清明,一候桐花,二候麦花,三候柳花;谷雨,一候牡丹,二候荼蘼,三候楝花。

又

可怜娇小。掌上承恩早①。把镜不知人易老②。欲占朱颜长好③。   画堂秋月佳期④。藏钩赌酒归迟⑤。红烛泪前低语,绿笺花里新词⑥。

【题解】

词写歌伎。这位歌伎娇小可人,深得主人宠爱,她期望朱颜长在。秋夜画堂中,她尽情戏乐饮酒,至迟方归。

【注释】

①掌上:极言爱抚。又有掌上明珠之意,言其捧于掌心,深得爱怜。承

恩:蒙受恩泽。唐沈佺期《送金城公主适西蕃应制》:"玉就歌中怨,珠辞掌上恩。"

②"把镜"句:意谓把镜端详自己的容貌,不知晓人会变老。唐岑参《下外江舟怀终南旧居》:"颜容老难榇,把镜悲鬓发。"

③长好:《宋六十名家词》本、《四库全书》本、《小山词笺》,作"常好"。

④画堂:泛指华丽的堂舍。唐李白《清平乐》:"画堂晨起,来报雪花坠。"秋月佳期:指中秋节。

⑤藏钩:古代的一种游戏。明陶宗仪《说郛》卷三十一《采兰杂志》:"每月下九,置酒为妇女之欢,名曰阳会。盖女子阴也,待阳以成。故女子于是夜为藏钩诸戏,以待月明至,有忘寝而达曙者。"唐李白《宫中行乐》:"更怜花月夜,宫女笑藏钩。"赌酒:指游戏比赛,负者罚酒。唐白居易《刘十九同宿》:"唯共嵩阳刘处士,围棋赌酒到天明。"

⑥"红烛"二句:在红烛前窃窃私语,在绿色笺纸上题写新词。绿笺:绿色的笺纸。

又

红英落尽①。未有相逢信。可恨流年凋绿鬓②。睡得春醒欲醒③。 钿筝曾醉西楼④。朱弦玉指《梁州》⑤。曲罢翠帘高卷,几回新月如钩⑥。

【题解】

词写相思。西楼欢会过去许久,双鬓开始斑白,仍不能与故人重逢,唯有借酒消愁。下片追忆当时热闹的欢会,与上片的凄凉形成对比,令人感慨万千。

【注释】

①红英:红花。南唐李煜《采桑子》:"亭前春逐红英尽,舞态徘徊。"

②流年:见《蝶恋花》(碧草池塘春又晚)注释。绿鬓:见《生查子》(官身

几日闲)注释。

③春醒(chéng):春天酒醉后的困乏。醒,酒醉后神志不清。宋杨亿《黄少卿惠绿云汤》:"谁研露叶和云液,几宿春醒一啜消。"

④钿筝:《花草粹编》作"细筝"。指饰有金玉装饰的华美秦筝。唐温庭筠《和友人悼亡》:"宝镜尘昏鸾影在,钿筝弦断雁行稀。"宋晏殊《蝶恋花》:"谁把钿筝移玉柱,穿帘海燕双飞去。"

⑤朱弦:见《鹧鸪天》(楚女腰肢越女腮)注释。《梁州》:《花草粹编》作《梁舟》。唐教坊曲名。本作《凉州》。后改编为小令。《新唐书》卷二十二《礼乐志》:"大历元年,又有《广平太一乐》。《凉州曲》,本西凉所献也。"唐顾况《李湖州孺人弹筝歌》:"独把梁州凡几拍,风沙对面胡秦隔。"宋欧阳修《减字木兰花》:"翠幕风微。宛转梁州入破时。"

⑥新月如钩:指月初之弯月似弯钩。宋杨亿《七夕》:"东西燕子伯劳飞,新月如钩玉露垂。"

又

春云绿处。又见归鸿去。侧帽风前花满路①。冶叶倡条情绪②。　红楼桂酒新开③。曾携翠袖同来④。醉弄影娥池水⑤,短箫吹落残梅⑥。

【题解】

词描写春日冶游情景。大好春光,风流公子饮酒、听箫、戏水于烟花巷陌。然而春光易逝,美好难存,词人欢乐之余,隐怀淡淡忧伤。

【注释】

①侧帽:斜戴帽子。形容风流倜傥的样子。《周书·独孤信传》:"信在秦州,尝因猎,日暮驰马入城,其帽微侧。诘旦,而吏民有戴帽者,咸慕信而侧帽焉。其为邻境及士庶所重如此。"宋杨亿《公子》:"细雨垫巾过柳市,轻风侧帽上铜堤。"

②冶叶倡条:形容袅娜的杨柳枝叶,也借指妓女。唐李商隐《燕台四首·春》:"蜜房羽客类芳心,冶叶倡条遍相识。"宋陆游《桃源忆故人五首》其四:"城南载酒行歌路,冶叶倡条无数。"

③桂酒:用玉桂浸制的美酒。泛指美酒。战国屈原《九歌·东皇太一》:"蕙肴蒸兮兰藉,奠桂酒兮椒浆。"宋晏殊《酒泉子》:"若有一杯香桂酒,莫辞花下醉芳茵。"新开:《词综》作"初开"。

④翠袖:代指女子。见《生查子》(长恨涉江遥)注释。

⑤影娥池:汉代未央宫中池名。后指清澈鉴月的水池。此处指倡家园林里的池塘。《三辅黄图》:"影娥池,武帝凿池以玩月,其旁起望鹄台,以眺月影入池中,使宫人乘舟弄月影,名影娥池,亦曰眺蟾台。"唐上官仪《咏雪应诏》:"花明栖凤阁,珠散影娥池。"影娥:《词综》作"影蛾"。

⑥落残梅:指笛曲《梅花落》。

又

波纹碧皱①。曲水清明后②。折得疏梅香满袖。暗喜春红依旧③。　　归来紫陌东头。金钗换酒消愁④。柳影深深细路,花梢小小层楼⑤。

【题解】

《唐宋诸贤绝妙词选》题作"春情"。此亦是春日冶游词,可能与前首词作于同时。美好的春景衬托词人愉悦的心情,快乐的冶游使词人暂时忘记忧愁。

【注释】

①"波纹"句:形容碧波荡漾。皱:形容水波的形状。宋宋祁《玉楼春·春景》:"东城渐觉风光好,縠皱波纹迎客棹。"

②曲水:古人三月上巳日的活动,就水滨宴饮,认为可祓除不祥,后人因引水环曲成渠,流觞取饮,相与为乐,称为曲水。宋叶廷珪《海录碎事》:

"曲水者,引水环曲为渠,以流酒杯而行焉。"晋王羲之《兰亭集序》:"又有清流激湍,映带左右,引以为流觞曲水,列坐其次。"清明:《唐宋诸贤绝妙词选》作"晴明"。

③春红:春天的花朵。此处指梅花。唐李白《怨歌行》:"十五入汉宫,花颜笑春红。"

④金钗换酒:形容贫穷潦倒,失意落魄。唐元稹《遣悲怀三首》其一:"顾我无衣搜荩箧,泥他沽酒拔金钗。"宋柳永《望远行》:"消遣离愁无计,但暗掷、金钗买醉。"消愁:《花草粹编》、《百家词》本、《宋六十名家词》本、《四库全书》本、《历代诗余》、《词综》、《小山词笺》,作"销愁"。

⑤"柳影"二句:柳影遮蔽的幽深小路,可望见花梢微露的楼台。

【汇评】

上阕"梅香"二句,喻暗喜彼姝之仍在。下阕"细路""层楼"二句,将其居处分明写出,其中人若唤之欲应也。(俞陛云《唐五代两宋词选释》)

又

西池烟草①。恨不寻芳早②。满路落花红不扫③。春色渐随人老。　　远山眉黛娇长④。清歌细逐霞觞⑤。正在十洲残梦⑥,水心宫殿斜阳⑦。

【题解】

词人暮春时节到西池赴宴,芳草丛生,落花满地,略显凄凉。在宴会上,美妓歌舞佐酒,仿若置身梦幻仙境,不知不觉日已西斜。

【注释】

①西池:指金明池。为当时游览胜地。见《南乡子》(小蕊受春风)注释。

②寻芳:指游赏春日美景,亦指寻访美人。唐刘禹锡《会昌春连宴即事》:"行乐真吾事,寻芳独我先。"唐李商隐《花下醉》:"寻芳不觉醉流霞,倚

树沉眠日已斜。"

③"满路"句:满路都是落花,却无人打扫。唐白居易《长恨歌》:"西宫南内多秋草,落叶满阶红不扫。"

④远山眉:见《生查子》(远山眉黛长)注释。

⑤清歌:《小山词笺》作"清欢"。霞觞:见《临江仙》(长爱碧阑干影)注释。

⑥十洲:《小山词笺》作"十州"。指仙人居所,道教称海内有十座仙山,泛指仙境。《海内十洲记》:"汉武帝既闻西王母说八方巨海之中有祖洲、瀛洲、玄洲、炎洲、长洲、元洲、流洲、生洲、凤麟洲、聚窟洲。有此十洲,乃人迹所稀绝处。"唐杜甫《玉台观》:"宫阙通群帝,乾坤到十洲。"此处比喻宴会之地。

⑦水心宫殿:宋代宫殿名。此处借指西池的楼台。《宋史·礼志》:"太平兴国九年三月十五日,诏宰相、近臣赏花于后苑,帝曰:'春气暄和,万物畅茂,四方无事。朕以天下之乐为乐,宜令侍从、词臣各赋诗。'帝习射于水心殿。"《宋史·魏王廷美传》:"迩者,凿西池,水心殿成,桥梁未备,朕将泛舟往焉。"宫殿:《小山词笺》作"宣殿"。

【汇评】

前六句为春暮访艳,后二句十洲官殿,忽托思在仙灵境界,为此调十八首中清超之作。(俞陛云《唐五代两宋词选释》)

又

蕙心堪怨①。也逐春风转②。丹杏墙东当日见③。幽会绿窗题遍④。　　眼中前事分明。可怜如梦难凭⑤。都把旧时薄幸,只消今日无情⑥。

【题解】

这首词表现了被弃女子的怨愤之情。词通过今昔对比抒写女子的哀怨,曾经相会之欢历历在目,而今欢爱成空。女主人公自叹可怜,痛斥情郎的薄幸与无情。

【注释】

①蕙心:比喻女子的心性美好高洁。南朝宋鲍照《芜城赋》:"东都妙姬,南国丽人。蕙心纨质,玉貌绛唇。"唐末五代韦庄《闺怨》:"空藏兰蕙心,不忍琴中说。"

②春风转:随风飘转,比喻情人变心。唐杜甫《紫宸殿退朝口号》:"香飘合殿春风转,花覆千官淑景移。"

③墙东:这里指相会地点。用"宋玉东墙"之典。战国宋玉《登徒子好色赋》:"玉曰:'天下之佳人,莫若楚国,楚国之丽者,莫若臣里,臣里之美者,莫若臣东家之子……然此女登墙,窥臣三年,至今未许也。'"

④"幽会"句:两人幽会时,在房中写下许多诗词。绿窗:绿纱窗。指女子居室。唐白居易《议婚》:"绿窗贫家女,寂寞二十余。"

⑤"眼中"二句:回忆前事历历在目,而今前事如幻梦无凭。

⑥"都把"二句:意谓只要看到情人今日的无情行为,就明白旧时他从没有付出真心。薄幸:薄情,负心。宋欧阳修《蝶恋花》:"薄幸未归春去也,杏花零落香红谢。"只消:只要,只须。唐白居易《云和》:"欲散白头千万恨,只消红袖两三声。"

又

幺弦写意①。意密弦声碎②。书得凤笺无限事③。犹恨春心难寄④。 　　卧听疏雨梧桐⑤。雨余淡月朦胧⑥。一夜梦魂何处,那回杨叶楼中⑦。

【题解】

词写闺怨,以悲景衬哀情。在凄寒的秋夜,闺人以琵琶、笺纸、梦魂寄托对情人的思念。

【注释】

①幺弦:《花草粹编》、《百家词》本、《宋六十名家词》本、《四库全书》本,作"么弦"。琵琶的第四弦,借指琵琶。宋张先《千秋岁》:"莫把幺弦拨,怨极弦能说。"写意:抒写心意。唐李白《流夜郎永华寺寄寻阳群官》:"写意寄庐岳,何当来此地。"宋柳永《燕归梁》:"织锦裁篇写意深。字值千金。"

②意密:情意绵密。唐罗隐《题玄同先生草堂三首》其二:"意密寻难会,情深恨有余。"声碎:声音轻而繁碎。唐杜荀鹤《春宫怨》:"风暖鸟声碎,日高花影重。"宋张先《碧牡丹·晏同叔出姬》:"芭蕉寒,雨声碎。"

③凤笺:精美的信纸,供题诗、写信之用。因为纸底饰有凤鸟花纹,所以称为"凤笺"。亦借指诗作或书信。

④春心:指男女间相思爱恋之心。南朝梁萧绎《春别应令》:"花朝月夜动春心,谁忍相思不相见。"

⑤疏雨梧桐:唐孟浩然残句:"微云淡河汉,疏雨滴梧桐。"

⑥雨余:雨后。唐李商隐《秋日晚思》:"桐槿日零落,雨余方寂寥。"

⑦杨叶楼:借指女子居所。唐李昂《从军行》:"杨叶楼中不寄书,莲花剑上空流血。"

又

笙歌宛转。台上吴王宴①。宫女如花倚春殿②。舞绽缕金衣线。 酒阑画烛低迷③。彩鸳惊起双栖④。月底三千绣户⑤,云间十二琼梯⑥。

【题解】

词描写宫廷宴会。楼阁精美,宫殿豪华,歌舞升平,美女如云,王公贵族的奢靡生活可见一斑。词人称宫廷宴为"吴王宴"实则隐含着对朝廷存亡的担忧。吴王纸醉金迷的生活,潜藏着亡国祸根,而奢华之风不亚于吴国的宋朝,亦危机四伏。

【注释】

①"台上"句:原意为吴王夫差在姑苏台上游宴,实则指当朝者的宫廷宴会,表示国君的奢华生活。台:指姑苏台。唐李白《口号吴王美人半醉》:"风动荷花水殿香,姑苏台上宴吴王。"宋乐史《太平寰宇记·江南东道·苏州》:"姑苏台,吴王夫差为西施造,以望越。"

②"宫女"句:意谓宫殿中有许多如花的宫女。唐李白《越中览古》:"宫女如花满春殿,只今惟有鹧鸪飞。"

③酒阑:见《鹧鸪天》(斗鸭池南夜不归)注释。画烛:有画饰的蜡烛。唐孟浩然《岁除夜会乐城张少府宅》:"续明催画烛,守岁接长筵。"

④彩鸳:指彩色羽毛的鸳鸯。唐李德裕《忆春雨》:"梳风白鹭起,拂水彩鸳翔。"五代宋初孙光宪《谒金门》:"却羡彩鸳三十六,孤鸾还一只。"

⑤绣户:雕绘华美的门户。见《蝶恋花》(碧草池塘春又晚)注释。

⑥"云间"句:此句形容亭台楼阁之多且高耸入云。琼梯:玉楼、琼楼。

又

　　暂来还去。轻似风头絮①。纵得相逢留不住。何况相逢无处。　　去时约略黄昏②。月华却到朱门③。别后几番明月,素娥应是消魂④。

【题解】

词写别恨。上片直言相聚之短,相逢之难,以"风头絮"比喻情人行踪不定以及轻言别离。下片抒发别恨,望月思人,孤独难熬,遥想月宫嫦娥同自己一样孤独,同为相思而消魂。

【注释】

①风头絮:风中飘飞的柳絮。金段成己《幽怀用梦庵张丈韵》其三:"飘零身世风头絮,淡泊人情春后花。"

②约略:《宋六十名家词》本,作"略约"。大概,大约。

③月华:见《鹧鸪天》(小玉楼中月上时)注释。朱门:红漆大门。此处指女子的房门。五代宋初孙光宪《生查子》:"寂寞掩朱门,正是天将暮。"

④素娥:嫦娥的别称。神话传说里的月宫仙子。唐李商隐《十一月中旬至扶风界见梅花》:"素娥惟与月,青女不饶霜。"消魂:《花草粹编》作"销魂"。

【汇评】

先言无处相逢,似已说尽矣。后段托明月以见意,纵不相逢,而相思仍无既。真善写情者。(俞陛云《唐五代两宋词选释》)

又

双纹彩袖。笑捧金船酒①。娇妙如花轻似柳②。劝客千春长寿。 艳歌更倚疏弦③。有情须醉尊前④。恰是可怜时候⑤,玉娇今夜初圆⑥。

【题解】

词作于酒宴。美妓殷勤劝酒、歌舞娱宾,宾客有情醉酒,今夜明月正好。全词洋溢着欢乐的气氛。

【注释】

①金船:见《临江仙》(旖旎仙花解语)注释。

②娇妙:俏丽。宋张先《梦仙乡》:"江东苏小,夭斜窈窕。都不胜、彩鸾娇妙。"

③倚疏弦:随着弦声歌唱。疏弦,指疏越的弦声。《礼记·乐记》:"清庙之瑟,朱弦而疏越,一唱而三叹,有遗音者矣。"宋柳永《夏云峰》:"坐久觉、疏弦脆管,时换新音。"

④须醉:《花草粹编》作"酒醉"。尊前:《百家词》本、《宋六十名家词》本、《四库全书》本,作"樽前"。

⑤可怜:可喜。唐王昌龄《萧驸马宅花烛》:"可怜今夜千门里,银汉星

回一道通。"

⑥玉娇:指皎洁明月。

又

寒催酒醒。晓陌飞霜定①。背照画帘残烛影②。斜月光中人静。　　锦衣才子西征③。万重云水初程。翠黛倚门相送④,鸾肠断处离声⑤。

【题解】

这是一首送别词。上片描写送别时的景象。送别时间是寒冷清晨,屋外晓陌飞霜,月光西斜,屋内画帘低垂,残烛照影。下片从才子佳人两方面,描绘送别时的场面。才子西行,山水万重,前程遥远。闺人弹琴送别,离声幽怨。

【注释】

①"晓陌"句:拂晓的道路上处处降霜。飞霜:降霜。晋张协《七命》:"飞霜迎节,高风送秋。"

②"背照"句:在烛光照耀下,烛影和两人背影都映在画帘上。

③锦衣:精美华丽的衣服。《诗经·秦风·终南》:"君子至止,锦衣狐裘。"唐罗隐《寄杨秘书》:"锦衣公子怜君在,十载兵戈从板舆。"

④翠黛:眉的别称。古时女子用螺黛(一种青黑色矿物颜料)画眉,故名。此处代指女子。唐白居易《西湖留别》:"翠黛不须留五马,皇恩只许住三年。"

⑤鸾肠:《小山词笺》作"鸾弦"。指琴弦,亦比喻女子愁肠。宋宋庠《落花》:"泪脸补痕劳獭髓,舞台收影费鸾肠。"离声:见《临江仙》(淡水三年欢意)注释。

又

莲开欲遍。一夜秋声转^①。残绿断红香片片^②。长是西风堪怨。　　莫愁家住溪边^③。采莲心事年年。谁管水流花谢,月明昨夜兰船^④。

【题解】

词写莲花与采莲女。上片写莲花尚未开遍就遭秋风摧残,开始凋落。下片由莲花联想到采莲女的命运。采莲女年年采莲,每每触景伤情,然她们的心事终无人知晓。

【注释】

①"一夜"句:一夜间转变成秋天。秋声:指秋天里自然界的声音,如风声、落叶声、虫鸟声等。唐杜牧《齐安郡中偶题二首》其二:"秋声无不搅离心,梦泽蒹葭楚雨深。"唐陆龟蒙《寄吴融》:"一夜秋声入井桐,数枝危绿怕西风。"

②残绿断红:指凋零的荷叶与荷花。

③莫愁:古乐府中传说的女子。古时有两说,一为洛阳女子,为卢家少妇。南朝梁武帝《河中之水歌》:"河中之水向东流,洛阳女儿名莫愁。"一为石城(今湖北钟祥)人。《石城乐》:"莫愁在何处,莫愁石城西。艇子打两桨,催送莫愁来。"泛指女子。

④"谁管"二句:意谓月夜在兰船中饮酒作乐的达官贵人们,根本不懂得流水落花给采莲女带来的愁情。兰船:兰舟。见《鹧鸪天》(守得莲开结伴游)注释。

【汇评】

抵过六朝人一篇采莲赋。(夏敬观《映庵词评》)

下阕言流水落花,最是无情有恨,而夜月兰船,嬉游自若,徒使采莲人年年惆怅,莫愁之愁,殆与春潮俱满矣。(俞陛云《唐五代两宋词选释》)

又

沉思暗记①。几许无凭事②。菊靥开残秋少味③。闲却画
阑风意④。　　梦云归处难寻⑤。微凉暗入香襟。犹恨那回
庭院,依前月浅灯深⑥。

【题解】

这是一首悲秋怀人词。词人在凄凉的秋季,怀着悲凉的心理,追忆当
年情爱之事。因为心绪不佳,故觉秋天少味。"难寻"与"无凭"相照应,感
叹往事如梦,欢爱成空。庭院依旧,人事已非,悲叹更深。

【注释】

①暗记:默记。

②无凭事:没有凭据之事,此处指男欢女爱之事。

③"菊靥"句:菊花开始凋落,秋天韵味不佳。菊靥(yè):指盛开的菊花
如人笑靥。可与其《满庭芳》(南苑吹花)"年光还少味,开残槛菊,落尽溪
桐"相参照。秋少味:《花草粹编》作"酒少味"。

④闲却:闲弃,空闲。唐钱起《江行无题》:"晚晴贪获稻,闲却采菱船。"
风意:这里指风光。唐刘禹锡《秋中暑退赠乐天》:"人情皆向菊,风意欲摧
兰。"唐鲍溶《过薛舍人旧隐》:"风意犹忆瑟,萤光乍近书。"

⑤梦云:指美女。用巫山神女之典。见《临江仙》(浅浅余寒春半)"虚
梦高唐"注释。

⑥月浅:《花草粹编》作"月淡"。

又

莺来燕去①。宋玉墙东路②。草草幽欢能几度。便有系

人心处。　　碧天秋月无端。别来长照关山。一点恹恹谁会③，依前凭暖阑干④。

【题解】

词写相思别离。上片追忆幽期密会的时光，尽管欢期短暂，却令人难以忘怀。下片抒发别后的相思之情，怨月别后长照，引人惆怅，百无聊赖，唯盼团聚。

【注释】

①莺、燕：喻歌伎。宋柳永《西平乐》："台榭好、莺燕语。正是和风丽日，几许繁红嫩绿，雅称嬉游去。"宋苏轼《张子野年八十五，尚闻买妾，述古令作诗》："诗人老去莺莺在，公子归来燕燕忙。"

②"宋玉"句：指歌女居所的道路。见《清平乐》（蕙心堪怨）"墙东"注释。

③恹（yàn）恹：《花草粹编》《宋六十名家词》本、《四库全书》本、《小山词笺》，作"厌厌"。病态的样子；精神萎靡不振的样子。唐韩偓《春尽日》："把酒送春惆怅在，年年三月病恹恹。"

④"依前"句：和往常一样，倚靠栏杆很久，使栏杆变暖。

又

心期休问。只有尊前分①。勾引行人添别恨。因是语低香近②。　　劝人满酌金钟③。清歌唱彻还重④。莫道后期无定，梦魂犹有相逢。

【题解】

这是一首送别词。离别的筵席，行人别恨重重。歌伎劝客饮酒，劝慰行人珍惜眼前，莫问后期，聚散随缘。

【注释】

①"心期"二句：意谓行人与歌伎只有尊前相见的缘分，何时能再见无

须询问亦不可知晓。心期:心中的期许愿望。此处指相见的愿望。唐韦应物《府舍月游》:"心期与浩景,苍苍殊未收。"唐鲍溶《旧镜》:"心期不可见,不保长如此。"

②语低香近:双方交谈声音很低,靠得很近,宾客可以闻到歌伎身上的香气。表现男女间亲昵的行为。

③金钟:原特指金质酒杯,后泛指酒杯。宋欧阳修《去思堂会饮得春字》:"自惭白发随年少,犹把金钟劝主人。"

④"清歌"句:清歌一遍唱完了还重复多遍。清歌:一说为无管弦乐器伴奏的歌唱。三国魏曹丕《燕歌行》:"展诗清歌聊自宽,乐往哀来摧肺肝。"《晋书·乐志下》:"宋识善击节唱和,陈左善清歌。"另一说为清亮的歌声。唐王勃《三月上巳被禊序》:"清歌绕梁,白云将红尘并落。"

木兰花

秋千院落重帘暮①。彩笔闲来题绣户②。墙头丹杏雨余花③,门外绿杨风后絮④。　　朝云信断知何处。应作襄王春梦去⑤。紫骝认得旧游踪⑥,嘶过画桥东畔路⑦。

【题解】

《宋六十名家词》本、《四库全书》本、《草堂诗余》、《历代诗余》、《词综》、《词律》、《小山词笺》,调名作《玉楼春》,以下七首同。此词表现了词人故地重游时的心理。上片回忆旧时欢会,彩笔题诗的场景。下片抒发离情,佳人远去,词人怀念,寄情紫骝,马识得旧踪,人难忘旧情。

【注释】

①重帘暮:《四库全书》本作"重帘莫"。

②彩笔闲来题绣户:《草堂诗余》作"寂寞春闲扃绣户"。彩笔:《南史·江淹传》:"尝宿于冶庭,梦一丈夫自称郭璞,谓淹曰:'吾有笔在卿处多年,可以见还。'淹探怀中,得五色笔一以授之,尔后为诗绝无美句,时人

谓之才尽。"后人以"彩笔"指辞藻富丽的文笔。唐杜甫《秋兴八首》其八：
"彩笔昔曾干气象，白头吟望苦低垂。"唐李商隐《牡丹》："我是梦中传彩
笔，欲书花叶寄朝云。"绣户：雕绘华美的门户。见《蝶恋花》（碧草池塘春
又晚）注释。

③墙头丹杏：墙头红杏。可与其《清平乐》（蕙心堪怨）"丹杏墙东当日
见，幽会绿窗题遍"相参看。丹杏：《草堂诗余》作"红杏"。

④风后：《花草粹编》作"花后"。

⑤"朝云"二句：意谓分别后，这位歌伎杳无音信，不知流落何方，或许
似巫山神女进入楚襄王的春梦。二句用巫山神女之典，见《临江仙》（浅浅
余寒春半）"虚梦高唐"注释。朝云：指女子。襄王：《草堂诗余》作"巫阳"。
指楚襄王。

⑥紫骝(liú)：古代的一种黑栗色的良马。唐李白《采莲曲》："紫骝嘶入
落花去，见此踟蹰空断肠。"

⑦画桥：雕饰精美的桥梁。宋柳永《望海潮》："烟柳画桥，风帘翠幕。"

【汇评】

"雨余花，风后絮""入江云，粘地絮"，如出一手。又：意寄紫骝松倩。
（明沈际飞《草堂诗余正集》卷一）

填词结句，或以动荡见奇，或以迷离称隽，著一实语，败矣。康伯可"正
是销魂时候也，撩乱花飞"、晏叔原"紫骝认得旧游踪，嘶过画桥东畔路"、秦
少游"放花无语对斜晖，此恨谁知"，深得此法。（清沈谦《填词杂说》）

遣词琢句，秀色可餐。结句"紫骝认得旧游踪，嘶过画桥东畔路"，情
真。（清陈廷焯《云韶集》卷二）

张先《木兰花》（西湖杨柳风流绝）：写景处，亦清丽有致。结句"骊驹应
亦解人情，欲出重城嘶不歇"较叔原《玉楼春》一阕更觉有味。（清陈廷焯
《云韶集》卷二）

"墙头丹杏雨余花，门外绿杨风后絮"句，"余""后"二字有意味。（清陈
廷焯《词则·闲情集》卷一）

题为忆归而作。前阕首二句，别后想其院宇深沉，门阑紧闭。接言墙
内之人，如雨余之花，门外行踪，如风后之絮。次阕起二句，言此后杳无音

信。末二句言重经其地，马尚有情，况于人乎？似为游冶思其旧好而言。然叔原尝言其先公不作妇人语，则叔原又岂肯为狭邪之事。或亦有所寄托言之也。（清黄苏《蓼园词评》）

又

小颦若解愁春暮。一笑留春春也住。晚红初减谢池花①，新翠已遮琼苑路②。　　湔裙曲水曾相遇③。挽断罗巾容易去。啼珠弹尽又成行④，毕竟心情无会处⑤。

【题解】

这首词是词人赠予歌伎小颦之作。曲水相遇，两情相悦，尽管是暮春时节，但小颦的微笑使暮春之怨得到缓解。分别以后，小颦的心情无人理会，为此流泪不止。

【注释】

①晚红：指晚春开的花。唐吕温《道州途中即事》：“戏鸟留余翠，幽花吝晚红。”谢池：池塘的美称。这里指富贵人家的园林。见《清平乐》（烟轻雨小）“谢客池塘生绿草”注释。

②琼苑：指琼林苑。宋赵抃《次韵程给事寓越廨宇有怀》：“言念玉符分镇日，却思琼苑拜恩初。”宋张先《偷声木兰花》：“雪笼琼苑梅花瘦。外院重扉联宝兽。”《明一统志》卷二十六《开封府》：“琼林苑，在府城西郑门外，宋尝宴进士于此。”

③湔（jiān）裙：洗涤衣裙，是旧时的一种习俗。南朝梁宗懔《荆楚岁时记》：“元日至于月晦，并为酺聚饮食，士女泛舟或临水宴会，行乐饮酒。按每月皆有弦望晦朔，以正月为初年，时俗重之，以为节也。《玉烛宝典》曰：元日至月晦，人并酺食、渡水，士女悉湔裳、酹酒于水湄，以为度厄。”唐吕渭《皇帝移晦日为中和节》：“湔裙移旧俗，赐尺下新科。”

④啼珠：水珠。此处指泪珠。唐元稹《生春二十首》其二十：“柳误啼珠

密,梅惊粉汗融。"唐李山甫《早春微雨》:"青罗舞袖纷纷转,红脸啼珠旋旋收。"

⑤"毕竟"句:意谓心情不被人理解。

又

小莲未解论心素①。狂似钿筝弦底柱②。脸边霞散酒初醒,眉上月残人欲去③。　　旧时家近章台住④。尽日东风吹柳絮⑤。生憎繁杏绿阴时,正碍粉墙偷眼觑⑥。

【题解】

此词写歌伎小莲。词人通过白描、比喻等手法刻画出一位天真美丽、活泼疏狂的少女形象。不解心素见其真,筝柱频移喻其狂,脸颊似霞,弯眉如月,喻其美貌,因浓荫、粉墙阻碍了她的视野而心生不满,更见其娇气可爱。

【注释】

①"小莲"句:小莲还不懂得谈情说爱。即言小莲年纪轻、心性纯。小莲:《阳春白雪》作"小怜"。心素:心情,心意。晋王羲之《杂帖》:"足下不返,重遣信往问,愿知心素。"唐李白《寄远》:"空留锦字表心素,至今缄愁不忍窥。"

②"狂似"句:此句以高亢的琴调比喻小莲疏狂的性格。钿筝:《阳春白雪》作"秦筝"。见《清平乐》(红英落尽)注释。弦底柱:弦下的筝柱,移动它可以用来调节音高。

③"脸边"二句:酒醒后脸上的红晕散去,描画的弯眉颜色减淡。霞:比喻脸上的红晕。月:比喻黛眉形状。

④"旧时"句:小莲旧时为倡家之女,后为陈君龙或沈廉叔家妓。章台:见《鹧鸪天》(楚女腰肢越女腮)注释。

⑤东风吹柳絮:柳絮在春风中飘荡。暗喻小莲疏狂的性格。

⑥"生憎"二句:意谓粉墙边繁杏绿荫相绕,小莲因为它们阻碍了视野

而心生怨恨。此二句描写小莲的年轻好奇。生憎:最恨,偏恨。唐卢照邻《长安古意》:"生憎帐额绣孤鸾,好取门帘帖双燕。"绿阴:《阳春白雪》作"欲阴"。粉墙偷眼觑:攀爬墙头偷看。用宋玉《登徒子好色赋》之典。见《清平乐》(蕙心堪怨)"墙东"注释。偷眼觑:《阳春白雪》作"偷眼处"。

【汇评】

子瞻赠琵琶女《诉衷情》词云:"小莲初上琵琶弦,弹破碧云天。"按《小山词》亦有"小莲未解论心素"句,又有"记得青楼当日事",或"写向红窗夜月前,凭谁寄小莲"句,抑或即此女。(清李调元《乐府侍儿小名》卷上)

又

风帘向晓寒成阵①。来报东风消息近②。试从梅蒂紫边寻③,更绕柳枝柔处问。   来迟不是春无信④。开晚却疑花有恨⑤。又应添得几分愁,二十五弦弹未尽⑥。

【题解】

这首词抒写了词人盼春、怨春的复杂情感。东风来报春天的消息,词人从梅蕊柳芽处感受到春的气息。然而愁恨并未因春天到来而减少,反而增添,甚至借二十五弦琴亦不能说尽春恨。

【注释】

①向晓:凌晨,拂晓。唐李商隐《梦令狐学士》:"山驿荒凉白竹扉,残灯向晓梦清晖。"宋欧阳修《御带花》:"月淡寒轻,渐向晓、漏声寂寂。"寒成阵:寒气很浓。

②来报:《宋六十名家词》本、《四库全书》本、《历代诗余》、《小山词笺》,作"未报"。

③梅蒂紫边:指梅的紫色花蒂。唐徐坚等《初学记·果木部》:"汉初修上林苑,群臣各献名果,有侯梅、朱梅、紫花梅、同心梅、紫蒂梅、丽友梅。"

④春无信:春天没有信用。

⑤开晚:《宋六十名家词》本、《四库全书》本,作"开晓"。

⑥二十五弦:是古代一种琴瑟,由二十五弦组成。《汉书·郊祀志》:"泰帝使素女鼓五十弦瑟,悲。帝禁不止,故破其瑟为二十五弦。"唐钱起《归雁》:"二十五弦弹月夜,不胜清怨却飞来。"

【汇评】

便是七处征心之法。(明卓人月、徐士俊《古今词统》卷八)

又

念奴初唱《离亭宴》①。会作离声勾别怨。当时垂泪忆西楼,湿尽罗衣歌未遍②。　　难逢最是身强健。无定莫如人聚散。已拚归袖醉相扶③,更恼香檀珍重劝④。

【题解】

这首词作于送别的酒筵。离别宴上,歌女演唱离声,歌未唱完,泪已湿衣,别愁可见。筵散之后,不忍言别,唯有互道珍重,聚散随缘。

【注释】

①念奴:唐代著名歌伎。唐元稹《连昌宫词》:"力士传呼觅念奴,念奴潜伴诸郎宿。"自注:"念奴,天宝中名倡,善歌。"这里指宋时歌伎同名者。《离亭宴》:词牌名。该词牌名始用于北宋张先。宋张先《离亭宴·公择别吴兴》:"捧黄封诏卷。随处是、离亭别宴。"

②罗衣:《宋六十名家词》本、《四库全书》本、《历代诗余》、《小山词笺》,作"罗衫"。

③归袖:指衣袖。唐韩愈《送张道士》:"宁当不俟报,归袖风披披。"宋冯山《寄题希元承诏堂希元惠诗因次其韵》:"何须酩酊为真赏,归袖琼瑰已自盈。"

④香檀:乐器名。檀香木制作的拍板。唐虞世南《琵琶赋》:"析文梓以纵分,剖香檀而横列。"

又

　　玉真能唱朱帘静①。忆在双莲池上听②。百分蕉叶醉如泥③，却向断肠声里醒。　　夜凉水月铺明镜④。更看娇花闲弄影⑤。曲终人意似流波⑥，休问心期何处定。

【题解】

　　词表现对歌伎玉真的怀念，以及对其曼妙歌声的赞美。微凉的夜晚，词人曾在双莲池上听玉真唱曲，如痴如醉。月铺水面，娇花弄影，听歌的环境亦静谧美好。乐曲终了，词人心潮澎湃，回味无穷。

【注释】

　　①玉真：泛指美人。此处指歌伎。宋晏殊《木兰花》："池塘水绿风微暖，记得玉真初见面。"朱帘静：指词调《珠帘卷》或《卷珠帘》。

　　②忆在：《宋六十名家词》本、《历代诗余》、《四库全书》本、《小山词笺》，作"忆上"。双莲池：开着并蒂莲的池塘。

　　③百分：犹满杯。宋晏殊《木兰花》："百分芳酒祝长春，再拜敛容抬粉面。"蕉叶：浅底小酒杯。宋蔡襄《清暑堂中秋夜饮》："莲花翦彩灯光灿，蕉叶倾金酒味新。"苏轼《东坡志林》："吾兄子明饮酒三蕉叶。吾少时，望见酒杯而醉，至今亦能饮三蕉叶矣。"宋胡仔《苕溪渔隐丛话·后集》引宋陆元光《回仙录》："饮器中，惟钟鼎为大，屈卮、螺杯次之，而梨花、蕉叶最小。"醉如泥：烂醉如泥的样子。唐杜甫《将赴成都草堂途中有作先寄严郑公》："肯藉荒庭春草色，先判一饮醉如泥。"

　　④水月：指明净如水的月亮，或指水中月影。唐刘禹锡《洞庭秋月行》："山城苍苍夜寂寂，水月逶迤绕城白。"明镜：指如明镜一样的平静水面。唐张说《奉和圣制同玉真公主游大哥山池题石壁》："池如明镜月华开，山学香炉云气来。"宋刘攽《雨后池上》："一雨池塘水面平，淡磨明镜照檐楹。"

　　⑤更看：《历代诗余》《小山词笺》，作"更有"。弄影：指物动使影子也随

着摇动。宋张先《天仙子》："沙上并禽池上暝，云破月来花弄影。"

　　⑥人意似流波：意谓人的思绪如水波流动。流波，流水。汉刘彻《李夫人赋》："思若流波，怛兮在心。"唐刘禹锡《叹水别白二十二》："两心相忆似流波，潺湲日夜无穷已。"

又

　　阿茸十五腰肢好①。天与怀春风味早②。画眉匀脸不知愁③，醆酒熏香偏称小④。　　东城杨柳西城草。月会花期如意少⑤。思量心事薄轻云，绿镜台前还自笑⑥。

【题解】

　　词描写歌女阿茸。阿茸腰肢纤细，刚到及笄之年就萌发春情。她梳妆打扮，侍宴陪客，从不知愁。虽然欢会的时间很短暂，但她并不多想，心事淡如轻云，仍然对着绿镜偷笑。其《清平乐》"可怜娇小。掌上承恩早。把镜不知人易老。欲占朱颜长好。画堂秋月佳期"，与该词情境相似，可能作于同时。

【注释】

　　①阿茸：歌女名。

　　②天与：天生，上天赋予。怀春：指春情，少女思慕异性。《诗经·召南·野有死麕》："有女怀春，吉士诱之。"郑玄笺："有贞女思仲春，以礼与男会。"

　　③匀脸：古代女子化妆时的动作。化妆的时候用手搓脸，让脸上的脂粉匀净。

　　④醆(tǐ)酒：酒意难除，沉溺于酒。醆，极困也。宋韩琦《暮春书事自和》："感时空溅伤春泪，醆酒思流见曲江。"偏称：最适宜，最合适。唐刘禹锡《抛球乐词》："最宜红烛下，偏称落花前。"

　　⑤月会花期：《宋六十名家词》本、《四库全书》本，作"会合花期"；《历代

诗余》《小山词笺》，作"会合难期"。花前月下的约会。

⑥"思量"二句：意谓阿茸年少清纯，她的怀春心事如轻云般并不沉重，总是坐在绿镜台前暗自欢喜。

又

初心已恨花期晚①。别后相思长在眼②。兰衾犹有旧时香③，每到梦回珠泪满④。　　多应不信人肠断。几夜夜寒谁共暖。欲将恩爱结来生，只恐来生缘又短。

【题解】

《宋六十名家词》本作《玉楼春》调，注云："以上旧本另刻《木兰花》，今考调同并入。"该词写相思离愁。女子因离别而生恨，饱受着相思之苦，无法排遣。她睹物思人，多次梦中与恋人相聚，梦醒却因孤寂而哭泣。今生情深缘浅，期待来生再续旧情，又担心来生如今生一样缘短。

【注释】

①初心：最初的本心，最初的心愿。晋干宝《搜神记》："秦始皇时，有王道平，长安人也。少时，与同村人唐叔偕女，小名父喻，容色俱美，誓为夫妇……既不契于初心，生死永诀。"唐白居易《聊题长句寄举之公垂二相公》："百年胶漆初心在，万里烟霄中路分。"宋杨亿《寄刘秀州》："骑置迢迢阻玉音，左鱼江海遂初心。"

②长在眼：常在眼前，表示难以忘怀。唐鲍溶《秋怀五首》其一："凉风日萧条，亲戚长在眼。"

③"兰衾"句：意谓所盖的被子遗留着旧日的芳香气息。唐李白《寄远》："床中绣被卷不寝，至今三载犹闻香。"兰衾：熏兰香的绣被，寝具的美称。

④"每到"句：女子每到梦醒时，眼里满是泪珠。宋欧阳修《渔家傲》："脉脉横波珠泪满。"

减字木兰花

长亭晚送。都似绿窗前日梦①。小字还家②。恰应红灯昨夜花③。　　良时易过。半镜流年春欲破④。往事难忘。一枕高楼到夕阳。

【题解】

此词以时间为序写闺人的离愁别怨。当日闺人送别丈夫,情景犹在梦中呈现。别后数载,丈夫寄书告知归家,闺人兴奋不已。然而短暂的团聚后,夫妻再次分离。转眼别后又一春,往事难忘,夕阳西下,闺人犹自独卧。

【注释】

①"长亭"二句:意谓前日梦中还记得当时长亭送别的情景。绿窗:见《清平乐》(蕙心堪怨)注释。

②小字:这里指书信。

③"恰应"句:正好应验了昨日灯芯结成的灯花吉兆。应:应验。灯花:灯芯余烬结成的花状物。蜡烛或者油灯的灯芯烧过后,灰烬仍旧在灯芯上,红热状态下的灰烬在火焰中如同花朵。旧俗以灯花为吉兆。唐鱼玄机《迎李近仁员外》:"今日喜时闻喜鹊,昨宵灯下拜灯花。"

④半镜流年:指夫妻分别的岁月。半镜,半片破镜。南朝陈太子舍人徐德言娶陈后主叔宝之妹乐昌公主,时陈政方乱,德言知不相保,乃破镜与妻各执其半,约她年正月望日卖于都市,冀得相见。后果如愿。见唐韦述《两京新记》卷三。后世以半镜或破镜比喻夫妻分离。

【汇评】

轻而不浮,浅而不露,美而不艳,动而不流。字外盘旋,句中含吐。小词能事备矣。(清先著、程洪《词洁》卷一)

由相别而相逢,而又相别,窗前灯影,楼上斜阳,写悲欢离合,情景兼到。(俞陛云《唐五代两宋词选释》)

又

留春不住。恰似年光无味处。满眼飞英①。弹指东风太浅情②。　　筝弦未稳③。学得新声难破恨④。转枕花前。且占香红一夜眠⑤。

【题解】

此词表达了女子的伤春之情。春天易逝,年光无味,落花漫天,只怨东风无情。琴艺不熟,无法演奏新声破解春恨,无奈闲卧花间,伴香红入眠。

【注释】

①飞英:飘落的花片。南朝梁任昉《同谢朏咏雪》:"散葩似浮玉,飞英若总素。"

②弹指:捻弹手指作声。佛教用语,比喻时间短暂。唐道世《法苑珠林》:"《僧祇律》云:'二十念为一瞬,二十瞬名一弹指。'"唐刘禹锡《代靖安佳人怨二首》其二:"秉烛朝天遂不回,路人弹指望高台。"宋蔡襄《广陵》:"前世翻波那复问,十年弹指已成空。"

③"筝弦"句:指弹琴还不熟练。

④新声:见《鹧鸪天》(九日悲秋不到心)"新音"注释。破恨:解除愁恨;排遣幽怨。

⑤且占香红:《花草粹编》、《宋六十名家词》本、《四库全书》本、《历代诗余》、《小山词笺》,作"且伴香红"。香红:指芳香的花朵。唐末五代齐己《辞主人绝句四首·放猿》:"堪忆春云十二峰,野桃山杏摘香红。"

又

长杨辇路①。绿满当年携手处。试逐春风。重到宫花花树中②。　　　芳菲绕遍。今日不如前日健。酒罢凄凉。新恨犹添旧恨长③。

【题解】

此词可与《南乡子》(小蕊受春风)相参看。《南乡子》有句"日日宫花花树中",而该词有"重到宫花花树中",很可能是回忆小蕊而作。故地重游,绿草蔓延,小蕊已经不知去向。词人由回忆小蕊又转向自身,感叹自己的健康亦每况愈下。时过境迁,愁肠百转,借酒消愁,然旧恨未消,又添新恨。

【注释】

①长杨:一说指连绵的杨柳。晋潘岳《闲居赋》:"长杨映沼,芳枳树篱。"刘良注:"杨,柳树也。"另一说为长杨宫的简称。《三辅黄图》:"长杨宫,本秦旧宫,汉修饰之,以备行幸,宫中有垂杨数亩,因为宫名。"汉扬雄有《长杨赋》。此处当以第一说为是。辇(niǎn)路:天子车驾所经的道路。汉班固《西都赋》:"辇路经营,修除飞阁。"此处泛指车马经过的道路。唐司空曙《金陵怀古》:"辇路江枫暗,宫庭野草春。"唐杨师道《奉和夏日晚景应诏》:"辇路夹垂杨,离宫通建章。"

②"试逐"二句:追随着春风,再次来到宫苑的花木丛中。其《南乡子》:"小蕊受春风。日日宫花花树中。"

③"新恨"句:意谓旧恨尚未消除又添新恨。新恨:这里指今日寻访不遇。旧恨:指旧日离愁别恨。唐卢纶《秋中野望寄舍弟绶兼令呈上西川尚书舅》:"旧恨尚填膺,新悲复萦睫。"宋柳永《卜算子慢》:"对晚景、伤怀念远,新愁旧恨相继。"

泛清波摘遍

催花雨小①,著柳风柔,都似去年时候好。露红烟绿②,尽有狂情斗春早③。长安道④。秋千影里,丝管声中,谁放艳阳轻过了⑤。倦客登临,暗惜光阴恨多少⑥。　　　楚天渺⑦。归思正如乱云,短梦未成芳草⑧。空把吴霜鬓华⑨,自悲清晓。帝城杳。双凤旧约渐虚,孤鸿后期难到⑩。且趁朝花夜月,翠尊频倒⑪。

【题解】

《花草粹编》词调作《泛清波滴遍》。《词谱》云:"《宋史·乐志》有林钟商《泛清波》大曲。沈括《笔谈》:'凡曲每解有数叠者,裁截用之,谓之摘遍。'此盖摘《泛清波》曲之一遍也。"此调始于小山,仅此一首。这首词表达归思。词人由眼前春景引发了感慨。风轻雨小的初春时节,人们在长安道上欢乐游春。然而客居他乡的倦客却登高怀远,感叹光阴易逝。他日夜思归,然故乡邈远,双鬓斑白仍未归去,唯有花朝月夜,借酒消愁。

【注释】

①催花雨:意为春雨,因为春雨可以滋养草木,促进花朵早放。宋庄绰《鸡肋编》引宋韩维词句:"轻云薄雾,散作催花雨。"催花,催促花发。唐白居易《叹春风》:"树根雪尽催花发,池岸冰消放草生。"

②"露红"句:形容花木的色彩鲜艳。

③斗春:春日百花争奇斗艳。宋穆修《赋催妆》:"严妆应在绣闱中,似斗春芳拆晓风。"早:《词谱》作"草"。

④长安道:原指汉唐都城长安的道路,后泛指热闹繁华的街区。唐刘长卿《送张七判官还京觐省》:"春色长安道,相随入禁闱。"宋柳永《引驾行》:"红尘紫陌,斜阳暮草长安道,是离人、断魂处。"

⑤"谁放"句:意谓无人会轻易放弃明媚春光而不外出游玩。艳阳:指春日明媚的阳光。多指春天。唐白居易《春晚咏怀赠皇甫朗之》:"艳阳时节又蹉跎,迟暮光阴复若何。"宋柳永《留客住》:"凭小阑、艳阳时节,乍晴天气,是处闲花芳草。"

⑥暗惜光阴恨多少:《花草粹编》、《宋六十名家词》本,作"暗惜花、光阴恨多少"。

⑦楚天:南方楚地的天空。唐钱起《送虞说擢第南归觐省》:"归客楚天远,孤舟云水闲。"宋柳永《雨霖铃》:"念去去、千里烟波,暮霭沉沉楚天阔。"

⑧"短梦"句：意谓归梦未成。见《临江仙》（旖旎仙花解语）"梦回芳草夜"注释。

⑨吴霜鬓华：《词谱》作"吴霜点鬓华"。比喻白发。唐李贺《还自会稽歌》："吴霜点归鬓，身与塘蒲晚。"

⑩"双凤"二句：旧时约定已成空，我依旧难以确定归期。双凤：双凤阙。这里代指京城。唐王维《奉和圣制从蓬莱向兴庆阁道中留春雨中春望之作应制》："云里帝城双凤阙，雨中春树万人家。"孤鸿：孤单的鸿雁。此乃叔原自比，表归思之情以及怀才不遇之叹。《隋书·卢思道传》："后除掌教上士。高祖为丞相，迁武阳太守，非其好也。为《孤鸿赋》以寄其情。"唐孟郊《离思》："孤鸿忆霜群，独鹤叫云侣。"

⑪"且趁"二句：姑且趁着花朝月夜，频繁饮酒，醉中消愁。朝花夜月：即花朝月夜，花开的早晨以及月明的夜晚。泛指美好的时光和景物。南朝梁萧绎《春别应令四首》其一："花朝月夜动春心，谁忍相思不相见。"宋晏殊《踏莎行》："尊中绿醑意中人，花朝月夜长相见。"翠尊：即翠樽。饰以绿玉的酒器。三国魏曹植《七启》："于是盛以翠樽，酌以雕觞，浮蚁鼎沸，酷烈馨香。"吕延济注："翠樽，以翠饰樽也。"宋胡宿《送薛监丞倅绛台》："守居旧号园池美，应伴山翁把翠樽。"

【汇评】

此调丰神婉约，律度整齐，作者何寥寥耶？而各谱中失收，更不可解。愚按此调，当是四段合成。"催花"至"春早"为一段，"秋千"至"多少"为二段，而"长安道"三字乃换头语也。只"露红"句与"倦客"句平仄异耳。"楚天渺"至"清晓"为三段，"帝城杳"至末为四段，此则字数整齐者。"华"字照后"月"字宜仄，恐是"影"字之讹，抑或后"月"字是作平，皆未可知。然此等不歇拍处，原不拘也。如前"露红""倦客"二句，唱时皆平平带过，其势趋向下句。于"斗"字、"恨"字两去声，著力纵激，而以"早"字、"少"字两上收之。"空把""且趁"二句亦然。故后二段煞句，亦皆用上声。而"自"字、"翠"字，先用去声也。管见如此，知天下人，莫不以为迂且怪矣。（清万树《词律》卷十八）

词牌中有"摘遍"二字者，非调名，当用小字注写。沈存中《梦溪笔谈》云："曲有大遍者，凡数十解，每解中有数迭，裁截用之，则谓之摘遍。"晏小山词有《泛清波摘遍》一首,万红友疑是"四段合成。应以'催花'至'春早'为一段,'秋千'至'多少'为二段……'楚天'至'清晓'为三段,'帝城'至'频倒'四段",是也。此即存中所谓"裁截每解中之数迭而用之"者也。惜《泛清波》大曲,今已不传,无能引证。惟赵虚斋词有《薄媚摘遍》一首。今《乐府雅词》所载有董颖咏西子词《薄媚》十首,似全遍矣,然从排遍第八起。说者疑第八以前,尚缺七遍。以校《虚斋词》,知虚斋盖摘入破之一遍也。(冒广生《疚斋词论》卷下)

纯用小令作法,气味甚古。(夏敬观《映庵词评》)

洞仙歌

春残雨过,绿暗东池道①。玉艳藏羞媚赪笑②。记当时、已恨飞镜欢疏③,那至此,仍苦题花信少④。　　连环情未已⑤,物是人非,月下疏梅似伊好。澹秀色,黯寒香,粲若春容⑥,何心顾、闲花凡草。但莫使、情随岁华迁,便杳隔秦源⑦,也须能到。

【题解】

这首词表达了词人对旧时歌伎的思恋。曾经在暮春时节相见,歌伎的笑靥给词人留下印象,可惜欢聚短暂,别后来信稀少。而今,眼前之景一如当初,然人事已非,对歌伎思恋未减,并将她比作梅花,坦言不再拈花惹草,即便她在秦源也要寻找到她。

【注释】

①绿暗:绿叶荫浓,显得较为阴暗,故曰绿暗。唐吴融《途次淮口》:"有村皆绿暗,无径不红芳。"东池:见《蝶恋花》(碾玉钗头双凤小)注释。

②玉艳:像玉一样华美艳丽,形容女子美艳的面容。唐李商隐《天平公座中呈令狐令公时蔡京在坐京曾为僧徒故有第五句》:"更深欲诉蛾眉敛,衣薄临醒玉艳寒。"赪(chēng)笑:笑时因含羞而脸红。《玉篇》:"赪,赤也。"

③飞镜:比喻明月。南朝陈徐陵《玉台新咏·古绝句》:"何当大刀头,破镜飞上天。"唐李白《把酒问月》:"皎如飞镜临丹阙,绿烟灭尽清辉发。"

④题花信少:表示女子音信不通。题花信,在花片上题字以作为书信。唐韩偓《春闷偶成十二韵》:"粉字题花笔,香笺咏柳诗。"

⑤"连环"句:指情缘难解,旧情未完全断绝。连环比喻连续不断。《淮南鸿烈解》卷十七:"连环不解,其解之以不解。"注云:"解连环,言不可解则得解也。"

⑥粲(càn):明亮的样子。《诗经·唐风·绸缪》:"今夕何夕,见此粲者。子兮子兮,如此粲者何。"春容:指青春的容貌。唐李白《古风五十九首》:"春容舍我去,秋发已衰改。"唐温庭筠《苏小小歌》:"酒里春容抱离恨,水中莲子怀芳心。"

⑦便杳:《宋六十名家词》本、《四库全书》本、《历代诗余》,作"便香"。秦源:即桃源,桃花源。有两处,一处指东晋陶渊明的世外桃源。晋陶渊明作《桃花源记》,谓有渔人从桃花源入一山洞,见秦时避乱者的后裔居其间,"土地平旷,屋舍俨然。有良田、美池、桑竹之属。阡陌交通,鸡犬相闻。其中往来种作,男女衣着悉如外人。黄发垂髫,并怡然自乐。"渔人出洞归,后再往寻找,遂迷不复得路。此桃源是秦人为避祸乱而至此,故桃源又称秦源。另一处为在今浙江省天台山的桃源洞。相传东汉时,刘晨、阮肇到天台山采药迷路,误入桃源洞遇见两个仙女,被邀至家中半年后回家,子孙已过七代。事见南朝宋刘义庆《幽明录》。但后人时常把两个桃源混用。如唐王涣《惆怅诗十二首》之十:"晨肇重来路已迷,碧桃花谢武陵溪。"这里应该主要是借用两处桃花源的虚无杳远,形容女子的无迹可寻,即便知道无处可寻仍要去寻找,表示主人公对爱情的忠贞。

【汇评】

"赪"字稍生。(夏敬观《映庵词评》)

菩萨蛮

来时杨柳东桥路,曲中暗有相期处①。明月好因缘,欲圆还未圆②。　　却寻芳草去③,画扇遮微雨④。飞絮莫无情⑤,闲花应笑人⑥。

【题解】

词写初恋少女的心理。她穿过树丛,越过小桥赴约,期待姻缘如明月般长久。途中遇雨,她用画扇遮挡。她祝祷情人不要如柳絮般无情爽约,野花不要嘲笑自己的迫不及待。

【注释】

①曲中:指小路弯曲的地方。相期:相会,相约。唐李白《月下独酌四首》其一:"永结无情游,相期邈云汉。"

②"明月"二句:意谓希望姻缘能如明月般美好,然而月未十分完满,仍有缺憾。好因缘:美满姻缘。五代牛峤《忆江南》:"衔泥燕,飞到画堂前。占得杏梁安稳处,体轻唯有主人怜。堪羡好因缘。"因缘:《历代诗余》《小山词笺》,作"姻缘"。

③"却寻"句:唐孟浩然《留别王维》:"欲寻芳草去,惜与故人违。"芳草:比喻所思念的人。

④画扇:指有画饰的扇子。唐李商隐《代董秀才却扇》:"莫将画扇出帷来,遮掩春山滞上才。"

⑤"飞絮"句:唐唐彦谦《咏柳》:"晚来飞絮如霜鬓,恐为多情管别离。"

⑥闲花:野花。唐刘长卿《别严士元》:"细雨湿衣看不见,闲花落地听无声。"

【汇评】

月未十分圆满,情味最长。取喻因缘,小山独能见到。(俞陛云《唐五代两宋词选释》)

又

个人轻似低飞燕①,春来绮陌时相见②。堪恨两横波③,恼人情绪多。　　长留青鬓住,莫放红颜去。占取艳阳天,且教伊少年。

【题解】

这首词表达了词人流连光景,及时行乐的心态。趁着大好春光,词人到烟花巷陌猎艳,歌伎的歌态舞姿令他欣喜。词人希望自己青鬓常在,永远年少。

【注释】

①个人:那个人,指词中描写的歌伎。飞燕:指汉成帝皇后赵飞燕,骨轻腰弱,善歌舞。《汉书·外戚传》:"孝成赵皇后,本长安宫人。初生时,父母不举,三日不死,乃收养之。及壮,属阳阿主家,学歌舞,号曰飞燕。"

②绮陌:繁华的街道。亦指风景优美的郊野道路。唐刘沧《及第后宴曲江》:"归时不省花间醉,绮陌香车似水流。"唐王涯《闺人赠远五首》其一:"花明绮陌春,柳拂御沟新。"

③横波:形容女子眼神波动,如水横流。亦借指女子的眼睛。汉傅毅《舞赋》:"眉连娟以增绕兮,目流睇而横波。"李善注云:"横波,言目邪视,如水之横流也。"北周庾信《拟咏怀》:"纤腰减束素,别泪损横波。"唐李白《长相思》:"昔日横波目,今成流泪泉。"宋欧阳修《蝶恋花》:"酒力融融香汗透。春娇入眼横波溜。"

又

莺啼似作留春语,花飞斗学回风舞①。红日又平西,画帘遮燕泥②。　　　烟光还自老③，绿镜人空好④。香在去年衣，鱼笺音信稀⑤。

【题解】

这是一首闺怨词。暮春时节，莺啼留春，花落随风。时已黄昏，闺房帘幕低垂。闺人对镜感叹韶华易逝，与爱人已经分别一年了，却很少收到他的来信。

【注释】

①回风：旋风。《楚辞·九章·悲回风》："悲回风之摇蕙兮。"王逸注云："回风为飘，飘风回邪。"唐李贺《残丝曲》："花台欲暮春辞去，落花起作回风舞。"亦有学者认为"回风"指曲名。《洞冥记》："帝所幸宫人名丽娟，年十四……于芝生殿唱《回风》之曲，庭中花皆翻落。"

②"红日"二句：夕阳西下时分，垂下的画帘遮住了燕巢。唐白居易《北楼送客归上都》："京路人归天直北，江楼客散日平西。"燕泥：燕子筑巢所衔的泥；燕巢上的泥。唐李端《杂歌》："兰生当门燕巢幕，兰芽未吐燕泥落。"

③烟光：《百家词》本、《宋六十名家词》本、《四库全书》本、《小山词笺》，作"烟花"。指春光，亦指人生的大好年华。唐黄滔《祭崔补阙》："闽中二月，烟光秀绝。"宋宋庠《早渡洛水见流渐尽解春意感人马上偶成戏咏二首》其一："春色东来不待招，烟光已过洛阳桥。"

④绿镜：《宋六十名家词》本、《四库全书》本，作"绿境"。青铜镜。

⑤鱼笺：古代笺纸。代指书信。五代和凝《何满子》："写得鱼笺无限，其如花锁春晖。"

又

春风未放花心吐，尊前不拟分明语①。酒色上来迟，绿须红杏枝②。　　　今朝眉黛浅③，暗恨归时远。前夜月当楼，相逢南陌头④。

这首词表现歌女情思。歌女与客人前夜在南陌相逢,她陪客饮酒,春心萌动,却不把情话说明。与客人分别后,歌女思恋不已,无心梳妆,恨其不归。

【注释】

①不拟:不作,不打算。唐白居易《仙游寺独宿》:"从今独游后,不拟共人来。"分明语:这里指把情爱之话说明白。唐白居易《和殷协律琴思》:"烦君玉指分明语,知是琴心佯不闻。"

②绿须:《小山词笺》作"淡匀"。绿鬓,指乌黑而有光泽的鬓发。见《生查子》(官身几日闲)注释。红杏枝:指酒后泛红的脸颊。宋韩琦《席上自和》:"白杨花落眠蚕老,红杏枝残笑靥圆。"

③眉黛浅:指眉黛色浅,表示懒得梳妆。唐罗隐《江南行》:"江烟湿雨蛟绡软,漠漠小山眉黛浅。"

④前夜:《历代诗余》《小山词笺》,作"别后"。南陌头:南边道路尽头,这里指冶游之地。南朝梁沈约《临高台》:"所思竟何在,洛阳南陌头。"

又

娇香淡染胭脂雪①,愁春细画弯弯月②。花月镜边情③,浅妆匀未成。　　佳期应有在④,试倚秋千待。满地落英红,万条杨柳风⑤。

【题解】

词写闺怨。落花满地,杨柳荫浓,时已暮春,女子对镜仔细梳妆,以排遣相思离愁,然后到院中荡秋千,等待情人如期归来。该词下片可与其《生查子》(金鞭美少年)"消息未归来,寒食梨花谢。无处说相思,背面秋千下"相参看。

【注释】

①娇香：比喻美女。胭脂雪：红白相杂之色。这里指女子涂抹上胭脂的雪白肌肤。

②弯弯月：形容画眉似弯月。

③"花月"句：意谓对镜梳妆而引发相思之情。镜边情：《花草粹编》作"镜边明"；《宋六十名家词》本、《历代诗余》、《四库全书》本、《小山词笺》，作"镜边人"。

④佳期：与恋人约定的相见日期。

⑤"万条"句：唐张众甫《送李司直使吴》："水萍千叶散，风柳万条斜。"

又

香莲烛下匀丹雪①，妆成笑弄金阶月②。娇面胜芙蓉，脸边天与红③。　玳筵双揭鼓④，唤上华茵舞⑤。春浅未禁寒⑥，暗嫌罗袖宽。

【题解】

该词写舞伎。这位舞伎试妆待宴，她妆容华丽，貌胜芙蓉。在双揭鼓的伴奏中，她缓缓来到华丽的毯上起舞。然而春浅寒重，她却身穿宽袖舞衣，暗嫌寒冷。

【注释】

①香莲烛：又称莲炬，是一种莲花形状的蜡烛。宋欧阳修《内直对月寄子华舍人持国廷评》："莲烛烧残愁梦断，蕙炉熏歇觉衣单。"丹雪：指胭脂和铅粉。

②金阶：台阶的美称。唐顾况《公子行》："入门不肯自升堂，美人扶踏金阶月。"

③"娇面"二句：脸色红润，胜似芙蓉花。唐白居易《长恨歌》："芙蓉如面柳如眉，对此如何不泪垂。"芙蓉：《宋六十名家词》本、《四库全书》本，作

"芙容"。

④玳(dài)筵：即玳瑁筵，指豪奢的筵席。唐张九龄《荔枝赋》："信雕盘之仙液，实玳筵之绮缋。"双揭鼓：《四库全书》本，作"双羯鼓"；《历代诗余》《小山词笺》，作"催叠鼓"。揭鼓：即羯鼓，古代打击乐器的一种。起源于印度，从西域传入，盛行于唐开元、天宝年间。唐杜佑《通典·乐四》："羯鼓，正如漆桶，两头俱击，以出羯中，故号羯鼓，亦谓之两杖鼓。"

⑤华茵：《历代诗余》《小山词笺》，作"华裀"。华丽的地毯。茵，褥垫。南朝宋谢灵运《魏太子》："澄觞满金罍，连榻设华茵。"

⑥春浅：指初春。

又

哀筝一弄《湘江曲》①，声声写尽湘波绿②。纤指十三弦③，细将幽恨传。　　当筵秋水慢④，玉柱斜飞雁⑤。弹到断肠时，春山眉黛低⑥。

【题解】

《宋六十名家词》注云："或刻张子野。"此词于《草堂诗余·后集》作张子野词，题为《咏筝》，《类编草堂诗余》卷一亦作张子野词，又于《词综》卷六作陈师道词，题名《筝》。此词描述听艺伎弹筝的感受。词上片描写琴曲的内容与情感。艺伎弹奏哀婉的《湘江曲》，声声传情，细诉幽恨。词下片勾勒艺伎弹筝神态。她眼波含情，注视筝柱，弹奏到高潮时，眉黛低敛。

【注释】

①哀筝：弹筝而演奏出的低沉哀伤的曲调。唐杜甫《秋日夔府咏怀奉寄郑监李宾客一百韵》："哀筝伤老大，华屋艳神仙。"弄：拨弄、吹奏乐器。《湘江曲》：曲调名。曲子内容为湘妃及舜的悲情故事。

②"声声"句：通过琴声传达的情感，仿佛能够描绘出湘江水波的绿色。表现了艺伎高超的演奏技艺。

③十三弦:唐宋时教坊的筝均为十三根弦,所以作为筝的代称。《隋书·音乐志下》:"丝之属……四曰筝,十三弦。"唐刘禹锡《夜闻商人船中筝》:"大艑高帆一百尺,新声促柱十三弦。"

④秋水慢:《小山词笺》作"秋水漫"。秋水:比喻明澈的眼波。唐白居易《筝》:"双眸剪秋水,十指剥春葱。"

⑤"玉柱"句:玉饰的华美筝柱斜行排列如雁行之阵。唐李商隐《昨日》:"二八月轮蟾影破,十三弦柱雁行斜。"

⑥春山:春日山色黛青。因以比喻女子姣好的眉毛。唐李商隐《代董秀才却扇》:"莫将画扇出帷来,遮掩春山滞上才。"

【汇评】

温庭筠"雁柱十三弦,一一春莺语",陈无己(应为晏几道)"弹到断肠时,春山眉黛低",皆弹琴筝俊语也。(明王世贞《艺苑卮言》)

"断肠"二句俊极,与"一一春莺语"并美。(明沈际飞《草堂诗余正集》卷一)

按写筝耶,寄托耶,意致却极凄婉。末句意浓而韵远,妙在能蕴藉。(清黄苏《蓼园词评》)

上阕,风韵绵丽。下阕,绝世声情,宜其自矜不减秦七、黄九也。(陈廷焯误以为陈师道作此词,故有此评语)(清陈廷焯《云韶集》卷三)

又

江南未雪梅花白,忆梅人是江南客①。犹记旧相逢,淡烟微月中②。　　玉容长有信③,一笑归来近④。怀远上楼时,晚云和雁低⑤。

【题解】

此词暗用折梅寄远典故,由眼前梅景,引发相思怀远之情。词人回忆旧时相逢,淡烟微月,景与人相衬。佳人常有来信,游子归期将近,令人欣慰。登楼怀远，傍晚云际，鸿雁归来。

【注释】

①梅花白：《梅苑》作"梅先白"。"忆梅"句：南朝乐府《西洲曲》："忆梅下西洲，折梅寄江北。"江南客：作客江南的人。叔原自比。

②"淡烟"句：月亮仿佛被薄薄烟雾笼罩。指月色朦胧。

③玉容：《梅苑》作"春风"。女子容貌的美称。此处借指女子。唐白居易《长恨歌》："玉容寂寞泪阑干，梨花一枝春带雨。"

④一笑：《梅苑》作"消息"。

⑤"晚云"句：唐孟浩然《途中遇晴》："天开斜景遍，山出晚云低。"

【汇评】

"淡烟微月"句高雅绝尘，人与花合写也。"晚云"句在空际写怀人，旨趣弥永。（俞陛云《唐五代两宋词选释》）

又

相逢欲话相思苦，浅情肯信相思否①。还恐漫相思②，浅情人不知。　　忆曾携手处，月满窗前路。长到月来时，不眠犹待伊。

【题解】

该词表现恋人即将重逢的欣慰与惶恐心理。欲向对方倾诉相思之苦，又担心对方因薄情而不相信相思。担心自己的相思是徒劳，对方不能明白。追忆曾携手玩赏之地，月光明媚。分别后，自己常在月明之夜不眠，等待对方的消息。

【注释】

①浅情：薄情。

②漫：徒然，空。

玉楼春

雕鞍好为莺花住①。占取东城南陌路。尽教春思乱如云，莫管世情轻似絮。　　古来多被虚名误②。宁负虚名身莫负。劝君频入醉乡来③，此是无愁无恨处。

【题解】

此词自言性情，直抒胸臆。词人纵情宴游享乐，任凭春思缭乱，不顾世事人情。古人总被虚名耽误了寻欢作乐，而词人认为宁可不要虚名，也要此生快意，今朝有酒今朝醉，在醉中忘却愁恨。

【注释】

①雕鞍：刻饰花纹的马鞍；华美的马鞍。这里代指骏马。宋欧阳修《蝶恋花》："玉勒雕鞍游冶处，楼高不见章台路。"莺花：黄莺与花朵，代指美好的春天，同时暗喻美丽的歌伎。

②多被：《宋六十名家词》本、《四库全书》本，作"都被"。

③醉乡：喝醉酒后朦胧迷糊的境界。唐白居易《不能忘情吟》："我与尔归醉乡去来。"宋柳永《看花回》："醉乡风景好，携手同归。"

【汇评】

清真袭取"人如风后过江云，情似雨余黏地絮"，较此尤妙。（夏敬观《映庵词评》）

又

一尊相遇春风里。诗好似君人有几。吴姬十五语如弦①，能唱当时楼下水②。　　良辰易去如弹指③。金盏十分须尽意④。明朝三丈日高时，共拚醉头扶不起⑤。

此是酒席间赠友词。主人和宾客在春天相遇,共饮美酒,吴语温软,歌声婉妙。良辰易逝,豪饮尽兴,词人醉宿友家,日高三丈犹未醒。

【注释】

①吴姬:吴地的美女。语如弦:说话像琴音那样动听。唐韩琮《春愁》:"秦娥十六语如弦,未解贪花惜杨柳。"

②"能唱"句:唐杜牧《题安州浮云寺楼寄湖州张郎中》:"当时楼下水,今日到何处。"

③弹指:见《减字木兰花》(留春不住)注释。

④金盏十分:即满盏,酒杯盛满酒。金盏,酒杯的美称。唐杜甫《江畔独步寻花七绝句》其四:"谁能载酒开金盏,唤取佳人舞绣筵。"五代毛文锡《酒泉子》:"柳丝无力袅烟空,金盏不辞须满酌。"

⑤"明朝"二句:唐杜牧《醉题》:"醉头扶不起,三丈日还高。"三丈日高:犹日高三竿,约当晨八九点钟。多用以形容天已大亮,时间不早。

又

琼酥酒面风吹醒①。一缕斜红临晚镜。小鬟微笑尽妖娆,浅注轻匀长淡净②。　　手挼梅蕊寻香径③。正是佳期期未定。春来还为个般愁,瘦损宫腰罗带剩④。

【题解】

这首词为歌女小鬟而作。上片描写小鬟酒后情态。她脸色红润,对镜晚妆,喜欢淡妆,一鬟一笑尽显妖娆。下片想象别后小鬟的日常活动,手挼梅花,独寻香径。因佳期未定,小鬟生愁消瘦。

【注释】

①琼酥:美酒名,亦作琼苏。明杨慎《丹铅总录》:"琬液、琼苏,皆古酒名,见《醉乡日月》。"隋薛道衡《和许给事善心戏场转韵》:"共酌琼酥酒,同

倾鹦鹉杯。"另一说认为,"琼酥"是形容女子细腻洁白的肌肤,如琼玉和奶酪一样。

②注:涂抹。匀:拭匀。

③挼(ruó):搓揉;摩挲。南唐冯延巳《谒金门》:"闲引鸳鸯芳径里,手挼红杏蕊。"

④"春来"二句:春天来临,小鬟因为佳期未定而生愁,因发愁而消瘦。个般:这般,这些事,即"佳期未定"之事。宫腰:又称"楚腰",泛指女子的细腰。宋柳永《木兰花》(柳枝):"楚王空待学风流,饿损宫腰终不似。"罗带剩:罗带变得宽松。由于腰身变细,罗带扎住腰身后剩下的部分变长。

又

清歌学得秦娥似。金屋瑶台知姓字①。可怜春恨一生心,长带粉痕双袖泪②。　　从来懒话低眉事③。今日新声谁会意。坐中应有赏音人,试问回肠曾断未④。

【题解】

这首词展示了歌女内心一种难觅知音的苦痛。这位歌女色艺俱佳,久负盛名。但是她心怀春恨,粉泪长流。她不愿意说出心事,只是借琴音传达,并希望遇上知音,能解其断肠之声。

【注释】

①"清歌"二句:这位歌女歌艺精湛,在同行业中颇有名气,广为人知。清歌:《历代诗余》作"青娥"。秦娥:古代歌女。见《蝶恋花》(初撚霜纨生怅望)注释。金屋瑶台:指富贵人家。金屋,华美的屋子。源于汉武帝金屋藏娇的故事。《汉武故事》:"胶东王数岁,公主抱置膝上,问曰:'儿欲得妇否?'长主指左右长御百余人,皆云'不用'。指其女曰:'阿娇好否?'笑对曰:'好,若得阿娇作妇,当作金屋贮之。'"瑶台,美玉砌的楼台,是神仙居所。亦泛指雕饰华丽的楼台。战国屈原《离骚》:"望瑶台之偃蹇兮,见有娀

之佚女。"姓字:《历代诗余》作"姓氏"。

②双袖泪:衣袖沾满泪水。唐岑参《逢入京使》:"故园东望路漫漫,双袖龙钟泪不干。"唐元稹《送致用》:"泪沾双袖血成文,不为悲身为别君。"

③低眉事:指郁闷愁苦之事。唐白居易《琵琶行》:"低眉信手续续弹,说尽心中无限事。"

④回肠:即愁肠,以肠的反复回转比喻内心忧思辗转。汉司马迁《报任少卿书》:"是以肠一日而九回。"

又

旗亭西畔朝云住①。沉水香烟长满路②。柳阴分到画眉边,花片飞来垂手处。　　妆成尽任秋娘妒③。袅袅盈盈当绣户④。临风一曲醉朦腾⑤,陌上行人凝恨去。

【题解】

此词描写色艺双全的歌女。她住在酒楼西面,沉水香烟萦绕周围,柳叶遮眉,花片飞落手边。妆后的她容颜更美,让其他歌女嫉妒。她亭亭玉立于窗前,临风当歌,以至陌上听者如痴如醉,沉浸于歌曲所表现的幽怨之情。

【注释】

①旗亭:指酒楼。门外悬旗为酒招,故有此称。唐刘禹锡《武陵观火》:"花县与琴焦,旗亭无酒濡。"朝云:这里指歌女。用巫山神女之典。见《临江仙》(浅浅余寒春半)"虚梦高唐"注释。

②沉水:见《临江仙》(旖旎仙花解语)注释。

③"妆成"句:语出唐白居易《琵琶行》:"曲罢常教善才服,妆成每被秋娘妒。"

④袅袅盈盈:形容女子体态的优美。晋左思《吴都赋》:"蔼蔼翠幄,袅袅素女。"《古诗十九首》其二:"盈盈楼上女,皎皎当窗牖。"

⑤朦腾：《宋六十名家词》本、《历代诗余》、《四库全书》本、《小山词笺》，作"腾腾"。迷迷糊糊、恍恍惚惚的样子。

【汇评】

"柳阴"二句，极似"红豆啄残，碧梧栖老"一联，于此可参活句。（明卓人月、徐士俊《古今词统》卷八）

又

离鸾照罢尘生镜①。几点吴霜侵绿鬓②。琵琶弦上语无凭，豆蔻梢头春有信③。　　相思拚损朱颜尽。天若多情终欲问④。雪窗休记夜来寒，桂酒已消人去恨。

【题解】

词写闺怨。离别之后闺人懒得梳妆，青鬓已生白发。借琵琶诉说相思，无人回应，只有豆蔻花开报春信。明知相思无意，宁可为之损朱颜，上天都有感应。闺中孤寂，雪夜清寒，借酒消愁。

【注释】

①"离鸾"句：离别之后，闺人无心照镜梳妆，镜已沾满灰尘。南朝宋范泰《鸾鸟诗》序："昔罽宾王结罝峻卯之山，获一鸾鸟。王甚爱之，欲其鸣而不致也，乃饰以金樊，飨以珍羞。对之愈戚，三年不鸣。其夫人曰：'尝闻物见其类而后鸣，何不悬镜以映之？'王从其意。鸾睹形悲鸣，哀响中宵，一奋而绝。"后称妆镜为鸾镜。尘生镜：镜子生灰尘。

②"几点"句：语出唐李贺《还自会稽歌》："吴霜点归鬓，身与塘蒲晚。"

③豆蔻：多年生草本植物，花淡黄色，果实扁球形，种子像石榴子。花、果实和种子可入药。唐杜牧《赠别诗》："娉娉袅袅十三余，豆蔻梢头二月初。"此处暗指闺人的豆蔻年华。

④"天若"句：苍天若多情也会过问人间的相思，极言相思之深苦。唐李贺《金铜仙人辞汉歌》："衰兰送客咸阳道，天若有情天亦老。"

又

东风又作无情计。艳粉娇红吹满地①。碧楼帘影不遮愁②,还似去年今日意。　　谁知错管春残事③。到处登临曾费泪④。此时金盏直须深,看尽落花能几醉⑤。

【题解】

这是一首伤春词。东风无情,吹残落花,愁怨不可阻挡,年复一年。词人自责错把春残当心事,流泪无意义,应当饮酒赏花,及时行乐。

【注释】

①"东风"二句:东风无情,把娇艳的白花、红花吹落满地。与其《减字木兰花》(留春不住)"满眼飞英,弹指东风太浅情"意义相类。艳粉娇红:这里泛指春天盛开的各种娇艳花朵。粉,白花。红,红花。

②"碧楼"句:词人本以为在阁楼中能借帘影遮挡视线,以防止见到满地落花而生愁,但是帘影遮住了视线,却没有挡住愁情,因为情由心生。

③春残事:暮春时节,花朵凋零等一类事。

④费泪:徒劳流泪。

⑤"此时"二句:意谓这时应该痛饮美酒,因为醉看落花的时间已经不多了,行乐须及时。其《减字木兰花》(留春不住)"转枕花前。且占香红一夜眠"亦为此意。唐崔敏童《宴城东庄》:"能向花前几回醉,十千沽酒莫辞贫。"

【汇评】

小山学《花间词》,妙在吞吐含蓄,全不说破。此词为爽利一派,已开慢曲门径矣。首句破空而来,先怨"东风"之"无情",着一"又"字,将第四、五、六等句元神提出,直贯篇末。次句,落花正面。第三句,飞花零乱,隔帘可见。"帘影不遮愁",恨帘抑惜春?出以囵囵语气,气味绝厚。第四句,回想去年。"还似"二字,跟"又"字来,而情倍深,语倍沉痛。过变两句,承"去年"说,而作翻案语,不说春去须惜,反认惜春为多事。"登临"之"泪",遂嫌其"费"，以有"错管"之悔。"谁知"是翻笔。"到处"及"曾"字，又回顾"又"字。既嫌以前之"错管"，故"此时"惟有以沉醉消之。末两句是得过且过之意，亦古人"惜分阴"之心，恐时不再来，而及时行乐，遂转不惜"落花"，而欲趁花未落尽以前，恣意玩赏。语似旷达，其沉痛则较惋惜尤甚，实进一层立意也。至其疏而不密，劲而不挠，全从李煜得来。周之琦所谓"道得红罗亭上语"，其在斯乎？（陈匪石《宋词举》）

又

斑骓路与阳台近①。前度无题初借问②。暖风鞭袖尽闲垂③，微月帘栊曾暗认④。　　梅花未足凭芳信。弦语岂堪传素恨。翠眉饶似远山长⑤，寄与此愁辇不尽⑥。

【题解】

词上片写男子冶游，下片写歌伎愁恨。男子骑马至歌伎居所，刚开始仅与歌伎寒暄几句，后每至此就勒马驻足，在月光下窥探歌伎家的窗帘。歌伎对男子产生情愫，以梅花相赠，以琴弦传情，而男子没有回应，所以翠眉辇蹙，愁恨难解。

【注释】

①斑骓：毛色白青相杂的骏马。唐李商隐《对雪》："关河冻合东西路，肠断斑骓送陆郎。"阳台：这里指歌伎居住的地方。战国宋玉《高唐赋》："朝朝暮暮，阳台之下。"

②"前度"句：意谓初次见面只是随意地询问几句。借问：询问。

③"暖风"句：意谓骑马者不策马扬鞭，驻足于此，以示留恋。鞭袖：这里指马鞭与长袖。唐赵嘏《忆山阳》："芰荷香绕垂鞭袖，杨柳风横弄笛船。"唐韩偓《初赴期集》："还是平时旧滋味，慢垂鞭袖过街西。"

④"微月"句：意谓在淡淡月光下辨别歌伎家的窗帘。

⑤"翠眉"句：青黛所画之眉如远山细长而舒扬。见《生查子》(远山眉

黛长）"远山眉"注释。饶似：《宋六十名家词》本、《四库全书》本，作"绕似"。

⑥"寄与"句：歌伎因为相思而愁眉不展。寄与：《宋六十名家词》本、《四库全书》本，作"寄兴"。颦：皱眉。

又

红绡学舞腰肢软①。旋织舞衣宫样染②。织成云外雁行斜，染作江南春水浅③。　　露桃宫里随歌管④。一曲《霓裳》红日晚⑤。归来双袖酒成痕，小字香笺无意展⑥。

【题解】

这首词描写舞女的生活情状。舞女日常不仅要学习舞艺，还要制作舞衣。露桃宫内，她伴着歌管跳舞，一场《霓裳羽衣》舞完毕，已是黄昏。归去后，双袖还留有酒痕，醉意朦胧，无心展开题诗的笺纸。

【注释】

①红绡：指红色薄绸，亦用于歌舞伎名。唐白居易《琵琶行》："五陵年少争缠头，一曲红绡不知数。"唐白居易《咏兴五首·小庭亦有月》："菱角执笙簧，谷儿抹琵琶。红绡信手舞，紫绡随意歌。"

②旋织：《宋六十名家词》本，作"施织"；《历代诗余》、《四库全书》本、《小山词笺》，作"巧织"。旋绕式织法。宫样染：染成宫中流行的色彩。

③"织成"二句：化用唐白居易《缭绫》诗句："织为云外秋雁行，染作江南春水色。"

④露桃宫：宫殿名。这里指歌舞表演的场所。唐杜牧《题桃花夫人庙》："细腰宫里露桃新，脉脉无言度几春。"唐末五代韦庄《天仙子》："怅望前回梦里期，看花不语苦寻思。露桃宫里小腰肢。"

⑤《霓裳》：指《霓裳羽衣曲》。《新唐书·礼乐志》："河西节度使杨敬忠献《霓裳羽衣曲》十二遍。凡曲终必遽，唯《霓裳羽衣曲》将毕，引声益缓。"唐柳宗元《龙城录·明皇梦游广寒宫》："开元六年，上皇与申天师、道士鸿

都客,八月望日夜,因天师作术,三人同在云上游月中……听乐音嘈杂,亦甚清丽。上皇素解音律,熟览而意已传……上皇因想素娥风中飞舞袖被,编律成音,制《霓裳羽衣舞曲》。"

⑥小字香笺:指题有小诗或短信的香味笺纸。

又

当年信道情无价。桃叶尊前论别夜①。脸红心绪学梅妆②,眉翠工夫如月画。　　来时醉倒旗亭下③。知是阿谁扶上马④。忆曾挑尽五更灯⑤,不记临分多少话⑥。

【题解】

词写别怨。渡口送别,歌伎着意梳妆,已示情真。词人大醉,告别歌伎,不知谁扶其上马。因为离愁,灯尽未眠,当时话别之语已记不清楚。

【注释】

①桃叶:晋王献之爱妾名。这里借指歌伎。

②梅妆:"梅花妆"的省称。见《蝶恋花》(千叶早梅夸百媚)"内样妆"注释。

③旗亭:酒楼。见《玉楼春》(旗亭西畔朝云住)注释。

④"知是"句:意谓醉意朦胧,不知是谁将自己扶上马。唐李白《鲁中都东楼醉起作》:"阿谁扶上马,不省下楼时。"

⑤"忆曾"句:意谓离别当晚,彻夜未眠,对灯独处,直至五更,灯芯已燃尽。唐陈鸿《长恨歌传》:"夕殿萤飞思悄然,孤灯挑尽未成眠。"五更:第五更的时候,寅正四刻(凌晨四时四十八分),意谓天将明。旧时自黄昏至拂晓一夜之间,有甲、乙、丙、丁、戊五个关键时间点,谓之"五更"。又称五鼓、五夜。北齐颜之推《颜氏家训·书证》:"或问:'一夜何故五更? 更何所训?'答曰:'汉魏以来,谓为甲夜、乙夜、丙夜、丁夜、戊夜。又云鼓,一鼓、二鼓、三鼓、四鼓、五鼓。亦云一更、二更、三更、四更、五更。

皆以五为节……更,历也,经也,故曰五更尔。"汉乐府《孔雀东南飞》:"仰头相向鸣,夜夜达五更。"

⑥临分:《花草粹编》作"临时"。

【汇评】

咏酒醉之诗,唐人有"不知谁送出深松",宋人有"阿谁扶我上雕鞍",皆善于描写。叔原《玉楼春》词云:"(词略)"真能委曲言情。(清郭麐《灵芬馆词话》卷二)

清真袭取入《瑞鹤仙》词。(夏敬观《映庵词评》)

又

采莲时候慵歌舞①。永日闲从花里度。暗随蘋末晓风来②,直待柳梢斜月去③。　　停桡共说江头路④。临水楼台苏小住⑤。细思巫峡梦回时,不减秦源肠断处⑥。

【题解】

此词为歌伎而作。采莲时节,歌伎暂停歌舞侍宴,与好友划船到湖中整日赏花玩耍,词人亦在其中。回忆起当时的乐事,如今已成空梦。

【注释】

①慵:懒于(做某事)。

②蘋末:蘋的叶尖。指风所起处。语出战国宋玉《风赋》:"夫风生于地,起于青蘋之末。"唐王涯《秋思二首》:"一夜轻风蘋末起,露珠翻尽满池荷。"

③"直待"句:意谓直到月光斜照柳梢的深夜才回去。唐唐彦谦《无题十首》其六:"漏滴铜龙夜已深,柳梢斜月弄疏阴。"

④停桡(ráo):停船。桡,船桨。

⑤苏小:即苏小小,南朝齐钱塘名娼。这里代指歌伎。唐白居易《杭州

春望》:"涛声夜入伍员庙,柳色春藏苏小家。"

⑥"细思"二句:回思与歌伎之情事,似秦源路迷无踪,令人断肠。巫峡梦回:用巫山神女之典。见《临江仙》(浅浅余寒春半)"虚梦高唐"注释。秦源:见《洞仙歌》(春残雨过)注释。

【汇评】

绵丽有致。(清陈廷焯《词则·闲情集》卷一)

上阕,情景兼有,真是好句。结句"细思巫峡梦回时,不减秦源肠断处",娴丽有情。(清陈廷焯《云韶集》卷二十四)

又

芳年正是香英嫩①。天与娇波长入鬓②。蕊珠宫里旧承恩③,夜拂银屏朝把镜④。　　云情去住终难信。花意有无休更问⑤。醉中同尽一杯欢,归后各成孤枕恨⑥。

【题解】

歌伎年龄尚小,眼波娇媚,曾受主人恩宠,日夜梳妆侍宴。男女之间的情意懵懵懂懂,无须过问,同醉同欢后,各自归寝。

【注释】

①香英:即香花,这里喻歌伎。

②娇波:妩媚的眼波。

③蕊珠宫:亦称"蕊宫",道教经典中的神仙居所。此处指歌伎居所。承恩:蒙受恩泽。其《清平乐》"可怜娇小,掌上承恩早"亦描写此歌伎。

④"夜拂"句:意谓从早到晚承欢侍宴。唐王建《宫词》:"夜拂玉床朝把镜,黄金殿外不教行。"银屏:镶银的屏风。唐白居易《长恨歌》:"揽衣推枕起徘徊,珠箔银屏迤逦开。"

⑤"云情"二句:意谓男欢女爱之事,招之即来挥之即去,自然而然,无

须过问。云情:比喻男女情好之意。用巫山神女之典。见《临江仙》(浅浅余寒春半)"虚梦高唐"注释。

⑥孤枕:独眠,独宿。唐李白《月下独酌四首》其三:"醉后失天地,兀然就孤枕。"

又

轻风拂柳冰初绽①。细雨消尘云未散。红窗青镜待妆梅②,绿陌高楼催送雁③。　　华罗歌扇金蕉盏④。记得寻芳心绪惯。凤城寒尽又飞花⑤,岁岁春光常有限⑥。

【题解】

冰雪融化的初春时节,词人邂逅一歌女,她正对镜梳妆,妆成后登高望雁。之后,词人经常去歌女住处饮酒听歌,两人交往持续整个春天。

【注释】

①冰初绽:冰雪开始消融。宋韩维《观安公亭戏呈观文主人》:"寒梅未放黄金蕊,冰绽初流碧玉声。"

②红窗:红纱窗。青镜:青铜镜。妆梅:打扮成梅花妆。见《蝶恋花》(千叶早梅夸百媚)"内样妆"注释。

③绿陌:绿树成荫的道路。送雁:送雁北归。宋晏殊《更漏子》:"初送雁,欲闻莺。"

④华罗:《四库全书》本、《历代诗余》、《小山词笺》,作"画罗"。华丽的绢丝绸缎。金蕉盏:即金蕉叶。酒杯名。金质的蕉叶形酒杯。宋张先《天仙子·观舞》:"因爱弄妆偷傅粉,金蕉并为舞时空。"

⑤"凤城"句:语出唐韩翃《寒食》:"春城无处不飞花,寒食东风御柳斜。"凤城:京都的美称。见《鹧鸪天》(九日悲秋不到心)注释。

⑥有限:《宋六十名家词》本,作"有恨"。

阮郎归

粉痕闲印玉尖纤^①，啼红傍晚奁^②。旧寒新暖尚相兼，梅疏待雪添。　　春冉冉^③，恨恹恹^④。章台对卷帘^⑤。个人鞭影弄凉蟾，楼前侧帽檐^⑥。

【题解】

此词写歌伎的相思。她晚妆时伤心，粉泪盈盈，又逢乍寒还暖时节，倍增春恨。原来是忆及那位"鞭影弄月""楼前侧帽"的风流公子所致。《玉楼春》(斑骓路与阳台近)曰："暖风鞭袖尽闲垂，微月帘栊曾暗认。"可能指同一件事。

【注释】

①闲印：《唐宋诸贤绝妙词选》作"闲邸"。玉尖：纤白的手指。明王世贞《题摘阮图》："绛纱微露玉尖纤，抢得新声字阿咸。"

②啼红：喻指女子流泪。用薛灵芸之典。见《鹧鸪天》(绿橘梢头几点春)"红泪"注释。唐戴叔伦《早春曲》："玉颊啼红梦初醒，羞见青鸾镜中影。"晚奁：《宋六十名家词》本、《历代诗余》、《四库全书》本、《小山词笺》，作"晓奁"。奁：古代盛梳妆用品的器具。

③冉冉：渐进的、缓慢的样子，指岁月渐渐流逝。唐白居易《泛渭赋并序》："春冉冉兮其将尽，予何为乎不乐。"

④恹恹：《唐宋诸贤绝妙词选》、《宋六十名家词》本、《四库全书》本，作"厌厌"。精神萎靡不振的样子。见《清平乐》(莺来燕去)注释。

⑤章台：汉长安街名。这里指青楼妓院林立的街区。见《鹧鸪天》(楚女腰肢越女腮)注释。

⑥侧帽檐：形容风流倜傥，仪表不俗。用独孤信之典。见《清平乐》(春云绿处)"侧帽"注释。唐李商隐《饮席代官妓赠两从事》："新人桥上着春衫，旧主江边侧帽檐。"

又

　　来时红日弄窗纱,春红入睡霞①。去时庭树欲栖鸦②,香屏掩月斜。　　收翠羽,整妆华③。青骊信又差④。玉笙犹恋碧桃花⑤,今宵未忆家。

【题解】

　　词写闺怨。情人到来时,红日初升,闺人春睡。情人离开时,庭树栖鸦,斜月西下。分别后,闺人收起饰物,整顿妆容,再次差遣青骊送信。留恋于风月场所的情人,今宵没有思家。

【注释】

　　①春红:春天娇艳的花朵。唐李白《怨歌行》:"十五入汉宫,花颜笑春红。"睡霞:这里指睡眠时泛着红晕的脸颊。

　　②"去时"句:指夜幕降临时离开。唐末五代韦庄《延兴门外作》:"王孙归去晚,宫树欲栖鸦。"

　　③"收翠羽"二句:离别后,女子收起梳妆用品,无心打扮。翠羽:翠鸟的羽毛,古时多用作饰物。三国魏曹植《七启》:"戴金摇之熠耀,扬翠羽之双翘。"妆华:指华丽的装饰品或高档的化妆品。

　　④"青骊"句:意谓再次差遣青骊传信。青骊:青黑毛色的马。晋阮籍《咏怀》:"皋兰被径路,青骊逝骎骎。"

　　⑤"玉笙"句:意谓在青楼中听歌饮酒的生活。古人常将青楼比喻为仙境,把里面的歌伎叫作仙女。玉笙:玉饰的笙,一种管乐器。见《鹧鸪天》(一醉醒来春又残)注释。碧桃:碧仙桃。古诗文中多特指传说中西王母给汉武帝的仙桃。唐许浑《洛阳城》:"可怜猴岭登仙子,犹自吹笙醉碧桃。"唐郎士元《听邻家吹笙》:"重门深锁无寻处,疑有碧桃千树花。"

又

旧香残粉似当初^①，人情恨不如。一春犹有数行书，秋来书更疏。　　衾凤冷，枕鸳孤^②。愁肠待酒舒。梦魂纵有也成虚，那堪和梦无^③。

【题解】

词写别怨，隐含着词人对世态炎凉的感慨。昔日残香犹存，人情却已不再。刚分别后，尚有数行书信敷衍；时间一久，书信更少。成双的凤凰与鸳鸯绣图，反衬人心孤寂，唯有借酒消愁。酒酣孤枕入眠，连情梦都没有。

【注释】

①旧香残粉：指旧日的香痕与残剩的脂粉，暗示了旧日与歌伎的柔情蜜意。

②"衾凤"二句：意谓孤枕难眠。衾凤：即凤衾，绣有凤凰花饰的被子。宋张先《踏莎行》："衾凤犹温，笼鹦尚睡。"枕鸳：《花草粹编》、《宋六十名家词》本、《历代诗余》、《四库全书》本、《小山词笺》，作"枕鸾"。即鸳枕，绣着鸳鸯的枕头。唐杨衡《咏春色》："夕迷鸳枕上，朝漫绮弦中。"

③"梦魂"二句：意谓梦魂本就是虚幻，何况连梦都没有。可见词人彻头彻尾的悲凉情绪。和：构成"连……都……"的句式。宋秦观《阮郎归》"衡阳犹有雁传书，郴阳和雁无"表达方式与此二句类似。

【汇评】

小山《阮郎归》词：(词略)。情意凄婉，不在五代人之下。后结句先与道君《燕山亭》词不期而同。唯道君《燕山亭》全阕尤悱哀可怜，因其境惨故也。(张伯驹《丛碧词话》)

此首起两句，言物是人非。"一春"两句，正写人不如之实，殊觉怨而不怒。换头，言独处之孤冷。"梦魂"两句，言和梦都无，亦觉哀而不伤。又此

首上下片结处文笔,皆用层深之法,极为疏隽。少游"衡阳犹有雁传书,郴阳和雁无",亦与此意同。(唐圭璋《唐宋词简释》)

又

天边金掌露成霜①,云随雁字长②。绿杯红袖趁重阳③,人情似故乡。　　兰佩紫,菊簪黄④。殷勤理旧狂⑤。欲将沉醉换悲凉⑥,清歌莫断肠。

【题解】

远离故乡的词人,被邀请做客重阳宴。热闹的酒宴,热情的主人,以及重九的习俗,令其有宾至如归之感。词人趁着酒兴,试图重温旧日的狂态。然而半生的悲凉遭遇并非一时醉酒就能释怀。

【注释】

①金掌:铜制的仙人手掌。见《鹧鸪天》(碧藕花开水殿凉)"金掌露"注释。

②雁字:成群的大雁排成"一"字或"人"字形。见《蝶恋花》(庭院碧苔红叶遍)注释。

③绿杯:指盛有美酒的杯子。唐郑审《酒席赋得匏瓢》:"挂影怜红壁,倾心向绿杯。"红袖:这里指佐酒的歌伎。唐元稹《遭风》:"唤上驿亭还酩酊,两行红袖拂樽罍。"

④"兰佩"二句:兰草佩戴在身,菊花插在头上。二者皆为重阳节习俗。兰佩:兰草秋天开紫花,常作为身上的配饰。《楚辞·离骚》:"扈江离与辟芷兮,纫秋兰以为佩。"菊簪:菊花制成的头簪。唐杜牧《九日齐安登高》:"尘世难逢开口笑,菊花须插满头归。"

⑤理旧狂:指重温昔日的狂态。旧狂:《小山词笺》作"旧妆"。

⑥"欲将"句:意谓词人试图借醉酒消除内心悲凉。

【汇评】

"绿杯"二句,意已厚矣。"殷勤理旧狂"五字三层意。"狂"者,所谓一肚皮不合时宜,发见于外者也。狂已旧矣,而理之,而殷勤理之,其狂若有甚不得已者。"欲将沉醉换悲凉",是上句注脚。"清歌莫断肠",仍含不尽之意。此词沉着厚重,得此结句,便觉竟体空灵。小晏神仙中人,重以名父之贻,师友相与沉瀁,其独造处,岂凡夫肉眼所能见及。"梦魂惯得无拘管,又逐杨花过谢桥",以是为至,乌足与论小山词耶?(况周颐《蕙风词话》卷二)

此在《小山词》中,为最凝重深厚之作,与其他艳词不同。考山谷《小山词序》:"(词略)"此词其自写怀抱乎?起两句写秋景。"天边金掌",本是高寒,而"露"已"成霜"矣。秋云本薄,而其"长"乃随"雁字",短又可想矣。"悲凉"之意,已淋漓尽致。"绿杯"句一转,本不萦情于"绿杯红袖",而姑"趁重阳"令节,一作欢娱,满腔幽怨,无可奈何,一"趁"字尽之。其所以然者,以"人情"尚"似故乡"也。过变二句,跟前结来,为"似故乡"之风物。"殷勤理旧狂",则"趁"字之心理。"欲将"句再申言之。"沉醉"为"绿杯红袖"之究竟,"悲凉"则"霜云"之境地。"清歌"偶听,仍是"断肠",终欲换不得,下一"莫"字,自为解劝,究不肯作一决绝语,其温厚为何如,其欲吐仍茹为何如耶!况周颐曰:"(词略)"旨哉言乎!小晏多聪俊语,一览即知其胜,此则非好学深思不能知其妙处者。(陈匪石《宋词举》卷下)

又

晓妆长趁景阳钟[①],双蛾著意浓[②]。舞腰浮动绿云浓[③],樱桃半点红[④]。　　怜美景,惜芳容。沉思暗记中[⑤]。春寒帘幕几重重,杨花尽日风[⑥]。

【题解】

词写歌伎。歌伎准备在宫宴上表演,早起精心梳妆打扮。筵席中,她载歌载舞。筵散后,她望着美景,自怜芳容,陷入沉思。帘外杨花飘舞,正如自己漂泊无依的身世。

【注释】

①晓妆:《彊村丛书》原本作"晚妆",据《百家词》本、《宋六十名家词》本、《四库全书》本、《小山词笺》改。景阳钟:南朝齐武帝以宫深不闻端门鼓漏声,置钟于景阳楼上。宫人闻钟声,早起装饰。后人称之类"景阳钟"。《南齐书·皇后传》:"宫内深隐,不闻端门鼓漏声,置钟于景阳楼上,宫人闻钟声,早起装饰,至今此钟唯应五鼓及三鼓也。"唐李贺《追赋画江潭苑四首》其四:"今朝画眉早,不待景阳钟。"

②"双蛾"句:有意把双眉描画得深浓。唐刘长卿《王昭君歌》:"纤腰不复汉宫宠,双蛾长向胡天愁。"

③绿云浓:《百家词》本、《宋六十名家词》本、《四库全书》本、《历代诗余》、《小山词笺》,作"绿云秋"。绿云:比喻女子乌黑光亮的秀发。

④樱桃:《宋六十名家词》本、《四库全书》本、《历代诗余》、《小山词笺》,作"樱唇"。喻指女子小而红润的嘴。唐孟棨《本事诗·事感》:"白尚书(居易)姬人樊素善歌,妓人小蛮善舞,尝为诗曰:樱桃樊素口,杨柳小蛮腰。"

⑤沉思暗记:意谓心中深思默记着往事。其《清平乐》:"沉思暗记。几许无凭事。"

⑥"春寒"二句:春寒料峭,重重帘幕外,杨花尽日随风飘零。暗指漂泊无依的身世。

归田乐

试把花期数①。便早有、感春情绪。看即梅花吐②。愿花更不谢,春且长住。只恐花飞又春去③。　　花开还不语④。问此意、年年春还会否⑤。绛唇青鬓⑥,渐少花前语⑦。对花又记得,旧曾游处。门外垂杨未飘絮⑧。

【题解】

此为惜花惜春之词。词人数着花开的日期,便早有感春之情。如今花已开,期待花不谢,春长在。对花询问,春天是否理解自己的期待,花不言语。随着年岁增长,渐渐减少了花前自语。回忆起旧游之处,亦是初春花开之时,杨柳还未飘絮。

【注释】

①花期:花开的日期。五代和凝《小重山》:"柳色展愁眉,管弦分响亮,探花期。"

②"看即"句:意谓随即看到了梅花绽放。吐:长出,开花。唐卢照邻《首春贻京邑文士》:"梅花扶院吐,兰叶绕阶生。"

③只恐花飞又春去:《宋六十名家词》本、《四库全书》本、《历代诗余》、《小山词笺》,无"花飞又"三字,作"只恐去",又将"春去"属下阕。

④"花开"句:宋欧阳修《蝶恋花》:"泪眼问花花不语,乱红飞过秋千去。"

⑤问此意、年年春还会否:《宋六十名家词》本、《四库全书》本、《历代诗余》、《小山词笺》,作"此意年年春会否",皆脱"问""还"二字。"问此意"二句:意谓追问花朵,年年来到的春天能否理解自己的心愿。此意:指花不谢,春常在。会:理解,明白,领会。

⑥"绛唇"句:红唇黑发,指代年轻人。唐崔颢《卢姬篇》:"卢姬少小魏王家,绿鬓红唇桃李花。"

⑦花前语:《词谱》作"花前侣"。

⑧"门外"句:门外垂柳还未曾飘絮。唐顾云《咏柳二首》其一:"长堤未见风飘絮,广陌初怜日映丝。"

浣溪沙

二月春花厌落梅,仙源归路碧桃催①。渭城丝雨劝离杯②。　　欢意似云真薄幸,客鞭摇柳正多才③。凤楼人待锦书来④。

《历代诗余》卷六误作欧阳修词。词作于离宴。二月春花初绽，梅花飘落，行人即将归家，歌女唱着《渭城曲》送别行人。欢会短暂，情意似过眼烟云，行人扬鞭离去，楼中女子等待书信寄来。

【注释】

①仙源：桃源，秦源。见《洞仙歌》（春残雨过）中"秦源"的注释。唐王维《桃源行》："春来遍是桃花水，不辨仙源何处寻。"此处指女子居所。碧桃：仙桃。见《阮郎归》（来时红日弄窗纱）注释。

②"渭城"句：歌女演唱《渭城曲》以劝酒赠别。唐王维《送元二使安西》："渭城朝雨浥轻尘，客舍青青柳色新。劝君更尽一杯酒，西出阳关无故人。"

③"客鞭"句：多才之客在杨柳飘拂下，挥动马鞭而去。唐方干《送吴彦融赴举》："西陵柳路摇鞭尽，北固潮程挂席飞。"

④凤楼：凤台，代指女子居所。汉刘向《列仙传·箫史》："萧史者，秦穆公时人也，善吹箫，能致孔雀、白鹤于庭。穆公有女字弄玉，好之。公遂以女妻焉。日教弄玉作凤鸣，居数年，吹似凤声，凤凰来止其屋。公为作凤台。"南朝梁江淹《征怨》："荡子从征久，凤楼箫管闲。"锦书：指书信。见《鹧鸪天》（楚女腰肢越女腮）"锦字"注释。

又

卧鸭池头小苑开，暄风吹尽北枝梅①。柳长莎软路萦回②。　　静避绿阴莺有意③，漫随游骑絮多才④。去年今日忆同来。

【题解】

词写故地重游。春暖花开，柳浓草软，词人来到池畔小苑游玩，他有意避开莺啼，任马信步，回忆着当年与故友携手同游的情形。

【注释】

①暄风:春风。唐徐坚等《初学记》:"梁元帝《纂要》曰:春曰青阳,亦曰发生、芳春、青春、阳春、三春、九春;天曰苍天;风曰阳风、春风、暄风、柔风、惠风。"晋陶潜《九日闲居》:"露凄暄风息,气澈天象明。"北枝梅:唐白居易《白孔六帖·梅》:"大庾岭上梅,南枝落,北枝开。"

②柳长莎软路萦回:《宋六十名家词》本、《四库全书》本、《历代诗余》、《小山词笺》,作"长莎软路几萦回"。莎(suō):莎草,多年生草本植物。可为笠及蓑衣,疏而不沾。唐杜甫《寄岳州贾司马六丈巴州严八使君两阁老五十韵》:"内蕊繁于缬,宫莎软胜绵。"

③静避:《百家词》本、《宋六十名家词》本、《历代诗余》、《四库全书》本、《小山词笺》,作"静选"。

④漫:随意,无目的。游骑:《百家词》本,作"游绮"。絮多才:喻有才华之人。用"咏絮才女"谢道韫之典。南朝宋刘义庆《世说新语》:"谢太傅寒雪日内集,与儿女讲论文义。俄而雪骤,公欣然曰:'白雪纷纷何所似?'兄子胡儿曰:'撒盐空中差可拟。'兄女曰:'未若柳絮因风起。'公大笑乐。即公大兄无奕女,左将军王凝之妻也。"唐韩愈《晚春》:"杨花榆荚无才思,惟解漫天作雪飞。"此处反用其意。

又

二月和风到碧城①,万条千缕绿相迎。舞烟眠雨过清明②。　妆镜巧眉偷叶样③,歌楼妍曲借枝名④。晚秋霜霰莫无情⑤。

【题解】

《历代诗余》题作"柳"。词上片即景形容,春风和煦,柳枝新绿,或随风飘舞,或静伏如眠。词下片由柳写及歌女,她们画柳叶眉,唱《杨柳枝》。结尾由乐转悲,担心秋霜无情摧残柳枝,岁月无情催老红颜。

①和风:《宋六十名家词》本、《四库全书》本、《历代诗余》、《小山词笺》,作"风和"。碧城:仙人所居之城。此处泛指华美居所。宋李昉等《太平御览》引《上清经》称:"元始居紫云之阙,碧霞为城。"唐李商隐《碧城三首》其一:"碧城十二曲阑干,犀辟尘埃玉辟寒。"

②"舞烟"句:清明前后,杨柳在烟雨中,或迎风飘舞,或低垂如眠。唐白居易《杨柳枝》:"叶含浓露如啼眼,枝袅轻风似舞腰。"唐末五代韦庄《丙辰年鄜州遇寒食城外醉吟七言五首》其一:"满街杨柳绿丝烟,画出清明二月天。"眠雨:《宋六十名家词》本、《四库全书》本、《历代诗余》、《小山词笺》,作"弄日"。

③"妆镜"句:歌女对镜梳妆,巧画如柳叶样的眉毛。唐刘禹锡《同乐天和微之深春二十首》其七:"人眉新柳叶,马色醉桃花。"

④"歌楼"句:歌女在歌楼中演唱着歌名为《杨柳枝》的妍丽曲子。古乐府横吹曲有《折杨柳》名,后借旧曲名,另创新声曰《杨柳枝》。宋王灼《碧鸡漫志》卷五:"《乐府杂录》云:白傅作《杨柳枝》。予考乐天晚年与刘梦得唱和此曲词。白云:'古歌旧曲君休听,听取新翻《杨柳枝》'。又作《杨柳枝》二十韵云:'乐童翻怨调,才子与妍词。'注云:'洛下新声也'。刘梦得亦云:'请君莫听前朝曲,听取新翻《杨柳枝》。'盖后来始变新声。"歌楼:《宋六十名家词》本、《四库全书》本、《历代诗余》、《小山词笺》,作"歌台"。

⑤霰(xiàn):雪珠,空中降落的白色不透明的球形或圆锥形小冰粒。多在下雪前或下雪时出现。南朝齐谢朓《晚登三山还望京邑》:"佳期怅何许,泪下如流霰。"

【汇评】

此词通首咏柳,细味之皆含讽意。上半阕言其盛时。下半阕一、二句,言趋附者之多也。末句似讽,似怜,又似以盛衰无常警戒之。盖柳盛于二月时而衰于晚秋,似得势者有盛必有衰也。作者意中必有所指之人,必系权势煊赫于一时者。考宋仁宗朝,吕夷简权势最盛,子公绰、公弼、公著、公孺皆荣显。《宋史·吕夷简传》论曰:"吕氏更执国政,三世四人,世家之盛,

则未之有也。"神宗朝王安石得君虽专,然不如吕氏之三世执政。此词所讽,当指吕氏。(刘永济《唐五代两宋词简析》)

又

白纻春衫杨柳鞭①,碧蹄骄马杏花鞯②。落英飞絮冶游天③。 南陌暖风吹舞榭,东城凉月照歌筵④。赏心多是酒中仙⑤。

【题解】

词写春日冶游。应作于晏几道早年。他身穿纻衣,骑马扬鞭,在落英飞絮的暮春时节冶游。他从早到晚饮酒、听歌、赏舞,快乐无比。

【注释】

①白纻(zhù):白色苎麻所织的布。唐柳宗元《同刘二十八院长述旧言怀》:"春衫裁白纻,朝帽挂乌纱。"杨柳鞭:以杨柳枝为马鞭。北朝乐府《梁鼓角横吹曲》有《折杨柳枝歌》:"上马不捉鞭,反拗杨柳枝。"

②碧蹄:马蹄。唐韩翃《看调马》:"鸳鸯赭白齿新齐,晚日花中散碧蹄。"骄马:壮健的骏马。汉许慎《说文解字》:"骄,马高六尺为骄。"杏花鞯(jiān):绣有杏花图饰的马鞍垫。宋钱惟演《公子》:"歌翻南国《桃根曲》,马过章台杏叶鞯。"

③落英飞絮:唐白居易《春池闲泛》:"白扑柳飞絮,红浮桃落英。"冶游:指涉足于青楼歌馆。宋郭茂倩《乐府诗集·子夜四时歌》:"冶游步春露,艳觅同心郎。"

④"南陌"二句:此二句为互文。意谓或在南陌,或在东城,或在暖风吹拂的早晨,或在凉月照耀的夜晚,凡有舞榭歌筵处,皆游历。南陌、东城:冶游之地。

⑤赏心:心意欢畅。南朝宋谢灵运《拟魏太子邺中集诗序》:"天下良辰、美景、赏心、乐事,四者难并。"酒中仙:指善饮而才高的疏狂之人。唐杜

143

甫《饮中八仙歌》："李白一斗诗百篇,长安市上酒家眠。天子呼来不上船,自称臣是酒中仙。"

又

床上银屏几点山^①,鸭炉香过琐窗寒^②。小云双枕恨春闲^③。　　惜别漫成良夜醉,解愁时有翠笺还^④。那回分袂月初残^⑤。

【题解】

此词是赠予小云的。鸭炉香烬,闺房清冷,小云春宵独自醉卧。情人寄来信笺,稍慰相思,又想起上次残月之夜的分别,愁恨依旧。

【注释】

①床上银屏:即枕前华丽的屏风。几点山:指屏风上画的山。宋晏殊《蝶恋花》："更漏乍长天似水,银屏展尽遥山翠。"

②鸭炉:鸭形的香炉。唐李商隐《促漏》："舞鸾镜匣收残黛,睡鸭香炉换夕熏。"琐窗:刻镂着连环图案的窗棂。南朝宋鲍照《玩月城西门廨中》："蛾眉蔽珠栊,玉钩隔琐窗。"

③"小云"句:枕头成双,小云独卧,无人相伴,故生春恨。唐骆宾王《代女道士王灵妃赠道士李荣》："春时物色无端绪,双枕孤眠谁分许。"

④"惜别"二句:分别后,良宵难遣,醉酒独卧。幸好时有信笺寄来,以消解离愁。宋苏轼《送文与可出守陵州》："君知远别怀抱恶,时遣墨君消我愁。"

⑤分袂:指分别。唐白居易《答微之咏怀见寄》："分袂二年劳梦寐,并床三宿话平生。"

【汇评】

幽怨。(清陈廷焯《词则·闲情集》卷一)

又

绿柳藏乌静掩关①,鸭炉香细琐窗闲。那回分袂月初残。

惜别漫成良夜醉,解愁时有翠笺还。欲寻双叶寄情难②。

【题解】

此词可能与上一首词作于同一时期,字句作了些调动修改。室外环境清幽,室内香熏满屋,闺中女子相思无尽。

【注释】

①绿柳藏乌:南朝陈徐陵《玉台新咏·近代西曲歌五首·杨叛儿》:"暂出白门前,杨柳可藏乌。"掩关:关闭,关门。唐羊士谔《雨中寒食》:"令节逢烟雨,园亭但掩关。"

②双叶寄情:表示相思之意。双叶,成双的花叶,古代年轻的女子经常摘采两片叶子插在头上作为装饰。

【汇评】

此篇当是原作,上一阕为改作。编者两存之。(夏敬观《映庵词评》)

又

家近旗亭酒易酤①,花时长得醉工夫②。伴人歌笑懒妆梳③。　　户外绿杨春系马,床前红烛夜呼卢④。相逢还解有情无⑤。

【题解】

词写歌伎春日侍宴的情状。春天冶游客较多,歌伎日夜陪客饮酒玩乐,但是来人大都逢场作戏,分不清谁有情谁无情。

①旗亭:酒楼。见《玉楼春》(旗亭西畔朝云住)注释。酤:买酒。《诗经·小雅·伐木》:"有酒湑我,无酒酤我。"宋司马光《训俭示康》:"酒酤于市,果止于梨、栗、枣、柿之类。"

②"花时"句:意谓春暖花开时候,歌伎常常陪客饮酒至醉。长得:《历代诗余》《小山词笺》,作"常得"。

③"伴人"句:意谓歌伎陪客,歌唱卖笑,忙得没闲工夫梳妆。歌笑:《宋六十名家词》本、《四库全书》本,作"歌扇"。歌唱笑乐。唐李白《忆旧游寄谯郡元参军》:"黄金白璧买歌笑,一醉累月轻王侯。"

④"户外"二句:门外绿杨树下系着冶游客之马,至深夜还点着红烛玩赌博游戏。唐韩翃《赠李翼》:"门外碧潭春洗马,楼前红烛夜迎人。"唐杜牧《句溪夏日送卢霈秀才归王屋山将欲赴举》:"行人碧溪渡,系马绿杨枝。"为此二句所本。床前:《宋六十名家词》本、《四库全书》本,作"床头"。呼卢:古代一种游戏,即"樗蒲之戏",是一种赌博的方式。用木子五枚,每子有黑白两面,投掷盆中,五子全黑叫作"卢",中头彩。赌者掷时大声喊"卢",希望得全黑,故称"呼卢"。

⑤还解:《历代诗余》《小山词笺》,作"不解"。

晏叔原长短句云:"门外绿杨春系马,床前红烛夜呼卢。"盖用乐府《水调歌》云:"户外碧潭春洗马,楼前红烛夜迎人。"然叔原之辞甚工。(宋吴曾《能改斋漫录》卷八)

唐韩翃诗云:"门外碧潭春洗马,楼前红烛夜迎人。"近世晏叔原乐府词云:"门外绿杨春系马,床前红烛夜呼卢。"气格乃过本句,不谓之剽可也。(宋陆游《老学庵笔记》卷五)

不恨无花,不恨无醉,恨无工夫耳。叔原可夸。(明沈际飞《草堂诗余续集》卷上)

唐韩翃诗"门外绿杨春系马,床前红烛夜呼卢",小山只易二字,放翁乃谓此联气格过于本句。余所不解。(清张宗橚《词林纪事》卷六)

此首与前首意适相反。前首"冶游郎"句言其高洁之怀,此首"绿杨"二句状其豪盛之态,恒舞酣歌,明琼卜夜。安望其解有情耶!(俞陛云《唐五代两宋词选释》)。按:此处"前首"指《浣溪沙》"日日双眉斗画长"云云。)

又

日日双眉斗画长①,行云飞絮共轻狂②。不将心嫁冶游郎③。　　溅酒滴残歌扇字④,弄花熏得舞衣香⑤。一春弹泪说凄凉。

【题解】

此词刻画了一位身为下贱、心比天高的歌伎。由于生活所迫,她争妍斗艳,饮酒歌舞,以博取客人的欢心。然而心性高洁,不肯将身轻许,华丽的外表难掩其凄凉的内心。

【注释】

①"日日"句:歌伎每日刻意地把眉毛画得很长。斗:竞争之意。唐秦韬玉《贫女》:"敢将十指夸偏巧,不把双眉斗画长。"此处反用其意。

②"行云"句:指歌伎的性情像行云飞絮那样轻浮狂放。

③"不将"句:歌伎心性甚高,不轻易把真心付给轻薄无行的冶游郎。唐李商隐《蝶三首》其三:"见我佯羞频照影,不知身属冶游郎。"

④歌扇:指歌伎写上曲目供人点唱的折扇。唐李邕《奉和初春幸太平公主南庄应制》:"流风入座飘歌扇,瀑水侵阶溅舞衣。"

⑤"弄花"句:摘弄花朵,以至舞衣沾满了花香。唐于良史《春山夜月》:"掬水月在手,弄花香满衣。"该句从此化出。熏得:《百家词》本,作"薰得"。

【汇评】

词家须使读者如身履其地,亲见其人,方为蓬山顶上。如……晏几道"溅酒滴残罗扇字,弄花熏得舞衣香",真觉俨然如在目前,疑于化工之笔。(清贺裳《皱水轩词筌》)

人但见其画时样长眉,逐随风飞絮,不知冰心独抱,冶游郎不值其一

盼。"弄花""溅酒",只为伤春弹泪之资耳。(俞陛云《唐五代两宋词选释》)

此词乃写一舞妓之内心矛盾,亦即其内心之痛苦。于上、下两阕之前两句,极力写出此舞女之日常轻狂生活,而于两结句,写其心理之痛苦,更从其生活与心理之矛盾上显出其个性。上半阕结句,言其不轻以身许人,则其上二句所言妆饰之美、举止之狂,非以媚人,实自怜也。下半阕结句,言其一春弹泪,则其上二句所言溅酒、弄花、歌舞之乐,非真感乐,实慰苦也。作者将此一舞女之生活和内心写得如此酣畅,其自身几已化为此女。盖由作者自身亦具有此种矛盾之痛苦,亦同有此舞女之个性,故能体认真切。此舞女直可认为作者己身之写照。此种写法,又较托闺情以抒己情者更加亲切,因之更加动人。论者称其词顿挫,即从此等处看出也。(刘永济《唐五代两宋词简析》)

又

飞鹊台前晕翠蛾①,千金新换绛仙螺②。最难加意为颦多③。　　几处睡痕留醉袖,一春愁思近横波④。远山低尽不成歌⑤。

【题解】

此词于《宋六十名家词》本、《花草粹编》、《历代诗余》,《四库全书》本,作黄庭坚词,个别字与此词不同。《小山词笺》不见此词。这首词通过描写歌伎的眉眼,展示歌伎的内心。因为内心愁苦,时时皱眉,昂贵的螺子黛不能把眉画好,醉眠亦不能排遣愁绪,歌唱时仍是愁眉不展。

【注释】

①飞鹊台:即梳妆台。古时青铜镜背面有铸鹊的图形,叫作鹊镜。宋李昉等《太平御览》引汉东方朔《神异经》:"昔有夫妇将别,破镜,人执其半以为信。其妻与人通,其镜化鹊,飞至夫前,其夫乃知之。后人用铸镜为鹊安背

上,自此始也。"唐李白《代美人愁镜二首》其一:"明明金鹊镜,了了玉台前。"

②绛仙螺:女子画眉所使用的螺子黛,是一种较为昂贵的化妆品。隋炀帝有宫妃吴绛仙,唐颜师古《大业拾遗记》:"绛仙善画长蛾眉。帝色不自禁,回辇召绛仙,将拜婕妤……司宫吏日给螺子黛五斛,号为蛾绿。螺子黛出波斯国,每颗直十金。后征赋不足,杂以铜黛给之,独绛仙得赐螺黛不绝。"

③加意:特别留意,特别用心。《史记·龟策列传》:"上尤加意,赏赐至或数千万。"颦:皱眉。

④横波:见《菩萨蛮》(个人轻似低飞燕)注释。

⑤远山:远山眉。见《生查子》(远山眉黛长)注释。

又

午醉西桥夕未醒,雨花凄断不堪听①。归时应减鬓边青。衣化客尘今古道,柳含春意短长亭②。凤楼争见路旁情③。

【题解】

此词表现羁旅愁思。词人因愁思困扰,大醉未醒,不忍听凄切的雨声。待到归家,鬓将斑白。仕宦奔波,风尘仆仆,又是一年春天。闺阁中人不能知晓行人的劳苦。

【注释】

①"雨花"句:意谓凄厉的雨声不忍听。雨花:雨中的花,雨水淋打在花上。唐李白《登瓦官阁》:"漫漫雨花落,嘈嘈天乐鸣。"凄断:极度凄凉,凄绝。北周庾信《夜听捣衣》:"风流响和韵,哀怨声凄断。"

②"衣化"二句:四处奔波,衣上满是征尘,沿途驿站旁,柳树春天吐翠。此二句可与其《临江仙》(淡水三年欢意)"客情今古道,归梦短长亭"相参看,典型地描绘出行人羁旅奔波的形象。衣化客尘:衣服被异乡漂泊途中

149

的尘土所沾染。晋陆机《为顾彦先赠妇二首》其一："京洛多风尘，素衣化为缁。"短长亭：见《临江仙》（淡水三年欢意）注释。

③"凤楼"句：意谓闺中之人不知行人的羁旅愁情。此暗含了词人难觅知己的人生苦闷。凤楼：见《浣溪沙》（二月春花厌落梅）注释。争：怎。宋柳永《八声甘州》："争知我、倚阑干处，正恁凝愁。"路旁：《百家词》本、《四库全书》本、《历代诗余》，作"路傍"。

【汇评】

客尘化衣，柳意含春，凤楼之上，宁知此滋味乎？（明钱允治《类选笺释续选草堂诗余》卷上）

荏苒。（明沈际飞《草堂诗余续集》卷上）

"客尘"二句感叹殊深：夕阳古道之旁，素衣化缁，攀条惜别者，悠悠今古，阅尽行人，彼高倚凤楼者，蛾眉争艳，浪掷年光，焉有俯仰今昔之怀乎！（俞陛云《唐五代两宋词选释》）

又

一样宫妆簇彩舟①，碧罗团扇自障羞②。水仙人在镜中游③。　　腰自细来多态度，脸因红处转风流④。年年相遇绿江头。

【题解】

宫妆打扮的歌伎们在彩舟上表演。她们持扇遮羞，腰身纤细，脸色红润，姿态风流。词人常到江头欣赏她们的歌态舞姿。

【注释】

①"一样"句：歌伎们打扮着宫中装束，簇拥于彩舟之中。宫妆：皇宫中女子的装束。唐高适《听张立本女吟》："危冠广袖楚宫妆，独步闲庭逐夜凉。"

②"碧罗"句：手持碧罗扇，障面遮羞。碧罗团扇：《宋六十名家词》本、

《小山词笺》,作"碧团罗扇"。碧罗:碧色丝织品。障羞:遮住娇羞的面容。唐李商隐《拟意》:"云衣不取暖,月扇未障羞。"

③水仙人:《宋六十名家词》本、《四库全书》本、《小山词笺》,作"水仙时"。传说中的水中神仙。此处指歌舞伎。宋周密《武林旧事》:"歌妓舞鬟,严妆自炫,以待招呼者,谓之'水仙子'。"镜中游:在平静如镜的湖面上漂游。唐李白《清溪行》:"人行明镜中,鸟度屏风里。"唐虞世南《赋得吴都》:"吴趋自有乐,还似镜中游。"

④"腰自"二句:腰身纤细,婀娜多姿,脸色红润,风采动人。态度:气势,姿态。唐韩愈《醉赠张秘书》:"君诗多态度,蔼蔼春空云。"风流:风韵美好动人。前蜀花蕊夫人《宫词》其三十:"年初十五最风流,新赐云鬟使上头。"

又

已拆秋千不奈闲,却随胡蝶到花间①。旋寻双叶插云鬟②。　几折湘裙烟缕细③,一钩罗袜素蟾弯④。红窗红豆忆前欢⑤。

【题解】

词写女子春日游园。秋千已拆,女子花间玩耍,她以双叶为头饰,身穿褶皱湘裙,足穿弯弯罗袜。由于游春惹起相思,游罢归房后,倚窗忆旧欢。

【注释】

①"已拆"二句:意谓秋千已拆除,女子不奈空闲,追赶着蝴蝶来到花间。胡蝶:《百家词》本、《宋六十名家词》本、《历代诗余》、《四库全书》本、《小山词笺》,作"蝴蝶"。

②旋:立即,随即。双叶:见《浣溪沙》(绿柳藏乌静掩关)注释。云鬟:高耸的环形发髻。唐李白《久别离》:"至此肠断彼心绝,云鬟绿鬓罢梳结。"

③几折:《宋六十名家词》本、《历代诗余》、《四库全书》本、《小山词笺》,

作"几褶"。折:衣裙上的褶子。湘裙:湘地丝织品制成的女裙。见《鹧鸪
天》(绿橘梢头几点春)注释。烟缕:这里形容折痕似几缕细烟。

④"一钩"句:意谓足上罗袜似一弯新月。一钩罗袜:代指女子的足弓。
古时女子缠足,足穿罗袜。三国魏曹植《洛神赋》:"凌波微步,罗袜生尘。"
素蟾:月亮的别称。此处比喻罗袜形状。

⑤红窗:《宋六十名家词》本、《历代诗余》、《四库全书》本、《小山词笺》,
作"绿笺"。红豆:红豆树、海红豆及相思子等植物种子的统称。其色鲜红,
文学作品中常被视为爱情或相思的象征物。唐王维《相思》:"红豆生南国,
春来发几枝。愿君多采撷,此物最相思。"

又

闲弄筝弦懒系裙,铅华消尽见天真①。眼波低处事还
新②。　　怅恨不逢如意酒,寻思难值有情人③。可怜虚度琐
窗春④。

【题解】

词上片写歌伎的日常生活,闲弄筝弦,不梳妆打扮,眉眼间露着心事。
词下片写歌伎心事,饮酒陪客却没碰上如意郎君,自怜虚度了青春岁月。

【注释】

①"闲弄"二句:意谓歌伎闲闷无聊,拨弄筝弦,懒得系裙梳妆。然而不
涂脂抹粉,更显现其天然的好模样。铅华:女子化妆用的铅粉。三国魏曹
植《洛神赋》:"芳泽无加,铅华弗御。"消尽:《百家词》本、《宋六十名家词》
本、《四库全书》本、《小山词笺》,作"销尽"。天真:天然本真,指事物的天然
性质或本来面目。南唐冯延巳《忆江南》:"玉人贪睡坠钗云,粉消妆薄见
天真。"

②"眼波"句:意谓眼波低转,透露出新的心事。事还新:指女子的心事
是新添的。唐杜荀鹤《雾后登唐兴寺水阁》:"白日生新事,何时得暂闲。"

③"怅恨"二句：意谓歌伎没有碰上情人，喝酒亦不能称心如意。

④"可怜"句：可惜在琐窗前虚度青春。可怜：可惜。唐卢纶《早春归鳌屋别业却寄耿拾遗沣李校书端》："可怜芳岁青山里，惟有松枝好寄君。"琐窗：《百家词》本、《宋六十名家词》本、《四库全书》本、《小山词笺》，作"锁窗"。见《浣溪沙》(床上银屏几点山)注释。

又

团扇初随碧簟收①，画檐归燕尚迟留②。靥朱眉翠喜清秋③。　　风意未应迷狭路④，灯痕犹自记高楼⑤。露花烟叶与人愁⑥。

【题解】

词写秋日闺怨。上片写闺人迎秋。收起团扇竹席，看着檐燕逗留，抹红描眉。下片写闺人离愁。回忆与情人狭路相逢，挑灯夜话，而今人去楼空，露花烟叶与闺人一样愁苦。

【注释】

①碧簟：青碧色的竹席。唐白居易《小曲新词》："红裙明月夜，碧簟早秋时。"

②"画檐"句：意谓屋檐下，秋燕仍旧逗留，不肯南归。唐骆宾王《艳情代郭氏答卢照邻》："沉沉落日向山低，檐前归燕并头栖。"画檐：《宋六十名家词》本、《历代诗余》、《四库全书》本、《小山词笺》，作"画帘"。有画饰的屋檐。唐李渥《秋日登越王楼献于中丞》："画檐先弄朝阳色，朱槛低临众木秋。"迟留：逗留，停留。唐杜牧《题扬州禅智寺》："青苔满阶砌，白鸟故迟留。"

③靥朱：涂抹了胭脂的红脸颊。唐李贺《恼公》："月分蛾黛破，花合靥朱融。"

④未应：不曾。唐李白《关山月》："高楼当此夜，叹息未应闲。"狭路：狭

窄的道路。汉乐府诗《相逢行》:"相逢狭路间,道隘不容车。"此处指与情人相遇的道路。

⑤灯痕:灯影。唐李商隐《魏侯第东北楼堂郢叔言别聊用书所见成篇》:"念君千里舸,江草漏灯痕。"犹自:尚,尚且。南唐冯延巳《鹊踏枝》:"梅落繁枝千万片。犹自多情,学雪随风转。"高楼:这里指与情人幽会的楼阁。

⑥露花:带露水的花。唐孔德绍《登白马山护明寺》:"露花疑濯锦,泉月似沉珠。"烟叶:烟雾中的树叶。唐白居易《和令狐相公新于郡内栽竹百竿坼壁开轩且夕对玩偶题七言五韵》:"烟叶蒙笼侵夜色,风枝萧飒欲秋声。"

又

翠阁朱阑倚处危①,夜凉闲捻彩箫吹②。曲中双凤已分飞③。　　绿酒细倾消别恨④,红笺小写问归期⑤。月华风意似当时⑥。

【题解】

词写相思。闺人登高倚栏,寒夜吹箫,曲名《双凤离鸾》,别恨已然。她饮酒消愁,写信问归期。今夜景致一如当时,可是情人不在,索然无味。

【注释】

①翠阁:阁楼的美称。南唐冯延巳《相见欢》:"翠阁银屏回首,已天涯。"朱阑:朱红色的围栏。明高启《鹿》:"云山别却衔芝侣,来向朱阑花下行。"危:高。

②"夜凉"句:意谓凉夜闲闷地吹奏彩箫。捻:按住,捏住。唐杜牧《杜秋娘》:"金阶露新重,闲捻紫箫吹。"该句或本于此。

③曲中双凤:古曲有《双凤离鸾》。晋葛洪《西京杂记》:"庆安世年十五,为成帝侍郎。善鼓琴,能为《双凤离鸾》之曲。"此处为双关语,既指曲

名,又指情人间分离。

④消别恨:《宋六十名家词》本、《四库全书》本,作"销别恨"。

⑤红笺:红色笺纸。宋晏殊《清平乐》:"红笺小字,说尽平生意。"

⑥"月华"句:今夜的月色和清风,都与当时幽会的情景相似。月华:一说指月光,月色。唐张若虚《春江花月夜》:"此时相望不相闻,愿逐月华流照君。"另一说指呈现在月亮周围的彩色光环。明冯应京《月令广义》:"月之有华,常出于中秋夜次,或十四、十六,又或见于十三、十七、十八夜。月华之状如锦云捧珠,五色鲜荧,磊落匝月,如刺绣无异。华盛之时,其月如金盆枯赤,而光彩不朗,移时始散。盖常见之而非异端,小说误以月晕为华,盖未见也。"

【汇评】

小山诸词,无不闲雅,后人描写闺情,大半失之淫冶,此唐、五代、北宋所以犹为近古。(清陈廷焯《词则·闲情集》卷一)

又

唱得《红梅》字字香,《柳枝》《桃叶》尽深藏①。遏云声里送雕觞②。　　才听便拚衣袖湿,欲歌先倚黛眉长③。曲终敲损燕钗梁④。

【题解】

词赞美歌伎的曼妙歌声。歌者演唱《梅花落》《杨柳枝》《桃叶歌》,听者仿佛身临其境。演唱前,歌者故作情态以增强效果。演唱中,听者被声情感染而流泪。演唱终,双方完全沉醉以致无心敲断燕钗。

【注释】

①"唱得"二句:意谓歌伎演唱《梅花落》,仿佛闻到梅花的芳香,演唱《杨柳枝》《桃叶曲》,感受到柳枝、桃叶皆藏深情。《红梅》:古曲名有《梅花落》,别名《落梅》《落梅花》《大梅花》《小梅花》等。宋郭茂倩《乐府诗集》:

"《梅花落》本笛中曲也。"《柳枝》：即《杨柳枝》。见《浣溪沙》(二月和风到碧城)"歌楼妍曲借枝名"注释。《桃叶》：此处指《桃叶歌》。宋郭茂倩《乐府诗集·桃叶歌》解题引《古今乐录》："'《桃叶歌》者，晋王子敬所作也。桃叶，子敬妾名。缘于笃爱，所以歌之。'《隋书·五行志》曰：陈时江南盛歌王献之《桃叶》诗，云：'桃叶复桃叶，渡江不用楫。但渡无所苦，我自迎接汝。'"

②"遏云"句：歌伎嘹亮的歌声响遏行云，座客痛饮杯酒。遏云：使行云停止不前，形容声音响亮动听。《列子·汤问》："薛谭学讴于秦青，未穷青之技，自谓尽之，遂辞归。秦青弗止，饯于郊衢，抚节悲歌，声振林木，响遏行云。"雕觞：《历代诗余》《小山词笺》，作"离觞"。雕饰精美的酒杯。唐杨炯《崇文馆宴集诗序》："一献雕觞，宾主交欢于百拜。"

③"才听"二句：意谓歌者演唱前先通过眉黛变化来增强情感效果，听者刚开始听歌就被忧愁情绪感染而泪沾襟袖。拚：不吝惜。倚：依靠。

④"曲终"句：意谓一曲终了，歌者与听者皆如痴如醉，以致无意敲坏了玉钗。燕钗梁：燕形纹饰玉钗的主干部分。北周庾信《奉和赵王美人春日诗》："步摇钗梁动，红轮帔角斜。"唐李贺《湖中曲》："燕钗玉股照青渠，越王娇郎小字书。"唐韩偓《闺情》："敲折玉钗歌转咽，一声声作两眉愁。"

【汇评】

秦少游诗："十年逋欠僧房睡，准拟如今处处还。"又晏叔原词："唱得《红梅》字字香。"如"处处还""字字香"，下得巧。(宋吴可《藏海诗话》)

又

　　小杏春声学浪仙①，疏梅清唱替哀弦②。似花如雪绕琼筵③。　　腮粉月痕妆罢后④，脸红莲艳酒醒前⑤。今年《水调》得人怜⑥。

【题解】

词作于酒宴。小杏与疏梅轮流演唱，歌声优美。她们在筵席中起舞，容貌如花,肌肤似雪,醉酒后更显妩媚。今年《水调》新声得到听者的喜爱。

【注释】

①"小杏"句:小杏以美妙的声音演唱贾浪仙之诗。小杏:歌女名。春声:春天的声响。此处指美妙的歌声。浪仙:唐代诗人贾岛字浪仙。唐末五代韦庄《送李秀才归荆溪》:"人言格调胜玄度,我爱篇章敌浪仙。"这里应指贾岛的诗歌。

②"疏梅"句:意谓疏梅以清唱接替悲凉的弦乐。疏梅:歌女名。清唱:没有乐器伴奏的演唱。唐李白《苏台览古》:"旧苑荒台杨柳新,菱歌清唱不胜春。"

③"似花"句:歌伎容貌如花,肌肤似雪,在筵席中起舞。似花如雪:形容女子肌肤洁白,容貌美好。琼筵:华美的宴席。南朝齐谢朓《送远曲》:"琼筵妙舞绝,桂席羽觞陈。"唐李白《春夜宴从弟桃花园序》:"开琼筵以坐花,飞羽觞而醉月。"

④"腮粉"句:歌女化妆后,涂了脂粉的脸庞如月光那样洁白。

⑤"脸红"句:歌女醉酒后,红润的脸色如莲花一样娇艳。

⑥"今年"句:今年演唱的《水调》新声得到听者的喜爱。《水调》:《宋六十名家词》本、《历代诗余》、《四库全书》本、《小山词笺》,作"《新调》"。古曲调名。唐杜牧《扬州三首》其一:"谁家唱《水调》,明月满扬州。"自注:"炀帝凿汴渠成,自造《水调》。"宋张先《天仙子》:"《水调》数声持酒听,午醉醒来愁未醒。"明胡震亨《唐音癸签·乐通唐曲》:"《海录碎事》云:'隋炀帝开汴河,自造《水调》。'按,《水调》及《新水调》,并商调曲也。"

又

铜虎分符领外台①,五云深处彩旌来②。春随红旆过长淮③。　　千里袴襦添旧暖④,万家桃李间新栽⑤。使星回首是三台⑥。

157

【题解】

词赠予一位外调官员。上片写京城官员受令至长淮地区任知州。下片为祝愿,祝愿他任职间政绩良好,任满回京后升任三公职位。

【注释】

①铜虎分符:古代帝王授予臣下兵权和调发军队的铜制虎形信物。背有铭文,剖为两半,右半留中央,左半给予地方官吏或统兵的将帅,调发军队时,朝廷使臣须持符验对,符合,始能发兵。《汉书·文帝纪》:"九月,初与郡守为铜虎符、竹使符。"注云:"应劭曰:'铜虎符第一至第五,国家当发兵,遣使者至郡合符,符合乃听受之。竹使符皆以竹箭五枚,长五寸,镌刻篆书,第一至第五。'……师古曰:'与郡守为符者,谓各分其半,右留京师,左以与之。'"外台:官名。原指后汉刺史,为州郡的长官,置别驾、治中,诸曹掾属,号为外台。后泛指州郡长官。《后汉书·方术传》:"(谢夷吾)爱牧荆州,威行邦国。奉法作政……寻功简能,为外台之表。"

②五云深处:指皇帝所在地,即京城。唐王建《赠郭将军》:"承恩新拜上将军,当直巡更近五云。"彩旌(jīng):插于车上的彩色旗子。此处代指车辆。宋晏殊《浣溪沙》:"杨柳阴中驻彩旌。芰荷香里劝金觥。"

③红斾(pèi):红旗。唐刘禹锡《酬浙东李侍郎越州春晚即事长句》:"青油昼卷临高阁,红斾晴翻绕古堤。"长淮:指淮河。唐王维《送方城韦明府》:"高鸟长淮水,平芜故郢城。"

④袴襦(kù rú):衣裤。襦,短衣。《后汉书·廉范传》:"迁蜀郡太守……百姓为便,乃歌之曰:'廉叔度,来何暮,不禁火,民安作,平生无襦今五袴。'"后以袴襦指地方官吏的善政。宋曾巩《送程公辟使江西》:"袴襦优足遍里巷,禾黍丰穰馨郊野。"

⑤"万家"句:意谓万家都栽种桃李树。宋叶庭珪《海录碎事》:"潘岳为河阳令,种桃李花,人号曰:河阳一县花。"此处借用典故表示官员善政。

⑥"使星"句:意谓外任归来的官员定会升迁。使星:帝王的使者。此处指这位外调的官员。唐杜甫《秦州杂诗二十首》其九:"稠叠多幽事,喧呼阅使星。"三台:指三公,是古代中央三种最高官衔的合称。唐高适《奉酬睢阳李太守》:"三台冀入梦,四岳尚分忧。"

又

浦口莲香夜不收,水边风里欲生秋①。棹歌声细不惊鸥②。　　凉月送归思往事,落英飘去起新愁③。可堪题叶寄东楼④。

【题解】

词写相思。上片通过嗅觉、视觉、听觉等感官印象,描绘出莲花浦上幽静的秋夜之景象。下片表达对旧日情人的思念,并将离愁抒写于红叶。

【注释】

①欲生秋:渐生秋意。

②棹歌:行船时所唱之歌。汉武帝《秋风辞》:"箫鼓鸣兮发棹歌,欢乐极兮哀情多。"李善注:"棹歌,引棹而歌。"

③落英:落花。左思《蜀都赋》:"敷蕊葳蕤,落英飘摇。"

④题叶:题红叶。即在红叶上题诗传情。唐人于红叶题诗之典故多有记载。唐范摅《云溪友议》:"卢渥舍人,应举之岁,偶临御沟,见一红叶,命仆搴来。叶上乃有一绝句,置于巾箱,或呈于同志。及宣宗既省宫人,初下诏,许从百官司吏,独不许贡举人,后亦一任。范阳,获其退宫人,睹红叶而呼叹久之,曰:'当时偶随流,不谓郎君收藏巾箧。'验其书,无不讶焉。诗曰:'流水何太急,深宫尽日闲。殷勤谢红叶,好去到人间。'"唐孟棨《本事诗·情感》:"顾况在洛,乘间,与三诗友游于苑中,坐流水上,得大梧叶,题诗上曰:'一入深宫里,年年不见春。聊题一片叶,寄与有情人。'况明日于上游,亦题叶上,放于波中。诗曰:'花落深宫莺亦悲,上阳宫女断肠时。帝城不禁东流水,叶上题诗欲寄谁。'后十余日,有客来苑中寻春,又于叶上得诗,以示况。诗曰:'一叶题诗出禁城,谁人酬和独含情。自嗟不及波中叶,荡漾乘春取次行。'"唐杜牧《题桐叶》:"去年桐落故溪上,把笔偶题归燕诗。江楼今日送归燕,正是去年题叶时。"东楼:《小山词笺》作"东流"。

159

托兴采莲,无不绝佳。(夏敬观《映庵词评》)

又

莫问逢春能几回①,能歌能笑是多才。露花犹有好枝开②。　　绿鬓旧人皆老大,红梁新燕又归来③。尽须珍重掌中杯④。

【题解】

此词为劝酒词。好花不常开,好景不常在,青春无几,年岁已老,应当趁时寻乐。

【注释】

①"莫问"句:意谓无须过问几度逢春,应当及时行乐。唐杜甫《绝句漫兴九首》其四:"二月已破三月来,渐老逢春能几回?莫思身外无穷事,且尽生前有限杯。"此句可能以杜诗为本。

②露花:带露水的花。唐张说《别澴湖》:"露花香欲醉,时鸟啭余音。"犹有:仍然存在。宋苏轼《留侯论》:"由此观之,犹有刚强不忍之气,非子房其谁全之?"

③"绿鬓"二句:曾经的年轻人如今年岁已高,梁间新燕再度归来。此二句形容时光飞逝。老大:年纪大。宋郭茂倩《乐府诗集·长歌行》:"少壮不努力,老大徒伤悲。"红梁:红色的屋梁。唐李益《紫骝马》:"为谢红梁燕,年年妾独栖。"

④掌中杯:手中的杯酒。唐杜甫《小至》:"云物不殊乡国异,教儿且覆掌中杯。"

又

　　楼上灯深欲闭门①,梦云归去不留痕②。几年芳草忆王孙③。　　　向日阑干依旧绿,试将前事倚黄昏④。记曾来处易消魂⑤。

【题解】

　　《宋六十名家词》注云:"旧失题,次卷末。"词写闺怨。楼阁上,灯光昏暗,门帘半掩,闺人独坐,爱人离去数载,春梦无凭,思念不止。旧日阑干依旧,曾与爱人黄昏共倚。而今风物如旧,人事已非,令人黯然销魂。

【注释】

　　①"楼上"句:楼阁上,灯光昏暗,门帘半掩。

　　②"梦云"句:意谓春梦空虚无痕,并不能排遣愁绪。用巫山云雨之典。见《临江仙》(浅浅余寒春半)"虚梦高唐"注释。归去:《宋六十名家词》本、《四库全书》本、《小山词笺》,作"散处"。

　　③"几年"句:意谓分别几年以来,闺人日夜思念爱人。《楚辞·招隐士》:"王孙游兮不归,芳草生兮萋萋。"王孙:泛指贵族子孙,古时也用来尊称一般男子。此处指代远行之人。汉淮南小山《招隐士》:"王孙游兮不归,春草生兮萋萋。"唐白居易《赋得古原草送别》:"又送王孙去,萋萋满别情。"

　　④"向日"二句:往日阑干今日依旧绿,曾与爱人黄昏共倚远眺。此二句回忆往事,感叹物是人非。向日:《宋六十名家词》本、《四库全书》本、《小山词笺》,作"白日"。旧日,昔日,从前。《新唐书·韩瑗传》:"遂良受先帝顾托,一德无二,向日论事,至诚恳切。"

　　⑤消魂:《百家词》本、《宋六十名家词》本、《四库全书》本、《小山词笺》,作"销魂"。

六幺令

绿阴春尽，飞絮绕香阁①。晚来翠眉宫样，巧把远山学②。一寸狂心未说，已向横波觉③。画帘遮匝④。新翻妙曲，暗许闲人带偷掐⑤。　　前度书多隐语，意浅愁难答⑥。昨夜诗有回纹⑦，韵险还慵押⑧。都待笙歌散了，记取留时霎⑨。不消红蜡。闲云归后，月在庭花旧阑角⑩。

【题解】

词赠歌女。歌女晚妆后，登台表演新制的歌曲，歌唱前先以眼波传情，词人悄悄记下曲谱。该歌女曾与词人相好并互通书信，然书信多隐语、回纹诗韵险，均没被答复。两人相约酒阑席散后在庭花旧阑角幽会。

【注释】

①"绿阴"二句：春末时节，绿荫正浓，柳絮飘绕闺阁。唐雍陶《访友人幽居二首》其一："落花门外春将尽，飞絮庭前日欲高。"

②"晚来"二句：歌女晚妆，画出宫样远山眉。宫样：宫中流行装束、服具等的式样。远山：见《生查子》(远山眉黛长)注释。

③"一寸"二句：意谓男子从女子的眼神，已觉察到女子未说的心事。一寸狂心：指女子内心的春情冲动。南朝梁何逊《夜梦故人》："相思不可寄，直在寸心中。"

④遮匝(zā)：遮蔽得很严密。宋沈遘《七言和君倚景灵行》："但见长松怪石列若屏，突兀阴森两遮匝。"

⑤"新翻"二句：歌女唱起新创作的艳曲，默许闲人偷偷记下曲谱并带走。唐元稹《连昌宫词》："李謩擫笛傍宫墙，偷得新翻数般曲。"其下自注云："玄宗尝于上阳宫夜后按新翻一曲，属明夕正月十五日，潜游灯下。忽闻酒楼上有笛奏前夕新曲，大骇。明日，密遣捕捉笛者，诘验之，自云：'其夕窃于天津桥玩月，闻宫中度曲，遂于桥柱上插谱记之。臣即长安少年

善笛者李蕈也。玄宗异而遣之。""插谱"即"掐谱"之意,意为用手指在桥柱划出痕迹,以便记谱。偷掐:《百家词》本、《宋六十名家词》本、《历代诗余》、《四库全书》本、《小山词笺》,作"偷搯"。

⑥"前度"二句:上次来信,多用隐语,意义不明朗,令人难以答复。前度:上一次,前一回。唐元稹《醉醒》:"积善坊中前度饮,谢家诸婢笑扶行。"隐语:暗语,不把本意直接说出,而借其他词语来暗示。南朝梁刘勰《文心雕龙·谐讔》:"隐语之用,被于纪传。"

⑦回纹:《历代诗余》《小山词笺》,作"回文"。即回文。诗词的一种体制,字句回环读之,皆成诵。用窦滔妻苏氏作锦字回文诗之典。见《鹧鸪天》(楚女腰肢越女腮)"锦字"注释。

⑧韵险:即险韵。指作诗所押之韵都生僻难押。此与"回纹"皆暗示了赠诗之人的技法高超。宋胡宿《谢叔子阳丈惠诗》:"句敲金玉声名远,韵险车斜心胆寒。"

⑨"都待"二句:意谓相约酒阑筵散后单独留下叙话。记取:记住,记得。唐王谌《十五夜观灯》:"应须尽记取,说向不来人。"留时霎:作短时间的逗留。

⑩"不消"三句:意谓无须点蜡烛,就在庭院相会,欣赏云归月明的美景。不消:不用,不需要。庭花:庭院栽种的花。唐白居易《重到毓村宅有感》:"欲入中门泪满巾,庭花无主两回春。"

【汇评】

十韵都可矜许。隐跃。又:款密竭情。(明沈际飞《草堂诗余别集》卷三)

晏叔原春情有"飞絮绕香阁""意浅愁难答""韵险还慵押""月在庭花旧园角",则又通觉与药与合与冶。(清毛玄龄《西河词话》卷一)

上阕,轻脆。下阕,深情雅韵。令我情移,令我骨醉。以月代烛,结得好。(清陈廷焯《云韶集》卷二)

此倒押韵之法,甚峭拔。(夏敬观《映庵词评》)

凡曲之叠用前调者,北曲曰么或么篇,南曲则曰前腔;词之叠阕则曰换头或过片。曲乃词之变,所谓么篇与前腔,自然是由换头得来。前腔二字易明，唯"么"颇费解，疑即"叠"之意。词调有《六么令》，试录晏小山一首而加以说明。(词略)首句虽只四字，但发音若略为婉转而带"只见""却是""又到"等虚声即成六字句，此则曲之衬音所由起也。上半阕之"阁、学、觉"，与下半阕之"答、押、霎"，实等于用六五句法连叠六韵，音节如一。其上下两结韵之四四七则尾声也。"六么"之名，疑即六叠之意，其义或取于是。(梁启勋《曼殊室词话》卷三)

又

雪残风信，悠扬春消息①。天涯倚楼新恨，杨柳几丝碧。还是南云雁少②，锦字无端的③。宝钗瑶席。彩弦声里，拚作尊前未归客④。　　遥想疏梅此际，月底香英白⑤。别后谁绕前溪，手拣繁枝摘⑥。莫道伤高恨远，付与临风笛⑦。尽堪愁寂。花时往事，更有多情个人忆⑧。

【题解】

此词于《梅苑》卷二收录为晏殊词。词表达思乡怀人之情。上片思乡。初春时节，词人登高眺望，雁少无家书传来，思乡情更浓，唯有饮酒听歌以消除客愁。下片怀人。词人想象家乡的梅花开放，曾经与伊人共赏，别后再无人摘梅。只有把离愁别怨寄托于风笛，静静地回忆往事与伊人。

【注释】

①"雪残"二句：积雪初融，花信风传来春天的消息。雪残：指积雪未完全消融，还残留在地表。宋晏殊《临江仙》："此别要知须强饮，雪残风细长亭。"风信：指随着季节变化应时吹来的风。一般应花期而来，又称花信风。见《清平乐》(烟轻雨小)"花信"注释。唐张继《江上送客游庐山》："晚来风信好，并发上江船。"悠扬：飘扬，荡漾。宋晏殊《浣溪沙》："寒雪寂寥初散后，春风悠扬欲来时。"

②南云：南飞之云。借以表达思亲怀乡之情。晋陆机《思亲赋》："指南

云以寄款,望归风而效诚。"雁少:古有大雁传书之说,雁少表示书信稀疏。

③锦字:指书信。见《鹧鸪天》(楚女腰肢越女腮)注释。端的:张相《诗词曲语辞汇释》:"端的,犹云真个或究竟也,的确或凭准也……晏几道《六幺令》词:'还是南云雁少,锦字无端的。'此凭准义,言书信无凭准也。"

④"宝钗"三句:意谓借眼前的酒席歌筵消除客居他乡的愁闷。宝钗:首饰名。用金银珠宝制作的双股簪子。唐李贺《美人梳头歌》:"纤手却盘老鸦色,翠滑宝钗簪不得。"瑶席:指珍美的酒宴。唐刘禹锡《酬严给事贺加五品兼简同制水部李郎中》:"雕盘贺喜开瑶席,彩笔题诗出琐闱。"彩弦:琴弦的美称。唐鲍溶《风筝》:"彩弦非触指,锦瑟忽闻风。"未归客:客居他乡之人。唐刘禹锡《酬马大夫登洭口戍见寄》:"犹念天涯未归客,瘴云深处守孤城。"

⑤"遥想"二句:遥想情人所在处,梅花在月下吐露芬芳。香英白:《宋六十名家词》本、《四库全书》本、《历代诗余》、《小山词笺》,作"香英拆";《花草粹编》作"香英密"。

⑥"手拣"句:摘取繁茂的梅花枝。晋傅玄《秋胡》:"素手寻繁枝,落叶不盈筐。"

⑦"莫道"二句:将登高远眺的感伤之情,寄托在笛声中。伤高恨远:《花草粹编》作"伤高怀远"。因登高怀远而感伤成恨。宋张先《一丛花令》:"伤高怀远几时穷,无物似情浓。"临风笛:风中笛声。唐郑谷《淮上与友人别》:"数声风笛离亭晚,君向潇湘我向秦。"

⑧个人:那个人。此处指所回忆之人。

又

日高春睡,唤起懒装束。年年落花时候①,惯得娇眠足②。学唱《宫梅》便好,更暖银笙逐③。黛蛾低绿④。堪教人恨,却似江南旧时曲⑤。　　常记东楼夜雪,翠幕遮红烛。还是芳酒杯中,一醉光阴促。曾笑阳台梦短⑥,无计怜香玉⑦。此欢难续。乞求歌罢,借取归云画堂宿⑧。

【题解】

词赠歌女。这位歌女生活慵懒舒适,唱功和吹笙都很出色。她在酒宴上演唱江南旧曲,令满座闻之生恨。东楼雪夜时,曾与她饮酒作乐,光阴飞逝。然而与歌女欢爱的时间太短,且不能持续。故希望能留宿画堂,共度今宵。

【注释】

①落花:《历代诗余》《小山词笺》,作"花落"。

②娇眠:《历代诗余》《小山词笺》,作"春眠"。

③"学唱"二句:意谓歌女的唱功和吹笙都很出色。宫梅:曲名。唐宋时歌曲以梅命名者颇多。暖银笙:把银笙炙暖,使其声音更加清亮。银笙,银字笙,古笙的一种,笙管上标有表示音调高低的银字。唐李群玉《腊夜雪霁,月彩交光,开阁临轩,竟睡不得,命家仆吹笙数曲,独引一壶,奉寄江陵副使杜中丞》:"桂酒寒无醉,银笙冻不流。"前蜀花蕊夫人《宫词》其九十六:"旋炙银笙先按拍,海棠花下合梁州。"逐:跟随,指笙声和上歌声。

④"黛蛾"句:指女子翠绿的眉黛低敛。形容歌女演唱时的神情。黛蛾:《花草粹编》作"黛娥"。

⑤人恨:《历代诗余》《小山词笺》,作"一恨"。江南旧时曲:一说为旧时在江南听到的歌曲。另一说为古乐曲《江南弄》,见《蝶恋花》(金剪刀头芳意动)注释。

⑥阳台梦短:指欢会时间短暂。用巫山神女之典。见《临江仙》(浅浅余寒春半)"虚梦高唐"注释。

⑦无计:没有办法。香玉:比喻美女的体肤。唐温庭筠《晚归曲》:"弯堤弱柳遥相瞩,雀扇团圆掩香玉。"

⑧归云:行云,借指歌女。用巫山神女之典。见《临江仙》(浅浅余寒春半)"虚梦高唐"注释。画堂:华丽的堂舍。此处指女子闺阁。唐孟浩然《崔明府宅夜观妓》:"画堂初点烛,金幌半垂罗。"唐李贺《恼公》:"月明中妇觉,应笑画堂空。"

更漏子

槛花稀^①，池草遍^②。冷落吹笙庭院^③。人去日，燕西飞^④。燕归人未归。 数书期^⑤，寻梦意。弹指一年春事^⑥。新怅望，旧悲凉。不堪红日长^⑦。

【题解】

词写别怨。故人离去，庭院冷清。燕子归来，故人未归，令人惆怅。细数信中归期，梦中追寻旧欢，转眼间，春天已逝。新愁旧恨交织，虚度漫漫白日。

【注释】

①槛花：栅栏里的花。宋韦骧《见性堂》："槛花夭秀乌能浣，庭柏孤高自有余。"

②池草：《宋六十名家词》本、《四库全书》本，作"地草"。

③"冷落"句：原来喧闹的庭院，如今冷清荒凉。冷落：冷清，不热闹。唐钱起《山路见梅感而有作》："行客凄凉过，村篱冷落开。"宋柳永《雨霖铃》："更那堪、冷落清秋节。"

④燕西飞：燕子西飞，比喻人分离。南朝梁萧衍《东飞伯劳歌》："东飞伯劳西飞燕，黄姑织女时相见。"

⑤书期：书信中约定的日期。

⑥"弹指"句：一年中的春天很快又过去了。弹指：形容时间短暂。见《清平乐》（留春不住）注释。春事：指春意，春色。唐王勃《羁春》："客心千里倦，春事一朝归。"

⑦红日长：指白天漫长。宋晏殊《木兰花》："惊鸿过后生离恨，红日长时添酒困。"

又

柳间眠,花里醉。不惜绣裙铺地。钗燕重,鬓蝉轻。一双梅子青①。　　粉笺书②,罗袖泪。还有可怜新意③。遮闷绿,掩羞红。晚来团扇风④。

【题解】

词赠歌伎。歌伎打扮美丽,在花柳间歌舞表演:粉笺书情,罗袖揾泪,用团扇遮挡愁闷含羞的脸。

【注释】

①"钗燕"三句:指女子发髻插上燕钗与青梅为装饰。钗燕:钗上的燕状镶饰物。见《浣溪沙》(唱得《红梅》字字香)"燕钗梁"注释。鬓蝉:即蝉鬓。古代女子的一种发式。因鬓发薄如蝉翼,故称"蝉鬓"。唐上官仪《王昭君》:"雾掩临妆月,风惊入鬓蝉。"一双梅子青:指发髻上插着两颗青梅为装饰。唐韩偓《中庭》:"中庭自摘青梅子,先向钗头戴一双。"

②粉笺:白色或粉红色笺纸的书信。宋苏轼《王定国自彭城往南都,时子由在宋幕,求家书,仆醉不能作,独以一绝句与之》:"泪尽粉笺书不得,凭君送与卯君看。"

③可怜新意:令人怜悯的新愿望。

④"遮闷绿"三句:意谓用团扇遮挡愁闷含羞的脸。闷绿:因愁闷而脸色发青。羞红:因害羞而脸红。团扇风:南朝梁萧纲《梁尘》:"定为歌声起,非关团扇风。"

【汇评】

"闷绿"字生。(夏敬观《映庵词评》)

又

柳丝长,桃叶小。深院断无人到。红日淡,绿烟晴。流
莺三两声。　雪香浓,檀晕少^①。枕上卧枝花好^②。春思
重,晓妆迟^③。寻思残梦时。

【题解】

词上片写室外春景,柳丝细长,桃叶纤小,日淡烟轻,莺啼稀疏,深院寂
静可见。词下片写闺中情形,闺人酣睡初醒,慵懒梳妆,留恋着春梦情景。

【注释】

①"雪香"二句:女子雪白的肌肤散发着浓郁的体香,翠眉旁边留着浅
浅的眉晕。雪香:女子雪白肌肤散发出的香气。宋晏殊《木兰花》:"雪香浓
透紫檀槽,胡语急随红玉腕。"檀晕:形容浅赭色。与女子眉旁的晕色相似,
故称。宋苏轼《次韵杨公济奉议梅花十首》其九:"鲛绡剪碎玉簪轻,檀晕妆
成雪月明。"

②卧枝花:横斜或卧压的花枝。这里应是指枕上绣着的花枝,并以花
喻女子的美丽。南唐冯延巳《相见欢》:"晓窗梦到昭华,向琼家。欹
枕残妆一朵、卧枝花。"

③晓妆:晨起梳妆。五代宋初徐铉《柳枝辞十二首》其七:"水阁春来乍
减寒,晓妆初罢倚栏干。"

【汇评】

闲情之作,虽属词中下乘,然亦不易工……然则何为而可?曰:"根柢
于《风》《骚》,涵泳于温、韦,以之作正声也可,以之作艳体亦无不可。"古人
词如……晏小山之……又"春思重,晓妆迟。寻思残梦时"……似此则婉转
缠绵,情深一往,丽而有则,耐人玩味。(清陈廷焯《白雨斋词话》卷五)

只就眼前景物,点染出如许姿态。又,越是残梦时,最耐人寻思,亏他
道破。(清陈廷焯《云韶集》卷二)

情余言外,不必用香泽字面。(清陈廷焯《词则·闲情集》卷一)

前写景,后言情,景丽而情深。《金荃集》中绝妙词也。(俞陛云《唐五代两宋词选释》)

又

露华高①,风信远②。宿醉画帘低卷③。梳洗倦,冶游慵。绿窗春睡浓。　彩条轻,金缕重。昨日小桥相送④。芳草恨,落花愁⑤。去年同倚楼。

【题解】

词写闺怨。月高风远,闺人宿醉春睡,不愿梳妆出游。昨日与情人话别,芳草落花皆添愁恨,去年与情人同倚楼,而今天各一方。

【注释】

①露华:指清冷的月光。唐杜牧《寝夜》:“露华惊弊褐,灯影挂尘冠。”

②风信:花信风。见《清平乐》(烟轻雨小)“花信”注释。

③宿醉:指因过量饮酒,隔夜休息后,仍然疲乏、不清醒的状态。唐白居易《和梦游春诗一百韵》:“宿醉才解醒,朝欢俄枕曲。”

④“彩条轻”三句:昨日桥边设宴,歌伎身穿金缕衣,手持彩条,翩翩起舞,以送别情人。金缕:指金缕衣,以金丝编织的衣服。唐末五代韦庄《清平乐》:“云解有情花解语,窣地绣罗金缕。”

⑤“芳草”二句:意谓离别之后,芳草、落花平添闺人的愁怨。唐徐寅《依御史温飞卿华清宫二十二韵》:“重来芳草恨,往事落花愁。”当为此二句所本。

【汇评】

曰“昨日”,曰“去年”,宛雅哀怨。(清陈廷焯《词则·闲情集》卷一)

170

又

出墙花,当路柳①。借问芳心谁有②。红解笑,绿能颦③。
千般恼乱春。　　北来人,南去客④。朝暮等闲攀折⑤。怜晚
秀⑥,惜残阳⑦。情知枉断肠⑧。

【题解】

妓女陪客不会付出真情。她们能笑能颦,撩人春心,但她们也被狎客
随时随意玩弄。词人明知对妓女的恋情是枉费断肠,却仍然对她们的遭遇
充满怜惜。

【注释】

①"出墙花"二句:犹路柳墙花,路边的柳,墙外的花。喻指妓女。

②谁有:《宋六十名家词》本、《四库全书》本、《小山词笺》,作"可否"。

③"红解笑"二句:犹宜笑宜颦,一笑一颦眉都符合人的心意。南朝梁
萧纲《鸳鸯赋》:"亦有佳丽自如神,宜羞宜笑复宜嚬。"形容妓女的媚态。

④"北来人"二句:南来北往的客人。狎邪之客的统称。

⑤"朝暮"句:意谓妓女任人随意玩弄。敦煌曲子词《望江南》:"莫攀
我,攀我心太偏。我是曲江临池柳,者人折去那人攀。恩爱一时间。"

⑥晚秀:晚开的花。南朝宋谢惠连《连珠》:"秋菊晚秀,无惮繁霜。"这
里借指妓女虽美,但年龄已大。

⑦残阳:夕阳。唐白居易《暮江吟》:"一道残阳铺水中,半江瑟瑟半江
红。"此处指妓女年老。

⑧情知:明知,深知。唐骆宾王《艳情代郭氏答卢照邻》:"情知唾井终
无理,情知覆水也难收。"

又

欲论心①,先掩泪。零落去年风味②。闲卧处,不言时。愁多只自知。　　到情深,俱是怨。惟有梦中相见。犹似旧,奈人禁③。偎人说寸心。

【题解】

词写相思,语淡情深。歌女欲语泪先流,愁多无处诉。情极生怨,闲卧入梦,终与情人梦中相见。梦中场景如旧,依偎情人,诉说心事。

【注释】

①论心:谈心,倾心交谈。晋陆机《演连珠》:"抚臆论心,有时而谬。"宋王安石《相送行效张籍》:"忆昔论心两绸缪,那知相送不得留。"

②零落:掉落,掉下眼泪。唐孟郊《征妇怨》:"别时各有泪,零落青楼前。"风味:风物,风情。唐李中《春苔》:"谁爱落花风味处,莫愁门巷衬残红。"

③奈人禁:教人如何忍受。

河满子

对镜偷匀玉箸①,背人学写银钩②。系谁红豆罗带角③,心情正著春游④。那日杨花陌上,多时杏子墙头⑤。　　眼底关山无奈,梦中云雨空休⑥。问看几许怜才意⑦,两蛾藏尽离愁。难拚此回肠断,终须锁定红楼⑧。

【题解】

词写相思。少女春游,邂逅情人,徒惹相思。她对镜流泪,暗写情书。由于相隔遥远,只能在梦中相会,梦醒落空。少女空有怜才之意,独自含愁。情人难拚此情,心系红楼中的这位少女。

【注释】

①玉箸(zhù):玉制的筷子。比喻眼泪。唐李白《闺情》:"玉箸日夜流,双双落朱颜。"

②银钩:形容书法苍劲有力。《晋书·索靖传》:"盖草书之为状也,婉若银钩,漂若惊鸾。"

③系谁红豆:《历代诗余》《小山词笺》,作"红豆系谁"。

④正著:正着意于。

⑤"那日"二句:男子在杨花陌上春游,女子在杏子墙头窥望他。唐白居易《井底引银瓶》:"妾弄青梅凭短墙,君骑白马傍垂杨。墙头马上遥相顾,一见知君即断肠。"

⑥"眼底"二句:与情人遥隔关山,甚是无奈,唯有梦中相逢,然而梦醒欢爱成空。云雨:见《临江仙》(浅浅余寒春半)"虚梦高唐"注释。

⑦问看:试问。

⑧"难拚"二句:难以舍却而为此断肠,最终把情感确定在这位红楼女子身上。终须:最终还得,必须。锁定:《宋六十名家词》本、《四库全书》本,作"销定"。固定不动,最终确定。

又

绿绮琴中心事①,齐纨扇上时光②。五陵年少浑薄幸③,轻如曲水飘香④。夜夜魂消梦峡,年年泪尽啼湘⑤。　　归雁行边远字,惊鸾舞处离肠⑥。蕙楼多少铅华在⑦,从来错倚红妆⑧。可羡邻姬十五,金钗早嫁王昌⑨。

【题解】

词为歌伎代言,写歌伎的琴声以及情思。歌伎借琴诉情,在歌舞中虚度时光,夜夜供轻薄的富豪子弟享乐,年年在流泪中度日。随着情绪的深化,琴曲出现高潮,痛诉离肠。她感叹在青楼中错付此生,渴望早日从良。该词可与《菩萨蛮》(哀筝一弄《湘江曲》)相参看,"纤指十三弦。细将幽恨传""玉柱斜飞雁""弹到断肠时。春山眉黛低"等皆与该词语境相符。

【注释】

①绿绮琴:原为司马相如的琴名,后泛指名贵的琴。晋傅玄《琴赋序》:"齐桓公有鸣琴曰'号钟',楚庄有鸣琴曰'绕梁',司马相如有'绿绮',蔡邕有'焦尾',皆名器也。"唐李白《听蜀僧濬弹琴》:"蜀僧抱绿绮,西下峨眉峰。"

②齐纨扇:指名贵的丝织团扇。齐纨,齐地出产的白细绢,后泛指名贵的丝织品。汉班婕妤《怨歌行》:"新裂齐纨素,皎洁如霜雪。裁为合欢扇,团团似明月。"

③五陵年少:泛指京都富豪子弟。五陵,汉代五帝之陵墓,即长陵、安陵、阳陵、茂陵、平陵,豪门贵族多居于这一带。唐白居易《琵琶行》:"五陵年少争缠头,一曲红绡不知数。"浑:全,都。

④曲水飘香:水中漂流的落花。唐李贺《河南府试十二月乐词·三月》:"曲水飘香去不归,梨花落尽成秋苑。"

⑤"夜夜"二句:意谓夜夜供豪门子弟享乐,年年在流泪中度日。魂消:《百家词》本、《宋六十名家词》本、《历代诗余》、《四库全书》本、《小山词笺》,作"魂销"。梦峡:用巫山神女之典。见《临江仙》(浅浅余寒春半)"虚梦高唐"注释。泪尽啼湘:此处用湘妃之典。南朝梁任昉《述异记》:"昔舜南巡,而葬于苍梧之野。尧之二女娥皇、女英追之不及,相与恸哭,泪下沾竹,竹上文为之斑斑然。"此处指歌伎的哀泣。

⑥"归雁"二句:是对弹琴的描写,亦表达相思离情。归雁行边:指琴柱。唐李商隐《昨日》:"二八月轮蟾影破,十三弦柱雁行斜。"亦指南归之雁,表示相思。惊鸾舞处:指歌伎手指拨动琴弦的起伏动作。鸾,鸾弦,指琴弦。离肠:充满离愁的心肠。唐郑谷《锦浦》:"病眼嫌灯近,离肠赖酒迷。"

⑦"蕙楼"句:歌伎在青楼中耽误了多少青春年华。蕙楼:楼房的美称。亦指女子居室。唐高适《秋胡行》:"蕙楼独卧频度春,彩阁辞君几徂暑。"此

处指歌伎的居所。铅华:女子化妆用的妆粉。借指女子的美丽容貌与青春年华。晋葛洪《抱朴子·畅玄》:"冶容媚姿,铅华素质,伐命者也。"

⑧"从来"句:依靠妆容来吸引客人是不可靠的。倚:依靠,凭借。红妆:指女子的盛装。因女子妆饰多用红色,故有此称。南朝陈徐陵《乌栖曲二首》其一:"卓女红妆期此夜,胡姬沽酒谁论价。"

⑨"可羡"二句:意谓歌伎羡慕良家女,及笄之年嫁得如意郎君。此二句表达歌伎从良的愿望。唐崔颢《王家少妇》:"十五嫁王昌,盈盈入画堂。"

【汇评】

词言沦落风尘之苦,相逢者皆属薄幸,人但知其梦峡之欢,而不见其啼湘之泪。下阕"铅华""红妆"二句言容华岂堪长恃,老大徒伤,其中亦有特秀者,盈盈十五,早嫁王昌,信乎命之不齐也。(俞陛云《唐五代两宋词选释》)

于飞乐

晓日当帘,睡痕犹占香腮。轻盈笑倚鸾台①。晕残红,匀宿翠,满镜花开②。娇蝉鬓畔③,插一枝、淡蕊疏梅。 每到春深,多愁饶恨④,妆成懒下香阶⑤。意中人,从别后,萦系情怀。良辰好景,相思字⑥、唤不归来。

【题解】

词写春日相思。上片写女子晨起梳妆的过程。下片写相思别怨,她与意中人相别后,生活慵懒,相思萦怀,给意中人写信,渴望共赏良辰美景,然而意中人并没归来。

【注释】

①鸾台:镜台,梳妆台。宋张先《木兰花·席上赠同邵二生》:"弄妆俱学闲心性。固向鸾台同照影。"

②"晕残红"三句:意谓女子用脂粉和翠黛匀脸画眉,妆后如花一样美

丽。残红、宿翠:指昨日晚妆留下的脂粉和翠黛。

③"娇蝉"句:指女子娇柔的蝉鬓角。蝉鬓,见《更漏子》(柳间眠)"鬓蝉"注释。

④饶:多。

⑤香阶:台阶的美称。唐羊士谔《春日朝罢呈台中僚友》:"云披彩仗春风度,日暖香阶昼刻移。"南唐李煜《菩萨蛮》:"刬袜步香阶,手提金缕鞋。"

⑥相思字:写满相思之情的书信。唐韦应物《效何水部二首》其二:"反覆相思字,中有故人心。"

愁倚阑令

凭江阁,看烟鸿①。恨春浓。还有当年闻笛泪②,洒东风。
时候草绿花红③。斜阳外、远水溶溶④。浑似阿莲双枕畔,画屏中⑤。

【题解】

此词怀念旧友,作于词人晚年。暮春凭栏远眺,春恨正浓。闻笛怀友,泪洒东风。正值夕阳西下,水天相接。眼前景象与小莲枕边画屏所绘之景一致,更加深对小莲、沈廉叔、陈君龙的怀念。

【注释】

①烟鸿:在云雾中飞翔的鸿雁。唐李世民《秋日即目》:"散岫飘云叶,迷路飞烟鸿。"唐杜牧《走笔送杜十三归京》:"烟鸿上汉声声远,逸骥寻云步步高。"

②闻笛泪:听闻笛声而流泪。用向秀闻笛的典故。晋向秀《思旧赋并序》:"余与嵇康、吕安居止接近,其人并有不羁之才。然嵇志远而疏,吕心旷而放。其后各以事见法。嵇博综伎艺,于丝竹特妙,临当就命,顾视日影,索琴而弹之。余逝将西迈,经其旧庐。于时日薄虞渊,寒冰凄然。邻人有吹笛者,发声寥亮。追想曩昔游宴之好,感音而叹,故作赋云。"唐司空曙

《冬夜耿拾遗王秀才就宿因伤故人》:"旧时闻笛泪,今夜重沾衣。"词人借此表达对故友的思念。

③草绿花红:《宋六十名家词》本,作"草红花绿"。

④溶溶:水势盛大的样子。汉许慎《说文解字》:"溶,水盛也。从水,容声。"南朝梁江淹《哀千里赋》:"水则远天相逼,浮云共色,茫茫无底,溶溶不测。"唐李商隐《裴明府居止》:"爱君茅屋下,向晚水溶溶。"

⑤"浑似"二句:所见之景象与小莲枕边画屏所绘之景色类似。浑似:《历代诗余》《小山词笺》,作"浑是"。阿莲:即小莲。画屏:《历代诗余》作"画堂"。

又

花阴月,柳梢莺。近清明。长恨去年今夜雨,洒离亭。枕上怀远诗成。红笺纸、小砑吴绫①。寄与征人教念远,莫无情。

【题解】

词写闺怨。时已清明,与丈夫离别一年,相思不断。写诗寄远,诉说思念,并叮嘱征人,早日归家,不可负心。

【注释】

①小砑吴绫:指砑光的吴绫制作的衣物。小砑,轻轻以石碾物使之光滑。常指经此法加工之布帛笺纸。唐韩偓《信笔》:"绣叠昏金色,罗揉损砑光。"参看其《鹧鸪天》:"题破香笺小砑红,诗成多寄旧相逢。"吴绫,古代江南吴地生产的一种有纹彩的轻薄的丝织品。唐末五代齐己《谢人惠十色花笺并棋子》:"海蚌琢成星落落,吴绫隐出雁翩翩。"唐薛昭蕴《醉公子》:"慢绾青丝发,光砑吴绫袜。"

又

春罗薄①,酒醒寒②。梦初残。欹枕片时云雨事,已关山③。　　楼上斜日阑干。楼前路、曾试雕鞍④。拚却一襟怀远泪,倚阑看。

【题解】

词写闺怨。春寒之夜,闺人梦中与情人交欢,梦醒落空。她日日上楼倚阑远望,直至黄昏。楼前是曾经情人骑马经过的道路,触景伤情,任泪水肆意。

【注释】

①春罗:一种很薄的绢织物。唐李贺《神仙曲》:"春罗书字邀王母,共宴红楼最深处。"

②酒醒寒:《宋六十名家词》本、《四库全书》本、《小山词笺》,作"酒醒寒"。唐郑谷《舟行》:"村逢好处嫌风便,酒到醒来觉夜寒。"

③"欹枕"二句:意谓梦中与情人片刻欢爱,醒来却与情人遥隔关山。欹枕:斜倚、斜靠枕头之意。唐郑谷《欹枕》:"欹枕高眠日午春,酒酣睡足最闲身。"宋柳永《梦还京》:"夜来匆匆饮散,欹枕背灯睡。"片时:片刻,瞬间。隋江总《闺怨篇》:"愿君关山及早度,念妾桃李片时妍。"

④曾试雕鞍:意谓情人曾骑马经过。试,用。雕鞍,这里借指骏马。见《玉楼春》(雕鞍好为莺花住)注释。

御街行

年光正似花梢露。弹指春还暮①。翠眉仙子望归来,倚遍玉城珠树②。岂知别后,好风良月③,往事无寻处。　　　　狂情错向红尘住。忘了瑶台路④。碧桃花蕊已应开⑤,欲伴彩云飞去⑥。回思十载,朱颜青鬓,枉被浮名误⑦。

【题解】

词人想象仙子盼望自己归去,然而自己却误入红尘,迷失了方向。自己也期望回去,但是被浮名耽误的大好青春已回不去了。此词类似游仙词,词人借此表达对功名利禄的摒弃与奔波仕途的无奈。

【注释】

①"年光"二句:年光如花梢露水,转瞬即逝,弹指间已是暮春。弹指:见《减字木兰花》(留春不住)注释。

②"翠眉"二句:女子倚靠眺望,期盼自己归来。翠眉仙子:泛指美女。玉城:神仙所居之城。《类说·列仙传·玉城瑶阙》:"舜游南方,有国曰扬州,入千龙之门,泛昭回之河,有玉城瑶阙,曰九疑之都。"宋李昉等《太平御览·道部·房》:"《太洞玉经》曰:三华城者,玉清之房名也。在玉城之中,阳安元君所处。"珠树:神话传说中的仙树。《山海经·海内西经》:"开明北有视肉、珠树、文玉树、玗琪树、不死树。"《山海经·海外南经》:"三珠树在厌火北,生赤水上。其为树如柏,叶皆为珠。"唐陈子昂《感遇诗三十八首》其二十三:"翡翠巢南海,雄雌珠树林。"唐柳宗元《浩初上人见贻绝句欲登仙人山因以酬之》:"珠树玲珑隔翠微,病来方外事多违。"

③好风良月:《宋六十名家词》本、《历代诗余》、《四库全书》本、《小山词笺》,作"好风凉月"。泛指美好景致。宋许及之《山房》其一:"何用诛茅卜邻并,好风良月便应来。"

④瑶台:美玉砌的楼台。见《玉楼春》(清歌学得秦娥似)注释。

⑤碧桃:见《阮郎归》(来时红日弄窗纱)注释。

⑥彩云:代指女子。唐李白《宫中行乐词八首》其一:"只愁歌舞散,化作彩云飞。"宋晏殊《喜迁莺》:"曲终休解画罗衣。留伴彩云飞。"

⑦朱颜:《历代诗余》作"朱弦"。

又

街南绿树春饶絮。雪满游春路①。树头花艳杂娇云②,树底人家朱户。北楼闲上,疏帘高卷,直见街南树。　　阑干倚尽犹慵去。几度黄昏雨③。晚春盘马踏青苔④,曾傍绿阴深驻。落花犹在,香屏空掩,人面知何处⑤。

【题解】

此词抒发了词人的怀人之情。街南的一位佳人深得词人喜爱,一棵绿树是她家门口的标志。追忆曾经树旁驻马,与佳人约会,而今人去楼空,令人失落惆怅。

【注释】

①雪:比喻柳絮。用谢道韫咏雪之典。见《浣溪沙》(卧鸭池头小苑开)"絮多才"注释。

②娇云:云的美称。唐杜牧《茶山下作》:"娇云光占岫,健水鸣分溪。"宋苏舜钦《初晴游沧浪亭》:"夜雨连明春水生,娇云浓暖弄阴晴。"

③"阑干"二句:意谓直到黄昏落雨,依旧不忍离开栏杆。倚尽:形容倚阑时间久。慵去:慵于离去,即不想离去。黄昏雨:黄昏落雨。唐末五代韦庄《春愁》:"落花寂寂黄昏雨,深院无人独倚门。"

④盘马:骑在马上盘旋驰骋。宋宋祁《清明值雨》:"游人盘马路,独漉逐春泥。"

⑤"落花"三句:意谓景虽似当初,但人去楼空。此三句脱胎于唐崔护《题都城南庄》:"去年今日此门中,人面桃花相映红。人面不知何处在,桃花依旧笑春风。"

【汇评】

范仲淹《御街行》(纷纷坠叶飘香砌)淋漓沉着,《西厢·长亭》篇袭之,骨力远逊,且少味外味,此北宋所以为高。小山、永叔后,此调不复弹矣。

（清陈廷焯《词则·闲情集》卷一）

作近体诗，以不重字为佳……词则不若诗之严，亦以词未尝用作取士之工具耳。然为含义问题，亦自以少重字为佳。晏小山有《御街行》一首，重字最多，然读之不但不觉其赘，弥觉其美。词曰：（词略）。计街字二，绿字二，树字四，春字三，花字二，南字二，犹字二，人字二。以一首七十六字之调，而重出十一字，占七分之一有奇，每不及七个字即重出一字，但读来殊令人不察。此则关乎文章技术矣。李易安之《声声慢》异于是，盖叠字非重字之比。（梁启勋《曼殊室词话》卷二）

"晚春盘马踏青苔，曾傍绿阴深驻。落花犹在，香屏空掩，人面知何处。"此晏小山《御街行》也，颇似柳耆卿。"草色烟光残照里，无言谁会凭阑意。""衣带渐宽终不悔，为伊消得人憔悴。"此柳耆卿《蝶恋花》也，极似晏小山。若互入两人之本集，可以乱真。（梁启勋《曼殊室词话》卷二）

浪淘沙

高阁对横塘①。新燕年光②。柳花残梦隔潇湘③。绿浦归帆看不见，还是斜阳④。　　一笑解愁肠。人会娥妆⑤。藕丝衫袖郁金香⑥。曳雪牵云留客醉⑦，且伴春狂。

【题解】

词写闺怨。闺人日日登高往江南的方向眺望，却不见丈夫乘船归来。而丈夫在外地，流连于青楼歌馆以消解愁肠，暂忘归思。歌伎精心梳妆，能鬘能笑，殷勤地劝他饮酒，留他共度春宵。

【注释】

①横塘：古堤名，在江南。这里指河或池塘的堤岸。唐崔颢《长干曲四首》其一："君家何处住，妾住在横塘。"唐韩偓《横塘》："散客出门斜月在，两眉愁思问横塘。"

②"新燕"句：指春天燕子初来的时候。

③柳花残梦:指春梦。潇湘:指潇水与湘江,在湖南永州零陵汇合后称潇湘,地理位置亦属于江南。唐王昌龄《送高三之桂林》:"留君夜饮对潇湘,从此归舟客梦长。"唐刘沧《秋日夜怀》:"近日每思归少室,故人遥忆隔潇湘。"

④"绿浦"二句:直到夕阳西下,依旧看不见水边归帆。唐李贺《大堤曲》:"莫指襄阳道,绿浦归帆少。"浦:注入大河的川流。五代薛昭蕴《浣溪沙》:"不语含嚬深浦里,几回愁煞棹船郎。"

⑤娥妆:《宋六十名家词》本、《历代诗余》、《四库全书》本、《小山词笺》,作"蛾妆"。女子妆饰。见《蝶恋花》(碧草池塘春又晚)注释。

⑥藕丝衫:一说抽取藕丝织成的衣物为藕丝衫;另一说藕丝为色彩词,指浅黄色或白色的衣衫。唐元稹《白衣裳二首》其二:"藕丝衫子柳花裙,空着沉香慢火熏。"郁金香:一种带香味的多年生草本植物。此处郁金香有两种释义:一说指郁金香熏之物。唐卢照邻《长安古意》:"双燕双飞绕画梁,罗帷翠被郁金香。"另一说指郁金所和之酒。唐李白《客中行》:"兰陵美酒郁金香,玉碗盛来琥珀光。"

⑦"曳雪"句:意谓歌伎牵曳客人衣襟劝酒挽留。唐李贺《洛姝真珠》:"玉喉窱窱排空光,牵云曳雪留陆郎。"王琦注:"牵云曳雪,谓揽其衣裳而留之也。"

又

小绿间长红①。露蕊烟丛。花开花落昔年同②。惟恨花前携手处,往事成空③。　　山远水重重④。一笑难逢。已拚长在别离中⑤。霜鬓知他从此去,几度春风⑥。

【题解】

词写别怨。花开花落,年年相似,而当年携手赏花之人已离开,往事成空。分别数载,因相隔遥远,再会无期,在离愁别怨中,青春流逝,双鬓斑白。

【注释】

①"小绿"句:意谓绿叶红花相杂。绿:绿叶。红:红花。

②"花开"句:花开花落,年年相似。唐刘希夷《代悲白头吟》:"年年岁岁花相似,岁岁年年人不同。"

③"往事"句:南唐李煜《子夜歌》:"往事已成空,还如一夜梦。"

④重重:层层。唐白居易《代鹤》:"故乡渺何处,云水重重隔。"

⑤已拚:《花草粹编》作"已拼"。

⑥"霜鬓"二句:意谓情人离开至今,已过了好几个春天,鬓发因相思而变白。霜鬓:鬓发霜白。唐杜甫《登高》:"艰难苦恨繁霜鬓,潦倒新停浊酒杯。"

【汇评】

上阕,触物生情。下阕,情极深切,语极悲恨,洒落有致。(清陈廷焯《云韶集》卷二)

缠绵悱恻。(清陈廷焯《词则·别调集》卷一)

花事依然而伊人长往,重抚霜华衰鬓,当年几度春风,皆冉冉向鬓边掠过,其怅惘可知矣。"花落花开"句与结句"几度春风"正相关合。(俞陛云《唐五代两宋词选释》)

又

丽曲《醉思仙》。十二哀弦①。秋蛾叠柳脸红莲②。多少雨条烟叶恨③,红泪离筵。　　行子惜流年。鹢鹚枝边④。吴堤春水舣兰船⑤。南去北来今渐老⑥,难负尊前。

【题解】

词作于离筵。歌伎弹奏《醉思仙》送别行人,眉黛含怨,洒泪离筵。行人感叹流年为仕途奔波,年事已高,他渴望归家,举杯痛饮,不负尊前。

【注释】

①"丽曲"二句:歌伎在离筵上,用筝弹奏《醉思仙》乐曲。丽曲:优美的乐曲。唐白居易《酬微之》:"声声丽曲敲寒玉,句句妍辞缀色丝。"《醉思仙》:词牌名。十二哀弦:指筝。《宋史·乐志》:"又出两仪琴及十二弦琴二种,以备雅乐。两仪琴者,施两弦,十二柱;十二弦琴者,如常琴之制,而增其弦,皆以象律吕之数。"

②秾蛾叠柳:形容女子愁眉不展。唐李贺《洛姝真珠》:"花袍白马不归来,浓蛾叠柳香唇醉。"王琦注:"盖念所欢之人不来,故黛眉顈蹙,如柳叶之叠而不舒。"

③雨条烟叶:烟雨中的柳条、柳叶,形容凄迷的景色,亦比喻男女情意的缠绵。唐白居易《杨柳枝十二韵》:"风条摇两带,烟叶贴双眉。"宋晏殊《浣溪沙》:"只有醉吟宽别恨,不须朝暮促归程。雨条烟叶系人情。"

④"行子"二句:唐刘禹锡《窦朗州见示与澧州元郎中早秋赠答命同作》:"骚人昨夜闻鹈䴂,不叹流年惜众芳。"行子:《历代诗余》作"衫子"。鹈䴂(tí jué):杜鹃鸟之别名。战国屈原《离骚》:"恐鹈䴂之先鸣兮,使夫百草为之不芳。"宋张先《千秋岁》:"数声鹈䴂。又报芳菲歇。惜春更把残红折。"

⑤舣(yǐ):使船靠岸。晋左思《蜀都赋》:"试水客,舣轻舟。娉江斐,与神游。"唐裴迪《欹湖》:"舣舟一长啸,四面来清风。"

⑥"南去"句:意谓在南去北来的仕宦奔波中,年华老去。唐杜牧《汉江》:"南去北来人自老,夕阳长送钓船归。"

又

翠幕绮筵张。淑景难忘①。《阳关》声巧绕雕梁②。美酒十分谁与共,玉指持觞③。   晓枕梦高唐④。略话衷肠⑤。小山池院竹风凉。明夜月圆帘四卷,今夜思量⑥。

词上片写离筵。良辰美景,歌女演唱《阳关曲》,劝酒送客。下片抒发对歌女的怀念。晨梦中与歌女相好叙话,梦醒惆怅良久。小院竹风寒凉,帘幕卷起,望见今夜月圆明亮,因思念她而难眠。

【注释】

①淑景:美好的景致;美好的时光。南朝齐谢朓《七夕赋》:"嗟斯灵之淑景,招好仇于服箱。"南朝宋鲍照《代悲哉行》:"羁人感淑景,缘感欲回辙。"

②《阳关》:见《临江仙》(淡水三年欢意)"《阳关叠》"注释。绕雕梁:歌声绕梁,形容歌声婉转悠扬。

③持觞:持杯劝酒。唐李白《侠客行》:"将炙啖朱亥,持觞劝侯嬴。"

④"晓枕"二句:清晨梦中与歌女交欢叙谈。梦高唐:见《临江仙》(浅浅余寒春半)"虚梦高唐"注释。

⑤衷肠:《宋六十名家词》本,作"哀肠"。

⑥明夜:月明之夜。唐李商隐《月》:"帘开最明夜,簟卷已凉天。"

丑奴儿

昭华凤管知名久①。长闭帘栊②。日日春慵③。闲倚庭花晕脸红④。　　应说金谷无人后⑤,此会相逢。《三弄》临风⑥。送得当筵玉盏空。

【题解】

《宋六十名家词》本、《四库全书》本、《小山词笺》,调名作《采桑子》。《百家词》本注云:"此二曲亦见于《采桑子》,其间小有不同,今两存之。"词赞美艺伎笛技。这位艺伎貌美如花,善于吹笛,词人慕名而来。酒筵中,艺伎吹奏《梅花三弄》,词人赞叹她的技艺,频频饮酒,玉盏屡空。

【注释】

①昭华：古代管乐器名。晋葛洪《西京杂记》："玉管长二尺三寸，二十六孔，吹之则见车马山林，隐辚相次，吹息亦不复见，铭曰'昭华之琯'。"凤管：笙箫或笙箫之类的美称。汉郭宪《洞冥记》："俄而，见双白鹄集台之上，倏忽变为二神女，舞于台，握凤管之箫，抚落霞之琴，歌青吴春波之曲。"

②帘栊：窗帘和窗牖。亦泛指门窗的帘子。唐末五代韦庄《贵公子》："流水带花穿巷陌，夕阳和树入帘栊。"

③日日：《宋六十名词》本、《彊村丛书》本《小山词校记》，作"闻道"。春慵：春天的慵懒情绪。唐李商隐《垂柳》："思量成夜梦，束久废春慵。"

④闲倚：《宋六十名家词》本，作"方看"；"闲"，《彊村丛书》本《小山词校记》，作"方"。

⑤应说：《百家词》本、《宋六十名家词》本、《四库全书》本、《小山词笺》，作"应从"；《彊村丛书》本《小山词校记》作"可怜"。金谷：金谷园，晋人石崇所建。后泛指富贵人家盛极一时但好景不长的豪华园林。《晋书·石苞传》："（石）崇有别馆在河阳之金谷，一名梓泽，送者倾都，帐饮于此焉。"唐李白《宴陶家亭子》："若闻弦管妙，金谷不能夸。"

⑥《三弄》：古曲名，即《梅花三弄》。《晋书·桓伊传》："善音乐，尽一时之妙，为江左第一。有蔡邕柯亭笛，常自吹之。王徽之赴召京师，泊舟青溪侧。素不与徽之相识。伊于岸上过，船中客称伊小字曰：'此桓野王也。'徽之便令人谓伊曰：'闻君善吹笛，试为我一奏。'伊是时已贵显，素闻徽之名，便下车，踞胡床，为作三调，弄毕，便上车去，客主不交一言。"唐陆龟蒙《奉和袭美太湖诗二十首·明月湾》："或彻三弄笛，或成数联诗。"

【汇评】

此"说"字是唱作平声，一见便知。（夏敬观《映庵词评》）

又

日高庭院杨花转。闲淡春风。莺语惺忪^①。似笑金屏昨
夜空^②。　　娇慵来洗匀妆手，闲印斜红^③。新恨重重。都与
年时旧意同。

【题解】

《花草粹编》、《宋六十名家词》本、《四库全书》本、《小山词笺》，调名作
《采桑子》。《宋六十名家词》本注云："此阕向刻《丑奴儿》，另编。"词写闺
怨。户外艳阳高照，声声莺啼似乎在嘲笑昨夜独处的闺人。闺人慵懒无
力，随意梳妆，情人不在，心中的离恨年年相似。

【注释】

①惺忪（xīng sōng）：《百家词》本，作"惺惚"。此处用来形容声音的轻
快。宋晏殊《蝶恋花》："莺舌惺忪如会意，无端画扇惊飞起。"宋潘汾《玉蝴
蝶》："醉眼羞抬，娇困扰自未惺忪。"

②金屏昨夜空：意谓昨夜独处，情人未归。唐李白《寄远十一首》其二：
"新妆坐落日，怅望金屏空。"唐王适《江上有怀》："寂寥金屏空自掩，青荧银
烛不生光。"

③斜红：古代妆容，又名晓霞妆。南朝梁简文帝《艳歌行》："分妆间浅
靥，绕脸傅斜红。"

诉衷情

种花人自蕊宫来^①。牵衣问小梅。今年芳意何似^②，应向
旧枝开^③。　　凭寄语，谢瑶台^④。客无才^⑤。粉香传信，玉盏
开筵，莫待春回^⑥。

【题解】

此词借梅花怀恋小梅。询问种花人:梅花是否向旧枝开放? 即追问小梅的芳心是否仍旧归属自己。希望能够给小梅带话愿早日相见,莫负春光。

【注释】

①蕊宫:蕊珠宫。见《玉楼春》(芳年正是香英嫩)"蕊珠宫"注释。

②何似:《宋六十名家词》本、《四库全书》本、《小山词笺》,作"无数"。

③应向旧枝开:《宋六十名家词》本、《四库全书》本、《小山词笺》,作"何似应枝开"。

④瑶台:见《玉楼春》(清歌学得秦娥似)注释。

⑤客无才:自谦语,表示自己碌碌无为。

⑥"粉香"三句:意谓期待花香传信,在花前设筵,同醉同欢,不要辜负春光。粉香:花香。宋欧阳修《桃源忆故人》:"梅梢弄粉香犹嫩,欲寄江南春信。"春回:春天归去。

又

净揩妆脸浅匀眉①。衫子素梅儿②。苦无心绪梳洗,闲淡也相宜③。　　云态度④,柳腰肢⑤。入相思。夜来月底,今日尊前,未当佳期。

【题解】

词写闺怨。闺人懒得精心打扮,浅妆淡抹,仍然美丽。她体态轻盈,腰肢细软,却被相思困扰,因为今夜月下樽前,没能与情人欢会。

【注释】

①净揩:《宋六十名家词》本、《四库全书》本,作"净楷"。

②"衫子"句:意谓短衣上绣着白梅花的图案。衫子:《百家词》本,作"山子"。短上衣。素梅:白梅花。这里指上衣上绣白梅花为饰。

③"苦无"二句：女子无心梳妆，然天生丽质，淡妆也很美。苦无：《宋六十名家词》本、《四库全书》本、《小山词笺》，作"方无"。相宜：合适，符合。唐韩偓《忍笑》："宫样梳头浅画眉，晚来装饰更相宜。"

④云态度：形容体态轻盈自然。唐吴融《题兖州泗河中石床》："谪仙醉后云为态，野客吟时月作魂。"

⑤柳腰肢：形容腰肢纤细柔软。宋欧阳修《阮郎归》："玉肌花脸柳腰肢。红妆浅黛眉。"

又

渚莲霜晓坠残红①。依约旧秋同。玉人团扇恩浅②，一意恨西风。　　云去住，月朦胧。夜寒浓。此时还是，泪墨书成，未有归鸿③。

【题解】

词写闺怨。渚莲凋残，晓霜西风，已是秋天。团扇弃捐，恩爱不再，闺人生恨。夜寒月冷，闺人含泪书写相思信，却没有鸿雁为之传书。

【注释】

①渚莲：水边的荷花。唐罗隐《秋斋后》："渚莲丹脸恨，堤柳翠眉颦。"唐赵嘏《长安晚秋》："紫艳半开篱菊静，红衣落尽渚莲愁。"

②"玉人"句：意谓闺人与情人的恩爱减退变淡。汉班婕妤《怨歌行》："新裂齐纨素，鲜洁如霜雪。裁为合欢扇，团团似明月。出入君怀袖，动摇微风发。常恐秋节至，凉飙夺炎热。弃捐箧笥中，恩情中道绝。"

③"此时"三句：含泪写信给情人，却一直没有鸿雁为之传书。此三句表达了相思之情无处排遣的愁闷。泪墨：用泪水研墨。唐孟郊《归信吟》："泪墨洒为书，将寄万里亲。"

又

凭觞静忆去年秋。桐落故溪头。诗成自写红叶,和恨寄东流^①。　　人脉脉,水悠悠。几多愁^②。雁书不到,蝶梦无凭^③,漫倚高楼^④。

【题解】

这首词抒写了词人的思乡怀人之情。去年秋天,词人在故溪边上,用红叶写相思离恨之诗赠情人。离乡之后思念不已,然书信不通,相思梦成空,倚楼远眺,那悠悠江水好似无尽离愁。

【注释】

①"诗成"二句:意谓在红叶上题相思别怨之诗,以寄给情人。用"红叶题诗"的典故。见《浣溪沙》(浦口莲香夜不收)"题叶"注释。其《满庭芳》:"南苑吹花,西楼题叶,故园欢事重重。"情境相类。寄东流:《宋六十名家词》本、《历代诗余》、《四库全书》本、《小山词笺》,作"向东流"。

②"人脉脉"三句:意谓人含情脉脉,流水连绵不尽,有许多愁恨。脉脉:默默地用眼神或行动表达情意的样子。《古诗十九首》其十:"盈盈一水间,脉脉不得语。"悠悠:连绵不断的样子。唐温庭筠《梦江南》:"过尽千帆皆不是,斜晖脉脉水悠悠。"几多愁:许多愁恨。南唐李煜《虞美人》:"问君能有几多愁。恰似一江春水、向东流。"

③蝶梦:形容凄幻迷离的梦境。《庄子·齐物论》:"昔者庄周梦为蝴蝶,栩栩然蝴蝶也,自喻适志与,不知周也。俄然觉,则蘧蘧然周也。不知周之梦为蝴蝶与? 蝴蝶之梦为周与?"

④漫倚:《百家词》本、《宋六十名家词》本、《四库全书》本,作"谩倚"。

又

　　小梅风韵最妖娆①。开处雪初消。南枝欲附春信,长恨陇人遥②。　　闲记忆,旧江皋③。路迢迢。暗香浮动,疏影横斜④,几处溪桥。

【题解】

　　这是一首咏梅词。春雪初融,南枝向阳,梅花绽放。欲折梅寄远,却恨路遥。回忆当年,与情人江边漫步,共赏梅花。词人借梅花,寄托对旧情的眷恋。

【注释】

　　①小梅:《历代诗余》作"小楼"。

　　②"南枝"二句:意谓欲将梅花赠予离人,只恨相隔遥远而无法寄达。用陆凯寄梅与范晔之典。见《蝶恋花》(千时早梅夸百媚)"好枝长恨无人寄"注释。

　　③江皋:江岸,江边。战国屈原《九歌·湘夫人》:"朝驰余马兮江皋,夕济兮西澨。"

　　④"暗香"二句:语出宋林逋《山园小梅》:"疏影横斜水清浅,暗香浮动月黄昏。"

【汇评】

　　即用当代人诗句入词。(夏敬观《映庵词评》)

又

　　长因蕙草记罗裙①。绿腰沉水熏②。阑干曲处人静,曾共倚黄昏。　　风有韵,月无痕③。暗消魂。拟将幽恨,试写残花,寄与朝云④。

【题解】

此词于《词的》卷一作元人张伯远词。词赠歌伎。因绿色蕙草想起穿绿罗裙的歌伎,两人曾经黄昏共倚栏。如今风月虽好,却惹相思,唯有将幽恨写在信笺上,寄给歌伎。

【注释】

①"长因"句:意谓因香草之绿色,记起穿绿罗裙的歌伎。五代牛希济《生查子》:"记得绿罗裙,处处怜芳草。"

②绿腰:一说指绿裙腰。另一说指绿腰舞,一种传统舞蹈,也称为《六幺》《录要》《乐世》等,为女子独舞,舞姿轻盈柔美。唐李群玉《长沙九日登东楼观舞》:"南国有佳人,轻盈绿腰舞。"沉水:沉水香。见《临江仙》(旖旎仙花解语)注释。

③"风有韵"二句:风韵清远,月光澄澈。既展现当晚夜景的美好,又形容歌伎的仪态优美。

④"试写"二句:意谓在花笺上题字,赠予歌伎。唐李商隐《牡丹》:"我是梦中传彩笔,欲书花片寄朝云。"残花:《小山词笺》作"花笺"。

【汇评】

乐府《六幺》讹作"绿腰",此则直指裙腰耳。(明卓人月、徐士俊《古今词统》卷四)

又

御纱新制石榴裙。沉香慢火熏①。越罗双带宫样,飞鹭碧波纹②。　　随锦字,叠香痕。寄文君③。系来花下,解向尊前,谁伴朝云。

【题解】

从上一首《诉衷情》句"寄与朝云"推测,二首当为姊妹篇,赠予同一位歌伎,内容、写法、格调、用韵相去无几。宫纱制成的石榴裙新成,是宫中时髦的式样。希望把这条红裙与情书寄给歌伎,并与她花下尊前同欢。

【注释】

①"御纱"二句:指由宫纱制成,且用沉香熏过的红裙子。御纱:宫纱,宫中所用之纱。石榴裙:即红裙,因其色如石榴之红花而得名。南朝梁萧绎《乌栖曲》:"交龙成锦斗凤纹,芙蓉为带石榴裙。"

②"越罗"二句:越罗制作的衣带是宫中时髦的样式,图案为飞鹭滑翔于碧波。越罗:越地所产的丝制品。唐刘禹锡《酬乐天衫酒见寄》:"酒法众传吴米好,舞衣偏尚越罗轻。"唐末五代韦庄《诉衷情》:"越罗香暗销。坠花翘。"

③"随锦字"三句:意谓把石榴裙折叠,附上锦书,寄给歌伎。锦字:书信。见《鹧鸪天》(楚女腰肢越女腮)注释。叠香痕:折叠沉香熏过的石榴裙。香痕:《宋六十名家词》本、《四库全书》本、《小山词笺》,作"香芸"。文君:卓文君。借指歌伎。

又

都人离恨满歌筵①。清唱倚危弦②。星屏别后千里③,重见是何年。　　骢骑稳,绣衣鲜④。欲朝天。北人欢笑,南国悲凉⑤,迎送金鞭⑥。

【题解】

此词作于送行宴,反映时政。北宋朝廷被北方少数民族政权威胁,朝廷派兵出征,将领策马入京,朝见天子,整装待发。北方少数民族趾高气扬的发动侵略战争,宋人却因战乱而悲愤交加,盼望朝廷军队平息战乱凯旋。

【注释】

①都人:京都的人。汉班固《西都赋》:"都人士女,殊异乎五方。"唐杜甫《悲陈陶》:"都人回面向北啼,日夜更望官军至。"宋张先《玉联环》:"都人

未逐风云散。愿留离宴。"

②危弦：见《临江仙》（淡水三年欢意）注释。

③星屏：即屏星，车前用以蔽尘的车挡，代指车辆。唐皎然《因游支硎寺寄邢端公》："始驭屏星乘，旋阴蔽莳棠。"唐钱起《送符别驾还郡》："骥足駸駸吴越间，屏星复与紫书还。"

④"骢骑稳"二句：意谓官员骑着稳当的良马，穿着鲜亮的官服。骢骑：青白杂毛的马，指好马。东汉有"骢马御史"，《后汉书·桓荣丁鸿列传》："（桓典）辟司徒袁隗府，举高第，拜侍御史。是时，宦官秉权，典执政无所回避。常乘骢马，京师畏惮，为之语曰：'行行且止，避骢马御史。'"唐李白《赠韦侍御黄裳》："见君乘骢马，知上太行道。"绣衣：彩绣的丝质衣服，亦表示官吏地位的尊贵。西汉有"绣衣御史"，《汉书·公孙刘田王杨蔡陈郑传》："武帝末，军旅数发，郡国盗贼群起，绣衣御史暴胜之使持斧逐捕盗贼，以军兴从事，诛二千石以下。"唐杜牧《许七侍御弃官东归潇洒江南颇闻自适高秋企望题诗寄赠十韵》："天子绣衣吏，东吴美退居。"

⑤北人：指我国北方的少数民族。宋司马光《资治通鉴·后晋纪·齐王》："契丹翰林承旨、吏部尚书张砺言于契丹主曰：'今大辽已得天下，中国将相宜用中国人为之，不宜用北人及左右近习。'"南国：指宋朝，相对于北方少数民族政权而言。

⑥金鞭：金色马鞭，代指骑马之人。南朝梁沈炯《建除诗》："满衢飞玉轪，夹道跃金鞭。"

破阵子

　　柳下笙歌庭院，花间姊妹秋千①。记得青楼当日事，写向红窗夜月前。凭谁寄小莲②。　　绛蜡等闲陪泪，吴蚕到了缠绵③。绿鬓能供多少恨，未肯无情比断弦④。今年老去年。

【题解】

《历代诗余》与《小山词笺》调名作《十拍子》。词寄小莲。当年庭院笙歌热闹,词人与小莲嬉戏其间。今日孤寂,抒写旧日情事,却无信使把信寄给小莲,情感就无法传达。词人苦恋小莲,垂泪忧郁,青丝变白发,一年比一年苍老。

【注释】

①"柳下"二句:二句互文,意谓当年庭院的花柳之间,歌伎们吹笙唱歌,闲荡秋千。形容当年庭院欢会的热闹,与其《更漏子》"槛花稀,池草遍,冷落吹笙庭院"即今日庭院的荒凉,形成对比。

②凭谁:《词综》作"凭伊"。

③"绛蜡"二句:意谓因相思流泪,内心忧愁郁结。绛蜡:红蜡烛。唐杜牧《赠别》:"蜡烛有心还惜别,替人垂泪到天明。"吴蚕:吴地之良蚕。到了:到尽。缠绵:蚕丝缠绕,形容内心的郁结不解。唐李商隐《无题》:"春蚕到死丝方尽,蜡炬成灰泪始干。"

④"绿鬓"二句:意谓宁可让离恨促使青丝变成白发,也不愿因无情而割断这份情谊。用生命维护一段难以再续的旧缘,可见词人的痴情。断弦:断绝的琴弦。比喻情断义绝。南朝陈徐陵《谏仁山深法师罢道书》:"乃知断弦可续,情去难留。"

【汇评】

上阕对法活泼,措词亦婉媚。"绿鬓"三句,凄咽芊绵。(清陈廷焯《词则·闲情集》卷一)

无一语不秀,无一字不细腻,绝世艳才。结句"今年老去年",字字酸楚,大有艳情。(清陈廷焯《云韶集》卷二)

拟人句。以物拟人,使无情之物,化作有情之人,此修辞法也。用此法入词,饶有韵味。如……小山云"绛蜡等闲陪泪",清真云"败壁秋虫叹",一"陪"字,一"叹"字,亦能将外物写得一往情深。(唐圭璋《梦桐词话》卷一)

好女儿

绿遍西池。梅子青时①。尽无端、尽日东风恶②,更霏微细雨③,恼人离恨,满路春泥④。　　应是行云归路⑤,有闲泪、洒相思。想旗亭⑥、望断黄昏月,又依前误了,红笺香信,翠袖欢期⑦。

【题解】

该《好女儿》调又名《绣带儿》。《词谱》云:"此调有两体:四十五字者起于黄庭坚,因词有'懒系酥胸罗带,羞见绣鸳鸯'句,名《绣带儿》,《花草粹编》一作《绣带子》。六十二字者起于晏几道,与黄词迥别。"《词律》卷九注云:"按《好女儿》调即《绣带儿》,应附卷四黄山谷词后。"词写相思。暮春时节,雨绵风狂,满路泥泞,词人因离恨,心生厌恶。他没有按期归家,想象情人望着自己归来之路相思洒泪,直至黄昏,埋怨自己再次耽误了信中欢期。

【注释】

①"梅子"句:指梅子发青的暮春时节。宋张先《千秋岁》:"雨轻风色暴,梅子青时节。"

②"尽日"句:猛烈的春风无止尽地吹着。恶:猛烈。唐王建《春去曲》:"就中一夜东风恶,收红拾紫无遗落。"

③霏微:雨雪细小迷蒙的样子。唐李端《巫山高》:"回合云藏日,霏微雨带风。"南唐李煜《采桑子》:"细雨霏微。不放双眉时暂开。"

④满路:《词律》作"沸路"。

⑤行云归路:指行人归来的道路。行云,比喻人行踪不定。南唐冯延巳《鹊踏枝》:"几日行云何处去。忘了归来,不道春将暮。"

⑥旗亭:见《玉楼春》(旗亭西畔朝云住)注释。

⑦翠袖:见《生查子》(长恨涉江遥)注释。

【汇评】

"尽"字、"想"字上声,而"尽"字、"望"字去声,"更"字、"又"字去声,而"细雨"与"误了"去上声,如此发调,岂非作家。(清万树《词律》卷九)

又

酌酒殷勤。尽更留春。忍无情、便赋余花落①,待花前细
把,一春心事,问个人人②。　　莫似花开还谢,愿芳意、且长
新③。倚娇红、待得欢期定,向水沉烟底,金莲影下④,睡过
佳辰。

【题解】

词赠旧识歌女。词人频繁饮酒,希望留住春天。残花无情地飘落,他
欲在花前与歌女诉说心事。他祝愿歌女容颜不老,期待相会之日,在沉香
熏满、烛影摇曳的闺房,与歌女相偎同欢。

【注释】

①忍无情:《小山词笺》作"忽无情"。余花落:指树上残余的花朵飘落。
南朝齐谢朓《游东田》:"鱼戏新荷动,鸟散余花落。"唐元稹《别李三》:"但感
游子颜,又值余英落。"

②"待花前"三句:在花前与情人诉说春天的心事。唐崔峒《赠元秘
书》:"幸有故人茅屋在,更将心事问情亲。"人人:用以称亲昵者。见《生查
子》(关山魂梦长)注释。

③长新:《宋六十名家词》本、《历代诗余》、《四库全书》本、《小山词笺》,
作"常新"。

④金莲:指金饰莲花形灯烛。《新唐书·令狐绹传》:"(绹)夜对禁中,
烛尽,帝以乘舆、金莲华炬送还,院吏望见,以为天子来。"

点绛唇

花信来时①,恨无人似花依旧②。又成春瘦③。折断门前

柳④。　　　天与多情,不与长相守。分飞后。泪痕和酒。占了双罗袖⑤。

【题解】

词写春日闺怨。花信报春,闺人怨恨人不如花。因为相思而消瘦,折柳盼爱人归来。上天赋予她多情,却不让她与爱人长相厮守。离别后,她醉酒度日,以泪洗面,酒痕、泪痕占满衣袖。

【注释】

①花信:见《清平乐》(烟轻雨小)注释。

②"恨无"句:花还依旧开,人却不再来。唐崔护《题都城南庄》:"人面不知何处在,桃花依旧笑春风。"

③春瘦:当春而瘦,指因为春恨而消瘦。唐李商隐《赠歌妓二首》其二:"只知解道春来瘦,不道春来独自多。"

④"折断"句:意谓折柳以盼行人归来。唐李贺《致酒行》:"主父西游困不归,家人折断门前柳。"

⑤占了:《四库全书》本、《历代诗余》、《小山词笺》,作"沾了"。

【汇评】

与不与间,无限悲恨。(天与多情,不与长相守。)(明陆云龙《词菁》卷一)

句能铸新。(明沈际飞《草堂诗余续集》卷上)

淋漓沉至。(清陈廷焯《词则·闲情集》卷一)

前四句谓春色重归,乃花发而人已去,为伊消瘦,折尽长条,四句曲折而下,如清溪之宛转。下阕谓天畀以情而吝其福,畀以相逢而不使相守,既无力回天,但有酒国埋愁,泪潮湿镜,双袖飘零,酒晕与泪痕层层渍满,则年来心事可知矣。(俞陛云《唐五代两宋词选释》)

又

明日征鞭①,又将南陌垂杨折②。自怜轻别。拚得音尘绝③。　　　杏子枝边,倚处阑干月④。依前缺。去年时节。旧事无人说。

【题解】

词写离恨。行人明日启程,闺人折柳送别,叹惜分别后难以互通音信。离别一载,闺人在杏边倚栏望月,月缺人未团圆,无人共说去年的旧情事。

【注释】

①明日:《花草粹编》《宋六十名家词》本,作"明月"。征鞭:马鞭。因用其驱马行进,故称。宋张先《偷声木兰花》:"骊驭征鞭。一去东风十二年。"

②南陌垂杨折:指在南陌折柳赠别。唐白居易《莫走柳条词送别》:"南陌伤心别,东风满把春。"

③音尘绝:指音讯隔绝。隋江总《折杨柳》:"万里音尘绝,千条杨柳结。"唐李白《忆秦娥》:"乐游原上清秋节,咸阳古道音尘绝。音尘绝,西风残照,汉家陵阙。"音尘:《花草粹编》作"音书"。

④倚处:《百家词》本、《花草粹编》、《宋六十名家词》本、《历代诗余》、《四库全书》本、《小山词笺》,作"倚遍"。

【汇评】

恨甚,似诀绝词。(明毛晋《词苑英华·词海评林》卷一)

"自怜""拚得"四字,懊恢而菀伊。(明沈际飞《草堂诗余续集》卷上)

流连往复,情味自永。(清陈廷焯《词则·闲情集》卷一)

上半写久别,下半忆当年,情文相生。(清陈廷焯《云韶集》卷二十四)

此纪再别之词。承前首折柳门前,故此云又折垂杨。下阕言本期人月同圆,乃几度凭阑,依然月缺。正如唐人诗"思君如满月,夜夜减清辉"。结句旧事更无人说,其实伤心之事,本不愿人重提也。(俞陛云《唐五代两宋词选释》)

又

碧水东流,漫题凉叶津头寄①。谢娘春意②。临水颦双翠③。　　日日骊歌④,空费行人泪,成何计。未如浓醉⑤。闲掩红楼睡。

【题解】

词写相思。歌伎思春,蹙眉不展,题诗凉叶,希望借水流寄信传情于恋人。她日日唱送别之曲,枉费了多少离别之泪。其别怨由来已久,相思成疾,不如在醉梦中忘却。

【注释】

①"碧水"二句:在凉叶上题诗,借助流水寄给情人。用红叶题诗之典。见《浣溪沙》(浦口莲香夜不收)"题叶"注释。漫题凉叶津头寄:《百家词》本、《宋六十名家词》本、《四库全书》本、《小山词笺》,"漫题"作"谩题";《宋六十名家词》本、《四库全书》本,"凉叶"作"凉华";《小山词笺》"凉叶"作"桐叶"。漫:随意,信手。津头:渡口。

②谢娘:唐时宰相李德裕家谢秋娘为名歌伎。后因以"谢娘"。泛指歌伎。唐温庭筠《归国遥》:"谢娘无限心曲,晓屏山断续。"春意:春心,春情。宋郭茂倩《乐府诗集·子夜四时歌》:"温风入南牖,织妇怀春意。"

③双翠:双翠眉。唐卢仝《秋梦行》:"镜中不见双翠眉,台前空挂纤纤月。"唐张祜《爱妾换马》:"休怜柳叶双眉翠,却爱桃花两耳红。"

④骊歌:《诗经》佚篇有《骊驹》,是告别时所唱之歌,后称离别之歌为"骊歌"。唐李白《灞陵行送别》:"正当今夕断肠处,骊歌愁绝不忍听。"

⑤未如:《宋六十名家词》本、《四库全书》本、《小山词笺》,作"未知"。

又

妆席相逢①,旋匀红泪歌《金缕》②。意中曾许。欲共吹花去③。　　长爱荷香,柳色殷桥路④。留人住。淡烟微雨。好个双栖处⑤。

【题解】

词赠歌伎。妆楼相逢,她匀泪歌唱《金缕曲》。词人中意于她,希望与之一同吹花嬉游。荷香柳色,淡烟微雨,环境清幽,词人留宿于此。

【注释】

①妆席:妆台,妆楼。

②"旋匀"句:意谓歌伎匀干红泪歌《金缕曲》。红泪:美人泪。见《鹧鸪天》(绿橘梢头几点春)注释。《金缕》:指《金缕曲》。见《生查子》(官身几日闲)注释。

③吹花:指古代重阳节的一种嬉游或游艺活动。唐李显《九月九日幸临渭亭登高得秋字》:"泛桂迎尊满,吹花向酒浮。"唐赵彦昭《奉和九日幸临渭亭登高应制》:"须陪长久宴,岁岁奉吹花。"宋王安石《送子思兄参惠州军》:"载酒填里间,吹花换朝夕。"晏几道另外两首词,《虞美人》"吹花拾蕊嬉游惯,天与相逢晚"以及《满庭芳》"南苑吹花,西楼题叶,故园欢事重重"中的"吹花"都为此意。

④殷桥:桥名,在江苏省常州市境内。《江南通志•舆地志》:"元丰桥,(武进)县治东,旧名飞凤,一名殷桥,唐如意元年建,宋元丰初重建,故名。"唐李贺《休洗红》:"休洗红,洗多红色浅。卿卿骑少年,昨日殷桥见。封侯早归来,莫作弦上箭。"

⑤双栖处:形容两人幽会的地方。唐白居易《闺怨词三首》其一:"朝憎莺百啭,夜妒燕双栖。"唐末五代贯休《寄郑道士》:"不知玉质双栖处,两个仙人是阿谁。"

情景兼写，景生于情。（清陈廷焯《词则·闲情集》卷一）

风流秀曼，让君独步。（清陈廷焯《云韶集》卷二）

又

湖上西风，露花啼处秋香老①。谢家春草②。唱得清商好③。　　笑倚兰舟，转尽新声了④。烟波渺。暮云稀少。一点凉蟾小⑤。

【题解】

词人秋日湖上泛舟游赏，有歌女陪伴唱曲，所唱的是清商调的新声曲子，歌声婉转悠扬，与优美的景致融合一体。

【注释】

①露花：带露珠的花。秋香：秋天盛开的花，如菊花、桂花等。唐郑谷《菊》："露湿秋香满池岸，由来不羡瓦松高。"

②"谢家"句：指歌女所唱曲的文词。南朝宋谢灵运《登池上楼》："池塘生春草，园柳变鸣禽。"

③清商：指歌曲宫调，调声凄清悲凉。唐杜甫《秋笛》："清商欲尽奏，奏苦血沾衣。"宋郭茂倩《乐府诗集·清商曲辞》："清商乐，一曰清乐，清乐者，九代之遗声。其始即相和三调是也，并汉魏已来旧曲，其辞皆古调及魏三祖所作。自晋朝播迁，其音分散……后魏孝文讨淮汉，宣武定寿春，收其声伎，得江左所传中原旧曲……及江南吴歌、荆楚西声，总谓之清商乐……遭梁陈亡乱，存者盖寡，及隋平陈得之，文帝善其节奏，曰此华夏正声也。乃微更损益，去其哀怨，考而补之以新定律吕，更造乐器。因于太常置清商署以管之，谓之'清乐'……炀帝乃定清乐、西凉等为九部……唐贞观中，用十部乐，清乐亦在焉……"

④转尽新声：意谓歌女演唱的新声歌曲宛转悠扬。新声：《百家词》本，

作"新亭"。

⑤凉蟾:指秋月。唐李商隐《燕台四首·秋》:"月浪冲天天宇湿,凉蟾落尽疏星入。"

两同心

楚乡春晚①,似入仙源②。拾翠处、闲随流水③,踏青路、暗惹香尘④。心心在,柳外青帘⑤,花下朱门⑥。　　对景且醉芳尊⑦。莫话消魂。好意思、曾同明月,恶滋味、最是黄昏⑧。相思处,一纸红笺,无限啼痕。

【题解】

《两同心》词调有三体,柳永首创,然韵脚均押仄韵。均押平韵者,为晏几道创造。其调名又作《仙源拾翠》,耿文光《万卷精华楼藏书记》云:"双调六十八字,唐教坊取古乐府制曲填词,遂以名调,亦名《仙源拾翠》。"此词思怀旧游。春日郊游,女子春心荡漾,男子伺机猎艳。词人心恋一位歌伎,邀之对饮赏景,那时两人的情意如明月般美好。而今分别,心中愁苦至黄昏尤甚。唯有用沾满泪水的信笺传递相思。

【注释】

①楚乡:指江南楚地。唐戴叔伦《夜发袁江寄李颍川刘侍御》:"半夜回舟入楚乡,月明山水共苍苍。"

②仙源:桃源。见《浣溪沙》(二月春花厌落梅)注释。

③拾翠:在郊外采拾花草,是游春时的活动。唐吴融《闲居有作》:"踏青堤上烟多绿,拾翠江边月更明。"闲随流水:《宋六十名家词》本、《四库全书》本,脱"闲"字,作"随流水";《词律》作"闲寻流水"。

④踏青:清明节前后郊野游览的习俗。旧时并以清明节为踏青节。唐孟浩然《大堤行寄万七》:"岁岁春草生,踏青二三月。"香尘:《花草粹编》作"芳尘"。芳香的尘土。见《清平乐》(烟轻雨小)注释。

⑤青帘:古时酒店门前所挂的幌子。多用青布制成。唐刘禹锡《鱼复江中》:"风樯好住贪程去,斜日青帘背酒家。"

⑥朱门:红漆大门。此处指青楼歌馆之门。唐温庭筠《杨柳枝八首》其三:"黄莺不语东风起,深闭朱门伴细腰。"

⑦芳尊:《花草粹编》、《百家词》本、《宋六十名家词》本、《四库全书》本,作"芳樽"。即芳樽,精致的酒杯,借指美酒。唐陈子昂《送梁李二明府》:"复此穷秋日,芳樽别故人。"

⑧"好意思"二句:意谓相会时,情意美好如同明月,别离后,愁滋味在黄昏尤甚。恶滋味:《宋六十名家词》本、《历代诗余》、《四库全书》本、《小山词笺》,作"愁滋味"。

【汇评】

词中巧联词语,衡是春谷中魏紫姚黄培作一处。(明董其昌《新锓订正评注便读草堂诗余》)

不是明月较可,还是自家意味不同。(明卓人月、徐士俊《古今词统》卷十)

不是明月较可,还是自家儿意味不同。又,藻拔。(明沈际飞《草堂诗余别集》卷三)

清词丽句,为元曲滥觞。(清陈廷焯《词则·闲情集》卷一)

遣词必工。"相思处,一纸红笺,无限啼痕",清词丽句,为元人诸曲之祖。(清陈廷焯《云韶集》卷二)

只换头一句异前,余同。此词用诗韵十三元,故用"源"字起韵。不知此字入词,实与余音不叶,今人皆知分用,不宜效之矣。(清万树《词律》卷十)

少年游

绿勾阑畔①,黄昏淡月,携手对残红。纱窗影里,朦腾春睡②,繁杏小屏风③。　　须愁别后,天高海阔④,何处更相逢。幸有花前,一杯芳酒,欢计莫匆匆⑤。

这首词描写男女欢会。黄昏淡月时,绿竹围栏边,恋人相携共赏残花。室外人、景、情完美相融。随即转为室内幽欢,恩爱缠绵。因担心别后难再相逢,故花前痛饮美酒,倍加珍惜眼前时光。

【注释】

①勾阑:原意为栏杆。后引申为宫殿华饰,王建、李贺诗多用之。宋元时百戏杂剧演出的场所。在此处当用其原意"栏杆"。

②朦腾:《百家词》本、《宋六十名家词》本、《历代诗余》、《四库全书》本、《小山词笺》,作"朦胧";《花草粹编》作"朦胧腾",恐"腾"为小注而误入句中。朦胧迷糊的样子。见《玉楼春》(旗亭西畔朝云住)注释。

③"繁杏"句:意谓屏风上绘着枝繁叶茂的杏树。

④天高海阔:形容相距遥远。北周庾信《道士步虚词十首》其十:"麟洲一海阔,玄圃半天高。"唐刘氏瑶《杂曲歌辞·暗别离》:"青鸾脉脉西飞去,海阔天高不知处。"

⑤欢计:《百家词》本、《宋六十名家词》本、《历代诗余》、《四库全书》本、《小山词笺》,作"归计";《花草粹编》作"欢计",并注云:"欢"作"归"。寻欢作乐的打算。宋欧阳修《渔家傲》:"别恨长长欢计短。疏钟促漏真堪怨。"

又

西溪丹杏①,波前媚脸,珠露与深匀②。南楼翠柳③,烟中愁黛,丝雨恼娇颦④。　　当年此处⑤,闻歌殢酒⑥,曾对可怜人。今夜相思,水长山远⑦,闲卧送残春。

【题解】

词上片借景物描写歌女的容貌神态。西溪南楼的歌女娇媚如花柳,匀抹梳妆,却因离恨而愁黛含泪。词下片表现歌女相思之情。当年与情人在此听歌饮酒,如今相隔遥远,不能相见,残春独卧,百无聊赖。

①丹杏:红杏。代指女子,或为歌女名。

②珠露:露珠。形容女子眼泪。宋胡宿《寒蝉》:"玉琴可要传深恨,珠露何妨剩荐饥。"

③南楼:《花草粹编》、《百家词》本、《宋六十名家词》本、《四库全书》本、《历代诗余》、《小山词笺》,作"南桥"。

④娇韝:形容女子蹙眉含愁的媚态。南朝梁萧纲《长安有狭邪行》:"小妇最容冶,映镜学娇韝。"

⑤当年:《宋六十名家词》本、《历代诗余》、《四库全书》本,作"常年"。

⑥殢(tì)酒:酒意难除,沉湎于酒。见《木兰花》(阿茸十五腰肢好)注释。

⑦水长山远:《历代诗余》《小山词笺》,作"山长水远"。形容距离很远。唐许浑《寄宋邧》:"山长水远无消息,瑶瑟一弹秋月高。"

【汇评】

前三句与次三句对,作法变幻。(夏敬观《映庵词评》)

又

离多最是,东西流水,终解两相逢①。浅情终似,行云无定,犹到梦魂中②。 可怜人意,薄于云水,佳会更难重③。细想从来,断肠多处,不与者番同④。

【题解】

这首词抒发离愁别怨。两人分离,总有重逢之时。行踪不定,还可梦中相见。只可惜人情淡漠,连相约的机会都没有。这番离愁别怨比之前更强烈难熬。

【注释】

①"离多"三句:两人分离,如同东西分流,最终还能汇合。此三句表示

人虽分别,仍有相逢时。东西流水:指水东西分流。见《鹧鸪天》(斗鸭池南夜不归)"水东西"注释。

②"浅情"三句:浅情人似飘忽不定的云,时时还会入梦。此三句表明梦里还有机会和情人相逢,然语气较前三句弱,隐含云不如水之意。终似:《花草粹编》作"纵似";《历代诗余》《小山词笺》,作"长似"。行云:用巫山神女之典。见《临江仙》(浅浅余寒春半)"虚梦高唐"注释。

③"可怜"三句:可叹薄情之人,不如云水,不再与我相会。此三句合并上片语意,语气增强,意义递进,表达对薄情人的怨怼。可怜:可叹,可惜。见《生查子》(关山魂梦长)注释。佳会:指二人相会。汉李陵《与苏武》:"嘉会难再遇,三载为千秋。"

④"细想"三句:细想无数次的离愁别怨,都不同于这次的慨叹。此三句情辞激烈,达到抒情高潮。因此前已有数次离别经历,这番别离正是愁恨堆积的结果,量变促成质变,故云不同之前。者番:《花草粹编》、《百家词》本、《宋六十名家词》本、《四库全书》本、《历代诗余》、《小山词笺》,作"这番"。这番,这次。

【汇评】

前段两比,后段赋之。(明卓人月、徐士俊《古今词统》卷六)

"云""水"意相对,上分述而又总之。作法变幻。(夏敬观《映庵词评》)

又

西楼别后,风高露冷,无奈月分明①。飞鸿影里,捣衣砧外,总是玉关情②。　　王孙此际③,山重水远,何处赋《西征》④。金闺魂梦枉丁宁⑤,寻尽短长亭⑥。

【题解】

该词抒发羁旅愁情。上片写游子思乡,别后深秋,月明夜冷,远方的游子望月思乡。下片写闺人念远,她不知游子在何处吟诵《西征赋》,在魂梦中寻找游子,叮咛游子早日归来,却愿望落空。此词多处融合了唐诗意境,语言典雅,词境高远,实为佳作。

【注释】

①"西楼"三句:西楼分别后,游子面对明月思乡,深秋风大露寒,心中颇有不能归家的无奈。"风高"句:形容深秋时节的寒冷。唐许浑《再游姑苏玉芝观》:"玉池露冷芙蓉浅,琼树风高薜荔疏。"分明:明亮。唐元稹《哭女樊》:"秋天净绿月分明,何事巴猿不剩鸣。"五代欧阳炯《三字令》:"枕函欹,月分明。花淡薄,惹相思。"

②"捣衣"二句:脱化于唐李白《子夜吴歌·秋歌》:"长安一片月,万户捣衣声。秋风吹不尽,总是玉关情。何日平胡虏,良人罢远征。"捣衣:古时将织好的布帛,铺在石砧上,用木棒反复捶击,使之柔软,便于裁制衣服。后亦泛指捶洗。玉关情:远征之人的思乡之情。玉关,即玉门关。汉时为通往西域各地的门户。故址在今甘肃敦煌西北。

③王孙:此处是叔原的自称。见《浣溪沙》(楼上灯深欲闭门)注释。

④赋《西征》:指吟诵《西征赋》。西征,西行。晋潘岳作《西征赋》,《晋书·潘岳传》:"选为长安令,作《西征赋》,述所经人物山水,文清旨诣,辞多不录。"

⑤"金闺"句:枉费了闺人梦中的叮咛。金闺:闺阁的美称。唐王昌龄《从军行七首》其一:"更吹羌笛关山月,无那金闺万里愁。"丁宁:《百家词》本、《宋六十名家词》本、《四库全书》本、《历代诗余》、《小山词笺》,作"叮咛"。同叮咛,叮嘱。

⑥短长亭:见《临江仙》(淡水三年欢意)注释。

又

雕梁燕去①,裁诗寄远②,庭院旧风流。黄花醉了③,碧梧题罢④,闲卧对高秋。　　繁云破后,分明素月⑤,凉影挂金钩⑥。有人凝淡倚西楼,新样两眉愁⑦。

【题解】

此词可能作于上首"西楼别后"第二年秋天。词写相思别怨。上片追忆庭院旧时的风流韵事,即在深秋时节,梁燕离去,作诗寄远,醉饮菊花酒,题字桐叶上,闲卧以打发时间。下片描绘眼前明月高挂的秋夜景致,想象着远方的闺人相思难眠,倚楼凝望,双眉含愁,盼君归来。

【注释】

①雕梁燕:在梁间作窝的燕子。唐乔知之《定情篇》:"故岁雕梁燕,双去今来只。"

②裁诗:作诗。见《鹧鸪天》(梅蕊新妆桂叶梅)注释。

③"黄花"句:指饮黄花酒而醉。黄花:黄花酒,即菊花酒。唐许浑《长庆寺遇常州阮秀才》:"晚收红叶题诗遍,秋待黄花酿酒浓。"

④碧梧:绿色的梧桐树。唐杜甫《秋兴八首》其八:"香稻啄余鹦鹉粒,碧梧栖老凤凰枝。"

⑤"繁云"二句:层云散去,月亮从云中出来,分外明亮。宋张先《天仙子》:"云破月来花弄影。"破:散开,分散。素月:皓月,明月。晋陶潜《杂诗十二首》其二:"白日沦西阿,素月出东岭。"

⑥金钩:比喻弯月。北周庾信《咏画屏风诗二十五》其十三:"玉枻珠帘卷,金钩翠幔悬。"

⑦"有人"二句:闺人出神地倚楼远眺,双眉尽含愁怨。凝淡:淡泊;静止。唐陆龟蒙《引泉》:"本性乐凝澹,及来更虚玄。"两眉愁:蹙眉含颦。唐韩偓《闺情》:"敲折玉钗歌转咽,一声声作两眉愁。"

虞美人

闲敲玉镫隋堤路①。一笑开朱户。素云凝淡月婵娟②。门外鸭头春水、木兰船③。　　吹花拾蕊嬉游惯④。天与相逢晚。一声长笛倚楼时⑤。应恨不题红叶、寄相思⑥。

【题解】

词写嬉游。词人骑马闲游到歌女家中,两人在云淡月明之夜,春水泛舟。在此地同游已经成为习惯,只感叹相见恨晚。倚楼听长笛,曲中含有相思之愁。

【注释】

①"闲敲"句:意谓骑马闲游于隋堤路。玉镫:马镫的美称。马镫是一对挂在马鞍两边的脚踏。唐张祜《少年乐》:"醉把金船掷,闲敲玉镫游。"隋堤:《百家词》本、《宋六十名家词》本、《四库全书》本、《历代诗余》、《小山词笺》,作"随堤"。古堤名。隋炀帝时沿通济渠、邗沟河岸修筑的御道。堤上种植桃、柳,后人谓之隋堤。唐姚合《杨柳枝》:"见说隋堤枯已尽,年年行客怪春迟。"

②"素云"句:白云轻淡,月色明媚。素云:白云。唐末五代贯休《对雪寄新定冯使君二首》其一:"翳月素云埋粉堞,堆巢孤鹤下金绳。"凝淡:见《少年游》(雕梁燕去)注释。婵娟:形容月色美好。五代李珣《酒泉子》:"秋月婵娟,皎洁碧纱窗外。"

③鸭头:形容水色碧绿。《山堂肆考·羽虫》引《格物论》:"鸭,家凫也。雄者,绿头,文翅,红脚,声痄。雌,黄色,或纯白色,或黑色,喜鸣。"唐李白《襄阳歌》:"遥看汉水鸭头绿,恰似葡萄初酦醅。"

④吹花:见《点绛唇》(妆席相逢)注释。拾蕊:见《清平乐》(千花百草)注释。

⑤"一声"句:唐赵嘏《长安晚秋》:"残星几点雁横塞,长笛一声人倚楼。"

⑥"应恨"句:因情人没有来信以慰相思而生愁恨。用红叶题诗之典。见《浣溪沙》(浦口莲香夜不收)"题叶"注释。

又

飞花自有牵情处①。不向枝边坠②。随风飘荡已堪愁。

更伴东流流水、过秦楼③。　　　楼中翠黛含春怨。闲倚阑干见④。远弹双泪惜香红⑤。暗恨玉颜光景、与花同⑥。

【题解】

此词写青楼女子见落花随流水漂荡,而引发了红颜易逝、身世凄凉之叹。情景交融,人与花融为一体。

【注释】

①牵情处:《历代诗余》《小山词笺》,作"牵情地"。系情处。率情,触动人的感情。唐孙鲂《柳》:"春物牵情无奈何,就中杨柳态难过。"

②枝边坠:《彊村丛书》原本作"枝边",缺字。据《百家词》本、《宋六十名家词》本、《四库全书》本、《历代诗余》、《小山词笺》,补"坠"字。

③东流:《历代诗余》《小山词笺》,作"东溪"。秦楼:本义同"凤楼"。见《浣溪沙》(二月春花厌落梅)注释。后常以"秦楼楚馆"代指青楼妓院。唐李白《忆秦娥》:"箫声咽。秦娥梦断秦楼月。秦楼月。年年柳色,灞陵伤别。"

④见:《百家词》本、《宋六十名家词》本、《四库全书》本、《历代诗余》、《小山词笺》,作"遍"。

⑤远弹:《百家词》本、《宋六十名家词》本、《四库全书》本、《历代诗余》、《小山词笺》,作"自弹"。香红:指花。唐顾况《春怀》:"园莺啼已倦,树树陨香红。"

⑥玉颜:形容女子美丽的容颜。唐王昌龄《长信秋词五首》其三:"玉颜不及寒鸦色,犹带昭阳日影来。"与花同:与落花经历相似。唐苏颋《立春日侍宴内出剪彩花应制》:"裁成识天意,万物与花同。"

又

曲阑干外天如水①。昨夜还曾倚。初将明月比佳期②。长向月圆时候、望人归。　　　罗衣着破前香在。旧意谁教改③。一春离恨懒调弦。犹有两行闲泪、宝筝前④。

【题解】

词写闺怨。闺人经常倚栏望月盼人归,期望月圆人团圆。她不舍得更换旧时的罗衣,因为衣上有与情人恩爱时留下的香痕,旧情不能改变。她因离恨懒调琴,只是对筝流泪,愁怨难遣。

【注释】

①天如水:天空碧如水。唐温庭筠《瑶瑟怨》:"冰簟银床梦不成,碧天如水夜云轻。"

②初:曾经,从前。

③"罗衣"二句:意谓罗衣穿旧,不愿更换,只因留有曾经与情人在一起时的香味,旧日情意,决不改变。旧意:旧时的情意。谁教:怎能,哪能。张相《诗词曲语辞汇释》卷一:"晏几道《虞美人》词'罗衣著破前香在,旧意谁教改。'此教字为能义。谁教,犹云那能也。"

④宝筝:装饰华美的筝,珍贵的筝。南唐冯延巳《菩萨蛮》:"玉露不成圆,宝筝悲断弦。"

又

疏梅月下歌《金缕》①。忆共文君语②。更谁情浅似春风。一夜满枝新绿、替残红③。　　蘋香已有莲开信④。两桨佳期近⑤。采莲时节定来无。醉后满身花影、倩人扶⑥。

【题解】

词赠歌伎。听歌伎演唱《金缕曲》,忆起曾经共同叙话。此时春尽,春风吹落残花,换得满枝新绿。蘋香报信,采莲时节将至,佳期渐近。词人不知是否还能与佳人相约采莲,并希望喝醉后,能由佳人搀扶同归。

【注释】

①《金缕》:指《金缕曲》。见《生查子》(官身几日闲)注释。

②文君:卓文君,借指美女。

③"更谁"二句:春风情浅,吹落残花,一夜间绿叶满枝。此二句或暗指歌女薄情,另有新欢。

④蘋:一种蕨类植物,多年生草本。生浅水中,叶有长柄,柄端生四片小叶成田字形。唐白居易《小舫》:"黄柳影笼随棹月,白蘋香起打头风。"此句的"蘋"与"莲"有可能暗指"蘋""莲"二位歌伎。

⑤两桨:南朝乐府《西洲曲》:"西洲在何处,两桨桥头渡。"

⑥"醉后"句:喝醉酒后,月照花影映身,美女扶其归去。唐陆龟蒙《和袭美春夕酒醒》:"觉后不知明月上,满身花影倩人扶。"

【汇评】

"替"字妙。(明卓人月、徐士俊《古今词统》卷八)

集中多离索之感。此调"新绿""残红",甫嗟易别;"蘋香""两桨",旋盼相逢;"花影人扶"句,预想归来。闹红一舸,风致嫣然,丽而有则。(俞陛云《唐五代两宋词选释》)

又

玉箫吹遍烟花路①。小谢经年去②。更教谁画远山眉③。又是陌头风细、恼人时④。 时光不解年年好。叶上秋声早⑤。可怜蝴蝶易分飞。只有杏梁双燕、每来归⑥。

【题解】

词写离愁。歌女玉箫吹奏有关"烟花路"的曲子送别词人,分别以后无人为她画眉。转眼又到秋天,陌上秋风,叶上秋声,蝴蝶分飞,双燕归来,景致年年如此,但情人不再归来。

【注释】

①"玉箫"句:意谓歌女吹奏有关"烟花路"的曲遍。玉箫:歌女名。见《鹧鸪天》(小令樽前见玉箫)注释。遍:指乐曲中的一遍。宋沈括《梦溪笔

谈》:"所谓大遍者,凡数十解。每解有数叠,裁截用之,则谓之摘遍。"烟花路:所截取的乐曲歌词包含"烟花路"。唐李白《黄鹤楼送孟浩然之广陵》:"故人西辞黄鹤楼,烟花三月下扬州。"

②小谢:指南朝宋元嘉年间的谢惠连,或指南朝齐永明年间的谢朓,二者皆被后世称为"小谢"。此处为晏叔原自喻。南朝梁锺嵘《诗品·宋法曹参军谢惠连》:"小谢才思富捷,恨其兰玉夙凋,故长辔未骋。"唐李白《宣州谢朓楼饯别校书叔云》:"蓬莱文章建安骨,中间小谢又清发。"

③"更教"句:意谓情人走后,无人为歌女画眉。《汉书·张敞传》:"然敞无威仪,时罢朝会,过走马章台街,使御吏驱,自以便面拊马。又为妇画眉,长安中传张京兆眉怃。有司以奏敞。上问之,对曰:'臣闻闺房之内,夫妇之私,有过于画眉者。'上爱其能,弗备责也。然终不得大位。"

④又是:《历代诗余》《小山词笺》,作"又似"。

⑤"叶上"句:从树叶上最早感到秋天来临。唐孟浩然《和卢明府送郑十三还京兼寄之什》:"洞庭一叶惊秋早,濩落空嗟滞江岛。"

⑥杏梁:由文杏木筑成的屋梁,亦泛指华丽的屋宇。宋晏殊《采桑子》:"燕子双双。依旧衔泥入杏梁。"

又

秋风不似春光好。一夜金英老①。更谁来凭曲阑干。惟有雁边斜月、照关山。　　双星旧约年年在。笑尽人情改②。有期无定是无期③。说与小云新恨、也低眉。

【题解】

词赠小云。秋风萧索,菊花枯萎,大好时光将逝。倚阑远眺,唯见秋雁归去,月照关山。旧约虽在,人情易改,佳期无定,小云将为此低眉愁怨。该词以哀景衬哀情,以感叹时光易逝,人情无定为主题。

【注释】

①金英:菊花。见《蝶恋花》(黄菊开时伤聚散)注释。

②"双星"二句：意谓牛郎织女照旧年年相会,他们在天上笑看人情易改。双星:牛郎星与织女星。唐杜甫《奉酬薛十二丈判官见赠》:"相如才调逸,银汉会双星。"旧约:旧日约定,指牛郎织女七夕相会的约定。

③"有期"句:相会的日期未定就意味着再会无期。

又

小梅枝上东君信^①。雪后花期近^②。南枝开尽北枝开^③。长被陇头游子、寄春来^④。　　年年衣袖年年泪。总为今朝意^⑤。问谁同是忆花人。赚得小鸿眉黛、也低颦^⑥。

【题解】

此词于《花草粹编》卷六误作晏殊词。词赠小鸿。梅花报春,依次开放,游子摘取梅花寄远以表思念。分别数载,年年因相思流泪。问起曾经同赏梅花的人何在,小鸿愁眉不展。

【注释】

①东君信:春天到来的消息。宋晏殊《采桑子》:"春风不负东君信,遍拆群芳。"东君,司春之神。见《蝶恋花》(千叶早梅夸百媚)"好枝长恨无人寄"注释。

②花期近:开花日期已近。唐郑谷《辇下冬暮咏怀》:"烟含紫禁花期近,雪满长安酒价高。"

③"南枝"句:意谓梅花由南枝向北枝次第开放。见《生查子》(春从何处归)"岭头梅"注释。

④"长被"句:指游子折梅寄远以表思念。用陆凯寄梅与范晔之典。见《蝶恋花》(千叶早梅夸百媚)"好枝长恨无人寄"注释。

⑤总为:《宋六十名家词》本、《四库全书》本、《小山词笺》,作"堪为"。

⑥小鸿:《宋六十名家词》本、《四库全书》本、《小山词笺》,作"小鸣"。

又

湿红笺纸回纹字①。多少柔肠事。去年双燕欲归时②。
还是碧云千里、锦书迟③。　　南楼风月长依旧。别恨无端
有。倩谁横笛倚危阑。今夜《落梅》声里、怨关山④。

【题解】

词写相思别怨。因为相思,闺人含泪书写回文诗,尽诉柔肠事,将书信
寄予远人,却迟迟才送达。南楼风月依旧,而人事已非,令人添恨。不知何
人倚栏吹奏《落梅花》,曲中含着关山远隔之怨。

【注释】

①回纹字:回文字,指回文诗。见《鹧鸪天》(楚女腰肢越女腮)"锦字"
注释。回纹:《历代诗余》《小山词笺》,作"回文"。

②双燕欲归:双燕将要归来。宋晏殊《清平乐》:"双燕欲归时节,银屏
昨夜微寒。"

③碧云:碧空中的云,形容天边或远方。南朝梁江淹《杂体诗三十首·
休上人〈怨别〉》:"日暮碧云合,佳人殊未来。"宋柳永《倾杯》:"最苦碧云信
断,仙乡路杳,归雁难倩。"锦书:指书信。见《鹧鸪天》(楚女腰肢越女腮)
注释。

④"倩谁"二句:何人倚栏吹笛曲《梅花落》,其中蕴含关山之怨。词人
将笛曲《落梅》与关山融合成悲凄的意境,烘托出更广更深的离愁别怨。
倩:请,借助。横笛:横吹笛子。《落梅》:即《梅花落》,古笛曲名。唐李白
《司马将军歌》:"羌笛横吹《阿鋋回》,向月楼中吹《落梅》。"唐王昌龄《从军
行》:"更吹羌笛《关山月》,无那金闺万里愁。"

又

一弦弹尽《仙韶》乐①。曾破千金学②。玉楼银烛夜深深③。愁见曲中双泪、落香襟④。 从来不奈离声怨。几度朱弦断。未知谁解赏新音。长是好风明月、暗知心⑤。

【题解】

歌女夜宴弹奏《仙韶乐》,琴艺精妙。弹奏到动情处,泪落衣襟,甚至拨断琴弦。然而只有风月知道琴音中传出的幽怨,坐中客却不能真正理解。此词主旨类似"不惜歌者苦,但伤知音稀"(《古诗十九首》其五),表达怀才不遇之感。

【注释】

①"一弦"句:意谓歌女熟练地弹奏《仙韶乐》。《淮南子·说林训》:"弹一弦不足以见悲。"此处反用其意,弹一弦而弹尽《仙韶乐》,足见其琴艺精湛。《仙韶》:即《仙韶曲》,唐代法曲的别称。《新唐书·礼乐志》:"文宗好雅乐,诏太常卿冯定采开元雅乐,制《云韶法曲》及《霓裳羽衣舞曲》……乐成,改《法曲》为《仙韶曲》。"

②破:破费,花费。千金:许多钱财,形容珍贵。五代王仁裕《开元天宝遗事》:"宫妓永新者善歌,最受明皇宠爱,每对御奏歌,丝竹之声莫能遏。帝尝谓左右曰:'此女歌直千金。'"

③银烛:灯烛的美称。唐杜牧《秋夕》:"银烛秋光冷画屏,轻罗小扇扑流萤。"

④曲中双泪、落香襟:意谓艺伎弹曲至动情处,泪落衣襟。唐李白《白头吟》:"泪如双泉水,行堕紫罗襟。"唐张祜《宫词》:"一声《何满子》,双泪落君前。"落香襟:《宋六十名家词》本、《四库全书》本、《历代诗余》、《小山词笺》,作"落千金"。

⑤"未知"二句:意谓没有人能够真正欣赏琴音,唯有清风明月能够知

晓歌伎的心事。新音：新乐音。唐邵谒《古乐府》："对酒弹古琴，弦中发新音。"好风明月：清风明月，指自然景物。唐钱起《秋夕与梁锽文宴》："好风能自至，明月不须期。"

采桑子

秋千散后朦胧月，满院人闲。几处雕阑。一夜风吹杏粉残①。　　昭阳殿里春衣就②，金缕初干③。莫信朝寒。明日花前试舞看④。

【题解】

这首词描写了宫女的生活情状。宫女日常除了荡秋千外，闲散无为。风吹杏落，春光易逝。为得王侯将相的喜爱，宫女不顾朝寒，迫不及待地穿衣试舞。

【注释】

①杏粉：白色的杏花。

②昭阳殿：汉代宫殿名。后泛指后妃所居住的宫殿。唐李世民《帝京篇十首》其九："罗绮昭阳殿，芬芳玳瑁筵。"春衣：春天所穿的衣裳。唐杜甫《曲江二首》其二："朝回日日典春衣，每日江头尽醉归。"

③"金缕"句：指金缕衣刚制成。

④花前试舞：指在花前跳舞。唐刘希夷《代悲白头翁》："公子王孙芳树下，清歌妙舞落花前。"唐岑参《田使君美人舞如莲花北铤歌》："高堂满地红氍毹，试舞一曲天下无。"

【汇评】

字字婉媚。（清陈廷焯《云韶集》卷二）

又

花前独占春风早,长爱江梅①。秀艳清杯②。芳意先愁凤管催③。　　寻香已落闲人后,此恨难裁④。更晚须来⑤。却恐初开胜未开⑥。

【题解】

这首词在《花草粹编》卷二录为晏殊词。这是一首咏梅词,表达词人对梅花的喜爱。梅花开在众花之前,秀艳芬芳,独占春风。人们花前饮酒,听《江梅引》曲,担忧梅花凋零。虽然比闲人晚一点来赏梅,词人有些遗憾,但好在赶上了花开的时间。

【注释】

①"花前"二句:意谓梅花在众春花盛开之前绽放。宋苏轼《红梅三首》其二:"雪里开花却是迟,何如独占上春时。"花前:《梅苑》作"花中"。江梅:双关语,指梅花,亦指曲子《江梅引》。

②秀艳:《梅苑》作"香艳"。指梅花的清秀美丽。清杯:清酒。这里指在梅花前饮酒。宋冯山《赏梅呈李待制才元》:"月照寒姿凌画烛,风传香蕊堕清杯。"

③"芳意"句:意谓生怕梅花被笛曲《江梅引》催落。凤管催:《梅苑》作"调角催";《百家词》本、《宋六十名家词》本、《四库全书》本、《小山词笺》,作"凤管吹"。凤管:指笛。见《丑奴儿》(昭华凤管知名久)注释。

④难裁:难以消解。唐李白《北风行》:"黄河捧土尚可塞,北风雨雪恨难裁。"

⑤"更晚"句:纵使再晚也要来赏梅。更晚:《梅苑》作"更晓"。更:纵使,即使。

⑥却恐:表示估计,只恐,大概,也许。唐末五代贯休《归东阳临岐上杜

使君七首》其五：“褚祥为郡曾如此，却恐当时是偶然。”胜未开：《小山词笺》作“怨未开”。

又

芦鞭坠遍杨花陌^①，晚见珍珍。疑是朝云。来作高唐梦里人^②。　　应怜醉落楼中帽^③，长带歌尘^④。试拂香茵^⑤。留解金鞍睡过春^⑥。

【题解】

词人在春日冶游时遇见歌伎珍珍，并恋上她，以为是神女下凡。此后经常去听歌，持续整个春天。这首词应当是晏几道的年少之作，表现了当时富贵风流的生活。

【注释】

①“芦鞭”句：骑马遍游飘满杨花的巷陌。芦鞭：一种短小的马鞭。坠：坠下马鞭，让马停驻。唐白行简《李娃传》：“至鸣珂曲，见一宅，门庭不甚广，而室宇严邃，阖一扉。有娃方凭一双鬟青衣立，妖姿要妙，绝代未有。生忽见之，不觉停骖久之，徘徊不能去。乃诈坠鞭于地，候其从者，敕取之，累眄于娃。”

②“疑是”二句：怀疑珍珍是巫山神女下凡，欲与之交欢。朝云、高唐梦：见《临江仙》（浅浅余寒春半）“虚梦高唐”注释。

③“应怜”句：用孟嘉落帽之典。《晋书·孟嘉传》：“（嘉）后为征西桓温参军，温甚重之。九月九日，温燕龙山，寮佐毕集。时佐吏并着戎服，有风至，吹嘉帽堕落，嘉不之觉。温使左右勿言，欲观其举止。嘉良久如厕，温令取还之，命孙盛作文嘲嘉，着嘉坐处。嘉还见，即答之。其文甚美，四坐嗟叹。”唐钱起《九日闲居寄登高数子》：“今朝落帽客，几处管弦留。”醉落：《宋六十名家词》本、《四库全书》本、《小山词笺》，作“醉拂”。

④歌尘：形容歌声动听。唐刘兼《春宴河亭》：“舞袖逐风翻绣浪，歌尘

随燕下雕梁。"

⑤香茵:华美的坐垫。唐段成式《西阳杂俎·续集·支诺皋》:"良久,妓女十余,排大门而入,轻绡翠翘,艳冶绝世。有从者具香茵,列坐月中。"

⑥金鞍:《花草粹编》、《宋六十名家词》本、《四库全书》本、《小山词笺》,作"金鞭"。

【汇评】

珍珍:宋晏几道《小山词》中有云:"晚见珍珍。疑是朝云。来作高唐梦里人。"盖亦妓名也。(明李肇亨《妇女双名记》)

又

日高庭院杨花转①,闲淡春风。昨夜匆匆。颦入遥山翠黛中②。　　金盆水冷菱花净,满面残红③。欲洗犹慵。弦上啼乌此夜同④。

【题解】

词写闺怨。庭院日高,柳絮随风,昨夜欢会匆匆,闺人眉黛含愁。她因愁怨而无心梳洗,弹奏幽怨的《乌夜啼》琴曲。

【注释】

①转:翻转,飘舞。

②"颦入"句:闺人远山眉黛颦蹙含愁。

③"金盆"二句:闺人没有梳洗,脸上留有昨夜残妆。金盆:铜制的盆,供注水盥洗之用。唐张谔《三日岐王宅》:"金盆浴未了,绷子绣初成。"菱花:指菱花镜,铜镜背面常饰有菱花图案。唐李白《代美人愁镜二首》其二:"狂风吹却妾心断,玉箸并堕菱花前。"

④弦上啼乌:古琴曲有《乌夜啼》。《旧唐书·音乐志》:"《乌夜啼》,宋临川王义庆所作也。元嘉十七年,徙彭城王义康于豫章。义庆时为江州,至镇,相见而哭,为帝所怪,征还宅,大惧。妓妾夜闻乌啼声,扣斋阁云:'明

日应有赦。'其年更为南兖州刺史,作此歌。故其和云:'笼窗窗不开,乌夜啼,夜夜望郎来。'今所传歌似非义庆本旨。辞曰:'歌舞诸少年,娉婷无种迹。菖蒲花可怜,闻名不相识。'"后琴曲经历代更迭,多作哀怨之音。唐元稹《听庾及之弹乌夜啼引》:"君弹《乌夜啼》,我传乐府解古题。良人在狱妻在闺,官家欲赦乌报妻。乌前再拜泪如雨,乌作哀声妻暗语。后人写出《乌啼引》,吴调哀弦声楚楚……今君为我千万弹,乌啼啄啄泪澜澜。感君此曲有深意,昨日乌啼桐叶坠。当时为我赛乌人,死葬咸阳原上地。"其《蝶恋花》(碧草池塘春又晚):"一曲啼乌心绪乱。"可参看。

又

征人去日殷勤嘱①,莫负心期。寒雁来时②。第一传书慰别离。　　轻春织就机中素③,泪墨题诗④。欲寄相思。日日高楼看雁飞。

【题解】

词写闺怨。征人启程时,闺人反复叮嘱不要辜负佳期,要及时写信以慰相思。分别后的春天,闺人织就素绢,泪墨题诗,欲将相思寄予征人。日日高楼望雁,希望大雁带来征人的音讯。

【注释】

①"征人"句:征人启程时,伊人反复叮咛。唐王维《伊州歌》:"清风明月苦相思,荡子从戎十载余。征人去日殷勤嘱,归雁来时数附书。"

②寒雁:寒天之雁。诗文中常以衬托凄凉气氛。北周庾信《秋夜望单飞雁》:"失群寒雁声可怜,夜半单飞在月边。"唐温庭筠《过潼关》:"十里晓鸡关树暗,一行寒雁陇云愁。"

③轻春:《宋六十名家词》本、《四库全书》本、《小山词笺》,作"轻风";《花草粹编》作"轻丝"。初春,早春。唐温庭筠《舞衣曲》:"藕肠纤缕抽轻春,烟机漠漠娇娥颦。"机中素:南朝梁江淹《杂体诗三十首·班婕妤咏扇》:

"纨扇如团月,出自机中素。"素,白色的绢布。

④泪墨:见《诉衷情》(渚莲霜晓坠残红)注释。

又

花时恼得琼枝瘦①,半被残香②。睡损梅妆③。红泪今春第一行④。　　风流笑伴相逢处⑤,白马游缰⑥。共折垂杨。手捻芳条说夜长⑦。

【题解】

词写闺怨。闺人因伤春而消瘦,对着半边空床流泪。当初与情人春游相逢,共同折柳长夜叙话。今昔对比,孤独更甚,相思更浓。

【注释】

①花时:百花盛开之时,指春日。琼枝瘦:双关语,既指梅树美丽花枝的残损,又指美人身体的消瘦。

②"半被"句:半边绣被上留有余香。唐卢纶《春词》:"醉眠芳树下,半被落花埋。"

③梅妆:梅花妆。见《蝶恋花》(千叶早梅夸百媚)"内样妆"注释。

④红泪:美人泪。见《鹧鸪天》(绿橘梢头几点春)注释。

⑤风流笑伴:风流欢笑相伴。宋苏轼《次韵杨公济奉议梅花十首》其八:"多情好与风流伴,不到双双燕语时。"

⑥"白马"句:指骑白马游春。魏晋无名氏《太和中百姓歌》:"青青御路杨,白马紫游缰。"

⑦芳条:指柳条。说:叙话。

【汇评】

"半被"二句已觉妍秀,"红泪"七字更佳句乘风欲去。下阕游伴相逢,别开一境。结句妙在不说尽,耐人揽撷。(俞陛云《唐五代两宋词选释》)

又

　　春风不负年年信，长趁花期。小锦堂西①。红杏初开第一枝。　　碧箫度曲留人醉②，昨夜归迟。短恨凭谁③。莺语殷勤月落时④。

【题解】

　　春暖花开，词人到小锦堂听歌赏曲。艺伎之箫声醉人，词人晚归。归家途中，月落莺啼，词人留恋艺伎，略感愁恨。

【注释】

　　①小锦堂西：小锦堂的西面。小锦堂，或指叔原友人家的厅堂名。唐许浑《紫藤》："绿蔓秋阴紫袖低，客来留坐小堂西。"

　　②碧箫度曲：用碧玉箫按曲谱演奏。唐温庭筠《晓仙谣》："碧箫曲尽彩霞动，下视九州皆悄然。"度曲，曲的节度，即按曲谱演唱或演奏。汉张衡《西京赋》："度曲未终，云起雪飞。"

　　③短恨：《百家词》本、《宋六十名家词》本、《四库全书》本、《小山词笺》，作"恨短"。

　　④"莺语"句：月落时，莺语声声。唐杜甫《绝句漫兴九首》其一："即遣花开深造次，便觉莺语太丁宁。"

又

　　秋来更觉消魂苦①，小字还稀②。坐想行思③。怎得相看似旧时。　　南楼把手凭肩处④，风月应知⑤。别后除非。梦里时时得见伊。

【题解】

词写别后相思。秋来情人书信减少，闺人更觉愁苦。坐想行思，不知何时重逢。追忆南楼携手并肩，风月可证。如今别离，唯有梦中相见。

【注释】

①消魂苦：形容极其哀苦。唐杜甫《送裴五赴东川》："东行应暂别，北望苦销魂。凛凛悲秋意，非君谁与论。"消魂：《花草粹编》、《百家词》本、《宋六十名家词》本、《四库全书》本、《小山词笺》，作"销魂"。

②小字：书信。

③"坐想"句：坐或行时都在想念，形容思念之深。唐李白《寄远十一首》其八："坐思行叹成楚越，春风玉颜畏销歇。"宋柳永《凤凰阁》："教我行思坐想，肌肤如削。"

④凭肩：《彊村丛书》原本作"凭看"。据《花草粹编》、《百家词》本、《宋六十名家词》本、《四库全书》本、《小山词笺》，改作"凭肩"。

⑤"风月"句：风月知晓二人情意。唐白居易《杭州回舫》："欲将此意凭回棹，报与西湖风月知。"宋欧阳修《阮郎归》："隔帘风雨闭门时。此情风月知。"

又

谁将一点凄凉意，送入低眉。画箔闲垂①。多是今宵得睡迟。　　夜痕记尽窗间月②，曾误心期。准拟相思③。还是窗间记月时。

【题解】

词写闺情。闺人心中凄凉，因相思而失眠。她记月痕以打发长夜。情人多次误心期，闺人相思不尽，仍在窗前记月以盼情人归来。

【注释】

①画箔（bó）：有画饰的帘子。箔，用苇子、秫秸等做成的帘子。宋文同

《阆州东园十咏·四照亭》:"画箔褰何碍,珍丛发已圆。"

②"夜痕"句:整夜未眠,望着月影推移以计时。记夜痕:即记月痕,刻绘或暗记月亮升降运行之轨迹,以此表示时间的流逝。宋李槻《有约》:"明朝有约谁先到,手掐花梢记月痕。"夜痕:《小山词笺》作"衣痕"。月影。

③准拟:料想,料定。唐杜甫《十二月一日三首》其三:"春来准拟开怀久,老去亲知见面稀。"宋梅尧臣《十五日雪三首》其三:"准拟看花少,依稀咏雪多。"

又

宜春苑外楼堪倚①,雪意方浓。雁影冥蒙②。正共银屏小景同③。　　可无人解相思处④,昨夜东风。梅蕊应红。知在谁家锦字中⑤。

【题解】

词写相思。闺人倚楼,楼外飞雪雁影之景象,如同闺房屏风所绘之景。风吹梅红,春天来临,是否有人理解闺人的相思,不知道有没人把梅花附在锦书中寄来。

【注释】

①宜春苑:古代苑囿名。宋代宜春苑,在河南开封城东,俗称东御园。《宋史·太祖纪》:"(建隆元年九月)己酉,幸宜春苑。"宋梅尧臣《宜春宴射篇李驸马请赋杂言》:"风雨未过桐华时,宜春苑中梨萼披。"

②冥蒙:朦胧不清晰,幽暗不明朗。唐王泠然《夜光篇》:"游人夜到汝阳间,夜色冥蒙不解颜。"宋梅尧臣《雪中发江宁浦至采石》:"冒岭云冥蒙,漫江雪飞扬。"

③银屏:见《玉楼春》(芳年正是香英嫩)注释。

④可无人解:《小山词笺》作"可人无解"。

⑤锦字:即锦书。见《鹧鸪天》(楚女腰肢越女腮)注释。

又

白莲池上当时月^①，今夜重圆。曲水兰船。忆伴飞琼看月眠^②。　　黄花绿酒分携后^③，泪湿吟笺。旧事年年。时节南湖又采莲^④。

【题解】

词写别后思念。词人重见圆月当空，追忆同在南湖泛舟采莲的歌伎，如今物是人非，伤心不已。

【注释】

①池上：《百家词》本，作"送上"。

②飞琼：许飞琼，传说中的仙女，是西王母身边的侍女。《汉武帝内传》："王母乃命诸侍女……许飞琼鼓震灵之簧。"此处指代歌伎。

③"黄花"句：秋日菊花前饮酒告别。分携：指离别。唐李商隐《饮席戏赠同舍》："洞中屐响省分携，不是花迷客自迷。"

④南湖：湖名。《明统一志·开封府》："南湖。在府城南五里，宋晏元献放驯鹭于湖中，苏辙有记。"此处南湖或指此，在今河南商丘。

又

高吟烂醉淮西月^①，诗酒相留。明日归舟。碧藕花中醉过秋^②。　　文姬赠别双团扇，自写银钩^③。散尽离愁。携得清风出画楼^④。

【题解】

词作于离筵。淮西设宴送别，词人吟诗饮酒至醉，明日即将归去。歌妓题字团扇赠予词人以示宽慰，离愁散尽后离开画楼。

【注释】

①淮西：即淮右，淮南西路，为一地域名。北宋至道十五路之一。淮南西路的属地包括：寿州（今安徽寿春）、庐州（今安徽合肥）、濠州（今安徽凤阳）、舒州（今安徽安庆）、和州（今安徽和县）、蕲州（今湖北蕲春）、黄州（今湖北黄冈）、光州（今河南潢川）、无为军（今安徽无为）、六安军（今安徽六安）。烂醉：大醉。唐杜甫《杜位宅守岁》："谁能更拘束，烂醉是生涯。"宋林逋《池上春日即事》："已输谢客清吟了，未忍山翁烂醉归。"

②碧藕：碧莲。见《鹧鸪天》（碧藕花开水殿凉）注释。

③"文姬"二句：歌伎自题诗于团扇以赠予远行之人。文姬：东汉才女蔡文姬，擅长诗文。《后汉书·列女传》："陈留董祀妻者，同郡蔡邕之女也，名琰，字文姬。博学有才辩，又妙于音律，适河东卫仲道。夫亡无子，归宁于家。兴平中，天下丧乱，文姬为胡骑所获，没于南匈奴左贤王，在胡中十二年，生二子。曹操素与邕善，痛其无嗣，乃遣使者以金璧赎之，而重嫁于祀。"此处指代歌伎。自写：《百家词》本，作"自泻"；《宋六十名家词》本、《四库全书》本，作"舟泻"；《小山词笺》，作"字写"。银钩：见《河满子》（对镜偷匀玉箸）注释。

④"散尽"二句：团扇携风，散去离愁，趁着清风离开画楼。出画楼：《宋六十名家词》本、《四库全书》本、《小山词笺》，作"到别州"。

又

前欢几处笙歌地，长负登临①。月幌风襟②。犹忆西楼着意深。　　莺花见尽当时事，应笑如今③。一寸愁心。日日寒蝉夜夜砧④。

【题解】

此词追忆旧欢。旧时欢会之地，词人久不涉足。西楼情事，令人记忆最深。莺花见证当年情事，而今孤寂，只有蝉鸣与砧声日夜相伴，愁恨倍增。

【注释】

①"前欢"二句：曾经笙歌寻欢之处，如今久不登临。前欢：指旧日欢会。唐白居易《和寄乐天》："后恨苦绵绵，前欢何卒卒。"宋晏殊《少年游》："前欢往事，当歌对酒，无限到心中。"

②"月幌"句：月光照耀着的薄帷，风吹动着的衣襟。晋阮籍《咏怀八十二首》其一："薄帷鉴明月，清风吹我襟。"唐杨炯《大周明威将军梁公神道碑》："月幌风襟，每吟谣于笺彩。花新叶早，必赏会于琴樽。"

③"莺花"二句：当时情事，莺花可以作证，今日独处，应被莺花所笑。

④"日日"句：日日寒蝉鸣泣，夜夜砧声不绝。寒蝉：蝉的一种，又称寒蜇、寒蜩，较一般蝉为小，青赤色，有黄绿斑，翅透明。《礼记·月令》："（孟秋之月）凉风至，白露降，寒蝉鸣。"三国魏曹植《赠白马王彪》："秋风发微凉，寒蝉鸣我侧。"砧：砧声，捣衣声。见《鹧鸪天》（九日悲秋不到心）注释。

又

无端恼破桃源梦①，明月青楼②。玉腻花柔③。不学行云易去留④。 应嫌衫袖前香冷，重傍金虬⑤。歌扇风流。遮尽归时翠黛愁⑥。

【题解】

词写梦境。在明月当空的青楼中，词人与如花似玉的歌女欢会，情意绵绵，不似巫山神女片刻即逝。她衫袖宽薄不耐寒凉，重新熏暖香炉，继续温存。离别时，她用歌扇遮住愁眉，依依不舍。

【注释】

①桃源梦：用刘晨、阮肇天台山遇仙女之典。见《浣溪沙》（二月春花厌落梅）"仙源"注释。

229

②明月:《彊村丛书》原本作"明日",据《宋六十名家词》本、《四库全书》本、《历代诗余》、《小山词笺》改。

③"玉腻"句:形容女子肌肤雪白,娇嫩柔弱,如花似玉。

④行云:用巫山神女之典。见《临江仙》(浅浅余寒春半)"虚梦高唐"注释。

⑤金虬(qiú):指龙形或饰有龙纹的铜香炉。虬,古代传说中的无角龙。

⑥"遮尽"句:歌伎用歌扇遮住含愁的翠黛,表示离愁。

又

　　年年此夕东城见①,欢意匆匆。明日还重②。却在楼台缥缈中③。　　垂螺拂黛清歌女④,曾唱相逢。秋月春风⑤。醉枕香衾一岁同⑥。

【题解】

　　此词回忆歌伎。刚见面时,歌伎年龄尚小,唱着《偶相逢》曲子,之后词人经常去东城醉酒听歌。明日又是相见的日子,但是歌伎已经离开,不在此楼中了。

【注释】

　　①"年年"句:年年这个晚上,都要在东城相会。年年:《宋六十名家词》本、《四库全书》本、《历代诗余》、《小山词笺》,作"年时"。夕:指晚上,夜晚。《诗经·唐风·绸缪》:"今夕何夕,见此良人。"

　　②"明日"句:明日又是相会的日期。

　　③缥缈:高远隐约的样子,形容空虚渺茫、遥不可及的东西。唐杜甫《白帝城最高楼》:"城尖径仄旌旆愁,独立缥缈之飞楼。"

　　④垂螺:古代女子的一种额式,螺髻垂在额边。宋张先《减字木兰花》:"垂螺近额,走上红裀初趁拍。"明杨慎《丹铅总录·诗话·角妓垂螺》:"垂

螺、双螺,盖当时角妓未破瓜时额饰。"拂黛:在眉部涂上青黑色,即用翠黛画眉。唐沈佺期《李员外秦援宅观妓》:"拂黛随时广,挑鬟出意长。"唐刘得仁《长信宫二首》其一:"拂黛月生指,解鬟云满梳。"

⑤"秋月"句:唐白居易《琵琶行》:"今年欢笑复明年,秋月春风等闲度。"

⑥醉枕:指醉梦,醉酒瞌睡。唐薛能《陈州刺史寄鹤》:"春飞见境乘桴切,夜唳闻时醉枕醒。"宋欧阳修《来燕堂与赵叔平王禹玉王原叔韩子华联句》:"吟樽敞花轩,醉枕酣风幌。"

又

双螺未学同心绾①,已占歌名。月白风清。长倚昭华笛里声②。　　知音敲尽朱颜改③,寂寞时情④。一曲《离亭》⑤。借与青楼忍泪听⑥。

【题解】

词赠歌伎。歌伎年纪轻轻,以歌唱出名。月白风清之夜,歌伎和着笛声歌唱。随着年龄增长,容颜渐老,知音渐少,她带着心中寂寞,倾情演唱《离亭宴》,以致坐中听众不禁流泪。

【注释】

①"双螺"句:歌伎梳着双螺发型,还没学会编同心结。此句形容歌伎年龄很小,情窦未开。双螺:指少女头上梳成的两个螺形发髻。同心绾(wǎn):即同心结。见《蝶恋花》(黄菊开时伤聚散)"同心"注释。

②"长倚"句:歌伎在笛声的伴奏下歌唱。倚:指和乐唱歌。昭华:见《丑奴儿》(昭华凤管知名久)注释。

③知音敲尽:曾经击节赞赏的知音者,已不复存在了。

④寂寞:《宋六十名家词》本、《四库全书》本,作"寂莫"。

⑤《离亭》:指《离亭宴》。见《木兰花》(念奴初唱《离亭宴》)注释。

⑥借与:让与,给予。唐杜牧《书怀寄中朝往还》:"朱绂久惭官借与,白头还叹老将来。"宋苏轼《病中游祖塔院》:"道人不惜阶前水,借与匏樽自在尝。"

【汇评】

张子野词:"垂螺近额。走上红裀初趁拍。"晏小山词:"双螺未学同心绾,已占歌名。月白风清。长倚昭华笛里声。"又云:"红窗碧玉新名旧,犹绾双螺。一寸秋波。千斛明珠觉未多。""垂螺""双螺",盖当时角妓未破瓜时额饰,今搬演旦色,犹有此制。(明杨慎《丹铅总录》卷十九)

女儿把子:今江南女儿未破瓜者,额前发缚一把子,即张子野"垂螺近额"、晏小山词"双螺未学同心结",垂螺、双螺,即把子也。(明张萱《疑耀》卷五)

又

西楼月下当时见,泪粉偷匀①。歌罢还颦。恨隔炉烟看未真②。　别来楼外垂杨缕,几换青春③。倦客红尘④。长记楼中粉泪人⑤。

【题解】

这首词怀念西楼歌伎,并嵌入词人的身世之感。词上片回忆与歌伎初见时的情形。词下片抒发别怨,与歌伎分别数载,词人四处宦游,时常思念她。

【注释】

①"泪粉"句:偷偷地抹匀脸上被泪水沾湿的脂粉。泪粉:《四库全书》本、《历代诗余》、《小山词笺》,作"粉泪"。

②炉烟:香炉或熏炉之烟。南朝梁萧纲《晓思》:"炉烟入斗帐,屏风隐镜台。"看未真:看得不真切、不清楚。

③"别来"二句:与歌伎离别数载,西楼外垂柳度过了多个春天。此二

句亦表示歌伎年华渐老,青春不再。宋欧阳修《朝中措》:"手种堂前垂柳,别来几度春风。"

④倦客:指历经世事沧桑、饱尝人情冷暖之后而对生活感到疲惫厌倦的人。此处是叔原自称。南朝宋鲍照《代东门行》:"伤禽恶弦惊,倦客恶离声。"宋宋祁《冬眺》:"城外斜光角已催,城头倦客首空回。"

⑤粉泪人:流泪的女子,指西楼歌伎。

【汇评】

此词不过回忆从前,而能手写之,便觉当时凄怨之神,宛呈纸上。(俞陛云《唐五代两宋词选释》)

又

非花非雾前时见①,满眼娇春②。浅笑微颦③。恨隔垂帘看未真④。　殷勤借问家何处⑤,不在红尘。若是朝云⑥。宜作今宵梦里人。

【题解】

此词表达了词人对一位歌伎的追慕之情。初见歌伎,她的一颦一笑皆令人心动,然而无缘与之亲近。词人幻想她为神女,想要梦中与她交欢。

【注释】

①非花非雾:不是花、不是雾,形容捉摸不定之感。唐白居易《花非花》:"花非花,雾非雾。夜半来,天明去。来如春梦几多时,去似朝云无觅处。"

②娇春:美好的春光。唐李贺《浩歌》:"青毛骢马参差钱,娇春杨柳含细烟。"宋张先《西江月》:"娇春莺舌巧如簧,飞在四条弦上。"此处形容歌妓的娇姿媚态。

③"浅笑"句:指歌伎浅浅的笑靥与微皱的眉黛。形容歌伎喜怒哀乐的表情变化。

④隔垂帘:歌伎表演时通常与观众隔着一道帘幕。垂帘:《百家词》本、《宋六十名家词》本、《四库全书》本、《小山词笺》,作"重帘"。

⑤"殷勤"句:殷切地询问家在何处。唐崔颢《长干曲四首》其一:"君家何处住?妾住在横塘。"

⑥朝云:指巫山神女。见《临江仙》(浅浅余寒春半)"虚梦高唐"注释。

又

当时月下分飞处,依旧凄凉。也会思量。不道孤眠夜更长①。　　泪痕揾遍鸳鸯枕②,重绕回廊。月上东窗。长到如今欲断肠。

【题解】

词写闺怨。与情人月下分别后,孤寂凄凉,思念不已。她长夜不寐,泪湿鸳枕,再次徘徊于走廊,见月上东窗,更觉长夜难遣,伤心肠断。全词言语浅白,情感深厚。

【注释】

①不道:不堪,不奈,谓难以承受。南唐冯延巳《三台令》:"更深影入空床,不道帷屏夜长。"孤眠夜更长:意谓独眠时,长夜漫漫,更觉难熬。唐杜牧《寄弟兄》:"孤梦家山远,独眠秋夜长。"

②揾(wèn):浸没。汉许慎《说文解字》:"揾,没也。"段玉裁注云:"谓湛浸于中也。"

又

湘妃浦口莲开尽①,昨夜红稀。懒过前溪。闲舣扁舟看雁飞②。　　去年谢女池边醉③,晚雨霏微④。记得归时。旋折新荷盖舞衣⑤。

【题解】

这首词由眼前秋景,引发对旧时舞伎的怀念。水边莲花凋零,泊船休憩望雁,去年在此醉酒看舞伎表演,归家时下雨,她折取荷叶遮挡舞衣。

【注释】

①湘妃浦口:泛指水边。湘妃,舜二妃娥皇、女英,相传投于湘水,成为湘水之神。见《菩萨蛮》(哀筝一弄《湘江曲》)注释。唐李群玉《石渚》:"焰红湘浦口,烟浊洞庭云。"

②舣:使船靠岸。见《浪淘沙》(丽曲《醉思仙》)注释。

③谢女:这里指代歌伎。见《鹧鸪天》(小玉楼中月上时)注释。

④"晚雨"句:指夜雨飘洒。唐李咸用《和蒋进士秋日》:"晚雨霏微思杪秋,不堪才子尚羁游。"

⑤"旋折"句:折取荷叶遮盖舞衣,以防止舞衣被雨淋湿。南朝齐谢朓《移病还园示亲属》:"折荷葺寒袂,开镜眇衰容。"旋:随意地。

【汇评】

意新。(夏敬观《映庵词评》)

又

别来长记西楼事,结遍兰襟①。遗恨重寻。弦断相如绿绮琴②。　　何时一枕逍遥夜③,细话初心④。若问如今。也似当时著意深⑤。

【题解】

这首词可与前《采桑子》(前欢几处笙歌地)相参看,"当时着意深"可以从"月幌风襟,犹忆西楼着意深"找到根据,两首词作于同一时期,都为西楼歌女而作。词谓分别后西楼情事长记于心,今日重思旧情,琴弦断,不能用琴音传达思念。词人希望有朝一日能再续前缘,在枕边叙话,告诉歌女自己仍如当时一样深情。

【注释】

①"结遍"句:同心结打满衣襟,形容两人情好。唐孟郊《结爱》:"一度欲离别,千回结衣襟。"兰襟:《宋六十名家词》本、《四库全书》本、《小山词笺》,作"兰衿"。香襟,饰有兰草或有兰香的衣襟。汉班婕妤《捣素赋》:"侈长袖于妍袂,缀半月于兰襟。"

②"弦断"句:绿绮琴弦断,相思无由表达。相如:司马相如。此处为词人自称。绿绮琴:古时琴名。见《河满子》(绿绮琴中心事)注释。

③逍遥:安闲自在,无忧无虑。《庄子·逍遥游》:"彷徨乎无为其侧,逍遥乎寝卧其下。"

④初心:本心。见《木兰花》(初心已恨花期晚)注释。

⑤当时:《百家词》本、《宋六十名家词》本、《四库全书》本、《小山词笺》,作"当年"。

【汇评】

下阕以三折笔写之,深情若揭,洵君房语妙也。(俞陛云《唐五代两宋词选释》)

又

红窗碧玉新名旧①,犹绾双螺②。一寸秋波③。千斛明珠觉未多④。　　小来竹马同游客⑤,惯听清歌。今日蹉跎⑥。恼乱工夫晕翠蛾⑦。

【题解】

此词写一位歌伎年幼时容貌美丽,为人所爱赏。她的眼神澄澈,令客人不惜花千金求见。如今已年老色衰。今日有儿时玩伴来访,这位客人喜欢听她唱歌。所以她特地精心梳妆打扮一番。

【注释】

①碧玉：指歌伎。见《蝶恋花》（碧玉高楼临水住）注释。新名旧：指成名已久。

②绾：梳结。双螺：见《采桑子》（年年此夕东城见）"垂螺"注释。

③秋波：形容女子眼神明亮清澈。唐李商隐《天津西望》："天津西望肠真断，满眼秋波出苑墙。"

④千斛(hú)明珠：指重金。千斛：《宋六十名家词》本、《四库全书》本、《历代诗余》、《小山词笺》，作"一斛"。斛：古代一种量器名，亦是计量单位。唐乔知之《绿珠篇》："石家金谷重新声，明珠十斛买娉婷。"

⑤竹马：古时儿童游戏时，当马骑的竹竿。此处指竹马之友，即儿时的朋友。唐李白《长干行》："郎骑竹马来，绕床弄青梅。同居长干里，两小无嫌猜。"

⑥蹉跎(cuō tuó)：有二说，一说为失时之意，引申为时间飞快。晋阮籍《咏怀八十二首》其五："娱乐未终极，白日忽蹉跎。"另一说为衰颓之意，即女子年岁已大，容颜衰老。唐薛逢《追昔行》："叹息人生能几何，喜君颜貌未蹉跎。"此处应用第二种意思更妥当。

⑦恼乱工夫：指费工夫，特地花时间做某事。

又

金风玉露初凉夜①，秋草窗前。浅醉闲眠②。一枕江风梦不圆。　　长情短恨难凭寄③，枉费红笺。试拂幺弦④。却恐琴心可暗传⑤。

【题解】

词写闺怨。秋夜寒凉，窗前长满秋草。闺人微醉入眠，梦见随风而去，却没寻见情郎。梦醒相思无尽，信笺不能够寄情传恨，闺人试图用琴弦暗传心声。

【注释】

①金风玉露:秋风和白露水。亦借指秋天。唐李商隐《辛未七夕》:"由来碧落银河畔,可要金风玉露时。"宋秦观《鹊桥仙》:"金风玉露一相逢,便胜却人间无数。"

②"浅醉"句:饮酒微醉后入眠。唐李商隐《偶题二首》其一:"小亭闲眠微醉消,山榴海柏枝相交。"

③"长情"句:不能用信笺寄情传恨。长情短恨:形容情恨很多,情感丰富。

④幺弦:见《清平乐》(幺弦写意)注释。

⑤"却恐"句:恐怕还需用琴声来暗传思恋之心。琴心:用琴音表达情意。唐李群玉《戏赠魏十四》:"兰浦秋来烟雨深,几多情思在琴心。"暗传:《宋六十名家词》本、《四库全书》本、《小山词笺》,作"倩传"。

【汇评】

语意俱新。(夏敬观《映庵词评》)

又

心期昨夜寻思遍①,犹负殷勤。齐斗堆金。难买丹诚一寸真②。　　须知枕上尊前意,占得长春③。寄语东邻④。似此相看有几人⑤。

【题解】

这首词表达了词人对真心真爱的珍惜。词人思量歌女的心意,不愿辜负她的深情,并认为她的真心千金难求,期望两情永好。

【注释】

①"心期"句:昨晚彻夜思量歌女的心愿。心期:心中愿望,心意。

②"齐斗"二句:千金难买真心诚意。齐斗堆金:堆满一斗的黄金。唐

白居易《悲哉行》："平封还酒债，堆金选蛾眉。"丹诚：赤诚，真诚。唐白居易《拣贡橘书情》："疏贱无由亲跪献，愿凭朱实表丹诚。"一寸：指心。心为方寸之地，故称心为"寸心"或"一寸"。唐杜甫《郑驸马池台喜遇郑广文同饮》："白发千茎雪，丹心一寸灰。"唐白居易《和阳城驿》："怜君一寸心，宠辱誓不移。"

③"占得"句：占有永远的春天，形容情意永远如春天般美好。

④东邻：指美女。战国宋玉《登徒子好色赋》："天下之佳人莫若楚国，楚国之丽者莫若臣里，臣里之美者莫若臣东家之子。东家之子，增之一分则太长，减之一分则太短。着粉则太白，施朱则太赤。眉如翠羽，肌如白雪。腰如束素，齿如含贝。嫣然一笑，惑阳城，迷下蔡。然此女登墙，窥臣三年，至今未许也。"唐李白《效古》："自古有秀色，西施与东邻。"

⑤相看：互相看着，相待。唐李白《独坐敬亭山》："相看两不厌，只有敬亭山。"

踏莎行

柳上烟归①，池南雪尽。东风渐有繁华信。花开花谢蝶应知②，春来春去莺能问。　　梦意犹疑③，心期欲近。云笺字字萦方寸④。宿妆曾比杏腮红⑤，忆人细把香英认⑥。

【题解】

词上片描写初春之景。池面冰雪融化，柳丝抽芽，花开花谢，春去春来，莺蝶能知。词下片抒发对旧识歌女的思恋。梦见女子，醒后怀疑，信笺所言的相会之日已近。当时女子的残妆似杏花红，如今只能仔细审视杏花回忆她。

【注释】

①"柳上"句：即柳树含烟。唐耿沣《会凤翔张少尹南亭》："草檐宜日过，花圃任烟归。"

②"花开"句:唐于濆《对花》:"花开蝶满枝,花落蝶还稀。"

③"梦意"句:怀疑梦中情意是真是幻。唐王昌龄《长信秋词五首》其四:"真成薄命久寻思,梦见君王觉后疑。"

④"云笺"句:信笺中的每一个字都萦系在心头。云笺:有云状花纹的笺纸。方寸:内心,心绪。《三国志·蜀志·诸葛亮传》:"(徐)庶辞先主而指心曰:'本欲与将军共图王霸之业者,以此方寸之地也。今已失老母,方寸乱矣,无益于事,请从此别。'遂诣曹公。"

⑤宿妆:旧妆,残妆。唐岑参《醉戏窦子美人》:"朱唇一点桃花殷,宿妆娇羞偏髻鬟。"杏腮:指杏花。宋欧阳修《玉楼春》:"杏腮轻粉日催红,池面绿罗风卷皱。"

⑥"忆人"句:仔细审视杏花回忆佳人。香英:香花。此处指杏花。

又

宿雨收尘①,朝霞破暝②。风光暗许花期定。玉人呵手试妆时③,粉香帘幕阴阴静④。　　斜雁朱弦⑤,孤鸾绿镜⑥。伤春误了寻芳兴⑦。去年今日杏墙西,啼莺唤得闲愁醒⑧。

【题解】

词上片勾勒出初春闺人晓妆的情形。雨过天晴,朝霞明媚,闺人暖手梳妆。词下片展现闺人的离愁及伤春之情。琴弦诉怨,鸾镜伤离,去年今日还在杏墙西相见,今年物是人非,声声莺啼更添离愁。

【注释】

①宿雨:隔夜的雨水。隋江总《诒孔中丞奂》:"初晴原野开,宿雨润条枚。"

②破暝:傍晚。暝,日暮,夜晚。宋刘弇《宿长山寺》:"破暝紫烟生,写谷清樾好。"

③呵手试妆：暖手理妆。宋欧阳修《诉衷情》："清晨帘幕卷轻霜。呵手试梅妆。"

④粉香帘幕：沾染脂粉香的帘幕。南朝梁萧衍《东飞伯劳歌》："南窗北牖挂明光，罗帷绮帐脂粉香。"阴阴：幽暗的样子。唐王维《积雨辋川庄作》："漠漠水田飞白鹭，阴阴夏木啭黄鹂。"

⑤斜雁：雁柱，即筝上排列的琴柱。唐李商隐《昨日》："二八月轮蟾影破，十三弦柱雁行斜。"

⑥"孤鸾"句：饰有鸾鸟的青铜妆镜。见《玉楼春》（离鸾照罢尘生镜）注释。

⑦寻芳兴：《宋六十名家词》本、《四库全书》本、《历代诗余》、《小山词笺》，作"寻芳信"。

⑧"啼莺"句：莺啼唤醒闺人的离愁别绪。唐金昌绪《春怨》："打起黄莺儿，莫教枝上啼。啼时惊妾梦，不得到辽西。"

又

绿径穿花，红楼压水①。寻芳误到蓬莱地②。玉颜人是蕊珠仙③，相逢展尽双蛾翠。　　梦草闲眠④，流觞浅醉⑤。一春总见瀛洲事⑥。别来双燕又西飞，无端不寄相思字⑦。

【题解】

词写冶游经历。穿过绿径花丛，来到水边红楼饮酒作乐。歌伎仿若天仙，翠眉舒展，笑脸相陪，词人在此度过整个春天，别后时常回忆此事。用"游仙"之笔调描写冶游，措辞闲雅。

【注释】

①"红楼"句：红楼临近水边。压：迫近，紧挨。

②蓬莱：古代神话中的仙山，为神仙所居。常泛指仙境。《史记·封禅书》："自威、宣、燕昭使人入海求蓬莱、方丈、瀛洲，此三神山者，其传在渤海

中。"此处代指青楼歌馆。

③蕊珠仙:见《玉楼春》(芳年正是香英嫩)"蕊珠宫"注释。此处代指歌伎。

④梦草:用谢灵运"梦草"之典故。见《临江仙》(旖旎仙花解语)"梦回芳草夜"注释。

⑤流觞:曲水流觞,古代的一种游戏。见《清平乐》(波纹碧皱)"曲水"注释。此处泛指在水边喝酒。其《临江仙》(旖旎仙花解语):"流霞浅酌金船。"

⑥瀛洲:古代仙山之一。见此词"蓬莱"注释。

⑦相思字:写满相思之情的信。唐韩愈《除官赴阙至江州寄鄂岳李大夫》:"桑榆悦可收,愿寄相思字。"

又

雪尽寒轻,月斜烟重。清欢犹记前时共①。迎风朱户背灯开,拂檐花影侵帘动②。　　绣枕双鸳,香苞翠凤③。从来往事都如梦④。伤心最是醉归时,眼前少个人人送⑤。

【题解】

此词追忆前欢。当时月夜轻寒,歌女开门迎客,两人共享清欢。绣枕、香包都是定情信物,然而往事如梦,旧情不再,如今独醉而归,无人相送,令人伤感。

【注释】

①犹记:《宋六十名家词》本、《四库全书》本、《历代诗余》、《小山词笺》,作"犹计"。

②"迎风"二句:唐元稹《莺莺传》:"红娘复至,持彩笺以授张曰:'崔所命也。'题其篇曰《明月三五夜》,其词曰:'待月西厢下,迎风户半开。拂墙花影动,疑是玉人来。'张亦微喻其旨。"

③香苞:指香荷包。翠凤:绣于荷包上的绿色凤凰图案。古代女子绣荷包赠予心爱之人。

④"从来"句:唐白居易《十年三月三十日别微之于沣上。十四年三月十一日夜遇微之于峡中,停舟夷陵,三宿而别。言不尽者以诗终之,因赋七言十七韵以赠。且欲记所遇之地与相见之时,为他年会话张本也》:"往事渺茫都似梦,旧游零落半归泉。"

⑤人人:对恋人的昵称。见《生查子》(关山魂梦长)注释。

满庭芳

南苑吹花①,西楼题叶②,故园欢事重重。凭阑秋思,闲记旧相逢。几处歌云梦雨③,可怜便、流水西东④。别来久,浅情未有,锦字系征鸿⑤。　　年光还少味,开残槛菊,落尽溪桐⑥。漫留得⑦,尊前淡月西风⑧。此恨谁堪共说⑨,清愁付、绿酒杯中⑩。佳期在,归时待把,香袖看啼红⑪。

【题解】

词调始于晏几道。《唐宋诸贤绝妙词选》《花草粹编》题作"秋思"。词写思乡怀人。当年故园相聚,欢乐之事很多,别离后情人却没有寄来书信。时已深秋,花残叶落,词人独自酌酒,借酒消愁。他期待早日归家与情人相会。

【注释】

①吹花:一种游艺活动。见《点绛唇》(妆席相逢)注释。

②题叶:叶上题字。见《浣溪沙》(浦口莲香夜不收)注释。

③歌云梦雨:用巫山神女之典。见《临江仙》(浅浅余寒春半)注释。指叔原与歌女欢爱。也指当时歌女演唱的《梦行云》《雨中花》《高阳台》等歌曲。

④可怜便、流水西东:《宋六十名家词》本、《四库全书》本、《历代诗余》、

《小山词笺》,作"可怜流水各西东"。流水西东:喻两人分离。见《鹧鸪天》(斗鸭池南夜不归)"水东西"注释。

⑤系征鸿:系书雁足,指寄信传书。征鸿,远行的鸿雁。

⑥"开残"二句:菊花残败,桐叶凋落。唐白居易《晚秋夜》:"花开残菊傍疏篱,叶下衰桐落寒井。"槛菊:栏杆畔的黄菊。宋晏殊《蝶恋花》:"槛菊愁烟兰泣露,罗幕轻寒,燕子双飞去。"

⑦漫:《唐宋诸贤绝妙词选》、《花草粹编》、《百家词》本、《宋六十名家词》本、《四库全书》本、《历代诗余》、《小山词笺》,作"谩"。徒然,仅仅。

⑧西风:《唐宋诸贤绝妙词选》、《花草粹编》,作"凄风"。

⑨共说:《唐宋诸贤绝妙词选》《花草粹编》,作"说与"。

⑩清愁付:《历代诗余》作"消愁时";《小山词笺》作"消愁付"。

⑪"归时"二句:归家的时候,持着她芳香的衣袖,细看她的点点红泪。把:握,持。啼红:红泪。见《鹧鸪天》(绿橘梢头几点春)注释。

【汇评】

柔情蜜意。(清陈廷焯《词则·闲情集》卷一)

此北宋人常填之调。晏几道以后,各名家均有之。过变第二字或协或不协,即一人所作亦然。晏词"小桥"句,作"可怜流水各西东",如七言诗,然后遍"不堪听"句,则仍三、四句法,且他家亦无之,想偶然如此,不足据也。(陈匪石《宋词举》卷下)

留春令

画屏天畔,梦回依约,十洲云水①。手捻红笺寄人书,写无限、伤春事。　　别浦高楼曾漫倚②。对江南千里。楼下分流水声中,有当日、凭高泪③。

【题解】

《留春令》调始于晏几道,《词谱》以《小山词》为正体。词写闺怨。闺人梦醒看见画屏上的图案想起当年欢会情景,在红笺上写信,欲寄给情人。倚着别浦高楼遥望江南,楼下流水中有话别时的眼泪。

【注释】

①"画屏"三句:梦醒时分,依稀看到画屏中展示着天边的十洲云水。天畔:天边,天涯。唐张说《对酒行巴陵作》:"梦中城阙近,天畔海云深。"依约:依稀隐约。唐刘兼《登郡楼书怀三首》其一:"天际寂寥无雁下,云端依约有僧行。"宋晏殊《少年游》:"风流妙舞,樱桃清唱,依约驻行云。"十洲:见《清平乐》(西池烟草)注释。

②别浦:河流入江海之处称浦,或称别浦。南朝宋谢庄《山夜忧》:"凌别浦兮值泉跃,经乔林兮遇猿惊。"漫倚:《花草粹编》、《百家词》本、《宋六十名家词》本、《四库全书》本,作"谩倚"。

③"楼下"二句:楼下流水中有两人分别时洒落的泪。南唐冯延巳《三台令》:"南浦,南浦。翠鬟离人何处。当时携手高楼。依旧楼前水流。流水,流水。中有伤心双泪。"

【汇评】

晁元忠诗:"安得龙湖潮,驾回安河水。水从楼前来,中有美人泪。""人生高唐观,有情何能已。"晏小山《留春令》云:"别浦高楼曾谩倚。对江南千里。楼下分流水声中,有当日、凭高泪。"全用其语。(明杨慎《升庵诗话》卷十二)

有人如此认取,何必红绡里来。(明卓人月、徐士俊《古今词统》卷六)

按此调,前第四,后第三,两七子句俱拗句,是正格。如小山"手捻红笺寄人书""楼下分流水声中",是也。(清万树《词律》目次《留春令》调注)

晏小山《留春令》:"楼下分流水声中,有当日、凭高泪。"二语,亦袭冯延巳《三台令》:"流水,流水。中有伤心双泪。"宋人师承如是,但乏质茂气耳。(清末民初郑文焯《绝妙好词校录》)

又

采莲舟上，夜来陡觉，十分秋意。懊恼寒花暂时香①，与情浅、人相似。 玉蕊歌清招晚醉②。恋小桥风细。水湿红裙酒初消，又记得、南溪事③。

【题解】

词上片写词人秋夜泛舟赏莲，感叹秋花绽放的时间很短暂，正如薄情人的情意不长久。词下片写歌女玉蕊招饮歌唱，又使词人再度想起南溪边的往事。

【注释】

①"懊恼"句：唐杜甫《薄游》："病叶多先坠，寒花只暂香。"唐李商隐《属疾》："秋蝶无端丽，寒花只暂香。"寒花：寒冷时节开放的花。多指菊花。

②玉蕊：花名。唐白居易《代书诗一百韵寄微之》："唐昌玉蕊会，崇敬牡丹期。"宋苏舜钦《师黯以彭甘五子为寄因怀四明园中此果甚多偶成长句以为谢》："风摇玉蕊霏微落，霜发金衣委坠繁。"此处指歌女名。

③南溪事：指以前在南溪的经历。南溪，或指流入南湖的一条溪流。

又

海棠风横①，醉中吹落，香红强半②。小粉多情怨花飞③，仔细把、残春看。 一抹浓檀秋水畔④。缕金衣新换⑤。鹦鹉杯深艳歌迟⑥，更莫放、人肠断⑦。

【题解】

这是春日酒筵中的应酬词。上片借残春之景抒发伤春之怨。下片描写歌女歌舞劝酒，劝人应珍惜今朝，莫因春逝而断肠。

①"海棠"句：春分时节的风很猛烈。海棠风：花信风的一种，形成于春分时节。见《清平乐》(烟轻雨小)"花信"注释。横：猛烈。宋欧阳修《蝶恋花》："雨横风狂三月暮。门掩黄昏，无计留春住。"

②强(qiǎng)半：超过一半。强，多余之意。隋杨广《忆韩俊娥》："须知潘岳鬓，强半为多情。"宋苏轼《有以官法酒见饷者，因用前韵，求述古为移厨饮湖上》："芳意十分强半在，为君先踏水边春。"

③小粉：歌女名。怨花飞：《宋六十名家词》本，作"怨飞絮"；《四库全书》本、《历代诗余》、《小山词笺》，作"怨杨花"。

④"一抹"句：意谓歌女眼睛旁边涂着一抹浓郁的檀晕。檀：即檀晕，形容浅赭色。因与女子化妆时在眉边的眼影色相似，故称。秋水：喻女子的眼波或眼睛。见《菩萨蛮》(哀筝一弄《湘江曲》)注释。

⑤缕金衣：即金缕衣。

⑥鹦鹉杯：用鹦鹉螺制作而成的纯天然的酒杯。唐骆宾王《荡子从军赋》："凤凰楼上罢吹箫，鹦鹉杯中临劝酒。"唐李白《襄阳歌》："鸬鹚杓，鹦鹉杯，百年三万六千日，一日须倾三百杯。"迟：缓慢。唐白居易《三月三日祓禊洛滨》："舞急红腰软，歌迟翠黛低。"

⑦放：使，令。

风入松

柳阴庭院杏梢墙。依旧巫阳①。凤箫已远青楼在②，水沉谁暖前香③。临镜舞鸾离照④，倚筝飞雁辞行⑤。　　坠鞭人意自凄凉⑥。泪眼回肠⑦。断云残雨当年事⑧，到如今、几处难忘。两袖晓风花陌，一帘夜月兰堂⑨。

【题解】

《词谱》云："古琴曲有《风入松》，唐僧皎然有《风入松歌》，见《乐府诗集》,调名本此。"宋人据古琴曲谱填词,始词为晏几道所作。该词见于《百家词》本、《宋六十名家词》本,又见于韩玉《东浦词》。词为感旧之作。词人曾与一位青楼歌女相好,如今青楼仍在,歌女已经离开。词人离恨深重,心情悲凉。回思往事,旧情难忘,两人当年朝夕共处在花陌兰堂,而今欢爱成空。

【注释】

①巫阳:巫山之阳。用巫山神女之典。见《临江仙》(浅浅余寒春半)"虚梦高唐"注释。

②"凤箫"句:吹箫之人已去,而青楼还在。凤箫:指代吹箫之人。用萧史弄玉的典故。见《浣溪沙》(二月春花厌落梅)"凤楼"注释。

③水沉谁暖前香:《彊村丛书》原本作"水沉□谁暖前香";《花草粹编》作"水沉烟暖前香";《宋六十名家词》本、《四库全书》本、《历代诗余》、《小山词笺》,作"水沉难复暖前香";《词谱》作"水沉烟复暖前香"。然而,检此《风入松》调,此句亦有作六字者,如康伯可《风入松》(一宵风雨送春归)上阕此句为"与谁同捻花枝",平仄与"水沉谁暖前香"同,故有此句格,原词或许并无脱字。水沉:即沉水,沉香。见《临江仙》(旖旎仙花解语)"沉水"注释。

④"临镜"句:闺人照鸾镜梳妆。见《玉楼春》(离鸾照罢尘生镜)注释。

⑤"倚筝"句:闺人弹筝。见《菩萨蛮》(哀筝一弄《湘江曲》)"玉柱斜飞雁"注释。

⑥坠鞭人意:《花草粹编》作"坠鞭人去"。坠鞭人:见《采桑子》(芦鞭坠遍杨花陌)首句注释。此处为叔原自指。

⑦"泪眼"句:形容牵肠挂肚,极度悲伤。南朝陈徐陵《在北齐与杨仆射书》:"朝千悲而掩泣,夜万绪而回肠。"回肠:《花草粹编》作"愁肠"。

⑧断云残雨:指往日欢爱不复存在。用巫山神女之典。见《临江仙》(浅浅余寒春半)"虚梦高唐"注释。

⑨兰堂:芳洁的厅堂。厅堂的美称。南唐冯延巳《应天长》:"当时心事偷相许,宴罢兰堂肠断处。"

又

　　心心念念忆相逢。别恨谁浓①。就中懊恼难拚处②,是擘钗、分钿匆匆③。却似桃源路失,落花空记前踪④。　　彩笺书尽浣溪红⑤。深意难通。强欢殢酒图消遣⑥,到醒来、愁闷还重。若是初心未改⑦,多应此意须同。

【题解】

　　词写相思。由于心心念念相逢时的快乐,故而分离之后别恨很浓。书信不足以表达深情,强颜欢笑,借酒消愁,然而酒醒更愁。如果两人相爱的本心不变,应该同有相逢之愿。

【注释】

　　①谁浓:多么浓,何其浓。

　　②难拚:难以舍弃。

　　③擘钗、分钿:分钿擘钗。见《蝶恋花》(喜鹊桥成催凤驾)"分钿擘钗"注释。

　　④"却似"二句:用晋陶渊明《桃花源记》文意,表示迷失了路径,找不到以前的踪迹。《桃花源记》:"既出,得其船,便扶向路,处处志之。及郡下,诣太守,说如此。太守即遣人随其往,寻向所志,遂迷,不复得路。"

　　⑤"彩笺"句:意谓把彩色的信笺都用尽了,也表达不了深情。浣溪:浣花溪,在四川成都。唐薛涛命匠人曾用浣花溪水造纸,为深红彩笺,名"浣花笺",又名"薛涛笺"。

　　⑥殢酒:见《木兰花》(阿茸十五腰肢好)注释。

　　⑦初心:最初的本心。见《木兰花》(初心已恨花期晚)注释。

【汇评】

写别后情怀,通首一气呵成,若明珠走盘,一丝萦曳。结句是其着眼

处,与《采桑子》第三首"也似当年着意深"句相似,若用情于正,即"久要不忘"之义也。(俞陛云《唐五代两宋词选释》)

清商怨

庭花香信尚浅①。最玉楼先暖②。梦觉春衾,江南依旧远③。 回纹锦字暗剪。漫寄与、也应归晚④。要问相思,天涯犹自短⑤。

【题解】

此词表达相思离情。庭花未开,玉楼中的闺人已有春情。梦中与远在江南的游子相会,梦醒江南仍然遥远。写信催归无用,游子归期还是很晚。这种相思之情,比天涯之路更长。

【注释】

①庭花香信尚浅:《宋六十名家词》本,作"庭花香信□尚浅"。香信:即花信,花开的期信。见《清平乐》(烟轻雨小)注释。

②"最玉楼"句:玉楼女子最先感受到春天的暖意。

③"梦觉"二句:梦中与江南游子相会,醒来却独拥春衾,江南依旧遥远。语出岑参《春梦》:"枕上片时春梦中,行尽江南数千里。"春衾:《历代诗余》《小山词笺》,作"香衾"。

④"回纹"二句:徒然寄书信催归,游子的归期仍然很晚。回纹锦字:指作有回文诗的书信。见《鹧鸪天》(楚女腰肢越女腮)"锦字"注释。回纹:《历代诗余》《小山词笺》,作"回文"。漫:《花草粹编》、《百家词》本、《宋六十名家词》本、《四库全书》本、《历代诗余》、《小山词笺》,作"谩"。

⑤"要问"二句:如要问相思之情,只怕天涯长路比这种情思还短。

【汇评】

梦生于情,"依旧"二字中,一波三折。艳词至小山全以情胜,后人好作淫亵语,又小山之罪人也。(清陈廷焯《词则·闲情集》卷一)

"梦觉春衾,江南依旧远",婉转凄恻,梦生于情,"依旧"二字中一波三折。"要问相思,天涯犹自短",结句沉痛。(清陈廷焯《云韶集》卷二十四)

秋蕊香

池苑清阴欲就,还傍送春时候①。眼中人去难欢偶②,谁共一杯芳酒。　朱阑碧砌皆如旧③,记携手。有情不管别离久,情在相逢终有。

【题解】

词写暮春怀人。与心上人分别后,无人共饮美酒狂欢,无人同赏旧时风物。然而只要情意还在,终有重逢之日。

【注释】

①"池苑"二句:临近送春之时,池苑绿树成荫。池苑:指有池水、花木的园林。唐白居易《长恨歌》:"归来池苑皆依旧,太液芙蓉未央柳。"清阴:清凉的树荫。晋陶潜《归鸟诗》:"顾俦相鸣,景庇清阴。"欲就:欲成,将要形成。傍:临近。

②眼中人:指心中想念的人。唐李白《大堤曲》:"不见眼中人,天长音信断。"眼中:《历代诗余》《小山词笺》,作"眼前"。难欢偶:《花草粹编》、《百家词》本、《宋六十名家词》本、《四库全书》本、《历代诗余》、《小山词笺》,作"欢难偶"。欢偶:在一起欢乐。宋柳永《倾杯乐》:"如何媚容艳态,抵死孤欢偶。"

③"朱阑"句:昔日与情人携手游赏的朱阑碧砌仍如旧日。朱阑碧砌:形容富丽的建筑物。南唐李煜《虞美人》:"雕栏玉砌应犹在,只是朱颜改。"

又

　　歌彻郎君秋草①，别恨远山眉小②。无情莫把多情恼③，第一归来须早。　　红尘自古长安道④，故人少。相思不比相逢好，此别朱颜应老。

【题解】

　　词以赠别。歌女唱罢歌曲，含恨送别行人，并叮嘱行人莫要忘情，归来须早。她担心长安道故人很少，行人会因此寂寞。而且别后相思催人老，不如早日归来相逢。

【注释】

　　①彻：结束。郎君：女子对所爱之人的称呼。

　　②远山眉：见《生查子》(远山眉黛长)注释。

　　③"无情"句：切莫无情忘却，而使多情之人烦恼。宋晏殊《玉楼春》："无情不似多情苦，一寸还成千万缕。"

　　④"红尘"句：长安道自古以来就是热闹繁华之地。唐卢照邻《长安古意》："弱柳青槐拂地垂，佳气红尘暗天起。"唐白居易《长安道》："花枝缺处青楼开，艳歌一曲酒一杯。美人劝我急行乐，自古朱颜不再来。君不见外州客，长安道，一回来，一回老。"

思远人

　　红叶黄花秋意晚①，千里念行客②。飞云过尽③，归鸿无信，何处寄书得。　　泪弹不尽临窗滴。就砚旋研墨④。渐写到别来，此情深处，红笺为无色⑤。

【题解】

《思远人》调始于小山,仅此一首,无他词可校。《词谱》云:"《思远人》。调见《小山乐府》,因词有'千里念行客'句,取其意以为名。"词写相思别怨。晚秋时节,闺人伤秋怀远。归鸿没有带来远人的书信,闺人临窗洒泪。她研磨写信抒发相思别恨,情到深处,红笺被泪水打湿而失色。

【注释】

①红叶黄花:枫叶与菊花,象征秋天的景物。唐许浑《长庆寺遇常州阮秀才》:"晚收红叶题诗遍,秋待黄花酿酒浓。"宋张先《少年游》:"红叶黄花秋又老,疏雨更西风。"

②"千里"句:思念千里之外的行客。

③飞云过尽:《词谱》作"看飞云过尽"。

④"就砚"句:在砚台上转动墨条磨墨。就砚:《词谱》作"就枕"。就:挨近,靠近。旋:转动。研磨:磨墨。唐李商隐《李贺小传》:"长吉从婢取书,研墨叠纸足成之,投他囊中。"

⑤"此情"二句:情到深处,红笺被泪水浸湿而颜色消退。此二句用夸张手法,渲染相思的悲痛。

【汇评】

笺则一时无色,字则三岁不灭。(明卓人月、徐士俊《古今词统》卷六)

"泪弹不尽临窗滴,就砚旋研墨",就"泪""墨"二字渲染成词,何等姿态。(清陈廷焯《词则·闲情集》卷一)

凡倒押韵处,皆峭绝。(夏敬观《映庵词评》)

首句写景以起兴,因感"秋意",遂"念行客",此属闺体,乃代闺中人立言者。"飞云"缥缈无凭,况已"过尽",而"云"边"归雁"又杳"无信"息,是虽欲"寄书"而不知其处矣。然书虽无从寄,而又不肯不写,故后遍说写书时情事。因无处"寄书",于是弹泪。"泪弹不尽",而"临窗滴"下,有"砚"承之,乃"就砚""研墨",仍以写书,即墨即泪,幽闺动作,幽闺心事,极旖旎,极凄断,看其只从"和泪濡墨"四字化出,而深婉如许,已令人叫绝矣。下文再进一层说,"渐"字极宛转,却激切。"写到别来,此情深处",墨中纸上,情与泪粘合为一,不辨何者为泪,何者为情,故不谓笺色之红因泪而淡,却谓"红笺"之"色"因情深而"无",语似无理,而实则有此想法,体会入微,神妙达秋毫颠矣。至此词纯用直笔朴语,不事藻饰,在小山为另一机杼。实则《花间》亦有质朴一派,特易涉浅露,小山则出以蕴藉,故终不堕恶趣也。欲入此法门,当求诸《古诗十九首》。(陈匪石《宋词举》卷下)

末二句不说己之悲哀,而言红笺都为之无色,亦慧人妙语也。(唐圭璋《唐宋词简释》)

碧牡丹

翠袖疏纨扇①。凉叶催归燕②。一夜西风,几处伤高怀远③。细菊枝头,开嫩香还遍④。月痕依旧庭院。　　　事何限⑤。怅望秋意晚⑥。离人鬓华将换⑦。静忆天涯,路比此情犹短⑧。试约鸾笺⑨,传素期良愿⑩。南云应有新雁⑪。

【题解】

《碧牡丹》调为北宋新声,此调七十四字体,始于晏几道。该词借秋景抒发闺怨。秋意已晚,纨扇弃置,西风落叶,细菊开遍,闺人登高怀远。她心中惆怅,鬓因离愁而斑白,相思情长。她写信传达素期良愿,并希望新雁为之寄信。

【注释】

①翠袖:指女子。见《生查子》(长恨涉江遥)注释。疏:远离,不亲近。

②凉叶:指秋叶。南朝宋谢庄《黄门侍郎刘琨之诔》:"秋风散兮凉叶稀,出吴洲兮谢江畿。"归燕:《历代诗余》作"归雁"。

③伤高怀远:宋张先《一丛花令》:"伤高怀远几时穷。无物似情浓。"

④"细菊"二句:柔嫩的小菊花开遍枝头。细菊:细叶菊,或指小菊花。嫩香:柔嫩芳香。唐杜甫《九日寄严大夫》:"小驿香醪嫩,重岩细菊斑。"

⑤事何限:《宋六十名家词》本、《四库全书》本,作为上阕末,下阕"怅

望"起。

⑥秋意:《小山词笺》《词谱》《词律》,作"秋色"。

⑦"离人"句:离人鬓发将由黑变白。离人:这里指闺人。唐张若虚《春江花月夜》:"可怜楼上月徘徊,应照离人妆镜台。"鬓华:鬓发。宋欧阳修《采桑子》(庭花香信尚浅):"鬓华虽改心无改,试把金觥。旧曲重听。犹是当年醉里声。"

⑧"静忆"二句:静忆天涯游子,相思之情比天涯路还长。意同前词《清商怨》(庭花香信尚浅):"要问相思,天涯犹自短。"犹短:《花草粹编》《历代诗余》《词综》《小山词笺》,作"还短"。

⑨鸾笺:古纸名。宋苏易简《文房四谱·纸谱》:"蜀人造十色笺,凡十幅为一榻……然逐幅于方版之上砑之,则隐起花木麟鸾,千状万态。"后人称此彩笺为"鸾笺"。

⑩"传素"句:传达平素所期待的良好心愿。素期:平素所期待的。唐刘禹锡《马大夫见示浙西王侍御赠答诗因命同作》:"秣陵从事何年别,一见琼章如素期。"宋刘敞《深甫过留宿并示近诗》:"邂逅非素期,悲欢奈君何。"

⑪"南云"句:应有南飞新雁为之传书。南云:见《六幺令》(雪残风信)注释。

长相思

长相思①,长相思。若问相思甚了期②,除非相见时。
长相思,长相思。欲把相思说似谁③,浅情人不知。

【题解】

词咏相思。此词全用直白的口语,表明缠绵不尽的相思之情,颇具民歌特色。"相思"一语反复六次,婉转之至,并以"浅情人"反衬自己的深情,真诚之极。

【注释】

①长相思:《古诗十九首》其十八:"著以长相思,缘以结不解。以胶投

255

漆中,谁能别离此。"

②甚了期:什么时候了结。

③说似:说与。唐末五代贯休《送僧之东都》:"凭师将远意,说似社中人。"

【汇评】

此词为《小山集》别调,而缠绵婉约,煞有别致。(清陈廷焯《云韶集》卷二)

此为《小山集》中别调,而缠绵往复,姿态有余。(清陈廷焯《词则·闲情集》卷一)

晏小山《长相思》云:"长相思,长相思。若问相思甚了期,除非相见时。长相思,长相思。欲把相思说与谁。浅情人不知。"此亦《小山集》中别调,与其年"赠别杨枝"之作,笔墨相近。(清陈廷焯《白雨斋词话》卷七)

醉落魄

满街斜月①。垂鞭自唱《阳关》彻②。断尽柔肠思归切③。都为人人④,不许多时别。　　南桥昨夜风吹雪。短长亭下征尘歇⑤。归时定有梅堪折。欲把离愁,细捻花枝说⑥。

【题解】

《历代诗余》《小山词笺》,调名作《一斛珠》。《词谱》云:"《宋史·乐志》名《一斛夜明珠》,属中吕调。《尊前集》注'商调'。金词注'仙吕调'。蒋氏《九宫谱目》入仙吕引子。晏几道词名《醉落魄》。张先词名《怨春风》。黄庭坚词名《醉落拓》。"该词写羁旅愁思。游子自唱《阳关》,思念家乡与情人,柔肠寸断。北风吹雪,征尘仆仆,游子身心俱疲,只盼望早日归家,与情人诉说离愁。此词全以游子的内心独白缓缓诉说,情思绵密。

【注释】

①满街:《花草粹编》作"满鞭"。

②垂鞭:垂下鞭子,任马行走。唐杜牧《早行》:"垂鞭信马行,数里未鸡鸣。"《阳关》彻:《阳关曲》的最后一遍,《阳关曲》第四声。宋寇准《阳关引》:"且莫辞沉醉,听取《阳关》彻。"《阳关》,指《阳关曲》。见《临江仙》(淡水三年欢意)"《阳关叠》"注释。彻,遍、满。这里指歌曲的最后一遍。

③思归切:急切地想归家。唐李益《夜上受降城闻笛》:"入夜思归切,笛声清更哀。"思归:《百家词》本、《宋六十名家词》本、《四库全书》本、《历代诗余》、《小山词笺》,作"归思"。

④人人:对爱人的昵称。见《生查子》(关山魂梦长)注释。

⑤短长亭:《宋六十名家词》本、《四库全书》本,脱"长"字,作"短亭"。见《临江仙》(淡水三年欢意)注释。征尘:指旅途中身上沾染的灰尘,形容旅途奔波。唐王勃《别人四首》其一:"自然堪下泪,谁忍望征尘。"

⑥"欲把"二句:搓转着梅花枝与情人细说离愁。

又

鸾孤月缺。两春惆怅音尘绝①。如今若负当时节。信道欢缘②,枉向衣襟结③。　　若问相思何处歇。相逢便是相思彻④。尽饶别后留心别⑤。也待相逢,细把相思说。

【题解】

词写相思。与情人分别两年,音信断绝。若辜负当年情意,那么当时结衣襟就是徒然。别后时刻想念,只有相逢才了却相思,欲到相逢时对情人细说相思。该词语言质朴浅俗,"相思"与"相逢"二语反复交替出现,情感真诚炽热。

【注释】

①"鸾孤"二句:意谓与情人离散后,两年都没有互通音信。鸾孤月缺:鸾成孤,月有缺,比喻情人之间分离。两春:两个春天,指两年。

②信道:料到,知道。宋柳永《瑞鹧鸪》:"须信道,缘情寄意,别有知音。"

257

③枉向:徒然向着。唐白居易《答谢家最小偏怜女》:"谁知厚俸今无分,枉向秋风吹纸钱。"衣襟结:结衣襟,古人以此表达难舍难分之恋情。唐孟郊《结爱》:"一度欲离别,千回结衣襟。"

④彻:完结,结束。

⑤"尽饶"句:任凭别后留意分别之事,即任凭别后相思。唐韩愈《送李翱》:"宁怀别时苦,勿作别后思。"尽饶:任凭。五代许岷《木兰花》:"当初不合尽饶伊,赢得如今长恨别。"

又

天教命薄。青楼占得声名恶①。对酒当歌寻思着②。月户星窗③,多少旧期约④。　　相逢细语初心错。两行红泪尊前落。霞觞且共深深酌⑤。恼乱春宵,翠被都闲却。

【题解】

这首词代歌伎立言,真实反映了歌伎的凄苦生涯和痛苦心理。歌伎自谓"命薄",误落青楼,身名败坏,应酬中的旧约只是逢场作戏。她自叹真心错付,泪落樽前,往事不堪回首,心烦意乱,彻夜难眠。

【注释】

①"天教"二句:上天使我薄命,成为歌伎,得了不好的名声。唐杜牧《遣怀》:"十年一觉扬州梦,赢得青楼薄幸名。"

②对酒当歌:东汉曹操《短歌行》:"对酒当歌,人生几何。"

③"月户"句:月下的门户,星星闪烁的窗前。指华美的居所。

④"多少"句:意谓与许多人有过情爱盟约。

⑤霞觞:见《临江仙》(长爱碧阑干影)注释。

【汇评】

以为恶者,怨辞也。(夏敬观《映庵词评》)

又

休休莫莫①。离多还是因缘恶。有情无奈思量著②。月夜佳期,近写青笺约③。　　心心口口长恨昨。分飞容易当时错。后期休似前欢薄。买断青楼④,莫放春闲却。

【题解】

这首词亦是代歌伎立言,叙述歌伎的悲苦命运以及从良愿望。歌伎将离多归于因缘不好,面对诸多冶游者的寻欢作乐,歌伎还是爱上了一个人,并真情邀约。然而那人失约,歌伎自悔错爱,但仍未改从良之心,她希望以后所遇之人不再薄情,能为之赎身,永结同好。

【注释】

①"休休"句:算了,罢了。休、莫,均有阻止、罢休之意。唐司空图《题休休亭》:"咄,诺,休休休,莫莫莫。伎俩虽多性灵恶,赖是长教闲处著。休休休,莫莫莫,一局棋,一炉药。天意时情可料度,白日偏催快话人。"

②"有情"句:意谓因为有情,所以分别后不可避免思念。

③近:就近。青笺:《宋六十名家词》本、《四库全书》本、《历代诗余》、《小山词笺》,作"香笺"。青色笺纸。

④"买断"句:指出钱长时间独占青楼妓女,或者花钱为青楼妓女赎身并经官府批准落籍。买断:买绝,花钱独占。一种市场经营行为。唐王建《题金家竹溪》:"买断竹溪无别主,散分泉水与新邻。"宋苏轼《送刘寺丞赴余姚》:"千金买断顾渚春,似与越人降日注。"

望仙楼

小春花信日边来①,未上江楼先坼②。今岁东君消息。还自南枝得③。　　素衣染尽天香,玉酒添成国色④。一自故溪疏隔⑤。肠断长相忆⑥。

【题解】

《梅苑》将此调作《胡捣练》;《花草粹编》将此调录作《望仙楼》,又录于《胡捣练》调下,字句稍有不同。词咏梅。词人由眼前绽放的梅花,回忆起故乡国色天香的红梅,进而引发思乡之情。

【注释】

①小春:指农历十月。南朝梁宗懔《荆楚岁时记》:"十月天气和暖似春,故曰小春。"宋欧阳修《渔家傲》:"十月小春梅蕊绽。"花信:《梅苑》《花草粹编》之《胡捣练》调,作"雪中"。花信:见《清平乐》(烟轻雨小)注释。日边来:从天边来。唐李白《望天门山》:"两岸青山相对出,孤帆一片日边来。"

②未上江楼先坼:《梅苑》《花草粹编》之《胡捣练》调,"未上"作"垄上";《词律》"未上"作"冰上";《梅苑》《花草粹编》之《胡捣练》调,"江楼"作"小梅";《花草粹编》之《望仙楼》调、《宋六十名家词》本、《四库全书》本、《历代诗余》《词谱》《词律》《小山词笺》,"江楼"作"江梅";《梅苑》《花草粹编》之《胡捣练》调、《宋六十名家词》本、《四库全书》本、《历代诗余》,"先坼"作"先拆";《花草粹编》之《望仙楼》调、《词律》《小山词笺》,"先坼"作"先折"。坼(chè):绽开,绽放。

③"今岁"二句:今年春天的消息还是由南面树枝开花而得知。今岁:今年。东君:见《蝶恋花》(千叶早梅夸百媚)注释。南枝:见《生查子》(春从何处归)"岭头梅"注释。

④"素衣"二句:语出李正封《赏牡丹》:"国色朝酣酒,天香夜染衣。"原指牡丹绽放时的芬芳与娇艳。此处形容梅花盛开时的艳丽芳香。素衣染尽天香:《梅苑》《花草粹编》之《胡捣练》调,作"素衣洗尽九天香"。国色:《宋六十名家词》本、《四库全书》本,作"团色"。

⑤故溪:《梅苑》《花草粹编》之《胡捣练》调,作"故园"。

⑥长相忆:漫长的回忆,绵长的思念。唐杜甫《梦李白二首》其一:"故人入我梦,明我长相忆。"

凤孤飞

一曲画楼钟动①,宛转歌声缓②。绮席飞尘满③。更少待、金蕉暖④。 细雨轻寒今夜短。依前是、粉墙别馆⑤。端的欢期应未晚⑥。奈归云难管。

【题解】

《凤孤飞》为晏几道自度曲。词人追忆当年酒筵上的欢乐场景,反衬今日客居他乡的孤寂处境。他盼望再度相聚,然而欢期未晚,归期难定,甚是无奈。

【注释】

①画楼钟动:歌曲名,北宋新声。最早出自宋谢绛《夜行船》词,后欧阳修词作频繁提到此曲。表达聚会之乐与离别之苦。宋欧阳修《采桑子》:"《画楼钟动》君休唱,往事无踪。"

②歌声缓:指歌声舒缓。唐白居易《山游示小妓》:"红凝舞袖急,黛惨歌声缓。"

③绮席飞尘满:《花草粹编》、《宋六十名家词》本、《四库全书》本、《历代诗余》、《小山词笺》,作"绮席飞尘座满"。"绮席"句:歌声振动座席上的灰尘,形容歌声动听。绮席:华丽的席具。古人称坐卧之铺垫用具为席。南朝梁江淹《杂体三十首·休上人怨别》:"膏炉绝沉燎,绮席生浮埃。"飞尘:飞扬的尘土。此处指歌尘。晋陆机《拟东城一何高诗》:"一唱万夫叹,再唱梁尘飞。"

④更少待:《花草粹编》、《百家词》本、《宋六十名家词》本、《四库全书》本、《历代诗余》、《小山词笺》,作"更小待"。少待:稍等。唐陈鸿《长恨歌传》:"玉妃方寝,请少待之。"宋苏轼《题文与可墨竹》:"知音古难合,奄忽不少待。"金蕉:金质的蕉叶形酒杯。此处借指酒。见《玉楼春》(轻风拂柳冰初淀)注释。

⑤粉墙:白墙。唐方干《新月》:"隐隐临珠箔,微微上粉墙。"别馆:指客

261

馆,或离家在外的住处。北周庾信《哀江南赋·序》:"三日哭于都亭,三年囚于别馆。"唐孟浩然《送崔遇》:"别馆当虚敞,离情任吐伸。"

⑥"端的"句:虽然欢聚的期限未到,但是行人难以把握归家日期。端的:确实,真个。归云:形容行踪不定之人。宋柳永《少年游》:"归云一去无踪迹,何处是前期。"

西江月

愁黛颦成月浅①,啼妆印得花残②。只消鸳枕夜来闲③。晓镜心情便懒④。　　醉帽檐头风细⑤,征衫袖口香寒⑥。绿江春水寄书难。携手佳期又晚。

【题解】

此词于《花草粹编》卷四作秦观词,《古今词统》作晏殊词,题名《春情》。此词表现离别相思。上片写闺怨。闺人含愁啼哭,孤枕难眠,无心梳妆。下片写客愁。游子饮酒至醉,思念闺人,然而家书难寄,佳期难定。

【注释】

①月浅:淡淡的弯月。

②啼妆:古代妇女的一种妆式,薄施脂粉于眼角下,若啼痕,故名。《后汉书·五行志》:"桓帝元嘉中,京都妇女作愁眉、啼妆……啼妆者,薄拭目下,若啼处。"在此词中语义双关,既指女子的妆式,又指女子的泪痕。唐末五代韦庄《闺怨》:"啼妆晓不干,素面凝香雪。"

③鸳枕:《历代诗余》作"惊枕"。

④晓镜:指晨起对镜梳妆。唐杜牧《代吴兴妓春初寄薛军事》:"自悲临晓镜,谁与惜流年。"便懒:《历代诗余》《小山词笺》,作"更懒"。

⑤醉帽檐头:指醉汉的帽檐。宋司马光《和明叔九日》:"雨冷弊裘薄,风高醉帽倾。"檐头:《历代诗余》作"帘头"。

⑥"征衫"句:征衣袖口留有闺人的旧香。征衫:即征衣,旅人之衣。唐

许浑《塞下》："朝来有乡信，犹自寄征衣。"宋文同《送范尧夫》："既莫不可留，征衫遂飘飘。"

又

南苑垂鞭路冷，西楼把袂人稀^①。庭花犹有鬓边枝。且插残红自醉^②。　　画幕凉催燕去，香屏晓放云归^③。依前青枕梦回时。试问闲愁有几^④。

【题解】

此词追忆西楼歌女。南苑西楼人去楼空，见庭花如当年歌女鬓边所插，就折下花枝聊以自慰。如今伊人已杳，思念难消，孤枕难眠，梦回之时，离愁无尽。

【注释】

①"南苑"二句：南苑的马路很冷清，西楼上无人携手同欢。南苑、西楼：见《鹧鸪天》(题破香笺小砑红)注释。垂鞭：见《醉落魄》(满街斜月)注释。把袂：拉住衣袖，表示亲密之意。南朝梁何逊《赠江长史别》："饯道出郊坰，把袂临洲渚。"唐刘长卿《送贾三北游》："把袂相看衣共缁，穷愁只是惜良时。"

②"庭花"二句：庭中有如当年女子插在发鬓上的花枝，姑且折下插在自己头上聊以自慰。鬓边枝：插在发鬓边的花枝。自醉：自我陶醉，自我宽慰。唐刘禹锡《令狐相公俯赠篇章斐然仰谢》："饮和心自醉，何必管弦催。"唐陆畅《别刘端公》："落日辞故人，自醉不关酒。"

③"画幕"二句：画幕凉意已深，催促燕子南飞过冬。破晓面对屏风，云归图案清晰逼真。画幕：精美的帘幕。唐贺知《春昼》："日含画幕，蜂上罗荐。"香屏：华美的屏风。南朝梁萧纲《美女篇》："朱颜半已醉，微笑隐香屏。"燕去、云归：燕子离开、飞云归去，暗含伊人已远去之意。

④"试问"句：南唐李煜《虞美人》："问君能有几多愁，恰似一江春水、向东流。"宋贺铸《青玉案》："试问闲愁都几许。"闲愁：《花草粹编》作"愁闲"。

武陵春

绿蕙红兰芳信歇，金蕊正风流①。应为诗人多怨秋②。花意与消愁③。　　梁王苑路香英密④，长记旧嬉游。曾看飞琼戴满头⑤。浮动舞《梁州》⑥。

【题解】

词写秋怨。秋菊绽放，词人借赏菊消解秋愁。回忆旧时秋游，满苑花开，有美人满头戴花，歌舞《梁州》。

【注释】

①"绿蕙"二句：春夏两季的花草都已衰残，此时金秋，正是菊花盛开之时。绿蕙红兰：指代春夏的各色花卉。金蕊：指菊花。

②"应为"句：语本唐李端《送客赴江陵寄郢州郎士元》："露下晚蝉愁，诗人旧怨秋。"诗人：叔原自称。

③消愁：《百家词》本、《花草粹编》、《宋六十名家词》本、《四库全书》本、《历代诗余》、《小山词笺》，作"销愁"。

④"梁王"句：梁王苑路上，开满繁密的菊花。梁王苑：西汉梁孝王所建的苑囿，又称梁园、兔园。故址在今河南商丘东。《史记·梁孝王世家》："于是孝王筑东苑，方三百余里。"唐张守节《史记正义》引《括地志》："兔园在宋州，宋城县东南十里。"晋葛洪《西京杂记》："'梁孝王苑中有落猿岩、栖龙岫、雁池、鹤洲、凫岛。诸宫观相连，奇果佳树，瑰禽异兽，靡不毕备。'俗人言梁孝王竹园也。"

⑤飞琼：歌女名。见《采桑子》（白莲池上当时月）注释。

⑥"浮动"句：意谓在《梁州曲》的演奏中起舞翩翩。《梁州》：《历代诗余》作"《凉州》"。见《清平乐》（红英落尽）注释。

又

九日黄花如有意，依旧满珍丛①。谁似龙山秋兴浓。吹帽落西风②。　　年年岁岁登高节③，欢事旋成空。几处佳人此会同。今在泪痕中。

【题解】

此词为重阳登高而作，并由登高引发离愁别绪。重九佳节，菊花开遍，词人登高怀远，然兴致并不浓郁。往年重阳登高，总有佳人陪伴，今日佳人不在，欢事成空。思念旧情，不禁潸然泪下。

【注释】

①"九日"二句：意谓九月九日重阳节，菊花似乎有意助兴，依旧开满花丛。九日：指农历九月九日重阳节。珍丛：美丽的花丛。宋晏殊《菩萨蛮》："高梧叶下秋光晚，珍丛化出黄金盏。"

②"谁似"二句：用孟嘉落帽之典。见《采桑子》（芦鞭坠遍杨花陌）"应怜醉落楼中帽"注释。

③登高节：即重阳节，因重阳节有登高的习俗，故名。

又

烟柳长堤知几曲，一曲一魂消①。秋水无情天共遥②。愁送木兰桡③。　　熏香绣被心情懒，期信转迢迢④。记得来时倚画桥。红泪满鲛绡⑤。

【题解】

词写送别。杨柳依依，长堤曲折，送一曲，一销魂。秋水送走木兰船，闺人伫立画桥，泪满鲛绡。回到闺中，了无心绪，不知何时才能重逢。

①魂消:《百家词》本、《花草粹编》、《宋六十名家词》本、《四库全书》本,作"魂销"。

②天共遥:《百家词》本,作"天又遥"。

③木兰桡(ráo):以木兰木所制之桨。此处指代木船。唐崔融《吴中好风景》:"夕烟杨柳岸,春水木兰桡。"

④熏香:《百家词》本、《花草粹编》,作"薰香"。"期信"句:意谓相会日期很遥远。

⑤"红泪"句:女子的泪水沾满鲛绡帕。鲛绡:又作"鲛鮹",传说中鲛人所织的生丝。此处指鲛绡帕。南朝梁任昉《述异记》:"南海出鲛绡纱。泉室潜织,一名龙纱。其价百余金,以为服,入水不濡。"唐李商隐《七月二十八日夜与王郑二秀才听雨后梦作》:"瞥见冯夷殊怅望,鲛绡休卖海为田。"宋苏轼《次韵杨公济奉议梅花十首》其九:"鲛绡剪碎玉簪轻,檀晕妆成雪月明。"

解佩令

玉阶秋感①,年华暗去。掩深宫、团扇无绪②。记得当时,自剪下、机中轻素,点丹青、画成秦女③。　　凉襟犹在④,朱弦未改⑤,忍霜纨、飘零何处⑥。自古悲凉,是情事、轻如云雨⑦。倚幺弦、恨长难诉⑧。

【题解】

《解佩令》调为北宋新声,此词为创调之词。《词谱》云:"《解佩令》调见《小山乐府》,按《楚辞》'捐予佩兮沣浦',《韩诗外传》'郑交甫遇汉皋神女解佩',调名取此。"《花草粹编》题作"宫词"。此词代宫女立言,借团扇抒发其在宫中的幽怨之情。宫女旧闭深宫,年华老去,遭受冷遇,如秋凉团扇见弃。她心中悲凉,弹奏琵琶也无法将幽恨诉尽。

【注释】

①玉阶:玉石砌成或装饰的台阶,亦为台阶的美称。汉班婕妤《自悼

赋》："华殿尘兮玉阶菭，中庭萋兮绿草生。"唐李白《玉阶怨》："玉阶生白露，夜久侵罗袜。"

②团扇无绪：《宋六十名家词》本、《四库全书》本、《历代诗余》、《词律》、《小山词笺》，作"团扇无情绪"。

③"自剪下"二句：宫女亲自裁剪纨素制作纨扇，并在扇面画上秦女。南朝梁江淹《杂体诗三十首·班婕妤〈咏扇〉》："纨扇如团月，出自机中素。画作秦王女，乘鸾向烟雾。"轻素：轻而薄的白色丝织品。唐郑谷《温处士能画鹭鹚以四韵换之》："闻说小毫能纵逸，敢凭轻素写幽奇。"宋苏轼《狄咏石屏》："霏霏点轻素，渺渺开重阴。"丹青：丹砂和青䨾，作画的颜料。《汉书·苏武传》："虽古竹帛所载，丹青所画，何以过子卿。"秦女：指纨扇上画的秦穆公女弄玉。

④凉襟：形容衣单身寒。

⑤朱弦：《四库全书》本、《历代诗余》、《小山词笺》，作"朱颜"。见《鹧鸪天》（楚女腰肢越女腮）注释。

⑥"忍霜纨"句：不忍心纨扇被抛弃。此句表达宫女对自身命运的担忧。霜纨：这里指纨扇。见《蝶恋花》（初撚霜纨生怅望）注释。飘零：衰败的样子，亦形容人的漂泊流落。唐杜甫《萤火》："十月清霜重，飘零何处归。"

⑦轻如云雨：如云雨般轻薄。云雨，用巫山神女之典。见《临江仙》（浅浅余寒春半）"虚梦高唐"注释。

⑧倚幺弦：《花草粹编》作"荷幺弦"。幺弦：见《清平乐》（幺弦写意）注释。

行香子

晚绿寒红①。芳意匆匆。惜年华、今与谁同。碧云零落，数字征鸿②。看渚莲凋③，宫扇旧④，怨秋风⑤。　　流波坠叶⑥，佳期何在，想天教、离恨无穷。试将前事，闲倚梧桐⑦。

有消魂处⑧,明月夜,粉屏空⑨。

【题解】

这首词于《唐宋诸贤绝妙词选》卷五作汪辅之词。该词以秋日诸多景象烘托秋怨。晚秋花木凋零,旧友离散,无人共度年华。不知何时再会,只怨天赐离恨。回忆前欢旧事,如今空对粉屏,月夜孤寂,伤心欲绝。

【注释】

①"晚绿"句:指代晚秋的树叶和花。寒红:《历代诗余》作"寒江"。

②"碧云"二句:空中云朵稀疏散乱,有数行排成字的飞鸿经过。

③渚莲:《花草粹编》作"沼莲"。见《诉衷情》(渚莲霜晓坠残红)注释。

④宫扇:指团扇。宫中多用之,故称。

⑤怨秋风:唐李白《相和歌辞·长信怨》:"谁怜团扇妾,独坐怨秋风。"

⑥"流波"句:用红叶题诗之典。见《浣溪沙》(浦口莲香夜不收)"题叶"注释。

⑦"试将"二句:倚着梧桐回想前事。南唐冯延巳《采桑子》:"昔年无限伤心事,依旧东风。独倚梧桐。闲想闲思到晓钟。"

⑧消魂:《百家词》本、《花草粹编》、《宋六十名家词》本、《四库全书》本、《历代诗余》、《小山词笺》,作"销魂"。

⑨粉屏空:《四库全书》本、《历代诗余》、《小山词笺》,作"锦屏空"。屏风还在,人已去。粉屏:指锦屏,锦绣的屏风。唐张祜《观杭州柘枝》:"看着遍头香袖褶,粉屏香帕又重隈。"

【汇评】

亦不为极工,然不可废此,即词之规模。(清先著、程洪《词洁》卷二)

庆春时

倚天楼殿①,升平风月②,彩仗春移③。鸾丝凤竹,《长生调》里,迎得翠舆归④。　　　　雕鞍游罢,何处还有心期。浓熏翠被⑤,深停画烛⑥,人约月西时⑦。

【题解】

《庆春时》调为小山自创。《词谱》云:"调见《小山乐府》,凡二首,俱庆赏春时宴乐之词。"此词乃春游时官妓演唱之词。皇帝在彩仗和丝竹声中游春,歌舞升平,祈祷长生。宴游归来,又被官妓邀约共度良宵。

【注释】

①"倚天"句:形容极高的宫殿。唐杜牧《过华清宫绝句三首》其三:"万国笙歌醉太平,倚天楼殿月分明。"

②升平:形容太平盛世。《汉书·梅福传》:"使孝武皇帝听用其计,升平可致。"颜师古注引张晏云:"民有三年之储曰升平。"唐张说《送赵顺直郎中赴安西副大都督》:"老天操别翰,承旨颂升平。"

③"彩仗"句:彩色的仪仗迎春。唐李白《宫中行乐词》其七:"晚来移彩仗,行乐泥光辉。"

④"鸾丝"三句:在丝竹管弦演奏的《长生调》中,迎接车仗的归来。鸾丝凤竹:是丝竹管弦等乐器的合称。宋晏殊《连理枝》:"凤竹鸾丝,清歌妙舞,尽呈游艺。"《长生调》:即《长生乐》,雅乐曲名。翠舆:华美的车驾。宋王珪《平调发引》:"望陵宫女垂红泪,不见翠舆归。"

⑤浓熏:《花草粹编》、《百家词》本,作"浓薰"。

⑥"深停"句:把华美的灯烛安放在隐蔽之处。唐胡曾《咏史诗·玉门关》:"半夜帐中停烛坐,唯思生入玉门关。"

⑦"人约"句:宋欧阳修《生查子》:"月上柳梢头,人约黄昏后。"

又

梅梢已有,春来音信,风意犹寒。南楼暮雪,无人共赏,闲却玉阑干。　　殷勤今夜,凉月还似眉弯①。尊前为把,桃根丽曲②,重倚四弦看③。

【题解】

词写歌伎离愁。梅花报春,天气轻寒,情人离去,无人与歌伎共赏春雪。今夜凉月如眉,歌伎饮酒自醉,重弹《桃根曲》,寄托对离人的思念。

【注释】

①"凉月"句:唐戴叔伦《兰溪棹歌》:"凉月如眉挂柳湾,越中山色镜中看。"

②"桃根"句:指歌伎所弹唱的歌曲。桃根,王晋献之之妾,桃叶之妹。王献之《桃叶歌》:"桃叶复桃叶,桃叶连桃根。相怜两乐事,独使我殷勤。""桃叶复桃叶,渡江不用楫。但渡无所苦,我自来迎接。"宋钱惟演《公子》:"歌翻南国桃根曲,马过章台杏叶鞯。"

③"重倚"句:再次尝试和着琵琶曲歌唱。倚:和歌。四弦:指琵琶。因有四弦,故称。唐白居易《琵琶行》:"曲终收拨当心画,四弦一声如裂帛。"看:犹试试看,助词,用于动词后面。

喜团圆

危楼静锁①,窗中远岫②,门外垂杨。珠帘不禁春风度,解偷送余香③。　　眠思梦想,不如双燕,得到兰房④。别来只是,凭高泪眼,感旧离肠。

【题解】

《喜团圆》调始见晏几道词。《词律》云:"此调惟此词,后段同《人月圆》。又,按《词谱》'窗中迢岫'句,'迢'作'远',此字宜仄,应遵改。"《词谱》云:"《喜团圆》调见《小山乐府》。《花草粹编》无名氏词有'与个团圆'句,更名《与团圆》。"该词表现离别愁怨。高楼紧闭,闺人独处,临窗远望,春风送香,然而情人不在,徒惹春愁。闺人羡慕燕双飞,自叹人孤寂,分别以后日日为离愁所苦。

①危楼：高楼。唐李白《夜宿山寺》："危楼高百尺，手可摘星辰。"

②窗中远岫(xiù)：语出南朝齐谢朓《郡内高斋闲望答吕法曹》："窗中列远岫，庭际俯乔林。"远岫：《宋六十名家词》本，作"迢岫"；《历代诗余》《小山词笺》，作"遥岫"。远处的峰峦。

③"珠帘"二句：帘幕被春风吹开，送来花香。解：把束缚的东西解开。此处指打开帘幕。此句暗用贾午偷香的典故，表示对情人的钟情与思恋。《晋书·贾充传》："(韩)寿美姿貌，善容止，贾充辟为司空掾。充每宴宾僚，其女(午)辄于青璅中窥之，见寿而悦焉……女遂潜修音好，厚相赠结，呼寿夕入……时西域有贡奇香，一着人则经月不歇，帝甚贵之，惟以赐充及大司马陈骞。其女密盗以遗寿，充僚属与寿燕处，闻其芬馥，称之于充，自是充意知女与寿通……遂以女妻寿。"

④兰房：见《南乡子》(画鸭懒熏香)注释。

忆闷令

取次临鸾匀画浅①。酒醒迟来晚。多情爱惹闲愁，长黛眉低敛②。　　月底相逢花下见③。有深深良愿④。愿期信、似月如花，须更教长远⑤。

【题解】

《忆闷令》当为晏几道自度曲。词写歌伎的日常生活和从良之愿。歌伎宿醉刚醒，晚起梳妆，愁眉不展。她期待与良人相约花前月下，并希望长相厮守。

【注释】

①"取次"句：对镜随意梳妆。取次：随意，草草，仓促。晋葛洪《抱朴子·祛惑》："此儿当兴卿门宗，四海将受其赐，不但卿家，不可取次也。"唐元

积《离思五首》其四："取次花丛懒回顾,半缘修道半缘君。"临鸾:对着鸾镜。匀画:匀脸擦粉画眉。宋张先《醉桃源》："强匀画,又芳菲。春深轻薄衣。"

②"长黛眉"句:眉黛低垂,形容愁闷。唐白居易《恨词》："翠黛眉低敛,红珠泪暗销。"

③月底相逢花下见:《花草粹编》、《宋六十名家词》本、《四库全书》本、《历代诗余》、《小山词笺》、《词谱》,无"花下"二字,作"月底相逢见"。"月底"句:宋张先《诉衷情》："花前月下暂相逢。"

④良愿:夙愿,一直怀有的心愿。晋陆云《赠顾彦先》："邂逅相遇,良愿乃从。"

⑤"愿期信"二句:希望相约之日花好月圆,更期望能够长相厮守。期信:约定的日期。更教:《花草粹编》、《宋六十名家词》本、《四库全书》本,作"更交"。

【汇评】

"醒"字作平声读,与后"深深良愿"句法同。"信"字恐误多,盖前后结相同。而"愿期信",字复而赘耳。(清万树《词律》卷四)

梁州令

莫唱《阳关曲》①。泪湿当年金缕②。离歌自古最消魂,闻歌更在魂消处③。　　南楼杨柳多情绪④,不系行人住。人情却似飞絮⑤。悠扬便逐春风去⑥。

【题解】

《历代诗余》调名作《凉州令》。这首词作于送别的酒筵中。词上片用直白的语言重叠叙说闻得离歌时的悲苦情绪。词下片运用比拟的手法,用柳丝之长比喻离愁之多,不说不忍离去,而怨杨柳没把人留住,又以随风飘远的飞絮比喻行人的离去。语言简洁,情感真挚。

①《阳关曲》：曲名。见《临江仙》(淡水三年欢意)"《阳关叠》"注释。

②金缕：指金缕衣。见《更漏子》(露华高)注释。

③离歌更在魂消处：《花草粹编》《宋六十名家词》本、《四库全书》本、《历代诗余》《词谱》《词律》《小山词笺》，"离歌"作"于今"；《花草粹编》《历代诗余》《小山词笺》，"魂消"作"消魂"。

④南楼：《宋六十名家词》本、《四库全书》本、《历代诗余》《小山词笺》，作"南桥"。

⑤"人情"句：行人离去如飞絮飘扬。亦表示人情淡薄。唐李咸用《依韵修睦上人山居十首》其六："早是人情飞絮薄，可堪时令太行寒。"却似：《花草粹编》作"切似"。

⑥悠扬：《百家词》本，作"悠悠"。

燕归梁

莲叶雨，蓼花风①。秋恨几枝红。远烟收尽水溶溶②。飞雁碧云中。　　衷肠事。鱼笺字③。情绪年年相似。凭高双袖晚寒浓④。人在月桥东⑤。

【题解】

《百家词》本、《花草粹编》《宋六十名家词》本、《四库全书》本，调名作《燕归来》；《历代诗余》《小山词笺》，调名作《喜迁莺》。此词抒写秋日离恨。上片写秋景。风雨摧残，花叶凋零，烟水朦胧，云中雁归。下片写别恨。相思别怨年年相似，凭栏远眺至夜晚，情人依旧在遥远的月桥，没有归来。

【注释】

①"莲叶"二句：指秋雨秋风。莲叶雨：借指秋雨。唐张籍《送朱庆馀及第归越》："湖声莲叶雨，野气稻花风。"蓼花风：借指秋风。唐李咸用《登楼值雨二首》其二："送来松槛雨，半是蓼花风。"

②溶溶：水流盛大的样子。见《愁倚阑令》(凭江阁)注释。

③鱼笺：鱼子笺的简称。古代一种布目纸。产地在蜀地。此处指代书信。唐羊士谔《寄江陵韩少尹》："蜀国鱼笺数行字，忆君秋梦过南塘。"唐王维《送李员外贤郎》："鱼笺请诗赋，檀布作衣裳。"

④晚寒：《历代诗余》《小山词笺》，作"晓寒"。

⑤月桥：应指某处的半月形桥或拱桥。唐李白《送族弟单父主簿凝摄宋城主簿至郭南月桥却回栖霞山留饮赠之》："鞍马月桥南，光辉岐路间。"宋张先《行香子》："凌波何处，月桥边、青柳朱门。"

附录一:存疑词

胡捣练

小亭初报一枝梅,惹起江南归兴。遥想玉溪风景,水漾横斜影。异香直到醉乡中,醉后还因香醒。好是玉容相并。人与花争莹。

(《梅苑》卷九录为晏几道词。)

扑蝴蝶

风梢雨叶,绿遍江南岸。思归倦客,寻芳来最晚。酒边红日初长,陌上飞花正满。凄凉数声弦管。   怨春短。玉人应在,明月楼中画眉懒。鱼笺锦字,多时音信断。恨如去水空长,事与行云渐远。罗余旧香余暖。

(《阳春白雪》卷三录为晏几道词。宋胡仔《苕溪渔隐丛话·后集》卷三十九录此词,并云:"旧词高雅,非近世所及,如《扑蝴蝶》一词,不知谁作,非为藻丽可喜,其腔调亦自婉美。"《花草粹编》卷八作无名氏词。明温博《花间集补》卷下以为唐人所作。)

丑奴儿

夜来酒醒清无梦,愁倚阑干。露滴轻寒。雨打芙蓉泪不干。   佳人别后音尘悄,瘦尽难拚。明月无端。已过红楼十二间。

(《永乐大典》卷三〇〇六"人字韵"引,并以为此词出自《小山琴趣外篇》。按此词又见于秦观《淮海居士长短句》,《花草粹编》卷二亦录为秦观词;又见于黄庭坚《山谷词》,《历代诗余》亦作黄庭坚词。)

谒金门

溪水急,无数落花漂出。燕子分泥蜂酿蜜,迟迟艳风日。   须信芳菲随失,况复佳期难必。拟把此情书万一,愁多翻阁笔。

(《全宋词》云:案此首原见《花草粹编》卷三,题贺铸作,然注云:"《天》作叔原。"盖《天机余锦》,此首作晏叔原词。今检《天机余锦》该词并未标注何人所作。)

与团圆

鲛绡雾縠,没多重数,紧碍偷怜。孜孜觑着,算前生、只结得眼因缘。眼是心媒,心为情本,里外勾连。天还有意,不违人愿,与个团圆。

(此词见明赵琦美《小山词补遗》,《花草粹编》卷四亦录为晏几道词。)

三台令·桂花

大地山河风露凉,连云老翠吐新黄。幽芳独占秋绰约,香味着人清入膜。　　十友之中号作仙,群花以外更无妍。一粒粟中香万斛,君看一梢成多粟。

(此词见邓志谟《花鸟争奇》卷二,注名晏叔原。)

附录二:误署词

(他人之词误署为晏几道词)

胡捣练

夜来江上见寒梅,自逞芳妍标格。为甚东风先折。分付春消息。
美人钗上玉樽前,朵朵浓香堪惜。谁把彩毫描得。免恁轻抛掷。

(《花草粹编》卷四录为晏几道词。按此词又见于晏殊《珠玉词》,《梅苑》卷九亦作为晏殊词。)

破阵子

忆得去年今日,黄花已满东篱。曾与主人临小槛,共折香英泛酒卮。
长条插鬓垂。　　人貌不应迁换,珍丛又睹芳菲。重把一樽寻旧径,可惜
光阴去似飞。风高露冷时。

(《全芳备祖·前集》卷十二录为晏几道词。按此词又见于晏殊《珠玉
词》,《历代诗余》卷四十一亦作晏殊词。)

采桑子

樱桃谢了梨花发,红白相催。燕子归来,几处风帘绣户开。　　人生
乐事知多少,且酩金杯。管咽丝哀,慢引萧娘舞袖回。

(《全芳备祖·前集》卷二十四录为晏几道词。按此词又见于晏殊《珠
玉词》杜安世《寿域词》。《历代诗余》卷十作冯延巳词。)

渔家傲

粉笔丹青描未得。金针彩线功难敌。谁傍暗从轻采摘。风渐渐。船
头触散双鸂鶒。　　夜雨染成天水质。朝阳烘出胭脂色。将落又开人共

277

惜。秋气逼。盘中已见新莲菂。

（《全芳备祖・后集》卷二录为晏几道词。按此词又见于晏殊《珠玉词》、欧阳修《近体乐府》卷二。）

桃源忆故人

玉楼深锁薄情种，清夜悠悠谁共。羞见枕衾鸳凤，闷即和衣拥。
无端画角严城动，惊破一番新梦。窗外月华霜重，听彻《梅花弄》。

（《永乐大典》卷三〇〇五"人字韵"引为晏几道词。按此词又见于秦观《淮海居士长短句》，《花草粹编》卷四亦录为秦观词。）

醉桃源

南园春半踏青时，风和闻马嘶。青梅如豆柳如眉，日长蝴蝶飞。
花露重，草烟低。人家帘幕垂。秋千慵困解罗衣，画堂双燕归。

（《百家词》本《阳春集》注云：《兰畹集》误作晏叔原。此词互见冯延巳《阳春集》、晏殊《珠玉词》、欧阳修《近体乐府》。《全宋词》断为冯延巳词，从之。）

浣溪沙

一曲新词酒一杯，去年天气旧亭台。夕阳西下几时回。　　无可奈何花落去，似曾相识燕归来。小园香径独徘徊。

（陈钟秀《草堂诗余》卷上作晏几道词。按此词为晏殊词，见《珠玉词》。）

如梦令

楼外残阳红满。春入柳条将半。桃李不禁风，回首落英无限。　　肠断、肠断，人共楚天俱远。

（《类编草堂诗余》卷一录为晏几道词。按此词又见于秦观《淮海居士

278

长短句》,《花草粹编》卷一亦录为秦观词。《历代诗余》卷二录为晏殊词。)

探春令

　　绿杨枝上晓莺啼,报融和天气。被数声、吹入纱窗里。又惊起、娇娥睡。　　绿云斜嚲金钗坠。惹芳心如醉。为少年、湿了鲛绡,帕上都是相思泪。

　　(《类编草堂诗余》卷一、《花草粹编》卷五、《历代诗余》卷二十三均录为晏几道词。《增修妙选草堂诗余·前集》卷下录为无名氏词。)

探春令

　　帘旌微动,峭寒天气,龙池冰泮。杏花笑吐香犹浅。又还是、春将半。清歌妙舞从头按。等芳时开宴。记去年、对着东风,曾许不负莺花愿。

　　(《花草粹编》卷五录为晏几道词。《能改斋漫录》卷十六载此词,并云:"徽宗天才甚高,于诗文外尤工长短句。"《乐府雅词》拾遗卷下、《历代诗余》卷二十三、《词综》卷四均录为宋徽宗词。)

木兰花

　　一年滴尽莲花漏。碧井酴酥沉冻酒。晓寒料峭尚欺人,春意苗条先到柳。　　佳人重劝千长寿。柏叶椒花芬翠袖。醉乡深处少相知,只与东君偏故旧。

　　(《草堂诗余续集》卷下录为晏几道词。按此词又见于毛滂《东堂词》,《历代诗余》卷三十一亦录为毛滂词。)

玉楼春

　　红楼十二阑干侧,楼角慕寒吹玉篴。天津桥上旧曾听,三十六宫秋草碧。　　昭华人去无消息,江上青山空晚色。一声落尽短亭花,无数行人归未得。

（《词的》卷二录为晏几道词。按此词于《花草粹编》卷六、《历代诗余》卷三十二、《词综》卷二十二，均作为王武子词。）

踏莎行

小径红稀，芳郊绿遍。高台树色阴阴见。春风不解禁杨花，蒙蒙乱扑行人面。　　翠叶藏莺，朱帘隔燕。炉香静逐游丝转。一场愁梦酒醒时，斜阳却照深深院。

（《词的》卷三录为晏几道词。按此为晏殊词，收录于《珠玉集》中。《唐宋诸贤绝妙词选》卷三、《类编草堂诗余》卷一、《花草粹编》卷六、《词综》卷四、《历代诗余》卷三十六，皆录为晏殊词。）

与团圆

轻攒碎玉，玲珑竹外，脱去繁华。尤殢东君，先点破，压倒群花。瘦影生香，黄昏月馆，清浅溪沙。仙标淡伫，偏宜幺凤，肯带栖鸦。

（此词见明赵琦美《小山词补遗》，《花草粹编》卷四亦录为晏几道词。《梅苑》作无名氏词。）

御街行

霜风渐紧寒侵被。听孤雁、声嘹唳。一声声送一声悲。云淡碧天如水。披衣起，告雁儿略住，听我些儿事。　　塔儿南畔城儿里。第三个、桥儿外。濒河西岸小红楼，门外梧桐雕砌。请教且与，低声飞过，那里有、人人无寐。

（此词见明赵琦美《小山词补遗》，引宋杨湜《古今词话》为晏几道词。然《花草粹编》亦引《古今词话》为无名氏词。）

满江红

七十人稀，尝记得、少陵旧语。谁知道、五园庵主，寿今如许。书底青瞳如月样,镜中黑鬓无双处。与人间、世味不相投,神仙侣。　　文汉史,诗唐句。字晋帖,碑周鼓。这千年勋业,一年一部。晔晔紫芝商隐皓,猗猗绿竹淇瞻武。问先生、何处更高歌,凭椿树。

（此词见明赵琦美《小山词补遗》。《花草粹编》卷九作"小山"词,然此"小山"不一定为晏几道,或以为是"萧小山"即萧泰来所作。《历代诗余》卷五十五亦作晏几道词。）

上行杯

落梅著雨消残粉,云重烟轻寒食近。罗幕遮香,柳外秋千出画墙。春山颠倒钗横凤,飞絮入檐春睡重。梦里佳期,只许庭花与月知。

（此词见明赵琦美《小山词补遗》,引《词调元龟》为晏几道词。按此词又见于冯延巳《阳春集》,《历代诗余》卷二十二亦录为冯延巳词。）

睿恩新

芙蓉一朵霜秋色。迎晓露、依依先拆。似佳人、独立倾城,傍朱槛、暗传消息。　　静对西风脉脉。金蕊绽、粉红如滴。向兰堂、莫厌重深,免清夜、微寒渐逼。

（此词见明赵琦美《小山词补遗》。按此词又见于晏殊《珠玉词》,《花草粹编》卷五、《历代诗余》卷二十九均作晏殊词。）

真珠髻

重重山外,苒苒流光,又是残冬时节。小园幽径,池边楼畔,翠木嫩条春别。纤蕊轻苞,粉萼染、猩猩鲜血。乍几日,好景和风,次第一齐催发。

天然香艳殊绝。比双成皎皎,倍增芳洁。去年因遇东归使,指远恨,意曾攀折。岂谓浮云,终不放、满枝明月。但叹息,时饮金钟,更绕丛丛繁雪。

（此词于《花草粹编》卷十二、《历代诗余》卷八十四均作晏几道词。《梅苑》卷一作无名氏词。）

洞仙歌

　　江南腊尽，早梅花开后，分付新春与垂柳。细腰肢、自有入格风流，仍更是、骨体清英雅秀。　　永丰坊那畔，尽日无人，惟见金丝弄晴昼。断肠是、飞絮时，绿叶成阴，无个事、一成消瘦。又莫是、东风逐君来，便吹散眉间，一点春皱。

　　（此词于《历代诗余》卷五十二作晏几道词。按此词又见于苏轼《东坡乐府》。）

附录三:晏几道诗、黄庭坚唱和诗、晁端礼仿拟词

与郑介夫

小白长红又满枝,筑球场外独支颐。春风自是人间客,张主繁华得几时。

(宋赵令畤《侯鲭录》卷四)

戏作示内

生计唯兹碗,般擎岂惮劳。造虽从假合,成不自埏陶。阮杓非同调,颜瓢庶共操。朝盛负余米,暮贮借残糟。幸免墙间乞,终甘泽畔逃。挑宜笻竹杖,捧称葛为袍。倘受桑间饷,何堪井上螬。绰然真自许,嘑尔未应饕。世久轻原宪,人方逐子敖。愿君同此器,珍重到霜毛。

(宋张邦基《墨庄漫录》卷三)

题司马长卿画像

犊鼻生涯一酒垆,当年嗤笑欲何如。穷通不属儿曹意,自有真人爱《子虚》。

(宋孙绍远《声画集》卷八)

观画目送飞雁手提白鱼

眼看飞雁手携鱼,似是当年绮季徒。仰羡知几避缯缴,俯嗟贪饵失江湖。人间感绪闻诗语,尘外高踪见画图。三叹绘毫精写意,慕冥伤涸两踌躇。

(宋孙绍远《声画集》卷八)

依公仪招观画

初约看花花已尽，重亲闲客客应欢。真花既不能长艳，画在霜纨更好看。

（宋孙绍远《声画集》卷八）

七　夕

云幕无波斗柄移，鹊慵乌慢得桥迟。若教精卫填河汉，一水还应有尽时。

（宋祝穆《古今事文类聚·前集》卷十）

列子有力命王充论衡有命禄
极言必定之致览之有感

大钧播群物，零茂归自然。默定既有初，不为智力迁。御寇导其流，仲任派其源。智愚信自我，通塞当由天。宰世曰皋伊，迷邦有颜原。吾道诚一概，彼途钟百端。卷之入纤毫，舒之盈八埏。进退得其宜，夸荣非所先。朝闻可夕陨，吾奉圣师言。

（宋祝穆《古今事文类聚·前集》卷三十九作晏几道诗。《元献遗文》作晏殊诗。）

晚　春

一春无事又成空，拥鼻微吟半醉中。夹道桃花新过雨，马蹄无处避残红。

（元陈世隆《宋诗拾遗》卷七）

亭　坐

公余终日坐闲亭，看得梅开梅叶青。可是近来疏酒盏，酒瓶今以作花瓶。

（《锦绣万花谷·后集》卷二十四署名"小山"。）

黄庭坚诗十三首

次韵叔原会寂照房呈稚川元丰三年，下二首同

客愁非一种，历乱如蜜房。食甘念慈母，衣绽怀孟光。我家犹北门，王子渺湖湘。寄书无雁来，衰草漫寒塘。故人哀王孙，交味耐久长。置酒相暖热，愜于冬饮汤。吾侪痴绝处，不减顾长康。得闲枯木坐，冷日下牛羊。坐有稻田衲，颇薰知见香。胜谈初亹亹，修绠汲银床。声名九鼎重，冠盖万夫望。老禅不挂眼，看蜗书屋梁。韵与境俱胜，意将言两忘。出门事衮衮，斗柄莫昂昂。月色丽双阙，雪云浮建章。苦寒无处避，惟欲酒中藏。

同王稚川晏叔原饭寂照房得房字

高人住宝坊，重客款斋房。市声犹在耳，虚静生白光。幽子遗淡墨，窗间见潇湘。兼葭落凫雁，秋色媚横塘。博山沉水烟，淡与人意长。自携鹰爪芽，来试鱼眼汤。寒浴得温涫，体净心凯康。盤餐取近市，厌饫谢膻羊。裂饼羞豚脍，包鱼芰荷香。平生所怀人，忽言共榻床。常恐风雨散，千里郁相望。斯游岂易得，渊对妙濠梁。雅雅王稚川，易亲复难忘。晏子与人交，风义盛激昂。两公盛才力，宫锦丽文章。鄙夫得秀句，成诵更怀藏。

次韵叔原会寂照房得照字

风雨思齐诗，草木怨楚调。本无心击排，胜日用歌啸。僧窗茶烟底，清绝对二妙。俱含万里情，雪梅开岭徼。我惭风味浅，砌莎慕松茑。中朝盛人物，谁与开颜笑。二公老谙事，似解寂寞钓。对之空叹嗟，楼阁重晚照。

自咸平至太康鞍马间得十小诗寄怀晏叔原
并问王稚川行李鹅儿黄似酒对酒爱新鹅
此他日醉时与叔原所咏因以为韵

一

诗人鸡林市，书邀道士鹅。云间晏公子，风月兴如何。

二

春风马上梦，樽酒故人持。犹作狂时语，邻家乞侍儿。

三

忆同稽阮辈，醉卧酒家床。今日垆边客，初无人姓黄。

四

对酒诚独难，论诗良不易。人生如草木，臭味要相似。

五

春色挟曙来，恼人似官酒。酬春无好语，怀我文章友。

六

红梅定自开，有酒无人对。归时应好在，常恐风雨晦。

七

东南万里江，绿净一杯酒。王孙江南去，更得消息否。

八

献笑果不情，貌亲初不爱。谁言百年交，投分一倾盖。

九

四十垂垂老，文章岂更新。鼻端如何斫，犹拟为挥斤。

十

土气昏风日，人嚣极雁鹅。寻河着绳墨，诗思略无多。

晁端礼词十首

《鹧鸪天》十首

晏叔原近作《鹧鸪天》曲，歌咏太平，辄拟之为十篇。野人久去辇毂，不
得目睹盛事，姑咏所闻万一而已。

286

一

霜压天街不动尘。千官环佩贺成禋。三竿阊阖楼边日,五色蓬莱顶上云。　　随步辇,卷香裀。六宫红粉倍添春。乐章近与中声合,一片仙韶特地新。

二

数骑飞尘入凤城。朔方诸部奏河清。圉扉木索频年静,大晟箫韶九奏成。　　流协气,溢欢声。更将何事卜升平。天颜不禁都人看,许近黄金辇路行。

三

阆苑瑶台路暗通。皇州佳气正葱葱。半天楼殿朦胧月,午夜笙歌淡荡风。　　车流水,马游龙。万家行乐醉醒中,何须更待元宵到,夜夜莲灯十里红。

四

洛水西来泛绿波。北瞻丹阙正嵯峨。先皇秘聿无人解,圣子神孙果众多。　　民物阜,岁时和。帝居不用壮山河。卜年卜世过周室,亿万斯年入咏歌。

五

璧水溶溶漾碧漪。桥门清晓驻鸾旗。三千儒服鹓兼鹭,十万犀兵虎与貔。　　春服就,舞雩归。四方争颂育莪诗。熙丰教养今成效,已见夔龙集凤池。

六

八彩眉开喜色新。边陲来奏捷书频。百蛮洞穴皆王土,万里戎羌尽汉臣。　　丹转毂,锦拖绅。充庭列贡集珠珍。宫花御柳年年好,万岁声中过一春。

七

圣泽昭天下漏泉。君王慈孝自天然。四民有养跻仁寿,九族咸亲迈古先。　　歌舜日,咏尧年。竞翻玉管播朱弦。须知大观崇宁事,不愧生民下武篇。

287

八

日日仙韶度曲新。万机多暇宴游频。歌余兰麝生纨扇,舞罢珠玑落绣
绲。　　金屋暖,璧台春。意中情态掌中身。近来谁解辞同辇,似说昭阳
第一人。

九

万国梯航贺太平。天人协赞甚分明。两阶羽舞三苗格,九鼎神金一铸
成。　　仙鹤唳,玉芝生。包茅三脊已充庭。翠华脉脉东封事,日观云深
万仞青。

十

金碧觚棱斗极边。集英深殿听胪传。齐开雉扇双分影,不动金炉一喷
烟。　　红锦地,碧罗天。升平楼上语喧喧。依稀曾听钧天奏,耳冷人间
四十年。

附录四：晏几道词总评辑录

王介甫、曾子固文章似西汉，若作一小歌词，则人必绝倒，不可读也。乃知别是一家，知之者少。后晏叔原、贺方回、秦少游、黄鲁直出，始能知之。又晏苦无铺叙，贺苦少典重。秦即专主情致，而少故实，譬如贫家美女，虽极妍丽丰逸，而终乏富贵态。黄即尚故实而多疵病，譬如良玉有瑕，价自减半矣。（宋胡仔《苕溪渔隐丛话·后集》卷三十三引李易安言）

柳之乐章，人多称之，然大概非羁旅穷愁之词，则闺门淫媟之语。若以欧阳永叔、晏叔原、苏子瞻、黄鲁直、张子野、秦少游辈较之，万万相辽。（宋胡仔《苕溪渔隐丛话·后集》卷三十九引《艺苑雌黄》）

晏叔原歌词初号《乐府补亡》。自序曰："往与二三忘名之士浮沉酒中。病世之歌词，不足以析酲解愠。试续南部诸贤，作五七字语，期以自娱。不皆叙所怀，亦兼写一时杯酒间闻见及同游者意中事。尝思感物之情，古今不异。窃谓篇中之意，昔人定已不遗，第今无传耳。故今所制，通以《补亡》名之。始时沈十二廉叔、陈士君龙家，有莲、鸿、蘋、云，工以清讴娱客，每得一解，即以草授诸儿，吾三人听之，为一笑乐。"其大指如此。叔原于悲欢合离，写众作之所不能，而嫌于夸。故云"昔人定已不遗，第今无传"。莲、鸿、蘋、云，皆篇中数见，而世多不知为两家歌儿也。其后目为《小山集》，黄鲁直序之云："嬉弄于乐府之余，寓以诗人句法，清壮顿挫，能动摇人心。"又云："狭邪之大雅，豪士之鼓吹，其合者《高唐》《洛神》之流，其下者不减《桃叶》《团扇》。""若乃妙年美士，近知酒色之娱。苦节臞儒，晚悟裙裾之乐。鼓之舞之，使宴安鸩毒而不悔，则叔原之罪也哉。"

又：贺方回、周美成、晏叔原、僧仲殊各尽其才力，自成一家。贺、周语意精新，用心甚苦。毛泽民、黄载万次。叔原如金陵王谢子弟，秀气胜韵，得之天然，将不可学。仲殊次之，殊之赡，晏反不逮也。（宋王灼《碧鸡漫志》卷二）

贺方回遍读唐人遗集，取其意以为诗词，然所得在善取唐人遗意也，不

如晏叔原，尽见升平气象，所得者人情物态。叔原妙在得于妇人，方回妙在得词人遗意。（宋王铚《默记》卷下）

《小山集》一卷：晏几道叔原撰。其词在诸名胜中，独可追逼《花间》，高处或过之。其为人虽纵弛不羁，而不苟求进，尚气磊落，未可贬也。（宋陈振孙《直斋书录解题》卷二十一）

晏叔原，元献公之暮子，自号小山。有乐府行于世，山谷为之序，称其词为《高唐》《洛神》之流，其下者不减《桃叶》《团扇》云。（宋黄昇《唐宋诸贤绝妙词选》卷三）

汝阴王性之，一代名士，尝称："伯可乐章，非近代所及，今有晏叔原，亦不得独擅。"盖知言云。（宋黄昇《中唐以来绝妙词选》卷一）

贺方回妙于小词，吐语皆蝉蜕尘埃之表。晏叔原、王逐客俱当溟涬然第之。（宋魏庆之《诗人玉屑》卷二十一引《冷斋夜话》）

晏元献之子小晏，善词章，颇有父风。（宋杨湜《古今词话》）

词自欧、苏为一节，长短句也，不丝不簧，自成音调，语意到处，律吕相忘。晏叔原诸人为一节，乐府也，风流蕴藉，如王谢家子弟，情致宛转，动荡人心，而极其挚者秦淮海。（宋方岳《跋陈平仲诗》）

词人之作小令，以五代十国为宗，守其派者，有晏氏父子、欧阳公、张先、秦观、贺铸、毛滂诸人。（清阮元《王竹所词序》）

晏叔原以大臣子，处富贵之极，为靡丽之词，其政事堂中旧客，尚欲其捐有余之才，觊未至之德者，盖叔原独以词名尔，他文则未传也。（宋王称《书舟词序》）

本朝如晏叔厚（当为原）、贺方回、柳耆卿、周美成辈，小词脍炙人口，他论著世罕见，岂为词所掩欤？抑材有所局欤？惟秦、晁二公词，既流丽，他文亦皆精确可传。余始见延平钟君乐章而异之，及见其《史论》一斑，作而曰："此非曲子中缚得住者。"惜余已老，而君方少，不得究其论而别。（宋刘克庄《钟肇史论》）

山谷以行谊文章，宗匠一代，至序小晏词，激昂婉转，以伸吐其怀抱。而杨花、谢桥之句，伊川犹称可之。生满襟风月，鸾吟凤啸，镝洋乎口吻之际者，皆自漱涤书传中来。况欲大肆其力于五七言，回鞭温、韦之途，掉鞅

李、杜之域,跻攀风雅,一归于正,不于是而止。(宋张镃《梅溪词序》)

晏叔原著乐府黄山谷为序,而其父客韩宫师玉汝曰:"愿郎君捐有余之才,崇未至之德。"前哲训迪后进,拳拳如此,为后进者得不服膺而书绅。贺方回、柳耆卿为文甚多,皆不传于世,独以乐章脍炙人口。大抵作文,岂可不谨。(宋周煇《清波杂志》卷第八)

夫后之词人墨客,跌荡于礼法之外,如秦少游、晏叔源辈,作为乐府,备狭邪妖冶之趣,其词采非不艳丽可喜也,而醇儒庄士深斥之,口不道其词,家不蓄其书,惧其为正心诚意之累也。而《诗》中若是者二十有四篇,夫子录之于经,又烦儒先为之训释,使后学诵其文,推其义,则《通书》《西铭》必与《小山词选》之属兼看并读,而后可以为学也。(宋马端临《文献通考》卷一百七十八)

岁甲午,予所录《遗山新乐府》成,客有谓予者云:"子故言宋人诗大概不及唐,而乐府歌词过之,此论殊然。乐府以来,东坡为第一,以后便到辛稼轩,此论亦然。东坡、稼轩即不论,且问遗山得意时,自视秦、晁、贺、晏诸人为何如?"予大笑,拊客背云:"那知许事,且啖蛤蜊。"客亦笑而去。(金元好问《遗山自题乐府引》)

乐府始于汉,著于唐,盛于宋。大概以情致为主,秦、晁、贺、晏,虽得其体,然哇淫靡曼之声胜。东坡、稼轩矫之,以雄辞英气,天下之趋向始明。(元王博文《天籁集·序》)

吾里文章小晏家,才情欲学贾长沙。妙书鸿戏秋江水,佳句风行晓苑花。富贵未来歌扣角,畸穷相对赋煎茶。芳年京国萤腾近,预想春车堕马挝。(元刘诜《和张汉英见寿》)

自《花间集》后,雅而不俚,丽而不浮,合而不开,急处能缓,用事而不为事用,叙实而不至塞滞,惟清真为然,少游、小晏次之。宋季诸贤至斯事,所诣尤至。(元王礼《胡洞翁乐府序》)

幼岁见老乐工歌梨园音曲,若不相属,而均数无少间断,犹累累贯珠之遗意也。承安老人所补歌曲,按其音节无少异,此殆以文为戏者。黄豫章尝评《小山乐府》为狭邪之鼓吹,豪士之大雅。风流日远,惜不得共论承平王孙故态,为之慨然。(元袁桷《题金承安乐府》)

晚唐、五代,填词最高,宋人不及。何也?词须浅近,晚唐诗文最浅,邻于词调,故臻上品;宋人开口便学杜诗,格高气粗,出语便自生硬,终是不合格,其间若淮海、耆卿、叔原辈,一二语入唐者有之,通篇则无有。元人学唐诗,亦浅近婉媚,去词不甚远,故曲子绝妙。(明徐渭《南词叙录》)

南词虽起于唐,然作者尚少。至宋诸名公多务之,由是极盛而且佳。元人虽有作,其音调语意已不及宋。我朝则骚人墨客多不务此,间有知者,十中之二一耳。宋词载《草堂诗余》中,盖篇篇奇丽,字字俊逸,高处不减于唐。五字句如秦少游"飘零疏酒盏,离别宽衣带"……六字句如赵德麟"楼上紫帘弱絮,墙头碍月低花"……七字句如康伯可"蝴蝶枕前颠倒梦,杏花枝上朦胧月",晏叔原"舞低杨柳楼心月,歌尽桃花扇底风"……余不能尽述,盖其风流酝藉,清楚流丽,绮靡凄婉,数联者,足以尽之。(明陈霆《水南稿》卷十八)

宋人无诗而有词,论比兴,则月下秦淮海,花前晏小山;较箸节,则妥帖坡老,排奡稼轩,所以擅场绝代也。(明王廷表《升庵长短句跋》)

《花间》以小语致巧,世说靡也。《草堂》以丽字取妍,六朝隃也。即词号称诗余,然而诗人不为也。何者,其婉娈而近情也,足以移情而夺嗜。其柔靡而近俗也,诗啴缓而就之,而不知其下也。之诗而词,非词也;之词而诗,非诗也。言其业,李氏、晏氏父子、耆卿、子野、美成、少游、易安,至矣,词之正宗也。温、韦艳而促,黄九精而刻,长公丽而壮,幼安辨而奇,又其次也,词之变体也。词兴而乐府亡矣,曲兴而词亡矣,非乐府与词之亡,其调亡也。(明王世贞《弇州山人四部稿》卷一百五十二)

然乐府以曒径扬厉为工,诗余以婉丽流畅为美,即《草堂诗余》所载,如周清真、张子野、秦少游、晏叔原诸人之作,柔情曼声,摹写殆尽,正辞家所谓"当行",所谓"本色"者也。(明何良俊《〈类选笺释草堂诗余〉序》)

诸名胜词集删选相半,独《小山集》直逼《花间》。字字娉娉袅袅,如揽嫱、施之袂,恨不能起莲、鸿、蘋、云按红牙板唱和一过。晏氏父子,具足追配李氏父子云。古虞毛晋记。(明毛晋《〈小山词〉跋》)

昔人评词,盛称李氏、晏氏父子,及耆卿、子野、子游、子瞻、美成、尧章止矣,蒋胜欲泯为无闻。今读《竹山词》一卷,语语纤巧,真世说靡也;字字

妍倩，真六朝隃也。（明毛晋《〈竹山词〉跋》）

兹刻《宋名家词》凡十人，捃摭俊异，各具本色。余得而下上之，辘轳酣畅，若同叔之玄超，小山之流媚，柳屯田之翻空广调，六一居士之清远多风，几最按拍。加以坡翁之卓绝，山谷之萧疏，淮海之寋芳，东堂之振藻，亟为引商。至于幼安之风襟豪上，睥睨无前，放翁之不伦不理，乾坤莽荡，又勃勃焉欲褰裳濡足以游之。数公者，人各具一词，词各呈一伎俩，好事者或于皓月当空，澹烟初放，春花欲醉，秋叶可餐，命童子执红牙板，对良朋浮白，随抚一阕歌之，慨焉慷焉，划然长啸而低徊焉。（明夏树芳《刻宋名家词序》）

吾于宋词得七人焉：曰永叔，其词秀逸。曰子瞻，其词放诞。曰少游，其词清华。曰子野，其词娟洁。曰方回，其词新鲜。曰小山，其词聪俊。曰易安，其词妍婉。（明徐釚《词苑丛谈》卷四引宋徵璧语）

词固乐府铙歌之滥觞，李供奉、王右丞开其美，而南唐李氏父子实弘其业。晏、秦、欧、柳、周、苏之徒嗣其响……夫词体纤弱，壮夫不为。独惜篇什寂寥，彼歌《金缕》、唱《柳枝》者，其声宛转易穷耳。所刻《续集》中如李后主之"秋闺"，李易安之"闺思"，晏叔原之"春景"，萧竹屋之"纪梦""怀旧"，周美成之"春情"……以此数阕，授一小青娥，拨银筝，倚绿窗，作曼声，则绕梁遏云，亦足令多情人魂销也。（明黄河清《续草堂诗余序》）

所谓曲者，曲尽人情者也。其智圆，故其音节以舒；其识旷，故其词畅以达。昔山谷老人称晏叔原乐府为狭邪大雅、豪士鼓吹，彼固《花间》《阳春》之艳耳，孰如切时务、合人情、关世道、通物理？士君子咏之，辗然冲融，而庸夫听之，悚然荡涤也，斯足以传矣。乃若审度齐衡，谐声协律，世有赏识之者，其自序详之，不具论。（明吴京《林石逸兴引》）

迄宋崇宁立大晟府，命周美成诸人讨论古音，少得存者，由此八十四调之声稍传，后增演慢曲引近，为三犯、四犯，领乐创调之繁，有六十家辞，至二百余调。其间可歌可诵，如李、晏、柳五、秦七、"云破月来花弄影"郎中、"红杏枝头春意闹"尚书，闺秀若易安居士，词之正也。至温、韦艳而促，黄九精而刻，长公骚而壮，幼安辨而奇，又辞之变体也。至高竹屋、姜白石、史梅溪、吴梦窗诸人，格调迥出清新。（明秦士奇《古香岑草堂诗余序》）

词之系宋，犹诗之系唐也。唐诗有初、盛、中、晚，宋词亦有之。唐之诗，由六朝乐府而变；宋之词，由五代长短句而变。约而次之，小山、安陆，其词之初乎。淮海、清真，其词之盛乎。石帚、梦窗，似得其中。碧山、玉田，风斯晚矣。（清尤侗《〈词苑丛谈〉序》）

尺书频寄慰衰迟，裙屐风流又一时。《珠玉》连篇歌乍阕，幺弦别谱《小山词》。（清朱彝尊《题陈词稿》）

君（曹溶）词如晏小山，合情景之胜，以取径于风华者，所云"舞低杨柳楼心月，歌罢桃花扇底风"，庶乎？（清沈雄《古今词话·词评》下卷引龚鼎孳语）

《南溪》诸词，能取眼前景物，随手位置，所制自成胜寄。如晏小山善写杯酒间一时意中事，当时莲、鸿、蘋、云别按红牙以歌之。（清沈雄《古今词话·词评》下卷引邹祗谟语）

程正伯以词名，尤尚书谓正伯文过于词，此乃识正伯之大者。昔晏叔原以大臣子为靡丽之词，其政事堂中旧客，尚欲其捐有余之才，以勉未至之德。盖叔原独以词名，他文不及也。少游、鲁直，则已兼之。故陈无己之作，自云不减秦七、黄九。夫亦推重其词耳，谓正伯为秦、黄则可，为叔原则不可。（清沈雄《古今词话·词话》上卷引《太平乐府》）

弇州谓苏、黄、稼轩为词之变体，是也。谓温、韦为词之变体，非也。夫温、韦视晏、李、秦、周，譬赋有《高唐》《神女》，而后有《长门》《洛神》。诗有古诗录别，而后有建安、黄初、三唐也。谓之正始则可，谓之变体则不可。（清王士禛《花草蒙拾》）

予尝论宋词有三派：欧、晏正其始，秦、黄、周、柳、姜、史、李清照之徒备其盛，东坡、稼轩放乎其言之矣。其余子，非无单词只句，可喜可诵，苟求其继，难矣哉！（清汪懋麟《棠村词序》）

惟是唐初歌词，率皆五、六、七、言近体诗，必须杂以虚声，乃可被之弦管，而后人以其虚声谱入实字，始有长短句之辞。今《生查子》《木兰花》《玉楼春》《瑞鹧鸪》《鹧鸪天》《三台》《菩萨蛮》诸腔可考，或减字，或添字，或添声，或偷声，或摊破，其五、六、七言面目犹存也。唐之末世，温、韦倡之，五代十国，孙、和、冯、李和之，迨入宋而骎骎盛矣。北宋人工令词，欧阳修、晏殊、几道、毛滂、贺铸、秦观、张先、柳永、周邦彦其尤也,而苏东坡之清空为别调。南宋人工慢词,姜夔、高观国、吴文英、史达祖、周密、陈允平、张炎、王沂孙其尤也,而辛稼轩之奔放为别调。即道学如刘屏山、朱紫阳、真西山、魏鹤山,皆能倚声,中律吕,而名公巨卿刊诗文集者,率以乐章附后,上自帝王,下及妇女,释道鬼怪,莫不填词,亦可谓一道同风者矣。(清楼俨《洗砚斋集》)

因得读其所撰词卷,盖撷南北宋之秀而自成一家者也。吉士生长梁溪,亲炙华峰、藉渔两先生,其倚声入手,能宗仰贺东山、毛东堂、晏小山、周清真,虽欧、秦之婉丽,苏、辛之豪奕,皆所不取,又何有于柳七之绮靡,黄九之浅俚也。(清楼俨《洗砚斋集》)

王阮亭先生曰:填词,小道也。然鲁直谓晏叔原乐府为《高唐》《洛神》之流,张文潜谓贺方回"幽洁如屈、宋,悲壮如苏李"。夫屈、宋,三百之苗裔;苏、李,五言之鼻祖。而谓晏、贺之词似之,世亦无疑。二公之论,为过情者。然则填词非小道,可知也。(清曹禾等《珂雪词话》卷一)

周冰持稚廉曰:《月听词》以温润为则,尽欲镵去小山、白石之尖刻。而近代名家,俱力矫平易一路,然未免过当。故于《月听词》,深有取焉。亦犹凤洲之服膺震川也。(清聂先等《百名家词钞》卷一)

词莫盛于宋,而宋分南北二种,向来填词家,多以北宋为宗。迨朱检讨竹垞先生,独谓南宋始称极盛。诚属创见。然笃而论之,细丽密切无如南宋,而格高韵远,以少胜多,北宋诸公往往高拔南宋之上。予年十五,爱欧文忠、晏小山、秦淮海之作,摹其艳制,得二百余阕。比冠学诗恐笔弱,遂止不为。年来里中举诗社,与毛博士鹤汀、顾孝廉玉停倡言,以词参之。二君皆仿南宋,予亦强效之,弗能至也。(清王时翔《小山词自跋》)

处士深怜碧草芳,情钟我辈讵相忘。叔原子野多新制,题向尊前总断肠。(清汪筠《读〈词综〉书后二十首》)

诗词皆重意境……选词者只能求诸语言文字之中,至意境则缘情感事,触绪横生,身世不同,哀乐自异。千载后知人论世,虽能冥契,终隔一尘。意境高者,如重光、小山、淮海,锦心绣口,绝世聪明。东坡如飞天仙人,足不履地。(清杨寿枏《云蔧诗话》)

北宋自东坡"大江东去",秦七、黄九踵起,周美成、晏叔原、柳屯田、贺方回继之,转向矜尚,曲调愈多,派衍愈别。(清李调元《雨村词话序》)

叔原小山词,其自叙以为:"浮沉酒中,病世之歌词,不足以析酲解愠。试续南部诸贤余绪,作五七字语,期以自娱。不独叙其所为,兼写一时杯酒间闻见所及。"又云:"始时沈十二廉叔、陈十君宠家有莲、鸿、蘋、云,品清讴娱客。每得一解,即以草授诸儿。吾三人持酒听之,为一笑乐。"盖其寄托如此,其所称莲、鸿、蘋、云者,词中往往见之。《临江仙》云:"记得小蘋初见,两重心字罗衣。"《蝶恋花》云:"笑艳秋莲生绿浦,红脸青腰,旧识凌波女。"《鹧鸪天》云:"梅蕊新妆桂叶眉,小莲风韵出瑶池。"又,"守得莲开结伴游,约开萍叶上兰舟。来时浦口云随棹,采罢江边月满楼。"又,"手捻香笺忆小莲,欲将遗恨倩谁传。"《虞美人》云:"蘋香已有莲开信,两桨佳期近。"又,"有期无定是无期,说与小云新恨、也低眉。"又,"问谁同是忆花人。赚得小鸿眉黛、也低颦。"《浣溪沙》云:"床上银屏几点山,鸭炉香过琐窗寒,小云双枕恨春闲。"《清平乐》云:"春云绿处,又见归鸿去。"《玉楼春》云:"小蘋若解愁春暮,一笑留春春也住。"又,"小莲未解论心素,狂似钿筝弦底柱。"皆寓诸伎之名也。叔原自许续南部余绪,故所作足闯《花间》之室。以视《珠玉集》,无愧也。(清郭麐《灵芬馆词话》卷二)

《小山词》一卷,宋晏几道撰。几道字叔原,号小山。殊之幼子。监颍昌许田镇。熙宁中郑侠上书下狱,悉治平时所往还厚善者,几道亦在其中。从侠家搜得其诗,裕陵称之,始令放出。事见《侯鲭录》。黄庭坚《小山集序》曰:"其乐府可谓狭邪之大雅,豪士之鼓吹。其合者《高唐》《洛神》之流,其下者岂减《桃叶》《团扇》哉。"又《古今词话》载程叔微之言曰:"伊川闻人诵叔原词:'梦魂惯得无拘检,又踏杨花过谢桥。'曰'鬼语也。'"意颇赏之。然则几道之词固甚为当时推挹矣。马端临《文献通考》载《小山词》一卷,并录黄庭坚全序。此本佚去庭坚词,惟存无名氏跋后一篇。又似几道词本名《补亡》,以为补乐府之亡。单文孤证,未敢遽改,姑仍旧本题之。至旧本字句,往往讹异。如《泛清波摘遍》一阕,"暗惜光阴恨多少"句,此并"光"字上误增"花"字,衍作八字句。《词汇》遂改"阴"作"饮",再误为"暗惜花光,饮恨多少"。如斯之类,殊失其真,今并订正之焉。(清永瑢等《四库全书总

目·小山词》)

宋人之中，父子以填词名家者，为晏殊、晏几道，后则立方与其父胜仲为最著。（清永瑢等《四库全书总目·归愚词》）

集中《鹧鸪天》凡十三阕，后三阕自注云："予少时酷喜小晏词。故其所作，时有似其体制者。此三篇是晚年歌之，不甚如人意，聊载乎此，云云。"则紫芝填词，本从晏几道入，晚乃刊除秾丽，自为一格。兢序称其少师张耒，稍长师李之仪者，乃是诗文之渊源，非词之渊源也。（清永瑢等《四库全书总目·竹坡词》）

奇文欣赏耻雷同，新声共倚同称善。旗亭列拜有双鬟，兄弟能如晏小山。淮海屯田送讴唱，南唐比宋如等闲。（清吴绮《章江歌赠别丁雁水观察》）

晏氏父子仍步温、韦，小晏精力尤胜。又，词笔不外顺逆反正，尤妙在复在脱。复处无垂不缩，故脱处如望海上三山妙发。温、韦、晏、周、欧、柳，推演尽致，南渡诸公，罕复从事矣。（清周济《宋四家词选目录序论》）

词之有令，唐五代尚已，宋惟晏叔原最擅胜场，贺方回差堪接武。其余间有一二名作流传，然非专门之学。自兹以降，专工慢词，不复措意令曲，其作令曲，仍与慢词声响无异。大抵宋词闲雅有余，跌宕不足，长调则有清新绵邈之音，小令则少抑扬抗坠之致。盖时代升降使然，虽片玉、石帚不能自开生面，况其下者乎。（清杜文澜《憩园词话》卷二）

宣华宫本少人知，珠玉传家有此儿。道得红罗亭上语，后来惟有小山词。（清周之琦《心日斋十六家词录》）

吾谓词家，亦当从汉魏六朝乐府入，而以温韦为宗，二晏、秦、贺为嫡裔，欧、苏、黄则如光武崛起，别为世庙。如此则有祖有祢，而后乃有子有孙，彼截从南宋梦窗、玉田入者，不啻生于空桑矣。故伐材近而创意浅，雕琢文白以自饰，心力瘁于词，词外无事在，而词亦卒不高胜也。（清杨希闵《词轨序》）

长短句为诗之余，然则诗源而词委也。源不远，委何能长。温、韦、二晏、秦、贺，皆能诗。欧、苏、黄尤卓卓，姜、辛诗亦工，安身立命不在词，故溢为词，复绝也。屯田、清真、梅溪、梦窗、碧山、玉田诸子，借词藏身，它文翰一无可见。有委无源，故绣缋字句，排比长调以自饰。夫文章本于性情，济以问学，二者交至，下笔遣词，自有天放，长篇短幅，无定也。清空、质实，亦无定也……或者又以词贵意内言外，明之者少。不知意内言外，凡文章造微者皆然，不独词。词之拙者，流于曲诨，乃异是耳，以拙者之异是，标为元钥，欺骇流俗而已。吾谓词学当从汉魏六朝乐府入，而以温、韦、二晏、秦、贺为正宗，欧、苏、黄为大家(此仿明高廷礼论定唐诗之说)，屯田诸子为附庸，则途辙不谬矣。欧、苏、黄似为词之一变。此如近体原于六朝，唐初皆沿之，李、杜数公出，摧破壁垒，旗帜改观，变而得正。后世为近体者，转不能舍李、杜数公，专尚六朝矣。欧、苏、黄于词亦然，跌宕潇洒，轩豁雄奇，一洗绮罗之旧，此正变而得正者，奈何断断奉《花间》为职志乎？吾今以《金荃》为一宗，晚唐五季为一宗，二晏为一宗，欧、苏、黄为一宗，秦、贺为一宗，石帚一宗，稼轩一宗。同时名家以次附列，嗣后作者准是为衡焉。(清杨希闵《词轨总论》)

山谷序《小山词》云："其乐府可谓狭邪之大雅，豪士之鼓吹。其合者《高唐》《神女》之流，其下者岂减《桃叶》《团扇》哉？"叔原自序云："往者浮沉酒中……感光阴之易迁，叹境缘之无实也。"此序甚有佳致，其词亦以南部诸贤为宗，而才华富丽，不为所缚，故又自成一家。(清杨希闵《词轨》卷三)

周侍郎《心日斋十六家词选》，别择其慎(温庭筠、李后主、韦庄、李珣、孙光宪、晏几道、秦观、贺铸、周邦彦、姜夔、史达祖、吴文英、王沂孙、蒋捷、张炎、张翥十六家)，家各题诗一绝，佳者已分摘入各卷中。(清杨希闵《词轨》卷七)

事以经之，词以纬之，援据精核，吐属隽雅。又于裁红刻翠之间，别有叹黍伤苕之感，如丝如缕，萦绕毫端，是由君仙慧凤钟，芳情特挚，用能笃故若新，沿俗逾雅，尽骚人之能事，为野乘之先声焉。且夫名位少逊，篇阕遂失流传，晏叔原之深慨，燠凉异态，浸淫入于风雅，顾梁汾所长嗟。兹编之旨，撼怀旧之蓄念，发潜德之幽光，乃至绣阃名媛，秋坟灵鬼，名章俊语，断句残篇，文献足征，网罗靡阙，昔人所谓幽兰丛桂奇玉特珠者欤？(清汪曾武《清词玉屑序》)

《经籍考》："《小山词》可追迫《花间》，高处或过之。"此过当之言。《鹤

298

林玉露》:"欧阳公小词,不愧唐人《花间集》。"亦非也。盖《花间》之高深古厚,两公不逮尚远,不特两公,凡北宋之学《花间》者皆然。(清王初桐《小嫏嬛词话》卷一)

或问二晏优劣,余曰:大晏神骨厚,小晏气韵高,俱不愧为名家,但专尚神骨,其弊也黯;专尚气韵,其弊也佻。必也神骨为先,而气韵超乎其表;气韵为主,而神骨寓乎其中,乃为毫发无遗憾。(清王初桐《小嫏嬛词话》卷一)

小晏秦郎实正声,词诗词论亦佳评。此才变态真横绝,多恐端明转让卿。(清谭莹《论词绝句一百首·评辛弃疾词》)

词同《珠玉》集俱传,直过《花间》恐未然。人似伊川称鬼语,君王却赏鹧鸪天。(清谭莹《论词绝句一百首·评晏几道词》)

少游词有小晏之妍,其幽趣则过之。又,叔原贵异,方回赡逸,耆卿细贴,少游清远。四家词趣各别,惟尚婉则同耳。(清刘熙载《艺概》)

晏、秦之妙丽,源于李太白、温飞卿;姜、史之清真,源于张志和、白香山;惟苏、辛在词中,则藩篱独辟矣。(清谢章铤《赌棋山庄词话》卷九)

予尝论词固莫富于南宋,律亦日密,然语芜意浅,俚鄙百出,此事遂成恶道。盖《金荃》《兰畹》之旨,固荡焉尽失,即小山、六一、淮海、安陆诸公之风神格韵,亦无复存者。又,余于词非当家,所作者真诗余耳,然于此中颇有微悟,盖必若近若远,忽去忽来,如蛱蝶穿花,深深款款。又须于无情无绪中,令人十步九回,如佛言食蜜,中边皆甜。古来得此旨者,南唐二主、六一、安陆、淮海、小山及李易安《漱玉词》耳。(清李慈铭《越缦堂读书记》卷八)

北宋之世,蔚若兴云,南渡以后,夏声亦大,综其失得,可略而言。盛宋名臣,多娴斯制,闲为绮语,未是专家。小山有作,始空群骥。伊川正色,且移情于谢桥;洛甫幽思,将并名于《团扇》。岂非同叔之风毛而颍昌之麟角乎?子野歌词,亚于小晏,晁无咎称其高韵。(清樊增祥《东溪草堂词选自叙》)

晏小山词,风流绮丽,独冠一时。黄山谷序,称叔原仕宦连蹇,而不能一傍贵人之门,是一痴也;论文自有体,而不肯一作新进士语,此又一痴也;

费资千百万,家人饥寒,而面有孺子之色,此又一痴也。是叔原之为人,正自异于流俗,不第以绮语称矣。又,北宋之晏叔原,南宋之刘改之,一以韵胜,一以气胜,别于清真、白石外,自成大家。(清陈廷焯《词坛丛话》)

叔原词风流自赏,极顿挫起伏之妙。叔原词丽而有骨,不第以绮语见长。(清陈廷焯《云韶集》卷二)

次仲最工小令,余尝谓叔原小令婉丽,次仲小令雄秀,真先后两雄也。(清陈廷焯《云韶集》卷八)

《诗》三百篇,大旨归于无邪。北宋晏小山工于言情,出元献、文忠之右。然不免思涉于邪,有失风人之旨。而措词婉妙,则一时独步。(清陈廷焯《白雨斋词话》卷一)

若耆卿词,不过长于言情,语多凄秀,尚不及晏小山,更何能超越方回,而与周秦、苏、张并峙千古也。(清陈廷焯《白雨斋词话》卷七)

李后主、晏叔原皆非词中正声,而其词则无人不爱,以其情胜也。情不深而为词,虽雅不韵,何足感人。又:晏元献、欧阳文忠皆工词,而皆出小山下,专精之诣,固应让渠独步。然小山虽工词,而卒不能比肩温、韦,方驾正中者,以情溢词外,未能意蕴言中也。故悦人甚易,而复古则不足。(清陈廷焯《白雨斋词话》卷九)

唐宋名家,流派不同,本原则一。论其派别,大约温飞卿为一体(皇甫子奇、南唐二主附之),韦端己为一体(牛松卿附之),冯正中为一体(唐五代诸词人以暨北宋晏、欧、小山等附之),张子野为一体,秦淮海为一体(柳词高者附之),苏东坡为一体,贺方回为一体(毛泽民、晁具茨高者附之),周美成为一体(竹屋、草窗附之),辛稼轩为一体(张、陆、刘、蒋、陈、杜合者附之),姜白石为一体,史梅溪为一体,吴梦窗为一体,王碧山为一体(黄公度、陈西麓附之),张玉田为一体。其间惟飞卿、端己、正中、淮海、美成、梅溪、碧山七家殊途同归,余则各树一帜,而皆不失其正,东坡、白石尤为矫矫。(清陈廷焯《白雨斋词话》卷十)

有文过于质者,李后主、牛松卿、晏元献、欧阳永叔、晏小山、柳耆卿、陈子高、高竹屋、周草窗、汪叔耕、李易安、张仲举、曹珂雪、陈其年、朱竹垞、厉太鸿、过湘云、史位存、赵璞函、蒋鹿潭是也。词中之次乘也。(清陈廷焯

《白雨斋词话》卷十)

　　学小山、梦窗不可太过。孙松坪《浣溪沙》云:"称拨香弦弹指爪,怯回珠祓小腰身。倦倚檀槽调净婉,戏抛琼斝泥樱桃。"是学小山体而过者。顾简塘《百字令》云:"香阁停笙红窗响,玉莺梦斜星陌。"《虞美人》云:"绿巢湘鸟踏香霞。绣阁蚕书金卷海红纱。"是学梦窗体而过者。文肆质劣,恐不免为扬子云所讥。(清张德瀛《词徵》卷六)

　　南唐二主、冯延巳之属,固为词家宗主,然是勾萌,枝叶未备。小山、耆卿而春矣;清真、白石而夏矣;梦窗、碧山,已秋矣;至白云,万宝告成,无可推徙。元故以曲继之,此天运之终也。(清张祥龄《词论》)

　　陆敕先、毛斧季手校本《小山词》,陆氏手跋曰:"辛亥七月廿二日校。凡三钞本,其一即底本也,章次皆同。而此刻自《玉楼春》后即颠倒错乱,不知何故?内一本分二卷,自《归田乐》以下为下卷,其本极佳,得脱谬字极多,惜下卷已逸去耳。"毛氏手跋曰:"己巳四月廿七日,从孙氏旧录本校,孙氏凡二卷。其次如朱笔所标云。毛扆。"(清陆心源《皕宋楼藏书志》)

　　淮海、小山,真古之伤心人也。其淡语皆有味,浅语皆有致,求之两宋词人,实罕其匹。子晋欲以晏氏父子追配李氏父子,诚为知言。彼丹阳、归愚之相承,固琐不足数尔。(清冯煦《宋六十一家词选·例言》)

　　两宋人填词,往往用唐人诗句。金元人制曲,往往用宋人词句。尤多排演词事为曲。关汉卿、王实甫《西厢记》出于赵德麟《商调蝶恋花》,其尤著者。检《曲录》杂剧部,有《陶秀实醉写风光好》《晏叔原风月鹧鸪天》《张于湖误宿女贞观》《蔡萧闲醉写石州慢》《萧淑兰情寄菩萨蛮》,皆词事也。就一剧一事而审谛之,填词者之用笔用字何若?制曲者又何若?曲由词出,其渊源在是。曲与词分,其径途亦在是。曲与词体格迥殊,而能得其并皆佳妙之故,则于用笔用字之法,思过半矣。(况周颐《蕙风词话》卷一)

　　晏叔原词自序曰:"始时沈十二廉叔、陈十君龙,家有莲、鸿、苹、云,清讴娱客。"廉叔、君龙,殆亦风雅之士。竟无篇阕流传,并其名亦不可考。宋兴百年已还,凡著名之词人,十九《宋史》有传,或附见父若兄传,大都黄阁巨公,乌衣华胄。即名位稍逊者,亦不获二三焉。当时词称极盛,乃至青楼之妙姬,秋坟之灵鬼,亦有名章俊语,载之曩籍,流为美谈。万不至章甫缝掖之士，尺板斗食者流，独无含咀宫商，规抚秦、柳者。矧天子右文，群公操雅提倡，甚非无人，而卒无补于湮没不彰，何耶？国初顾梁汾有言："澳凉之态，浸淫而入于风雅。"良可浩叹。即北宋词人以观，盖此风由来旧矣。即如叔原，其才庶几跨灶，其名殆犹恃父以传。夫传不传亦何足重轻之有。唯是自古迄今，不知埋没几许好词。而其传者，或反不如不传者之可传，是则重可惜耳。（况周颐《蕙风词话》卷二）

今人之论词，大概如昔人之论诗。主格者其历下之摹古乎？主趣者其公安之写意乎？迩者竞起而宗晚宋四家，何异牧斋之主香山、眉山、渭南、遗山。要其得失，久而自定。余则以南唐二主当苏、李，以晏氏父子当三曹，而虚少陵一席。窃比于钟记室、独孤常州之云。（况周颐《蕙风词话续编》卷一）

小山词从《珠玉》出，而成就不同，体貌各具。《珠玉》比花中之牡丹，《小山》其文杏乎？（况周颐《蕙风词话未刊稿》）

王西御《论词绝句》：韵事吟梅宋广平，当歌此老亦多情。梦魂又踏杨花去，不愧风流济美名。（况周颐《蕙风词话续编》卷二）

《艺林伐山》云："孙巨源词，多为晏叔原所夺。"斯言殊不足信，即《河满子》以观，亦与晏词不类也。（况周颐《历代词人考略》卷十六）

尝谓填词与其人生平处境极有关系。宋人如晏叔原、王元泽，国朝如纳兰容若，固由姿禀颖异，亦其地望之高华，有以玉之于成也。叔原云："舞低杨柳楼心月，歌尽桃花扇底风。"元泽云："翠径莺来，惊下乱红铺绣。"容若云："屏障厌看金碧画，罗衣不奈水沉香。"此等语，非村学究所能道也。（况周颐《历代词人考略》卷十八）

武进赵叔雍精研声律家言，出其近著《和小山词》，属为审定。拙撰词话有云："填词要天资，要学力；平日之阅历，目前之境界，亦与有关系。"词学如叔雍，庶几天人具足，而其阅历与境界，以谓今之晏小山可也。全和小山，为《珠玉》续，吾侪昔者志焉未逮，不图后来之秀有此沆瀣之合，张、王有灵，在海山兜率间，或者素云黄鹤，翩然而来下，当亦引为同调也。《和珠玉词》曩开雕于厂肆，印行仅数十本，敝箧所有，乃比岁得自坊间者，以示叔雍，为之循环雒诵，爱不忍释，辄任覆锲，俾广其传，意甚盛也。昔晏小山自名其词曰《补亡》，其托恉若有甚不得已者。夫今日而言风雅，所谓绝续存

亡之会非欤！叔雍和小山之作，即亦亟宜付梓缮属以行，为提倡风雅计，勿庸谦逊未遑也。（况周颐《和珠玉词跋》）

冯梦华《宋六十一家词选·序例》谓："淮海、小山，古之伤心人也。其淡语皆有味，浅语皆有致。"余谓此唯淮海足以当之。小山矜贵有余，但可方驾子野、方回，未足抗衡淮海也。（王国维《人间词话》二八）

然北宋人如欧、苏、秦、黄，高则高矣，至精工博大，殊不逮先生。故以宋词比唐诗，则东坡似太白，欧、秦似摩诘，耆卿似乐天，方回、叔原则大历十子之流。南宋惟一稼轩可比昌黎。而词中老杜，则非先生不可。（王国维《清真先生遗事》）

北宋人词，如潘逍遥之超逸，宋子京之华贵，欧阳文忠之骚雅，柳屯田之广博，晏小山之疏俊，秦太虚之婉约，张子野之流丽，黄文节之隽上，贺方回之醇肆，皆可模拟得其仿佛。唯苏文忠之清雄，夐乎轶尘绝迹，令人无从步趋。（王鹏运《半塘词话》三三）

莲峰居士词，超逸绝伦，虚灵在骨。芝兰空谷，未足比其芳华；笙鹤瑶天，讵能方兹清怨？后起之秀，格调气韵之间，或月日至，得十一于千百。若小晏，若徽庙，其殆庶几。断代南渡，嗣音阒然，盖间气所钟。以谓词中之帝，当之无愧色矣。（王鹏运《半塘词话》三二）

比于《文献通考》得黄山谷所制《小山集序》，论叔原痴绝，有之，称其乐府"寓以诗人之句法，精壮顿挫，能动摇人心。士大夫传之，以为有临淄之风耳，罕能味其言也"。又谓"其合者《高唐》《洛神》之流，其下者岂减《桃叶》《团扇》"。诚足当小山知音雅旧。已别录一卷，即以兹叙弁首，更为斠订词中蹉驳，以小字密行，精刊墨版，名曰《小山乐府补亡》，从其自序义例也。（清末民初郑文焯《〈小山词〉跋》）

和小山令曲，独多感音凄丽。怆怀同调，能无辍弦之悲。三复叔原叙言，益叹古今文字造哀，有同慨焉。载绎高制，怨深文绮。淮海、壶山，先后辉映，心折曷已。（清末民初郑文焯《词林翰藻残璧遗珠》）

为词实自丙戌岁始，入手即爱白石骚雅，勤学十年，乃悟清真之高妙。进求《花间》，据宋刻制令曲，往往似张舍人，其哀艳不数小晏风流也。若夫学文英之秾，患在无气；学龙洲之放，又患在无笔。二者洵后学所厚诫，未可率拟也。复堂谓余"善学清真",吾斯未信。词无学以辅文,则失之黬浅;无文以达意,则失之隐怪。并不足与言词,而猥曰不屑小道,吾不知其所为远大者又何如耶?(清末民初郑文焯《大鹤山人词话》)

右《小山词》一卷,赵氏星凤阁藏明钞本。以校毛氏汲古阁刻,斠正八十余字。其讹文之显见者即以毛本校录如右。它所参校,亦附见焉。孝臧识。(朱祖谋《彊村丛书·〈小山词〉校记》)

欧阳、大小晏、安陆、东山,皆工小令,足为师法。(蒋兆兰《词说》)

张子野《山亭宴慢》(宴亭永昼喧箫鼓)长调中纯用小令作法,别具一种风味。晏小山亦如此。(夏敬观《映庵词评》)

晏氏父子,嗣响南唐二主,才力相敌。盖不特辞胜,犹有过人之情。叔原以贵人暮子,落拓一生,华屋山丘,身亲经历,哀丝豪竹,寓其微痛纤悲,宜其造诣又过于父。山谷谓为"狭邪之大雅,豪士之鼓吹",未足以尽之也。(夏敬观《映庵词评》)

余尝谓五代词,当分二派:《花间》乃蜀派,南唐与之稍异。南唐二主词稍流丽,蜀派则务为严重。及宋,二晏、欧阳,皆宗南唐。其宗蜀派者,惟张子野一人。(夏敬观《跋〈花间〉〈尊前〉二集》)

宋词既昌,唐音斯畅。二晏济美,六一专家。(陈洵《海绡说词》)

词境有四。其一,如新桐始叶,嫩翠若滴。柳梢月上,娟娟欲波。天机灵活,生意盎宕。□无丝毫迹象可寻。东坡所谓"空山无人,水流花开"者也。此境惟飞卿、正中、小山诸公具之。(闻野鹤《恻篌词话》)

宋时南渡诸家,多以《花间集》为宗。晏氏父子,字字直逼《花间》,是以声名洋溢。(碧痕《竹雨绿窗词话》)

唐五代小令,为词之初期,故花间、后主、正中之词,均自然多于人工。宋初小令,如欧、秦、二晏之流,所作以精到胜,与唐五代稍异,盖人工甚于自然矣。(蔡嵩云《柯亭词论》)

南宋慢词盛行,令曲已不为词家重视。玉田论令曲作者,五代不及二主,北宋又遗欧、晏,可以觇当时风尚矣。(蔡嵩云《词源疏证》)

词至北宋,犹有五代遗风。造意以曲而见深,乃文章技术之一种。北宋词人,虽曲其意境,犹不失其天真,"天然去雕饰"一语,可作总评。至耆

卿乃渐流于浓艳,唯小山尚守轻清之家法,然已是尾声矣。小山结北宋之局,耆卿开南宋之风。(梁启勋《曼殊室随笔》)

珠玉、小山、子野、屯田、东山、淮海、清真,其词皆神于炼,不似南宋名家,针线之迹未灭尽也。(陈匪石《声执》卷上)

至于北宋小令,近承五季,慢词蕃衍,其风始微。晏殊、欧阳修、张先,固雅负盛名,而砥柱中流,断非几道莫属。(陈匪石《声执》卷下)

几道字叔原,临川人。父殊,有《珠玉词》。几道承家学,尤擅胜场。尝监颖昌许田税。有《小山词》二卷。汲古本一卷;又有晏氏祠堂本,增补遗若干首;《彊村丛书》据明钞校刻。(陈匪石《宋词举》卷下)

刘体仁曰:晏叔原熨贴悦人。(陈匪石《宋词举》卷下)

词中以小令为最难,犹诗中之五、七绝也。《花间》一集,尽辟町畦,益之以南唐二主、冯正中,更衍为珠玉、小山、六一,小令之能事,已不为后人更留余地。近世以来,凡填小令,无论如何名家,皆不能脱温、韦、冯、李、晏、欧窠臼。(陈匪石《旧时月色斋词谭》)

竹垞有言:"世人言词,必称北宋。然词至南宋始极其工,至宋季始极其变。"此在竹垞当时,自有两种道理:一则词至明季,尽成浮响,皆由高谈《花间》《尊前》,鄙南宋而不观之过,故以此语矫之。二则竹垞专宗乐笑翁,遂开二百年浙西词派,其得力正在宋季,自言其所致力也。若律以读词之眼光,清真包括一切,绝后空前,实奄有南宋各家之长。姜、史、吴、王、张诸人,固皆得清真之一体,自名其家;即稼轩之豪迈,亦何尝不从清真出?则至变者宜莫如美成。而屯田、子野、东坡,其超脱高浑处,词境亦在南宋之上。小山、淮海、方回则工秀绝伦,更不得谓"南宋始极其工"也。(陈匪石《旧时月色斋词谭》)

北宋词意境、胸襟之高迈,莫过于东坡,欧阳、大小晏次之。然历代词家学各家者纷纷,而能学苏、欧阳、大小晏者极少,此不止天姿、学力关系,实胸襟、意境之不如。(叶恭绰《致黄渐盘书》)

宋词佳处,亦各擅其胜场。小山华贵而取境不大;淮海艳宕而或失之轻俊;梅溪敏于词令,间或拙于事理;方回肤廓;玉田谐婉或失之空疏;草窗花外,敷藻其工,往往言之无物。读者当各采其精英,各避其短失。(赵尊

岳《填词丛话》卷一)

词语尚华贵,虽愁苦之音,亦当以华贵出之。不同诗之郊寒岛瘦,穷而后工也。《小山》《饮水》,六百年间,方轨并驾,首由于此。(赵尊岳《填词丛话》卷三)

不必言情而自足于情。一字一句,落落大方,能得天籁,斯即为词中之圣境,珠玉是矣。由珠玉而少加砻治,使智慧偶然流露,以益见生色者,小山是矣。珠玉如浑金璞玉,小山加以潢治而仍不伤于琢,此晏氏父子可贵之处也。(赵尊岳《填词丛话》卷三)

论诗有穷而后工之说,词则不然,虽穷亦当以华贵雍容之音出之。一涉寒酸,便蹈卑格。小山"舞低""歌尽"一联,固决不出诸三家村里,即以白石之艰虞,尚曰"笼纱未出马先嘶",又曰"白头居士无呵殿",虽写贫迫之情,具见雍容之致。(赵尊岳《填词丛话》卷五)

《花间》不易遽学,古蕃锦岂人尽可织?下之如梦窗之七宝楼台,《珠玉》之浑金朴玉,《小山》之风神淡厚,苏、辛之清雄天成,均不易为师资。《乐章》善道眼前之景物,一一写来,无不精深。笔力又复骞举,宽不失疏,岂易着墨?清真、梦窗,浑厚精整,少有途辙,为学词者所必由。淮海风神足,白石出笔健,玉田意境跌宕,亦学者所当永为圭臬者。(赵尊岳《填词丛话》卷五)

小山词伤感中见豪迈,凄清中有温暖,与少游之凄厉幽远异趣。小山多写高堂华烛、酒阑人散之空虚;淮海则多写登山临水、栖迟零落之苦闷。二人性情、家世、环境、遭遇不同,故词境亦异,其为自写伤心则一也。(郑骞《成府谈词》)

小山词境,清新凄婉、高华绮丽之外表,不能掩其苍凉寂寞之内心,伤感文学,此为上品。(郑骞《成府谈词》)

叔原为西昆体诗,浸渍于义山者,功力甚至。故其词亦沉思往复,按之愈深,若游丝袅空,若螺纹望匣。彼与义山诗境,盖所谓以神遇者也。观其自记篇后,感光阴之易迁,叹境缘之无实,深情苦语,千载弥新。冯煦以为古之伤心人,知味哉。(汪东《梦秋词·唐宋词选识语》)

两宋词家,巨手辈出,若与清真相校,品第略得而言。晏、欧诸公,承五代之余绪,所作唯多小令,体格攸殊,未宜同论。(汪东《梦秋词·唐宋词选

识语》)

《艺概》云："叔原贵异，方回瞻逸，耆卿细贴，少游清远，四家词区各别，惟尚婉则同耳。"实则名家佳词，无不尚婉。（唐圭璋《梦桐词话》卷一）

《小山词》比当时其它词集，令读者有出类拔萃之感。它的文体清丽宛转如转明珠于玉盘，而明白晓畅，使两宋作家无人能继。又，静安以宋词比唐诗，曰："方回、叔原则大历十子之流。"则静安于叔原词所知犹为皮相也。又曰："小山矜贵有余，但可方驾子野、方回，未足抗衡淮海也。"以小山不足比淮海，静安非知小山者。（吴世昌《词林新话》卷三）

驼庵于《珠玉》实有独到之见，向来二晏词皆以为雏凤声清，吾则以为老姜味辣耳。（顾随《驼庵词话》卷九）

晏小山的词集自序也明明说他的词是作了就交与几个歌妓去唱的。这是词史的第一段落。这个时代的词有一个特征：就是这二百年的词都是无题的，内容都很简单，不是相思，便是离别，不是绮语，便是醉歌，所以用不着标题；题底也许别有寄托，但题面仍不出男女的艳歌，所以也不用特别标出题目。南唐李后主与冯延巳出来之后，悲哀的境遇与深刻的感情自然抬高了词的意境，加浓了词的内容；但他们的词仍是要给歌者去唱的，所以他们的作品始终不曾脱离平民文学的形式。北宋的词人继续这个风气，所以晏氏父子与欧阳永叔的词都是还是无题的。他们在别种文艺作品上，尽管极力复古，但他们作词时，总不能不采用乐工娼女的语言声口。

这时代的词还有一个特征，就是大家都接近平民的文学，都采用乐工娼女的声口，所以作者的个性都不充分表现，所以彼此的作品容易混乱。冯延巳的词往往混作欧阳修的词，欧阳修的词也往往混作晏氏父子的词。（胡适《〈词选〉自序》）

盖叔原本贵公子，才气飞扬，在朝皆其父友，而不能低首下之，故沉于下位。又为文不趋时尚，不为新进士语。凡此皆以见其不慕富贵。而人百负之而不恨，已信人而终不疑，尤为难能。其词能于小令之中，有长调之气格。查慎行有诗曰："收拾光芒入小诗。"叔原可谓能收拾光芒入小词者。昔人评其词"清壮顿挫"，亦因其能"收拾光芒"，故能"清壮顿挫"也。（刘永济《唐五代两宋词简析》）

附录五：晏几道事迹及交游文献资料

几道，传正，皆太常寺太祝。（宋欧阳修《观文殿大学士行兵部尚书西京留守赠司空兼侍中晏公神道碑铭》）

熙宁中，郑侠上书，事作下狱，悉治平时所往还厚善者，晏几道叔原皆在数中。侠家搜得叔原与侠诗云："小白长红又满枝，筑球场外独支颐。春风自是人间客，张主繁花得几时。"裕陵称之，即令释出。（宋赵令畤《侯鲭录》卷四）

吾友力道，讳肱，王氏……后七年，比岁以乡举士俱集京师，甲辰、丁未岁相从也……或谓力道穷不偶恕，故自放于酒中，吾以为力道智及此，殆不尔。如是三年终以酒死……力道之兄抚州军事推官，将举恭睦之丧兆于临朐之龙泉，而葬力道于其域，谋曰："知吾弟者，莫若吾友临川晏叔原几道、豫章黄鲁直庭坚。将请叔原叙其文，而属鲁直铭其墓。"（宋黄庭坚《王力道墓志铭》）

有吴无至者，豪士，晏叔原之酒客。二十年时，余屡尝与之饮，饮间喜言士大夫能否，似酒侠也。今乃持笔刀行，卖笔于市。问其居，乃在晏丞相园东。作无心散卓，大小皆可人意。然学书人喜用宣城诸葛笔，着臂就案，倚笔成字，故吴君笔亦少喜之者。使学书人试提笔，去纸数寸书，当左右如意，所欲肥瘠曲直皆无憾，然则诸葛笔败矣。许云封说笛竹，阴阳不备，遇知音必破，若解此处，当知吴葛之能否。元祐四年四月六日，门下后省食罢，胸中愊愊，须煮茶，试晁以道所作兖煤、吴君散卓，遂竟此纸。（宋黄庭坚《书吴无至笔》）

道义相欢胜饮醨，况添流雪见承糟。卧篱一醉陶家宅，不是龙山趣也高。（宋郑侠《晏十五约重阳饮患无登高处》）

敕：具官某，开封府浩穰，任兼三辅，往佐府事，必惟材能。以尔更练事为，积有闻誉，选于在列，俾践厥官，毋忘恪恭，以伫明陟，可。（宋慕容彦逢《通判乾宁军晏几道可开封府推官制》）

公讳序,字商彦,姓王氏……晏叔原为鸿胪卿,擅乐府名,与公讲句法,故歌词清丽。(宋朱承《宋故文安郡开国侯王徽学墓志铭》)

晏叔原聚书甚多,每有迁徙,其妻厌之,谓叔原有类乞儿搬漆碗。叔原戏作诗,云:"生计唯兹碗,般擎岂惮劳。造虽从假合,成不自埏陶。阮杓非同调,颜瓢庶共操。朝盛负余米,暮贮借残糟。幸免墦间乞,终甘泽畔逃。挑宜筇作杖,捧称葛为袍。倘受桑间饷,何堪井上螬。绰然真自许,呼尔未应饫。世久轻原宪,人方逐子敖。愿君同此器,珍重到霜毛。"(宋张邦基《墨庄漫录》卷三)

晏叔原,临淄公晚子。监颍昌府许田镇,手写自作长短句,上府帅韩少师。少师报书"得新词盈卷,盖才有余而德不足者,愿郎君捐有余之才,补不足之德,不胜门下老吏之望"云。一镇监官,敢以杯酒间自作长短句,示本道大帅,以大帅之严,犹尽门生忠于郎君之意,在叔原为甚豪,在韩公为甚德也。(宋邵博《邵氏闻见后录》卷十九)

晏叔原见蒲传正曰:"先君小词,未尝作妇人语。"传正云:"'绿杨芳草长亭路,年少抛人容易去',岂非妇人语?"曰:"公谓'年少'为所欢乎?因公言,遂晓乐天诗两句,'欲留所欢待富贵,富贵不来所欢去'。"传正笑而悟其言之失。(清沈雄《古今词话》引《诗眼》)

县尉为少公,予后得晏几道叔原一帖《与通叟少公》者,正用此也。杜诗有《野望因过常少仙》一篇,所谓"落尽高天日,幽人未遣回"者,蜀士注曰:"少仙应是言县尉也。"县尉谓之少府,而梅福为尉,有神仙之称。"少仙"二字尤为清雅,与今俗呼仙尉不侔矣。(注:通叟或为王观,亦有学者以为通叟另有其人。)(宋洪迈《容斋随笔·容斋四笔》卷七)

晏十五叔原志文,晁四以道作,今不见其集中。世称叔原长短句,有六朝风致,是未见诗文高胜处也。又,元祐中,叔原以长短句行。苏子瞻因黄鲁直欲见之,则谢曰:"今日政事堂中,半吾家旧客,亦未暇见也。"又,程叔微云:"伊川闻诵叔原'梦魂惯得无拘束,又踏杨花过野桥'长短句,笑曰'鬼语也'。意亦赏之。"程、晏二家有连云。(元陆友仁《砚北杂志》卷上)

晏溥字慧开,丞相元献公之孙,叔厚(原)之子,豪杰不羁之士也。好古文,邃于籀学,作《晏氏鼎彝谱》一卷,载所亲见三代鼎彝及器篆。靖康初,

官河北。金贼犯顺,散家财,募兵扞贼,与妻玉牒赵氏戎服,率义士力战而死。(清陆心源《宋史翼》卷三十引《箍史》)

　　徽宗崇宁四年闰二月六日诏:开封府狱空,王宁特转两官,两经狱空,推官晏几道、何述、李注推官转管勾使院贾炎,并转一官,仍赐章服。(《宋会要辑稿·刑法四》)

附录六:主要参考文献

一、古代典籍

(一)经部类

1. [魏]王弼注;[唐]孔颖达疏:《周易正义》,《十三经注疏》本,北京大学出版社 2000 年版。

2. [汉]孔安国传;[唐]孔颖达疏:《尚书正义》,《十三经注疏》本,北京大学出版社 2000 年版。

3. [汉]毛亨传;[汉]郑玄笺;[唐]孔颖达疏:《毛诗正义》,《十三经注疏》本,北京大学出版社 2000 年版。

4. 高亨注:《诗经今注》,上海古籍出版社 2009 年版。

5. [汉]郑玄笺;[唐]孔颖达疏:《礼记正义》,《十三经注疏》本,北京大学出版社 2000 年版。

6. [周]左丘明传;[晋]杜预注;[唐]孔颖达疏:《春秋左传正义》,《十三经注疏》本,北京大学出版社 2000 年版。

7. [魏]何晏注;[唐]孔颖达疏:《论语注疏》,《十三经注疏》本,北京大学出版社 2000 年版。

8. [汉]赵岐注;[宋]孙奭疏:《孟子注疏》,《十三经注疏》本,北京大学出版社 2000 年版。

9. [宋]陈旸撰:《乐书》,《景印文渊阁四库全书》本,台湾商务印书馆 1986 年版。

(二)史部类

1. [汉]司马迁撰:《史记》,中华书局 1959 年版。

2. [汉]班固撰:《汉书》,中华书局 1962 年版。

3. [南朝宋]范晔撰;[唐]李贤等注:《后汉书》,中华书局 1965 年版。

4.[晋]陈寿撰;陈乃乾校点:《三国志》,中华书局 1959 年版。

5.[唐]房玄龄等撰:《晋书》,中华书局 1974 年版。

6.[梁]萧子显撰:《南齐书》,中华书局 1972 年版。

7.[唐]李百药撰:《北齐书》,中华书局 1972 年版。

8.[唐]李延寿撰:《南史》,中华书局 1975 年版。

9.[唐]李延寿撰:《北史》,中华书局 1974 年版。

10.[后晋]刘昫等撰:《旧唐书》,中华书局 1975 年版。

11.[宋]欧阳修,宋祁撰:《新唐书》,中华书局 1975 年版。

12.[元]脱脱等撰:《宋史》,中华书局 1977 年版。

13.[宋]司马光编著;[元]胡三省音注:《资治通鉴》,中华书局 1956 年版。

14.[宋]李焘撰:《续资治通鉴长编》,中华书局 2004 年版。

15.[汉]刘向集录:《战国策》,上海古籍出版社 1978 年版。

16.[汉]赵晔撰:《吴越春秋》,《景印文渊阁四库全书》本,台湾商务印书馆 1986 年版。

17.[南朝梁]宗懔撰;宋金龙校注:《荆楚岁时记》,山西人民出版社 1987 年版。

18.[宋]孟元老撰;伊永文笺注:《东京梦华录笺注》,中华书局 2007 年版。

19.[宋]马端临著;上师大古研所,华师大古研所点校:《文献通考》,中华书局 2011 年版。

20.[宋]陈振孙撰;徐小蛮,顾美华点校:《直斋书录解题》,上海古籍出版社 2015 年版。

21.[清]永瑢等撰:《四库全书总目》,中华书局 1965 年版。

(三)子部类

1.[清]王先慎撰;锺哲点校:《韩非子集解》,中华书局 1998 年版。

2.黎翔凤撰;梁运华整理:《管子校注》,中华书局 2004 年版。

3.刘文典撰;冯逸,乔华点校:《淮南鸿烈集解》,中华书局 1989 年版。

4.黄晖撰:《论衡校释》,中华书局 1990 年版。

5.[宋]吴曾撰:《能改斋漫录》,上海古籍出版社 1979 年版。

312

6. [宋]叶梦得撰;田松青,徐时仪校点:《石林燕语　避暑录话》,上海古籍出版社 2012 年版。

7. [宋]沈括著;胡道静校证:《梦溪笔谈校证》,上海古籍出版社 1987 年版。

8. [宋]赵与时著;齐治平校点:《宾退录》,上海古籍出版社 1983 年版。

9. [宋]陆游撰;李剑雄,刘德权点校:《老学庵笔记》,中华书局 1979 年版。

10. [宋]徐度撰:《却扫编》,《景印文渊阁四库全书》本,台湾商务印书馆 1986 年版。

11. [明]陶宗仪编:《说郛》,《景印文渊阁四库全书》本,台湾商务印书馆 1986 年版。

12. [宋]李昉等撰:《太平御览》,《景印文渊阁四库全书》本,台湾商务印书馆 1986 年版。

13. [宋]李昉等撰:《太平广记》,《景印文渊阁四库全书》本,台湾商务印书馆 1986 年版。

14. [晋]干宝,陶潜撰;曹光甫,王根林校点:《搜神记　搜神后记》,上海古籍出版社 2012 年版。

15. [南朝宋]刘义庆撰;[南朝梁]刘孝标注;龚斌校释:《世说新语校释》,上海古籍出版社 2011 年版。

16. [唐]崔令钦撰;吴企明点校:《教坊记(外三种)》,中华书局 2012 年版。

17. [五代]王仁裕撰;曾贻芬点校:《开元天宝遗事》,中华书局 2006 年版。

18. [宋]赵令畤撰;孔凡礼点校:《侯鲭录》,中华书局 2002 年版。

19. [宋]文莹撰;郑世刚,杨立扬点校:《湘山野录　续录　玉壶清话》,中华书局 1984 年版。

20. [宋]魏泰撰;李裕民点校:《东轩笔录》,中华书局 1983 年版。

21. [宋]王铚撰;朱杰人点校:《默记》,中华书局 1981 年版。

22. [宋]周煇撰;刘永翔校注:《清波杂志校注》,中华书局 1994 年版。

23. [宋]邵伯温撰;李剑雄,刘德权点校:《邵氏闻见录》,中华书局 1983 年版。

24. [宋]邵博撰;刘德权、李剑雄点校:《邵氏闻见后录》,中华书局 1983 年版。

25.［魏］王弼注；楼宇烈校释：《老子道德经注》，中华书局 2008 年版。

26.［清］郭庆藩撰；王孝鱼点校：《庄子集释》，中华书局 2012 年版。

27. 杨伯峻撰：《列子集释》，中华书局 1979 年版。

（四）集部类

1. 汤炳正等注：《楚辞今注》，上海古籍出版社 2012 年版。

2.［晋］陶潜著；龚斌校笺：《陶渊明集校笺》，上海古籍出版社 2011 年版。

3.［北周］庾信撰；［清］倪璠注；许逸民校点：《庾子山集注》，中华书局 1980 年版。

4.［唐］卢照邻著；祝尚书笺注：《卢照邻集笺注》，上海古籍出版社 2011 年版。

5.［唐］李白著；［清］王琦注：《李太白全集》，中华书局 2015 年版。

6.［唐］杜甫著；［清］仇兆鳌注：《杜诗详注》，中华书局 1979 年版。

7.［唐］王维撰；赵殿成笺注：《王右丞集笺注》，上海古籍出版社 1998 年版。

8.［唐］孟浩然著；佟培基笺注：《孟浩然诗集笺注》，上海古籍出版社 2013 年版。

9.［唐］岑参撰；廖立笺注：《岑嘉州诗笺注》，中华书局 2004 年版。

10.［唐］刘禹锡著；瞿蜕园笺证：《刘禹锡集笺证》，上海古籍出版社 1989 年版。

11.［唐］元稹著；周相录校注：《元稹集校注》，上海古籍出版社 2011 年版。

12.［唐］白居易著；谢思炜校注：《白居易诗集校注》，中华书局 2017 年版。

13.［唐］韩愈著；钱仲联集释：《韩昌黎诗系年集释》，上海古籍出版社 1984 年版。

14.［唐］李贺著；吴企明笺注：《李长吉歌诗编年笺注》，中华书局 2012 年版。

15.［唐］杜牧著；［清］冯集梧注：《樊川诗集注》，上海古籍出版社 1978 年版。

16.［唐］李商隐著；［清］冯浩笺注：《玉谿生诗集笺注》，上海古籍出版社 1979 年版。

17.[唐]许浑撰；罗时进笺证:《丁卯集笺证》，中华书局 2012 年版。

18.[唐]韩偓撰；吴在庆校注:《韩偓集系年校注》，中华书局 2015 年版。

19.[唐]郑谷著；严寿澂等笺注:《郑谷诗集笺注》，上海古籍出版社 1991 年版。

20.[北宋]晏殊，晏几道著；黄建荣，戴训超整理:《临川二晏集》，江西人民出版社 2016 年版。

21.[宋]张先著；吴熊和、沈松勤校注:《张先集编年校注》，上海古籍出版社 2012 年版。

22.[宋]宋祁撰:《景文集》，《景印文渊阁四库全书》本，台湾商务印书馆 1986 年版。

23.[宋]韩琦著；李之亮、徐正英笺注:《安阳集编年笺注》，巴蜀书社 2000 年版。

24.[宋]梅尧臣；朱东润编年校注:《梅尧臣集编年校注》，上海古籍出版社 2006 年版。

25.[宋]欧阳修；李逸安点校:《欧阳修全集》，中华书局 2001 年版。

26.[宋]苏轼撰；[明]茅维编；孔凡礼点校:《苏轼文集》，中华书局 1986 年版。

27.[宋]苏轼撰；[清]王文诰辑注；孔凡礼点校:《苏轼诗集》，中华书局 1982 年版。

28.[宋]黄庭坚著；刘琳等校点:《黄庭坚全集》，四川大学出版社 2001 年版。

29.[宋]秦观撰；徐培均笺注:《淮海集笺注》，上海古籍出版社 1994 年版。

30.[宋]李之仪撰:《姑溪居士文集》，《丛书集成新编》本，新文丰出版公司 1985 年版。

31.[宋]李清照著；徐培均笺注:《李清照集笺注》，上海古籍出版社 2018 年版。

32.[宋]周邦彦著；罗忼烈笺注:《清真集笺注》，上海古籍出版社 2008 年版。

33.[宋]杨万里撰；辛更儒笺校:《杨万里集笺校》，中华书局 2007 年版。

34. [宋]刘克庄著;辛更儒笺校:《刘克庄集笺校》,中华书局 2011 年版。

35. [宋]方岳撰:《秋崖集》,《景印文渊阁四库全书》本,台湾商务印书馆 1986 年版。

36. [金]元好问编;张静校注:《中州集校注》,中华书局 2018 年版。

37. [明]杨慎撰:《升庵集》,《景印文渊阁四库全书》本,台湾商务印书馆 1986 年版。

38. [明]王世贞著:《弇州山人四部稿》,台湾伟文图书出版社有限公司 1976 年版。

39. [清]厉鹗著;[清]董兆熊注;陈九思标校:《樊榭山房集》,上海古籍出版社 2012 年版。

40. [清]尤侗撰:《尤太史西堂全集三种》,《四库禁毁丛书》本,北京出版社 2000 年版。

41. [清]汪懋麟撰:《百尺梧桐阁集》,《四库全书存目丛书》本,齐鲁书社 1997 年版。

42. [清]阮元撰:《揅经室集》,《续修四库全书》本,上海古籍出版社 2002 年版。

43. [清]谭莹撰:《乐志堂诗集》,《续修四库全书》本,上海古籍出版社 2002 年版。

44. [梁]萧统编;[唐]李善注:《文选》,上海古籍出版社 2007 年版。

45. [宋]杨亿等著;王仲荦注:《西昆酬唱集注》,上海书店出版社 2001 年版。

46. [宋]郭茂倩编撰;聂世美,仓阳卿校点:《乐府诗集》,上海古籍出版社 2016 年版。

47. [清]彭定求等编:《全唐诗》,中华书局 1960 年版。

48. [清]严可均校辑:《全上古三代秦汉三国六朝文》,中华书局 1958 年版。

49. 逯钦立辑校:《先秦汉魏晋南北朝诗》,中华书局 1983 年版。

50. 傅璇琮等主编:《全宋诗》,北京人学出版社 1998 年版。

51. [唐]孟棨撰;董希平等评注:《本事诗》,中华书局 2014 年版。

52. [宋]陈师道撰:《后山诗话》,[清]何文焕辑《历代诗话》本,中华书局

1981 年版。

53. [宋]胡仔纂集；廖德明校点：《苕溪渔隐丛话》，人民文学出版社 1962 年版。

54. [宋]魏庆之著；王仲闻点校：《诗人玉屑》，中华书局 2007 年版。

55. [清]刘熙载撰；袁津琥校注：《艺概注稿》，中华书局 2009 年版。

56. [南唐]冯延巳撰：《阳春集》，《四印斋所刻词》本，上海古籍出版社 1989 年版。

57. [南唐]李璟，李煜著；詹安泰校注：《李璟李煜词校注》，上海古籍出版社 2015 年版。

58. [宋]晏殊、晏几道著；张草纫校笺：《二晏词笺注》，上海古籍出版社 2008 年版。

59. 王焕猷笺：《小山词笺》，商务印书馆 1937 年版。

60. [宋]晏几道撰；王根林校点：《小山词》，上海古籍出版社 1988 年版。

61. 李明娜著：《小山词校笺注》，台湾文津出版社 1981 年版。

62. 王双启编著：《晏几道词新释辑评》，中国书店 2007 年版。

63. [宋]柳永著；陶然、姚逸超校笺：《乐章集校笺》，上海古籍出版社 2016 年版。

64. [宋]欧阳修著；胡可先、徐迈校注：《欧阳修词校注》，上海古籍出版社 2015 年版。

65. [宋]苏轼著；[清]朱孝臧编年；龙榆生校笺；朱怀春标点：《东坡乐府笺》，上海古籍出版社 2009 年版。

66. [宋]黄庭坚著；马兴荣，祝振玉校注：《山谷词校注》，上海古籍出版社 2011 年版。

67. [宋]秦观著；徐培均笺注：《淮海居士长短句笺注》，上海古籍出版社 2008 年版。

68. [宋]贺铸著；钟振振校注：《东山词》，上海古籍出版社 1989 年版。

69. [宋]晁元礼撰：《闲斋琴趣外篇》，吴昌绶、陶湘辑《景刊宋金元明本词》，上海古籍出版社 2012 年版。

70. [后蜀]赵崇祚编；杨景龙校注：《花间集校注》，中华书局 2015 年版。

71.［宋］曾慥编：《乐府雅词》，中华书局 1985 年版。

72.［宋］黄昇选：《花庵词选》，中华书局 1958 年版。

73.［宋］赵闻礼选编；葛渭君校点：《阳春白雪》，上海古籍出版社 1993 年版。

74.［宋］阙名编：《草堂诗余》，中华书局 1958 年版。

75.［宋］不著撰人：《草堂诗余》，《景印文渊阁四库全书》本，台湾商务印书馆 1986 年版。

76.［明］张綖撰：《草堂诗余后集别录》，《词话丛编续编》本，人民文学出版社 2010 年版。

77.［明］吴讷编：《百家词》，天津市古籍书店 1992 年版。

78.［明］杨慎批点：《类编草堂诗余》，《丛书集成续编》本，新文丰出版公司 1989 年版。

79.［明］杨慎辑：《词林万选》，《四库全书存目丛书》本，齐鲁书社 1997 年版。

80.［明］毛晋辑：《宋六十名家词》，上海古籍出版社 1989 年版。

81.［明］陈耀文辑；龙建国，杨有山点校：《花草粹编》，河北大学出版社 2006 年版。

82.［明］唐顺之解注；［明］田一隽辑：《类编草堂诗余》，明万历十二年 (1584)张东川刻本。

83.［明］茅暎辑评：《词的》，《四库未收书辑刊》本，北京出版社 2000 年版。

84.［明］顾从敬类选；［明］沈际飞评订：《草堂诗余正集》，明末南城翁少麓《镌古香岑批点草堂诗余四集》本。

85.［明］沈际飞评选；［明］秦士奇订定：《草堂诗余别集》，明末南城翁少麓《镌古香岑批点草堂诗余四集》本。

86.［明］长湖外史类辑；［明］天羽居士评笺：《草堂诗余续集》，明末南城翁少麓《镌古香岑批点草堂诗余四集》本。

87.［明］卓人月汇选；［明］徐士俊参评；谷辉之校点：《古今词统》，辽宁教育出版社 2000 年版。

88.［明］潘游龙辑；梁颖校点：《精选古今诗余醉》，辽宁教育出版社 2003

年版。

89.[清]王士禛撰:《花草蒙拾》,《词话丛编》本,中华书局 2005 年版。

90.[清]朱彝尊、汪森编;李庆甲校点:《词综》,上海古籍出版社 1978 年版。

91.[清]先著、程洪著:《词洁》,《词话丛编》本,中华书局 2005 年版。

92.[清]沈辰垣等编:《历代诗余》,上海书店 1985 年版。

93.[清]黄氏(苏)撰:《蓼园词选》,《词话丛编》本,中华书局 2005 年版。

94.[清]张惠言辑:《词选》,中华书局 1957 年版。

95.[清]周济编:《宋四家词选》,古典文学出版社 1958 年版。

96.[清]冯煦编:《宋六十一家词选》,清宣统二年(1910)扫叶山房石印本。

97.[清]陈廷焯选评;张若兰辑录:《云韶集》,《词话丛编补编》本,中华书局 2013 年版。

98.[清]陈廷焯编选:《词则》,上海古籍出版社 1984 年版。

99.[清]陈廷焯撰;孙克强主编;孙克强等辑校:《白雨斋词话全编》,中华书局 2013 年版。

100.曾昭岷等编:《全唐五代词》,中华书局 1999 年版。

101.唐圭璋编纂;王仲闻参订;孔凡礼补辑:《全宋词》,中华书局 1999 年版。

102.[宋]杨绘撰:《时贤本事曲子集》,《词话丛编》本,中华书局 2005 年版。

103.[宋]杨湜撰:《古今词话》,《词话丛编》本,中华书局 2005 年版。

104.[宋]王灼著;岳珍校正:《碧鸡漫志校正》,人民文学出版社 2015 年版。

105.[明]杨慎撰:《词品》,《词话丛编》本,中华书局 2005 年版。

106.[明]陈霆撰:《渚山堂词话》,《词话丛编》本,中华书局 2005 年版。

107.邓子勉编:《明词话全编》,凤凰出版社 2012 年版。

108.[清]沈雄撰:《古今词话》,《词话丛编》本,中华书局 2005 年版。

109.[清]贺裳撰:《皱水轩词筌》,《词话丛编》本,中华书局 2005 年版。

110.[清]郭麐撰:《灵芬馆词话》,《词话丛编》本,中华书局 2005 年版。

111.[清]李调元撰:《雨村词话》,《词话丛编》本,中华书局 2005 年版。

112.[清]徐釚撰:唐圭璋校注:《词苑丛谈》,中华书局 2008 年版。

113.[清]杨希闵撰;孙克强辑录整理:《词轨辑评》,《古代文学理论研究》第

43 辑,华东师范大学出版社 2016 年版。

114. [清]杨希闵撰:《词轨》,《词话丛编二编》本,浙江古籍出版社 2013 年版。

115. [清]王初桐撰:《小嫏嬛词话》,《词话丛编二编》本,浙江古籍出版社 2013 年版。

116. [清]郭则沄撰;屈兴国点校:《清词玉屑》,浙江古籍出版社 2014 年版。

117. [清]刘熙载撰:《词概》,《词话丛编》本,中华书局 2005 年版。

118. [清]谭献撰:《复堂词话》,《词话丛编》本,中华书局 2005 年版。

119. [清]冯煦撰:《蒿庵论词》,《词话丛编》本,中华书局 2005 年版。

120. [清]冯煦撰:《论词绝句》,《词话丛编补编》本,中华书局 2013 年版。

121. [清]谢章铤撰:《赌棋山庄词话》,《词话丛编》本,中华书局 2005 年版。

122. [清]张德瀛撰:《词徵》,《词话丛编》本,中华书局 2005 年版。

123. [清]沈祥龙撰:《论词随笔》,《词话丛编》本,中华书局 2005 年版。

124. [明]张綖撰:《诗余图谱》,《续修四库全书》本,上海古籍出版社 2002 年版。

125. [明]程明善编著;刘尊明,李文韬整理:《啸余谱·词余谱》,华东师范大学出版社 2022 年版。

126. [清]王奕清等编纂:《钦定词谱》,中国书店 2010 年版。

127. [清]万树著:《词律》,上海古籍出版社 1984 年版。

二、近现代著述

1. 谢维扬,房鑫亮主编:《王国维全集》,浙江教育出版社 2010 年版。

2. 刘永济著:《刘永济集》,中华书局 2007 年版。

3. 欧阳哲生编:《胡适文集》,北京大学出版社 1998 年版。

4. 顾随著;顾之京等主编:《顾随全集》,河北教育出版社 2014 年版。

5. 夏承焘著:《夏承焘集》,浙江教育出版社、浙江古籍出版社 1997—1998 年版。

6. 龙榆生著;张晖主编:《龙榆生全集》,上海古籍出版社 2015 年版。

7. 詹安泰著:《詹安泰全集》,上海古籍出版社 2011 年版。

8. 朱孝臧辑校编撰:《彊村丛书》,上海古籍出版社 1989 年版。

9. 俞陛云撰:《唐五代两宋词选释》,上海古籍出版社 2011 年版。

10. 刘永济选释:《唐五代两宋词简析》,上海古籍出版社 1981 年版。

11. 汪东撰:《唐宋词选评语》,《词话丛编二编》本,浙江古籍出版社 2013 年版。

12. 胡适选注:《词选》,商务印书馆 1928 年版。

13. 唐圭璋选释:《唐宋词简释》,人民文学出版社 2010 年版。

14. 唐圭璋著:《词学论丛》,上海古籍出版社 1986 年版。

15. 唐圭璋:《梦桐词话》,《词话丛编续编》本,人民文学出版社 2010 年版。

16. 况周颐著;王幼安校订:《蕙风词话》,人民文学出版社 1960 年版。

17. 况周颐编撰:《历代词人考略》,《词话丛编补编》本,中华书局 2013 年版。

18. 郑文焯撰:《大鹤山人词话》,《词话丛编》本,中华书局 2005 年版。

19. 郑文焯撰:《大鹤山人词话续编》,《词话丛编补编》本,中华书局 2013 年版。

20. 蒋兆兰撰:《词说》,《词话丛编》本,中华书局 2005 年版。

21. 蔡嵩云撰:《柯亭词论》,《词话丛编》本,中华书局 2005 年版。

22. 陈洵撰:《海绡说词》,《词话丛编》本,中华书局 2005 年版。

23. 冒广生撰:《疚斋词论》,《词话丛编补编》本,中华书局 2013 年版。

24. 夏敬观评:《映庵词评》,《词话丛编补编》本,中华书局 2013 年版。

25. 王国维著;徐调孚校注:《校注人间词话》,中华书局 2003 年版。

26. 王国维:《读词杂记》,《词话丛编补编》本,中华书局 2013 年版。

27. 梁启勋撰:《曼殊室词话》,《词话丛编续编》本,人民文学出版社 2010 年版。

28. 彭玉平,姜波整理:《叶恭绰词学文集》,河南文艺出版社 2016 年版。

29. 陈匪石撰:《声执》,《词话丛编》本,中华书局 2005 年版。

30. 陈匪石撰:《旧时月色斋词谭》,《词话丛编补编》本,中华书局 2013 年版。

31.吴梅著:《词学通论》,上海古籍出版社 2006 年版。

32.顾随撰:《驼庵词话》,《词话丛编续编》本,人民文学出版社 2010 年版。

33.张再林,郝文达整理:《赵尊岳词学文集》,河南文艺出版社 2016 年版。

34.邵祖平著:《词心笺评》,复旦大学出版社 2007 年版。

35.闻野鹤撰:《恫簐词话》,《词话丛编续编》本,人民文学出版社 2010 年版。

36.郑骞著:《成府谈词》,《词学》第 10 辑,华东师范大学出版社 1992 年版。

37.吴世昌著;吴令华辑注:《词林新话》,北京出版社 2000 年版。

图书在版编目（CIP）数据

晏几道词全集 / 梁丰校注. -- 武汉 ：崇文书局，
2024. 6. --（中国古典诗词校注评丛书）. -- ISBN
978-7-5403-7727-4

Ⅰ . I222.844

中国国家版本馆 CIP 数据核字第 2024C91C45 号

选题策划　王重阳
项目统筹　程可嘉
责任编辑　叶　芳　李慧娟
责任校对　董　颖
封面设计　甘淑媛
责任印制　邵雨奇

晏几道词全集
YANJIDAO CI QUANJI

出版发行　长江出版传媒｜崇文书局
地　　址　武汉市雄楚大街 268 号 C 座 11 层
电　　话　(027)87679712　邮政编码　430070
印　　刷　武汉市卓源印务有限公司
开　　本　880mm×1230mm　1/32
印　　张　10.875
字　　数　290 千
版　　次　2024 年 6 月第 1 版
印　　次　2024 年 6 月第 1 次印刷
定　　价　59.80 元

（如发现印装质量问题，影响阅读，由本社负责调换）

中国古典诗词校注评丛书

（已出书目）